本书为天津社会科学院重点课题（14YZD-05）成果

本书获得2017年度天津社会科学院学术著作出版基金资助

天津社会科学院学者文库

天津文学文献整理与研究

THE COLLATION AND STUDY
OF TIANJIN LITERARY DOCUMENT

罗海燕 著

社会科学文献出版社
SOCIAL SCIENCES ACADEMIC PRESS (CHINA)

目 录

第一章 天津文学文献整理与天津文学 ……………………………………… 1
  第一节 "天津文学文献"的提出 …………………………………… 2
  第二节 天津文学文献学的承传谱系 ………………………………… 4

第二章 传统诗文文献 …………………………………………………… 9
  第一节 诗文别集与词曲 ……………………………………………… 9
  第二节 诗文总集与丛书 ……………………………………………… 64

第三章 笔记杂著文献 …………………………………………………… 77
  第一节 笔记 …………………………………………………………… 77
  第二节 杂录 …………………………………………………………… 83

第四章 方志文献 ………………………………………………………… 85
  第一节 旧志中的文学文献 …………………………………………… 85
  第二节 新志中的文学文献 …………………………………………… 121

第五章 碑刻文献 ………………………………………………………… 126
  第一节 碑刻目录 ……………………………………………………… 128
  第二节 碑文辑录 ……………………………………………………… 144

第六章　天津报刊文献……250
第一节　文艺副刊……251
第二节　报刊文献……263

第七章　天津文学研究论著……294
第一节　天津文学研究综论……294
第二节　水西庄文学群体研究……304

后　记……312

专家鉴定意见一……314

专家鉴定意见二……316

第一章　天津文学文献整理与天津文学

文学研究的不断向前发展，需要两大推动力：一曰观念，二曰文献。文献的匮乏必然直接影响基于其上的相关研究的开展。当回顾天津文学研究的历程时，我们很容易发现：天津文学文献整理与研究的滞后，构成了天津文学研究的一大"短板"。

就提升天津文化认同度而言，这一"短板"在一定程度上导致了天津人自身对天津本土文化的认同度不高以及"他者"对天津文化的认同出现偏离。陈洪先生在《〈天津文学史〉序》中就曾提到："在我的印象中，现代和当代的天津文学创作成就比较突出，学术界关注和研究的人比较多，发表过不少论文，也出版过专著。而近代的天津文学，研究的人就相对少一些，古代除了一个水西庄之外，几乎无人问津。以致给人一种感觉，天津文学——天津文化无古典。"[①] 这几乎代表了大多数人的感觉与印象。实际上，天津古代、近代文学遗产均相当丰富。若欲使人们对天津文学和天津文化有一个全面而完整的认识，就需要我们对天津文学文献的整理和研究给予更多的关注和支持，做出更大的努力。

就天津文学研究本身来说，尤其是自21世纪以来，天津文学研究出现了新的面貌，新的格局正在逐渐形成，即天津文学就是津味小说这一影响天津文学研究界几十年的观念在逐步被打破，全面认识天津文学的面貌、重新评价天津文学的总体成就，成为不少学者的愿望。于是，除当代津味儿小说仍旧是天津文学重要的研究对象外，天津古代诗文和近代通俗

---

① 王之望、闫立飞主编《天津文学史》，天津人民出版社，2011，第1页。

小说，也开始受到关注。但是，学术界对天津古代和近代其他各体文学文献的研究并不多。与之相伴随，一些从事或希望从事天津文学研究的青年学者和研究生，在对其研究对象的基本文献尚不够了解的情况下就开始了写作，更让人感到无奈的是，他们的指导者也并不都对这一问题具有清醒的认识。也因此，随着研究的深入，对天津文学文献进行整理，已成为研究者的重要使命。

第一节 "天津文学文献"的提出

天津文学文献古已有之，而"天津文学文献"则是一个新名词，甚至迄今为止，尚无人使用这一概念。但就天津文学文献来说，它自身具有两大属性：一是地方性，二是学科性。也因此，在展开相关研究之前，我们需要对"天津"、"文学"、"文献"这几个限定性概念加以界定。

关于"天津"，其包括地理（天津之地）和人物（天津之人）两个方面。就天津之地而言，天津的地理范围，在历史上，一直变动不居。历史上的天津府，在顺天东南，至北京二百四十里。东濒渤海，全省诸水均汇为白河以入海，又当北运河之孔道。府治北临白河，后为入侵列强所毁。领州一、县六，天津则附府。西南为静海，又南为青县，又东南为沧州，又西南为南皮。东南为盐山，又东南为庆云。而现在，天津已发展成为包括旧时原属天津府的天津县和静海县，以及原属顺天府的蓟县、宝坻县、宁河县和武清县在内的中央直辖市。我们即采取这样一个原则：但凡曾归属于天津行政区划者，无论是历史上的天津府还是现在的天津市，均属于"天津"。原因则有二：一是就文献整理的现状而言，京津冀三地在区域文学史书写中，均存在一个倾向，就是对于历史上的交互地，若是知名者则三地均有论述，若是寂寂者则三地均付阙如，这并非客观的研究态度，也不利于我们获得全面的认识。二是现在京津冀协同发展国家战略正处在逐步深化实施时期，京津冀各自为政的局面将渐次弱化，而会越来越一体化。有鉴于此，就区域范围而言，我们取其最大值。

与之相关，天津之人这一概念，随时代不同而有变化。科举时代，天津之人实指有天津"籍"的"土著"，唯有这种"籍"，才有资格参加天津地区考试，若只是"寄寓"而没有取得津籍，就不能算作津人。在这种意义上，天津之人具有排他性，是天津人就不是其他之地的人，是其他之地的人就不能是天津人。如此之下，在天津久居者未必是天津人，天津人又未必常住天津。清代徐士銮《敬乡笔述》曾言："天津自明设卫以来，至国初土著尚少，顺康间流寓日多，然至续修邑志（《续天津县志》），某为土著，某为入籍，某为寄籍，无难区分，是在修志者细体例义，自不容牵混于其间也。"他指出，查莲坡、查礼、查诚等，因无津籍，都不能算津人，而《津门诗钞》、《津门征献诗》收有这些非津人的诗作，则属于是"借重于人"。对此，高凌雯却持不同意见，他在《志余随笔》卷三中反驳道："籍贯说用以限制应试士子，不妨从严，至桑梓仪型，义主观感，但久居乡里，虽未入籍，自不妨以本籍人视之，况津人更无所谓土著耶？"相比之下，高凌雯之论更为合理。不过，他提出的"久居乡里"之"久"则很模糊。多久算久？很难明确。因此，在近代以来的天津乡人著述目录类著作中，经常会出现不一致的地方。严复、梁启超都在天津住过，后来离津他去，也从不自称为津人。我们的文学史却将他们视为天津人。卢靖、卢弼则是湖北沔阳人，却在津久居，后代亦在津。周学熙作为中国北方工业的重要奠基人，故居在天津，但安徽的《安徽文献书目》却收录了周学熙著述二种。因此，我们主张，天津之人应既包括天津籍者，也包括曾寓居天津者。对于寓居者，不拘时间长短，但凡在天津之地撰作过文学作品，均视为天津之人。原因亦有二：一是，天津本来就是移民城市，不存在"土著"。二是，自1949年新中国成立之后，社会性质有了变化，人事调动频繁，依附于地区的乡人观念，自然也有了变化。"天津之人"的排他性，已趋于消失。鉴于此，故就人物归属而言，我们也取其最大范围。

之前，我们对"天津文学"一般有着这样的认识，即从空间上说，天津行政区划内的一切文学活动和文学现象都属于天津文学。它涵盖了与这一特定区域有关的所有作家、思潮、群体流派与社团，各种文学体裁，以及文学创作、文学传播和文学接受的过程。从时间上说，它包括了自有记录开始一直到当下的所有与天津区域有关的文学现象和活动。现在与新界定的"天津"有关，"天津文学"则包括三个方面：一是天津之地的作家、作品和文学活动；二是天津之人的作品和文学活动；三是与天津之地、天津之人有关的作品和文学活动。亦即言，天津文学，不仅包括津人创作的文学，也包括非津人的与天津有关的文学。较之以往，新的界定将天津文学的领域进一步拓宽了。

自然，与"天津文学"相对应，天津文学文献则指与天津文学有关的一切文献。究其载体，则包括文字、图片及碑刻等实物载体。究其存储，既包括现代图书馆的全部馆藏，也包括了档案馆、博物馆及情报中心所收藏的全部馆藏。

第二节　天津文学文献学的承传谱系

长期以来，围绕天津文学文献，基本形成了天津文学文献学。而天津文学文献学的主要任务可以分为三大层面。

一是，天津文学层面。（一）根据现存文献资料，较为准确地调查、爬梳出"天津"区域内从古代至近现代出现过多少作家、多少文学著作，留存下来有多少种。（二）针对留存有著作的作家要重点介绍其生平、著作内容、著作评价及影响等。（三）以时间为顺序，通过提要的方式对不同的文体如诗文、词曲、文论等进行著录。

二是，天津文学文献层面。（一）重点考证有著作留存作家的生卒、交游、著述等情况。（二）梳理留存文学著作的版本源流、形态特点及现今收藏地等，并对其文献价值进行估判。（三）对人名与著作分别创建索引，便于研究者查检与利用。

三是，天津文学研究层面。（一）整理与天津文学研究有关的文献，尤其是史传典制与诸子著述，集部、说部与文论，方志金石文物，以及今人著述中有专论或较大篇幅涉及天津文学者，均加以介绍与评论。（二）搜集较为集中述论天津文学的各类文学史著。（三）对主要以天津文学为专门对象的研究论著撰写提要。

截止到目前，有关天津文学文献整理与研究方面的论著仅有数篇（部）。它们或是在传记人物时附带载录传主的文学著述情况，如南炳文《天津古代人物录》；或是对某一个作家群体作品做零散性考论，如刘尚恒《天津水西庄研究文录》、张文琴《天津查氏水西庄文献考述》；或是以时间为顺序简单排列天津作家作品，如孙玉蓉《天津文学的历史足迹》；或是从部分总集中选录天津各区县的作家作品加以简介，如缪志明《静海县部分著述及作者简介录》、《武清著述二十三种》等论文；或是从情报学的角度整理天津文学文献的简单书目，如侯海宁编《天津社会科学院图书馆珍贵馆藏图书目录（古籍卷）》、刘志强编《天津社会科学院图书馆珍贵馆藏图书目录（民国卷）》等。

其中有四部研究论著尤其值得注意。

一是，由天津社科院文学所张学新等人主编并推动完成的《中国解放区文学书系》（重庆出版社1992年版），其作为展示解放区文学理论和实践的大型丛书，分文学运动和理论、小说、报告文学、散文、杂文、诗歌、戏剧、民间文学、说唱文学、外国人士作品等篇，共22卷，计1400万字。其中涵盖了许多天津当代作家的文学作品。尽管这套丛书仅仅收录天津当代作家的作品，但是为我们系统地进行古代及近现代文学文献整理提供了典范。

二是，赵沛霖《天津古代诗集提要》一文，主要整理了天津古代诗人金玉冈《黄竹山房诗钞》、吴曰圻《萝村杂体诗存》与金铨《善吾庐诗存》等四部诗集。针对论文写作的初衷，赵先生曾称："天津古代的诗人为我们留下了数量颇为可观的诗歌艺术遗产。长期以来，人们对它并未予以应有的重视，更没有进行系统的清理和研究，以致诗人和作品的数量、重要诗人及其作品的成就、特点与不足，这些关于天津古代文学发展的最基本的问题至今仍不甚了了。以前虽有一些书如《大清畿辅书征》、《天津县新志·艺文志》等网罗搜集天津古代书籍（包括诗集），但数量远为不全。更为重要的是，它们基本上均属于书目性质，仅仅著录书名、卷数和序跋情况，对于思想内容和艺术成就等重要问题或付阙如，或片言只语，使人无从识其大体。这种情况常使有关的研究者和想了解天津古代诗歌发展状况的人，深感茫无头绪。看来，对天津古代诗歌进行认真清理和研究是十分必要的。作为这项工作的第一步，笔者特撰写《天津古代诗集提要》，将现存的天津古代诗集逐集予以系统介绍。拟将每书一题，结合诗例分别评述其思想内容、艺术成就和艺术风格，同时统计其数量、叙其序跋、指出其不足及其他有关情况，力求将每一部诗集的面貌轮廓比较清晰地勾勒出来。"① 可惜的是，后来天津社科院文学所主办的《文学探索》停刊，再加上赵先生年事已高，这项工作仅仅开了一个头便中止了。时至今日，尽管赵先生又发表了《天津清代诗人生卒年考索》论文（《天津师大学报》1986年第1期），考证了16位天津诗人的生卒年，但是他二十多年前提出的问题依然没有得到解决。

三是，天津社科院历史所卞僧慧校点的《津门诗钞》。卞先生在"校点说明"中曾评《津门诗钞》，"全书三十卷，采集自元明以来天津县的乡人、官吏以及流寓的作品，兼及天津府属各州县。人过四百，诗近三千"。正是出于这个原因，这部书几乎成为天津古近代诗歌研究的必备资料。遗憾的是，其他一些重要的收录天津文献的总集如《津门诗钞续编》、《沧州诗钞》、《畿辅诗钞》、《沽上题襟集》、《津门征献诗》、《津门诗汇》、《津门小令》、《津门古文所见录》、《天津文钞》、《天津诗人小集十二种》等，却均无人问津，遑论进行系统整理与深入研究。

四是，王之望、闫立飞主编的《天津文学史》，其"古代、近代卷"对天津古代、近代的一些诗文作家进行了较为完善的论述。究其主要贡献：一是在孙玉蓉《天津文学的历史足迹》（大众文艺出版社2007年版）编年史的基础上进行完善与补充，展示了天津古近代文学发展的整体轮廓。二是在孙玉蓉等辑录《沽上文苑著述谱——天津作家评论家文学研究工作者出版著作目录（1949～2009）》（《天津记忆》第70期）等扎实文献的基础上，对天津古近代的许多作家作品做了相当深入的研究。

对天津文学文献（截止到1949年之前）进行整理与研究，具有学术、理论及现实方面的多重意义。

就天津文学研究而言，通过文献整理与研究，一些久悬不决的问题得以解决。如：天津文学史的格局问题，也即天津各体文学在文学史著中所占的比重问题。天津的诗歌、散文、词曲、辞赋、笔记小说及诗话、词话等在其所属文体发展史中的价值需要给予明确客观估衡的问题，这涉及文学史家对天津各体文学成就及其在文学史上所占地位的评价和认识。再

---

① 赵沛霖：《天津古代诗集提要》，《文学探索》1982年第2期。

如："天津文学文献"的界定问题，也即"天津"区域划分依据与作家身份厘定、"文学文献"的认定条件，以及这一概念在时间上的限定情况等是怎样的。以及与第二个问题相关，就天津文学文献情况本身而言，作家数量、作品著录、各体文学留存数量以及整理情况如何。还有就是关于天津文学总体成就评价的问题。对天津文学的总体评价，近年来有所变化：由一概否认到大致认同。但是，这些评价都还不够客观与全面。要打破这一认识，就需要重新估衡天津古近代文学，需要对天津文学文献进行梳理与确认。若就最为宏观者来说，天津文学史应该是一个什么样的格局？天津作家作品的归属应如何厘定？我们对天津文学的整体成就和各体文学成就应如何评价？截止到目前天津文学研究取得哪些成绩、存在什么问题以及未来的研究趋向如何？这些都是影响天津文学史著面貌的问题，也是值得学者们重视并且无法避开的问题。而它们都可以借助天津文学文献来解决。

就其学术价值而言，其一，通过本课题整理与研究的成果，可以真正地回答天津到底有没有古典文学以及古近代文学整体成就到底如何等问题，并在很大程度上纠正与避免当前研究领域存在的脱离文献、历史虚无主义、戏说文史、人云亦云、空对空粗疏论说之弊。其二，从文献学视角可以更有力地梳理与总结古近代天津区域文学的发展脉络与创作概貌。其三，本课题的研究成果可以为天津文史研究者或在校研究生提供坚实的文献基础、有效的文献指导以及便利的查找途径与检索工具，进而促进其相关研究的开展与提升。其四，在前贤研究基础之上，对现存的天津古近代地方文献做一次较为全面而系统的普查与整理，且将其统一汇编成目，叙其要录，将会推动某些有特别重要学术价值的珍稀文献被抢救性地发掘、整理与研究，更有助于天津市将来有计划地整理出版"天津文献集成"或"天津文库"等。

故就其现实意义而言，对历史认知的深度，决定着我们对未来文化建设认识的高度。总结地域文明历史积淀，是建设地方文化、传承精华、增强市民认同、构建现代文明、树立价值自信的前提。认认真真整理地方文献，踏踏实实梳理区域文明，在当代浮躁喧嚣的氛围中尤显重要。而对天津文学文献进行整理与研究，在保存天津历史文化遗产、为现在天津的经济文化建设提供历史借鉴、申报历史文化名城等方面，都能发挥不可替代的作用。具体来说，一是，江浙沪、岭南等地都已大规模整理地方文献，其实质是一种重塑文化自信、追求文化自觉的行为。对天津地方文学文献进行整理，既可以梳理天津文化史脉络，又可以澄清过去含混不清的史实，既为区域文学史正本清源，又为多年来把传说、民间故事当真的虚妄祛魅，城市可赖此以树立文化自信。二是，离开文献的论说，多为无本之木、无果之花，往往会出现断章取义，甚至以讹传讹。而整理天津文学文献，则能有助于真正总结天津历史文化传统，提炼天津文化精神，解析天津历史文化的深刻内涵。三是，整理天津文学文献可以增强天津软实力，增大天津对外宣传的分量，繁荣地方哲学社会科学研究，有助于天津市人民了解历史、了解地方、了解自我，进而增强建设现代化大城市的信心。

第二章 传统诗文文献

天津文学文献中以包括词曲在内的传统诗文别集为最多。最早著录天津乡邦文献的清同治九年（1870）《续天津县志》，其卷十九"艺文"中即胪列作者115位，著作196种。及民国十二年（1923）高凌雯编成《天津县新志·艺文》二卷，经统计，共收录明清两代天津文人277位，著作530种。相对晚出的《天津志略》中第十六编"文艺"，更是极力称赞天津文艺之盛。其云："以言著作，则历代之文存诗稿，多如恒河沙数；以言书画，即今世之名家，亦耀耀发光；以言考古，则博物馆之奇珍毕具；以言建筑，则八里台楼阁连云；他如金石，工艺，戏剧等，亦各有专家，以鸣其技。今日争以奢侈相炫，食多珍馐，衣锦昼行，惟三津尚发越前光，绵绵不坠，实晚近不数睹之邦矣。"当代学者高洪钧在其《天津艺文志》中，再次统计：截止到新中国成立时，天津著者超过600人，而著作达1500种。而其中大多数属于中国传统诗文。本章第一节则主要依据时间顺序，对包括词曲（又称诗馀）在内的诗文别集等传统诗文文献加以介绍。需要指出的是，总集与丛书为不同的两个概念，凡汇集两种以上书籍，而所收之书保持其独立性的称为丛书，称丛刻、丛编，而将各家作品汇编一书的称为总集。本章第二节即对诗文总集与丛书分别予以述考。

第一节 诗文别集与词曲

由宋辽金元发展到明代嘉靖至崇祯年间，天津文学出现了新特点，即本土作家崭露头角。具体表现为，属于天津府的静海、沧州、盐山、庆云、青县、南皮等地，出现了大量文人，创作了非常可观的文学作品。遗憾的是，其中不少的著作未能留存下来，而仅仅见于《天津卫志》、《天津府志》、《天津县志》等史志，以及《津门诗钞》、《津门诗钞续稿》、《沧州诗钞》等总集中。现主要择其至今可见者，考论如下。

《困学斋杂录》一卷

元代鲜于枢撰。《四库全书总目》著录，称其以所录当时诗话杂事为多。厉鹗跋称，卷中金源人诗，可补刘祁《归潜志》之阙。然编次颇乏伦贯，疑偶然钞记，后人录其墨迹成帙也。现有《四库全书》本，原底本为钞本，现藏北京图书馆。另有《知不足斋丛书》本、《畿辅丛书》本、《丛书集成初编》本、《说郛》本。《养素轩丛录》本作《困学斋杂记》，而《说郛》宛委山堂本与《古今说部丛书》本作《相学斋杂钞》，现各大图书馆均有藏。

《南游》、《北归》

张斛撰。张斛，生卒年未详，字德容，渔阳人，辽时入宋，为武陵守。金初为秘书省著作郎。其作品甚为元好问、宇文虚中激赏。尝有《南游》、《北归》等集，已佚。《中州集》卷一载"张秘书斛"，传云："予尝见其文笔、字画，皆有前辈风调，宇文太学甚激赏之。"其诗"归去南溪上，轻舟细浪浮"（《仙门驿听泉》），"云开千里月，风动一天星"（《巫山对月》），"细草沙边树，疏烟岭外村"（《河池出郭》）等，都是为时人传诵的佳句。惜乎多模山范水之作，无涉人间疾苦。《全金诗》则录其诗19首，多融情于物，含蓄蕴藉。《敬斋古今注》卷八载："陈无已每登临得句，即急归卧一榻，以被蒙首，谓之吟榻。金国初张斛德容作诗，亦以被蒙首，须诗就乃起。"

《刘中文集》

刘中撰。刘中，字正夫（一作正甫），渔阳人，生卒年未详。金明昌五年（1194）进士，泰和六年（1206）以省掾从军南下，改授应奉翰林文字，为主帅所重，常预秘谋。军还，授右司都事。博学多能，造诣精深，元好问称其："工诗善赋，尤长于古文。诗清便，赋甚得楚辞句法，文典雅雄放，有韩柳气象。"刘中在当时文坛颇有影响，王若虚、高法扬、张履、张云卿等皆出其门下。其诗澄淡精致，甚有法度。如《冷岩公柳溪》云:"斗印轻抛系肘金,故园风物动归心。柳含烟翠丝千尺,水写天容玉一寻。山色只于闲里好,风波不似向来深。人间桃李栽培满,换得溪南十亩阴。"对于宦海风波的厌倦、故园宁静生活的向往,以及桃李遍天下的志得意满,均抒写真实自然、毫不掩饰。《千顷堂书目》卷二十九有《刘中文集》。《中州集》存小传,称其"为人短小精悍,滑稽玩世"。又云:"周德卿尝谓,正夫可敬、从之可爱、之纯可畏,皆人豪也。"足见其在时人眼中声望甚高。

《怀麓堂集》一百卷

李东阳撰。李东阳(1447～1516),字宾之,号西涯,湖广茶陵(今属湖南)人。幼时有神童之誉。明天顺八年(1464)进士及第,官至吏部尚书,华盖殿大学士。著有《怀麓堂集》、《怀麓堂诗文续编》。李东阳为明代一大宗。自李梦阳、何景明崛起弘、正之间,倡复古学,于是"文必秦汉,诗必盛唐"之风笼罩一世,天下亦响然从之。茶陵之光焰几烬。逮北地、信阳之派转相摹拟,流弊渐深,论者乃稍稍复理东阳之传,以相撑柱。盖明洪、永以后,文以平正典雅为宗,正、嘉之后,又以沉博伟丽为务。主张流变,皆势之必然。平心而论,何、李之说震动天下,而霸气终存。东阳之学虽力不足御强横,而典章文物尚有古之遗风,终不能挤而废之。

是集为李东阳自编。初刻于正德年间,此本为清康熙二十一年(1682)湖南茶陵州学正廖方达所校刊,凡一百卷。其中,诗稿二十卷,文稿三十卷,诗后稿十卷,文后稿三十卷,又杂稿十卷(包括《南行稿》、《北上录》、《经筵讲读》、《东祀录》、《集句录》、《哭子录》、《求退录》七种)。前有正德十一年(1516)《杨一清序》,及东阳《自序》。今人周寅宾以清嘉庆九年(1804)陇下学易堂《怀麓堂全集》为底本,校以其他多种刊本、抄本,整理出《李东阳集》(岳麓书社1984～1985出版)。

在嘉靖之前流寓、客居津门的文人中,李东阳有关天津的作品最多,其《怀麓堂集》有数十首是专咏天津或与天津有关的诗作。这些作品或记津门之景物,或叙途中之所见,如《天津八景》是一组描摹天津风光的律诗,前四首分别描绘登上天津拱北、镇东、安西、定南四城楼所见之景。除了《天津八景》之外，李东阳描摹津沽风光的诗作还有很多。除了描摹津沽风景之外，李东阳有关天津的诗作还抒发了对友人的怀念之情。感叹民生之多艰是李东阳天津诗作的又一重要内容。李东阳《怀麓堂集》中有关天津的诗作或描摹天津的风光，或怀昔日之旧情，或感民生之多艰，在一定程度上反映了天津当时的社会状况、军事地位、地理面貌。就艺术特点而言，李东阳的天津诗作大致有以下两点：一是能够真实地表现自然风光、社会现状，延续了中国古代现实主义诗歌传统，如《东祀录》中涉及的天津诗作真实地反映出明代天津的地方风物、社会状况，为后人了解真实的明代天津提供了重要资料。二是李东阳天津诗作的总体风格为自然、晓畅，如《忧旱辞》、《直沽夜泊》等诗，虽然偶有台阁气，但总归以自然晓畅的风格为主。李东阳有关天津的诗作体现了茶陵诗派的创作宗旨，也反映出茶陵诗派的创作特点，在明代天津文学史上占有重要的地位。除了诗歌之外，李东阳有关天津的作品还有散文，如《修造卫城旧记》。

《止止堂集》五卷

戚继光撰。戚继光（1528～1587），字元敬，山东东牟（今莱芜市）人。戚继光父亲去世后，戚继光便袭登州卫指挥佥事，20岁奉命远戍蓟门。隆庆二年（1568）五月，以都督同知总理蓟州、昌平、保定三镇练兵事。

戚继光曾著有《练兵实纪》。据《千顷堂书目》载，戚继光有《止止堂集》，无卷数。又有《横槊稿》三卷、《愚愚稿》一卷。现《横槊稿》亦三卷，《愚愚稿》则多一卷，共为五卷。编首总题《止止堂集》。前有万历二年（1574）工部尚书郭朝宾序，而集中又有万历八年（1580）纪年。是集收入《四库全书总目》。另有明抄本为四卷，万历刻本为五卷，均存世。

《止止堂集》中作于蓟门的诗篇，主要集中于《横槊稿上》，主要有两方面的内容：一是记述与友人的交游。戚继光在蓟镇的交游对象主要是同年、同僚，如《送同年刘都护》表达了对同年的称赏之意。二是抒发一己之心怀。如《宿石门驿闻马嘶》抒发了对长久以来的羁旅、宦游生涯的无限感慨。此外，还有对于战事的记述，如《黠虏献俘得封，坚志贡市》三首。这些诗歌向世人昭示了明后期蓟门的情况，以及戚继光本人的精神世界，具有较高的史料价值。就艺术成就而言，戚继光的诗歌没有习古之气，完全是个人情感的抒发，而且戚继光亦不是勉强为之，均系有感而发，所以他的诗歌具有较强的艺术感染力，有些诗歌虽写得通俗平易，但也不乏动人之处。《天津文学史》曾评论道：戚继光可说是晚明时期天津文学史上一位较为特殊的诗人，他的诗作数量在同时期流寓文人中最多。在不模仿古人、不泥古方面，戚继光的诗歌较为典型，也算是呼应了当时文坛的主流思潮。

《蕴古书屋诗文集》

张愚撰。张愚（1500~1552），字若斋，左卫军生。举明嘉靖十年（1531）乡试，次年联捷成进士，授户部主事，出为山西按察司佥事，分巡口北道，擢都察院佥都御史，巡抚延绥。二十九年（1550），虏入古北口，所杀掠以数万计，京师大震，三大营老弱不足成军，愚简精锐入卫，于是各路援师并至，虏骑既薄都城，旋撤去，录功晋右副都御史，巡抚延绥如故。愚拊循士卒，备益刍糗，所修筑城堡墩台四千六百所，每虏入寇辄斩首百余级，获名马器械无算，申严号令，套贼不敢内犯，天子嘉其勤，钦赐蟒玉。年五十三以劳瘵卒官，赐祭、荫。祀延绥名宦祠，寻祀乡贤祠。

《蕴古书屋诗文集》原为木刻本，为天津最早的私人刻本，惜现不存。《津门诗钞》录张愚诗一首，名《思归》，其云："投老惟耽物外情，青山原有旧时盟。才疏谋国无长策，学薄持身耻近名。贫剩蠹余书百卷，家遥蝶梦月三更。水云何日梅花外，结个茅庵了一生。"

《晴川余稿》

刘焘撰。刘焘（1511~1597），字丕冒，又字仁甫，号带川，河北沧州人，天津左卫军生。嘉靖十六年（1537）举人，明年联捷进士，除游击推官，擢兵部职方司主事，二十六年（1547）擢陕西佥事。二十九年（1550）父忧归，八月寇逼京师，起为蓟辽监军，遇寇通州，射杀其酋，复战于功劳店，大捷，升副使。海寇汪直、徐海与陈东、麻叶等，结岛贼内犯，时焘母丧未除，起补杭嘉湖副使，破贼王江泾，及战陶宅镇，复大败之。三十五年（1556），徐海、陈东自柘林犯乍浦，焘驰援，贼自金山来者众万余，围焘城中，焘督兵御之九日解围去，焘尾追之，斩首百三十。巡抚阮鹗入壁桐乡为贼围，焘遣将往援，以众寡不敌军少却，乃分兵击退自松江来屯斜塘风泾之贼。时总督胡宗宪重赂徐海，海与陈东解桐乡围东去，佯就抚，移屯乍浦南阴为出海计，焘伏兵乍浦城中，海挈妻子走海上艘，城上举火，兵四合，大败之。残寇栖海岸，以计诱执其党五十余人，录功授参政。三十六年（1557），汪直余党毛烈等泊舟山岑港，焘督军力战，大破之，加按察使。三十九年（1560）擢福建巡抚，值倭寇福州，焘令开城以入避难者，率死士千余邀击于闽安镇，亲发矢殪倭酋三，余众奔溃，赴水死者无算。凯旋之日，士民欢呼曰："此真巡抚也！"晋右副都御史。七月，收抚漳州盗王熙等，全活者众。四十年（1561）晋左副都御史，剿江西贼陈念三等，于建阳桥降其众。是年，以病免。四十二年（1563），大同有警，尚书严讷荐焘巡抚，焘率精锐三千夜抵毛儿庄，纵火焚巢而还，寻授蓟辽总督。时虏犯墙子岭，焘伏兵截杀，虏大败，升兵部右侍郎，疏请分兵修筑边墙及营城官铺，不支帑金，上嘉之，转左侍郎。四十三年（1564），土蛮入辽东，焘上诸将守御功，言海水暴涨，敌骑多没者。下有司告祭，皆有赏。隆庆元年（1567），以永平失事被劾贬官，御史郝杰复劾其养寇冒功，还籍听勘。二年（1568），复以侍郎巡抚延绥、宁夏、甘肃。三年，海寇曾一本作乱，授焘两广总督，焘以广西总兵俞大猷兵会闽师夹击，一本至闽，福建总兵李锡出海御之，俞大猷遇贼柘林澳，连战皆捷，贼遁马耳澳，广东总兵郭成、参将王诏等以师会，分三哨进剿，一本驾大舟力战，诸将连破之，毁其舟，诏生擒一本。捷闻，升左都御史兼兵部左侍郎，赐蟒服银币。九月，剿平潮惠贼林章等。十月，剿平雷州贼林容等。十一月，败倭惠州，歼其酋。闽广平，上疏乞休，允之。四年（1570），边防不靖，召焘经略通湾，提督各镇兵入援，寇退以疾辞归，侨居沧州。万历二十五年（1597）卒，年八十有七，赠太子少保，赐祭葬。著有《浙西海防稿》、《奏议》、《晴川余稿》各若干卷。

《晴川余稿》，见录于民国《天津县新志·艺文》，今佚。《津门诗钞》存刘焘诗三首。

《倪相如诗集》

倪光荐撰。倪光荐，字相如。天津倪家台人。恩贡生。历任通州坐粮厅，加太仆寺卿，管户部郎中事。善诗及古文词。每与父谈诗文，终日不倦。政暇不辍吟咏。

是集为其晚年所刊，前有静海高恒懋序。序云："余自总角时，即闻之先文端公曰：'天津倪相如先生，为吾乡巨擘，诗古文词皆能自出机轴，以与古人相上下。其乡之先达以及宦于津门者，莫不叹服，一时造庐而请，屦相错、趾相踵也。'予时心识其言，而未获见先生也。及先生以卓鲁报最，晋秩民部，而先文端公亦游宦京邸，余始得拜先生于庭。余后生小子，方治举子业不暇，何敢与先生论诗文，抑且以先生殚心职业，或于笔墨之事不无少间。孰知先生公政之暇，日手一编，不辍吟咏，每过先文端，商榷政事外，辄谭诗文，亹亹终日。先文端亦雅好不倦，以故余又得窃闻其绪论，而犹未见先生之诗文为何等也。洎余寄居津门，先生亦以冏卿在告。门庭相望，先生又以先文端之故，推好于余，余因得时过先生之庭，而读先生之诗文焉。文之沉雄博大，为唐宋而不为六朝，诗之高华典贵，为北地而不为竟陵，余虽未能深窥堂奥，然以观昔自出机轴、上下古人之言，先文端其真知先生者哉！先生年迈古稀，四方踵门而请者不绝，先生应之毫无倦色，则先生亦可谓性情于斯道者矣。先生将以其刻行世，而问序于余。余言何足重，但追述先文端之所以称先生，与先生之所以流连咏歌而不能自已者有如此，先生其或不以余言为赘也夫？"

《杜鹃集》

释元宏撰。释元宏，字石庭，号杜鹃和尚。会稽姚姓明孝子，崇明六世孙，年十七祝发大善寺。康熙庚辰，孝子墓为势家所占，元宏杖锡入都谋复之，安郡王及弟红兰主人延主弥陀寺席，尝召对畅春园，赋诗称旨。后至天津海光寺，与成衡键关结夏，笺疏《楞严》全部。精于书画，尤工于诗，晚著《杜鹃集》。

《诗真》四卷

郭允昌撰。郭允昌（1611～1659），字绳绳，号芦崖，生于明万历三十九年（1611）十一月十八日，卒于清顺治十六年（1659）十二月二十五日。天津葛沽丰财场人。廪膳生员。明崇祯十二年（1639）中举，为顺天亚元。顺治二年（1645），按河南南阳府裕州牧，庚寅（1650）转比部员外，未几迁山东东昌府别驾，甲午（1654）转顺天府别驾，丙申

（1657）转宗人府经历，丁酉（1657）加一级封朝议大夫，己亥（1659）夏升福建延平府知府，卒于官，年四十九。

嗜古好学，有文集《诗真》四卷行世。今不存。

《拙庵文稿》

徐兆庆撰。徐兆庆，字章芸，号易斋。清顺治五年（1648）举于乡，仕山西潞安府推官，风裁峻整，人莫敢干以私。有土豪因旱闭粜以射利，兆庆置之法，大雨立沛。为忌者所中，罢归。著有《纪游集》《拙庵文稿》，俱不存。梅成栋谓："兆庆诗规盛唐，气骨沉雄，英姿飒爽，有褒鄂飞动之势，非窃袭面目者比。"

《秋壑吟》一卷

李孔昭撰。李孔昭（1613～1660），字光四，号潜翁，直隶蓟州（今天津市蓟州区）人。明崇祯十六年（1643）进士。博洽群籍，能诗善书。朝事坏，不赴廷对，以所给牌坊银助军需，去隐盘山。入清后，屡征不起，以孝事母，授徒滦蓟津沽间，成就甚众。及卒，门人私谥安节先生。

民国《蓟县志》卷四《人物·著作家》本传谓：先生"所著《秋壑吟》一卷，清康熙时州牧杨公天佑初刻之于蓟，乾隆间王公询再刻之于宝坻。后板皆散失。李观澜（笔者按：即李江）得玉邑南河侯氏藏本，曾跋之云：'先生著作甚夥，其传世者仅《秋壑吟》一书，而《秋壑吟》所存者又只此一册，后之览者其幸珍之'云云"。《贩书偶记》卷十四著录为康熙乙丑（1685）刊，乾隆辛未（1751）重刊。现北京图书馆藏有清乾隆十七年（1752）青箱楼刻本一册，又光绪二十七年（1901）《蓟州刘氏丛刻》木活字本一册。天津图书馆则藏有光绪间刻本。另，民国《蓟县志·艺文》全录其诗，凡140余首，文1篇。王询序称"有三百篇之遗风"，又"先生爱陶诗，自号潜翁，其出处与靖节同，诗亦摹拟惟肖"。

《绿肥轩诗稿》

张昕撰。张昕，字暹之，号崌采。直隶天津人。顺治间诸生。是书不分卷，其曾孙张受长所辑。前有受长序。乾隆二十九年（1764）张氏世德堂刻。现藏于中国国家图书馆、北京图书馆等。

《停霞诗钞》

张昕撰。程川等编《名集丛抄》，曾收《停霞诗钞》一卷。刻于乾隆间。现上海图书馆有存。

《退居诗》

释世高撰。僧人世高，佚其俗名。尝为天津大悲院主持，素喜延接沽上文人名士，与诗人张霍往来唱和，契分最深。亦颇负诗名。晚年名其所居曰"退居"。

据汪沆《津门杂事诗》中说："大悲院释世高与梁芝梁、佟蔗村、龙东溟、张念艺、黄六吉诸前辈共结草堂诗社。"张霍《欸乃书屋乙亥诗集》中亦存有《草堂九日同陆石麟尹于民龙在田梁崇此沈文肇吴南荣梁叔敏解擎公梁右张胡执中限韵》一诗，可见当时草堂社活动之频繁与人数之多。而汪沆更曾指出，释世高在僧众中有超高诗艺。其云："宗分北秀与南能，不见瀛堧传一灯。除却草堂开白社，缁庐半是哑羊僧。"

《退居诗》一卷。为张霍汇其诗稿而刊成。今不存。

《嘉莲阁文集》

沈支炳撰。沈支炳，字星岩，富国场人。幼颖悟，有文名，康熙丙辰（1676）进士，曾官吏部观政。

《庸行篇》八卷

清牟允中撰。牟允中，字叔庸，天津卫人。《庸行篇》为牟允中的杂纂之作。此书根据《扬州史典》内容而参考补辑，采辑先正格言，分门编辑，从达观到警醒，共33类，每类十则，明白易懂，可以训俗化愚。其中立教类有牟允中自著读书方法，兼论时文，并引八股讲论数条，尽以训其家塾子弟之目的。《四库全书总目》存目，传本少见。清康熙三十一年（1692）刻本。现藏于天津图书馆。

《致远堂集》四卷

金平撰。金平，字子升，康熙间自会稽来天津。民国九年（1920）其八世孙金钺辑刻《金氏家集四种》收《致远堂集》三卷。前二卷录诗220首，末录词14首。别本《金氏家集》卷一收诗61首附词14首。

《梅东草堂诗》七卷

顾永年撰。顾永年，字九恒，号桐村。钱塘（浙江杭州市）人。丁澎之婿。生卒年不详。康熙二十四年（1685）进士，官甘肃华亭知县。后移家天津。康熙三十一年（1692）以事遣戍奉天，五年后始得放还。

自此游历四方。其诗有相当一部分写身世遭遇，徐世昌在《晚晴簃诗汇》称其诗："多行役之作。"如五古组诗《次儿栋代运北征》述在谪戍之地的种种痛苦；七律组诗《偶作》写谪遭之后内心的复杂感情。他的诗主要学习白居易和苏轼，文辞显豁而流利，如《送洪昉思之大梁》云："津亭握手共离觞，匹马长征犯晓霜。衰草连天风飒飒，冻云垂野日荒荒。频年作客凋双鬓，到处题诗挂一囊。岁晚兔园霖雪满，多才司马正游梁。"有时不免伤于率易。

《太行行草》一卷、《历下吟》

黄谦撰。黄谦（1644～1692），字六吉，号麓碛，别号抑庵。天津卫学生，生于顺治初年，著有《太行行草》、《桃源日记》。黄谦性格旷达，酷喜为诗，尤其喜欢杜甫诗，随身带有少陵诗集。平生笃于友谊，梅成栋《津门诗钞》称其："广文张尔燕之四川名山县任，送之沧州，不忍别，竟偕往蜀，家人莫知也。"与张霆、梁洪、大悲院僧世高等人往还甚密，是"帆斋"文人中年龄最长者。

《太行行草》是黄谦游历太行山时所作，呈现一种粗豪气质。如《出彰义门》、《定州》，诗名为写景，实则咏史，透出一股沉重的历史感。黄谦诗或以朴实无华之语言描摹所见，呈平淡之风格，或以豪放遒劲之语言描摹景物，抒发感慨，蕴涵一种雄厚旷达之气质。在清初天津诗坛，黄谦的诗作具有鲜明的个性。

诗集《历下吟》是游历济南时的诗作，占比最多的是描摹风光的诗。另外《历下吟》中也有记述与友人相聚的诗作，如《过王秋史七十二泉草堂》诗。此外，《历下吟》中还有其他内容的诗作，如《张节妇挽词》称颂了坚持节义之妇女，《课僮庭阶夜便坐月》抒发了异乡客的孤寂情怀等。

《定圃集》

戴明说撰。戴明说，字道默，号定圃、岩荦，晚号铁帚樵、铁帚山樵、白云隐等，沧州人。明崇祯七年（1634）进士。入清拜户部右侍郎，顺治十三年（1656）擢户部尚书，官至太仆寺卿，顺治十七年（1660）去官。兼善诗、书、画，墨竹得吴镇法，尤精山水。世祖时，赐以金质玉章，曰："米芾、画禅（董其昌），烟峦如觏，明说克传，图章用锡。"清王铎评为"博大奇奥，不让古人"。吴伟业云："明说善书、画。尝赐召见给笔札，丹青墨宝，照耀殿壁，长缣短幅，淋漓墨沈。"传世作品有天启五年（1625）作《墨竹图》，现藏故宫博物院；康熙五年（1666）作《伟涧高隐图》、十四年作《墨竹图》，现藏广州美术馆；为绎堂老先生作《墨竹图》，现藏故宫博物院。从艺活动约在顺治、康熙间。著有《定圃集》。

戴明说诗歌内容大致有以下几个方面：一是对社会现实的反映，对战乱的描述。如《馁马行》诗揭露了战乱带给百姓的痛苦。二是对改朝换代的感慨。如《天津》等，描绘了易代之后的百姓生活。三是对顺治皇帝的称颂。戴明说诗集中有不少的应制诗作，多是称颂清朝皇帝的作品。除此外，还有对天下太平的渴望，如"升平应有望，携醑待山隅"（《沧州故里》），亦有对隐逸生活的描摹，如"旌旗柳帐千茄月，鸡犬桃源一笛晴"（《五月即事》）。戴明说的诗歌艺术成就较高，得到了同时期文人的称赏，如魏宪云："岩荦诗渊乎其神，蔚乎其彩，如王心斋初见新建时，冠则有虞，服则老莱，摄衣上座，俨若怀葛间人。"龚芝麓云："高者极苍溟，深者入重渊，沉郁精坚，匪古勿法，而孤心刻画，正恨古不见我。"戴诗艺术风格沉郁顿挫，有杜诗风范，魏宪与龚芝麓的评价从不同的角度概括出戴明说诗歌的气质风貌，是较为中肯的评价。

《雨花诗集》

杜依中撰。杜依中，字遁公，号致虚，廪贡生。性颖异，童年文名颇著。明季，应直言之诏叩阙陈书，所献十七策皆切中时弊。怀宗嗟异，署纸尾曰：贾陆重生。欲大用之，为当道所阻。甲申后，结茅邱壑，以文章自娱。熊次侯尝语人曰：遁公不独以诗文名海内，余造其庐，辄作隆中之想。清初诏用遗才，相国陈百史荐举宿儒高行，辞不应。著有《雨花诗集》。卷数不详。

杜依中诗歌，多抒发壮志难酬的感慨。除了发抒自身理想不能实现的感慨之外，杜依中对社会现实亦有所揭露，如"城废连年水，民荒何处家"（《舟次河北自饮》），揭示了战乱带给百姓居无定所的困苦生活。此外，诗人也有诗歌直接抒发了对改朝换代的感怀，如《游华藏庵》。《天津文学史》评道："杜依中的诗歌总体来说，风格沉郁、雄浑、深远，有杜诗风格。"陈子翙赞杜侬中为"拾遗后身",诚然!

《槐塘诗文稿》

汪沆撰。汪沆（1684~1764），字西灏，一字师李，号槐塘，钱塘（今浙江杭州）人，清前期诗文家。汪沆早年刻有《津门杂事诗》《盘西纪游集》等书。该书为汪沆去世后由其子汪静夫据其父晚年删定本整理而成，共 20 卷，包括诗稿 16 卷、文稿 4 卷。诗稿按时序排列，分为《听雨楼集》《渡江集》等若干分集，共有诗 960 首。文稿以类相从。卷首有卢文弨乾隆五十一年（1786）序和邵晋涵序，并附张增《渡江集》原序，吴廷华、郑江、陈宏谋、杭世骏、查礼、陈兆仑、齐召南《津门杂事诗》原序，厉鹗、鲁曾煜、王曾祥、沈大成《盘西纪游集》原序和吴颖芳、周履坦《粤游集》原序。卢文弨序称汪沆诗"淡沲逶迤，丰容流美"，称其文"不驰骋以使气，不涂泽以炫才，意与辞称而止"。现存有乾隆五十一年（1786）刊本。

《方寱集》

刘泮撰。刘泮，号龙泉，静海（今天津市静海区）人。少有大志，厌章句，专心圣贤之学。发明经旨，特出独见，大要谓今之学者，学艺非学道也。古之于艺，志在识；今之于艺，志在富贵。夫学，学为圣贤也。学圣贤，学其心性。明心性要在致知，如子乐之辨季氏富于周公之疑，旁及尧、舜、禹、汤之为君，稷、契、伊、傅之为臣，皆从心性上有一段不可磨灭处，然后有不可磨灭之事业，不然耕夫、钓叟几遍天下，而两人一出，何以遂足千古？旁引曲证而为箴为咏，洒洒数千百言，其文似宋人，而说理切中寂窈，诵其书足备。一子壮岁始贡成均。任陈留、兴县两邑，正直不负所学。有《方寱集》行世，卷数不详。今不传。《津门诗钞》录其诗作十余首。

《毅庵集》

毛起鸿撰。毛起鸿，字仪章，静海（今天津市静海区）人。康熙三十六年（1697）选拔，受知于学使李光地，朝考第一。四十一年（1702）领乡荐，学益进，后屡踬春官，遂潜心著述。所撰诗文结为《毅庵集》，卷数不详。

《遂闲堂稿》

张霖撰。张霖，字鲁庵，晚自号卧公老衲。祖籍抚宁，顺治间其父行盐长芦，遂家天津。贡生，兵部郎中。有干济略，历著宦迹，仕至云南布政使。天才不羁，性复慷慨，告养家居，筑遂闲堂、一亩园、篆水楼，园亭甲一郡。款接名流，一时如赵秋谷（执信）、汪退谷（士铉）、吴莲洋（雯）、方百川（苞），诸名宿云集，文酒之宴无虚日。彬雅之风，翕然丕振，著有《遂闲堂稿》。张霖天资敏异，幼好学工诗，惜稿帙散失。其元孙张虎士编辑家集，仅存诗一首。梅成栋复于《弋虫轩诗集》中得其诗二首，同录入《津门诗钞》。

《欸乃书屋诗集》

张霔撰。张霔（1659~1704），字念艺，号帆史，一号笨仙，又号笨山，别号秋水道人，张霖从弟。张霔少而聪慧，年十二便能临钟、王法书，十六岁时就以擅诗而名显，以廪贡生官内阁中书，累试京兆不第，遂绝意仕进。家有河东别业，阿阁曲廊，金碧辉煌，但张霔"视之不以为美，乃别筑园于三岔河旁，陋若村舍，读书其中，署曰'帆斋'，复营一室于斋右，亦曰'帆斋'，客征其故，则曰：'既为帆斋，容有常处乎？'"相较于问津园、遂闲堂，帆斋显得极为简陋，但这却是张霔与二三知己的相聚之处。经常集于帆斋的文人有梁洪、黄谦、龙震、世高上人等，都是张霔知己，且都是无意仕进之辈。张霔与这二三知己创作出了最本色的津门文学，是清初天津本土文学发展的一个标志。张霔平生所著有《绿艳亭诗文稿》、《弋虫轩诗》、《读汉书绝句》、《读晋书绝句》、《欸乃书屋诗集》、《秦游集》、《帆斋逸稿》等，遗憾的是，流传下来的只有《欸乃书屋诗集》。

《欸乃书屋诗集》有两种，一为两卷本《欸乃书屋诗集》，一为一卷本《欸乃书屋乙亥诗集》，两种诗集收诗近500首。《欸乃书屋诗集》收古近体诗211首，是集版于光绪年间，有徐沅青跋，以及张霔相关资料之附录。《欸乃书屋乙亥诗集》收古近体诗280余首，作于康熙乙亥年（1695），该集有华长卿所作志与跋，民国二十五年（1936）作为《天津诗人小集十二种》之一重刊，后有高凌雯跋。张霔一生所作诗不下万余首，但目前所见唯有《欸乃书屋诗集》与《欸乃书屋乙亥诗集》所收录诗作，其余皆不传于世。

张霔家境富裕，绝意仕进后不必为生计愁，过着闲云野鹤般的生活，因此其诗集中不乏描摹山林野趣、田园风光的诗作。除了描摹山林野趣、田园风光的诗作外，与朋友交往唱和的诗作也不少。张霔好交友，不问贫富贵贱，只论才情，因此与文坛名流、津门乡贤、方外人士均有往还。吴雯、姜宸英、朱彝尊等人是清初文坛名流，张霔与他们都有来往。《天津文学史》评道：张霔诗艺术风格多样，且各体俱工，五言佳句尤多，如"韵流无滞影，花动有余情"（《咏风》）、"调古声无曲，风高韵自清"（《听蝉》）、"幽境诗为史，花林睡作乡"（《感成》）、"云接峰千里，沙寒水一村"（《出都》）、"到汝秋难老，从前花一空"（《咏菊》）等。梅成栋尝论津人诗三家：前有帆斋，中有虹亭，后有芥舟，并评帆斋诗为"风鹄摩天，春鸿戏海"，梅成栋之言形象地概括出张霔诗歌的特点，也极为准确地指出了张霔于天津文学史上重要的地位。

《玉红草堂集》十六卷、《玉红草堂后集散录》二卷

龙震撰。龙震（1657～1727），字文雷，号东溟，又号由甲，天津人。家世业盐，传至龙震，以不好治生，遂弃去。尝治举子业，于康熙庚午（1690）不第后，不复再试，过着纵情山水诗酒的生活。龙震曾两游江南，一游山东，东穷田盘，西登上房，足迹遍大江南北。年七十无子，郁郁以卒，有《玉红草堂集》十六卷、《玉红草堂后集散录》二卷传世。《玉红草堂集》收诗人自康熙甲戌（1694）至癸未（1703）所作诗四千余首，按体裁分类，每类又以时间为序。集前有龙氏同学文安陈仪所作序与小传，集后附《龙氏家谱》一卷，为研究诗人生平提供了参考资料。

龙震穷于所遇，加之为人放旷不羁，其诗情遂激而为狂愤，如"嗟予废礼法，放浪已多时"（《自欺》）。龙震用放诞的行为掩盖着他内心的郁郁不得志，《玉红草堂诗集》中很多诗歌抒发了他的这种心情，如《市兰》感叹自己没有施展才能的机会。诗人一生足迹遍布大江南北，此类游览诗作不下数百首，但诗人大部分的时间是在津门度过的，虽然其放诞不惹人怜，但终归结交了二三知己，帆斋主人张霔便是其中最知龙震者。龙震诗歌有数千首，内容极为丰富。诗最大的特点是率真，这与他的性情有很大关系。陈仪著《龙东溟传》（清康熙刻本《玉红草堂集》）评道：

"东溟至性过人,而穷于所遇,无以通其志。引而自疏,又义不忍,则激而为狂,愤而为僻,幻而不近人情,诡而为使酒骂座。"除诗歌外,龙震的散文成就较高,如《记与张帆史交友始末》一文回忆与张霍由互不往来到相识、相知的过程,言语朴素而真诚,蕴涵了作者内心极深厚的情感,从而达到动人心魂的效果。

《查氏七烈编》三卷、附词一卷

查日乾撰。查日乾,字天行,一字惕人。原顺天宛平人,少孤,随母寄姊家江南,既长来家天津,其子孙掇科第、登仕版,遂分占两籍焉。日乾故贫,性耿介不滥取,以行盐致富,长于持筹,为同辈所仰。长芦逋赋累万,朝廷遣使清查,艰于综核,以日乾有名,坐之堂上,咨询条目辄口陈手画,洞中窾会,匝月悉定,又以商力凋劫,陈请为善后计,使者纳其言,利溥且远。曩,长芦岁届奏销,官商屡以稽缓罣吏议,日乾措施有方,多所保全,而不以为功。县地为畿辅诸河尾闾,当夏秋霖潦,西南诸水泄入白、卫二河,奔腾下注,往往汇为巨浸,雍正三年(1725)水没城砖十三级,四望浩淼,饥民栖止无所,日乾振抚流亡,全活无算。渠黄口、单街、老君堂、教场皆环城堤岸,时有冲决,最称险要,日乾怂殿使疏请修筑,得旨报可,日乾亲督畚锸,增高蕴厚,居民安堵。又以火患频仍,武廷豫所设同善会力不足以救济,更立上善会以辅之。上善者,取《老子》"上善若水"义也。城西旅舍数十区,每岁逼除客之不能举火者,辄阴为振恤。生平广交游,生死不相负,山阴王揆、长洲谈汝龙、会稽陶良玉客死京师,皆数千里归其丧;胡捷、俞启文没,无以为殓,为经纪其后事。查氏园林、宾客,沽上著闻,风雅绵历数十年,实自日乾启之。母刘病没,时日乾方以事系狱都门,痛毁几绝,后得归营葬,筑室墓旁,题曰"慕园",三年不忍去,有永慕之意焉,故亦以慕园自号。乾隆六年(1741)年七十五卒,著有《左氏臆说》、《史腴》各若干卷。

《查氏七烈编》三卷,附词一卷。清乾隆宛平查氏刻本二册一函。

《珠风阁诗草》六卷及续集一卷

查曦撰。刻本。查曦,字汉客。生平客游所至,最喜款接名流,临眺风景,时以清词丽句写其幽逸之怀,集中第五卷专录榆关至东北绝塞之作,每诗详注其事,探幽历险,志怪述奇,读之等于风土记,故亦名

《东荒薄游草》，其续集为朱函夏及嘉兴许王猷所选定，务约而精，故仅存一卷。

《忆雪楼诗集》二卷

王煃撰。王煃，字子千，一字紫诠，号南村。宝坻县人。与赵执信、曹寅等人友善。乾隆年间大兴文字狱，因与抗清志士屈大均交往过密，受其牵连，王煃《忆雪楼诗集》亦遭禁毁，致使其著作湮没。至宋健搜集辑录王煃现存诸诗，成《王南村集》（天津古籍出版社 2015 年版），收录了目前发现的所有王煃诗文，其在天津文学史上的重要地位由之彰显。

《居易堂诗稿》一卷

周人龙撰。周人龙，字云上，号跃沧，直隶天津人。父式度，诸生，笃学行义，有古君子风。人龙聪颖过人，为举业时尝一夜成七艺，塾师惊异。中康熙四十七年（1708）举人，明年成进士，授山西屯留知县。县故瘠地，每岁征粮有捉短封之目，最病民，人龙抵任蠲除之。朔望召士子听讲学宫，翌日课以文艺，指导如训徒。岁旱，徒步百里祷雨三崚山。县有雹灾，输金振恤。调知清源，士民送诸郊，既出境，数百人泣拜道左，则被雹十三村民也。汾水绕清源县城，而洞涡、嶑峪及白石沟诸河复环流境内，秋霖水至，漂没田庐，受患且数百年，人龙挑渠筑堰，乃不为灾。擢忻州知州，时西鄙未靖，军需输送辄报最，同官师之曰："此忻州法也。"升蒲州府知府，蒲州之民与陕西隔河争地，讼尝数十年不休，人龙上言大吏谓：河水迁徙无常，东迁则山西失地，宜移山西空粮归于陕，陕西失地亦然，如是则粮随地起，既无缺于正赋，因地纳粮可无累于民生。时又有丁粮归地之举，行之数年，民便之，独衿富不悦，有言于朝者，诏下巡抚议，巡抚檄察，人龙抗言曰："无力之丁家无寸土，终岁勤苦，糊口维艰，输纳丁粮实同剜肉补疮，补之不能，必至拖欠，欠之愈多，必至流亡，久而丁倒累户，户倒累甲，是逋欠者在一人，而受累者在众姓。有田之民，虽肥瘠不同，然地肥然后粮多，粮多然后丁银之归入者多。地瘠则粮少，粮少则丁银之归入者亦少，是不便于不田之民者甚微，而便于无力之丁者甚大，若以为不便于有田之民而不可行，岂不便于无力之丁而反可行乎？不便于田土瘠薄之家而不可行，彼瘠土亦无之赤子将何以堪乎？若云山西丁粮过多，摊于地亩输纳艰难，夫以有地之家输纳尚且艰难，彼无力之穷丁输纳反不艰难乎？今为有地之家计万全，而不为无力之丁求生路，殊非周急之道。"议出，事遂定。旋以忧去官，服阕授湖北安陆知府。值钟祥三官庙堤、天门沙沟垸为江水冲决，人龙集邻境士民，晓以利害相共之义，踊跃助役者十万人，方从事畚锸，以前在蒲州卓异，推升江西督粮道，部檄已至，人龙曰："助夫由我致，我去必四散矣。转晌秋泛，何以为计？"卒督工两月，竣事始去。及莅江右，厘剔积弊，平反冤狱，守令畏惮之。乾隆十年（1745）以病告归，卒于家，年六十有四。

周人龙幼劬于学，与洪天锡、王又朴友善齐名，居官俭约，而三党之亲无不沾溉。尤喜奖拔士类，在山西分校武闱，得太原张元林，登诸荐剡，元林历官牧令，俱有声，识循吏于橐鞬中，尤为仅事。著有《居易堂诗稿》。清乾隆二十六年（1761）精刻本，天津图书馆藏。

《墨缘汇观》六卷（一作四卷）

安岐撰。安岐，字仪周，号麓村，又署松泉老人，题其所居沽水草堂，或名古香书屋。天津人（一说朝鲜人）。经盐商致巨富（或曰古董商），声势赫奕。以好士称，江淮间文人志士贫而不遇者，多依以为生。文物、古迹盖藏宏富，精于赏鉴，尝得《书谱》真迹，摹刻成"安麓村本"。清皇室所藏异物及民间珍品，常见"安岐"收藏印。长白端方云："海内法书、名画之归麓村者，若龙鱼之趋薮泽也。又其人夙精鉴别。"

《墨缘汇观》亦曰《墨缘汇观录》。序署清乾隆壬戌年（1742）松泉老人撰。是编搜集并评介魏、晋迄明之著名书、画，凡设法书、名画二部。中有《荐季直表》、《平复帖》、《出师颂》、《袁生帖》、《伯远帖》、《寒食帖》诸巨制，足见其皮藏之富。记述详审，包括料纸、式样、尺寸、钤印（藏皮印与鉴赏印）数、流传等。考证缜密，判定真赝无遗。长白端方赞其"精识如孙北海（承泽）、高江村（士奇）"。松泉老人自序云："暇日遂将平昔所记，择其尤者……汇成卷帙，偶一展阅，得历朝墨妙，纷然在目……因名其录为'墨缘汇观'。"所刊《粤雅堂丛书》本，载有光绪元年（1875）伍绍棠题跋，研考松泉其人，未定论。光绪二十六年（1906）有端方校本，并载其序。端序判定："《墨缘汇观》，为安麓村（岐）所著。"尔后，视松泉老人为安岐，殆无疑者。刊有《丛书集成》本、《艺术丛编》本，均以《粤雅堂丛书》本为据。

《蔗堂未定稿》

查为仁撰。查为仁（1694~1749），字心谷，号莲坡，又号花海翁、花影庵主、澹宜居士。父查日乾，字天行，号慕园，康熙中投盐商张霖门下，任天津关书办。康熙四十四年（1705），因张霖事发而入狱四年。康熙四十八年（1709），出狱。查为仁为长子，幼年师从山阴王揆。少年时代，读书于钱塘西溪。康熙五十年（1711），举顺天乡试第一。中举原本为人生之幸事，但查为仁因此而遭遇祸端：康熙五十年顺天乡试主试者为赵申桥，因革铜商事与权贵抵牾。铜商金、王两姓告为仁由其父请人代笔，贿买书办传递文章，查氏父子因此而被逮西曹。这就是对查为仁一生影响极大的辛卯科场案。康熙五十七年（1718），查为仁母亲捐银万两为夫赎罪，查氏父子由此遇赦。是年秋，查日乾出狱返家。然查为仁虽遇赦，却未能出狱，直至康熙五十九年（1720）二月始蒙恩矜释出狱。

查为仁一生所作诗词均收录于《蔗堂未定稿》，是书刻于乾隆八年（1743），分为内集八卷、外集八卷。内集包括：《花影庵集》二卷、《无题诗集》二卷、《是梦集》一卷、《抱瓮集》一卷、《竹村花坞集》一卷、《山游集》一卷。外集包括：《莲坡诗话》三卷、《赏菊唱和诗》一卷、《花影庵杂记》二卷、《游盘日记》一卷、《芸书阁剩稿》一卷（查为仁妻金至元撰），另附《押帘词》一卷。

《花影庵集》与《无题诗集》作于西曹狱中，花影庵乃查为仁"西曹所居额名"，因以名其诗集。

查为仁在狱中度过九年光阴，出狱后，查为仁没有功名，也不问世事，过着萧散闲适的隐居生活，实现了他"欲向沙鸥共结盟"（《清明》）的夙愿。梅成栋曾言查为仁"复试得雪，赏还举人"。高凌雯则云："论其事，以死囚而邀矜释，已为格外之恩，更无赠还之理。乾隆十年芦商鹘赈，时莲坡已出狱二十年，仅给七品顶戴。定例：举贡服用七品顶戴，其非举人可知。"出狱后，查为仁娶金至元为妻。金至元，字含英，属津门金氏家族，能与人诗词唱和。嫁与查为仁后，夫妇二人琴瑟和鸣。查为仁《寄内》诗见证了二人的情感，写得极富生活韵味："秫熟好蒭缸面酒，日晴须曝架头书。烦君两事先料理，偻指回车在月初。"但好景不长，金至元婚后不到一年便亡故，查为仁深感悲恸，作悼亡诗哭之："芸书阁上榻凝尘，寂寂寥寥独怆神。启箧罗衣香未散，当窗锦字墨犹新。灯昏一穗伤前事，雨冷三更负夙因。惟有鲽鱼常不寐，答君十载绿眉颦。"诗人情感真挚而深沉，尾联化用唐人元稹《遣悲怀》诗意，对亡妻的悼念之情充溢字里行间。《七夕》也表达了对亡妻的思念之情："漫说双星好别离，年年还有鹊桥期。人间一奏孤飞曲，地老天荒无会时。"雍正三年（1725），查为仁续娶，但对金含英始终不能忘怀，于雍正八年（1730）集其妻遗作为《芸书阁剩稿》一卷，附于《蔗堂未定稿》外集刊行。

与朋友诗酒往还，是查为仁出狱后的生活重心，因此其后半生诗作中交游诗非常多，这些交游诗见证了当日水西庄文人雅集之盛，为后人提供了水西宾客的资料。描摹水西风光、津门风物也是查为仁出狱后诗歌的一个重要主题，通过此类诗作，后人可以了解清中前期的天津风景与民俗，具有较高的认知价值。

查为仁的诗歌数量繁多，风格各异，有些诗歌具有沉郁之风、愁苦之气，有些则含清新之致、旷达之怀。

清新旷达之作多见于查为仁出狱后诗集，如《是梦集》、《抱瓮集》等。这些诗集中，《杂忆》、《八月初四招同张眉洲前辈傅阆林编修佟蔗村隐君游依绿园即席分赋》、《花影庵盆梅初放》、《雨中》、《新构小轩落成即事有作》、《对雪》、《揽翠轩与端木从孙饮》等诗均呈现清新之风格。

查为仁的诗歌不仅是诗人一己生命历程的记录，更是对康乾盛世的一种记载，通过他数量丰富、风格各异的诗歌作品，后人可以了解那个时期的文人心态、天津风情，以及社会现状。

查为仁不仅有大量诗作传世，亦有数十首词作流传。《押帘词》乃查为仁词集，其中词作呈现不同的美感。有些词作透出一股柔婉之美，如《踏莎行·送春》。在对春归无奈的伤怀中寄托一种生命的感悟，内蕴缠绵之情致，透出柔婉之美感。具有同样气质的词作，还有《菩萨蛮·乍寒乍暖春如许》、《菩萨蛮·月季》等作品。有些则呈现郁勃苍凉的气质，如《金缕曲》。还有一些词作蕴涵一股凄美的气质，如《忆秦娥》。《押帘词》具有很高的艺术价值，受到时人高度评价，如陈琰《押帘词序》（乾隆八年刻本《蔗堂未定稿》）论查为仁词："把臂玉田，拍肩白石。"万光泰则云："莲坡先生雅善四愁，远追三影，藉空中之绮语，寄内里之新声。疑无停车洛浦，听风听雨。剪烛巴山，时斗草而筹花，亦拈香而唤玉。驱一川之烟草，尽入闲愁；造七宝之楼台，无讥涩体。"陈皋则云："激响空明，华而不靡，刻而不露，如幽湍之鸣，如虚林之籁，一本天然也。"他们从不同的角度揭示了查为仁词作的特点，以及其词作的艺术价值。《押帘词》的整体水平较高，具有很高的艺术价值，开天津本土作家填词之先河，具有重要的意义。《天津文学史》由之评论道："对于天津文学的发展而言，查为仁做出了不可磨灭的贡献：他不仅开本土文人填词之先河，还一手打造了水西庄的繁荣，并以其自身的文采风流与热情好客的气质秉性，吸引了南北文人，开创了天津文学的繁盛期。"

《莲坡诗话》三卷，刻本。是书载《蔗塘外集》。自清初迄于乾隆初年，其间骚人墨客，凡以诗学名家者莫不甄录及之，至如赵执信、姜宸英、吴廷华、汪沆、钱陈群、厉鹗、杭世骏辈，则皆为仁契友，或以吟简往还，或寓居水西别墅，日相酬答，故所录尤多，自序所谓得于闻者二三，得于见者七八也。

《铜鼓书堂遗稿》三十二卷

查礼撰。查礼（1715~1783），原名为礼，又名学礼，字恂叔，号俭堂，又号鲁存、铁桥、茶坨、榕巢等，查日乾第三子，与伯兄为仁、仲兄为义同为水西庄第二代主人。累试不举，乾隆十三年（1748）纳赀为农曹，授户部陕西司主事。进入政坛后，查礼表现出了卓越的才能，先后任庆远府同知、太平府知府、四川松茂道、四川按察使、四川布政使等职。在地方官任上，查礼勘测湘漓水源，建造农具，提倡屯垦，建黄庭坚祠、书院等，为当地经济、文化做出了杰出的贡献。在四川任上，查礼还平定了大小金川的叛乱，受到乾隆皇帝的接见与奖赏。在卓越的政绩之外，查礼亦工诗词，一生所著甚丰。查礼故去后，其子查淳尽收其父生平作品，集成《铜鼓书堂遗稿》三十二卷，包括诗、词、词论等方面的内容。

查礼在出仕前的诗歌多是与水西文人的唱酬奉答之作，亦有描摹津门风土人情之作，反映出其较为悠闲的生活状态，如《春日郊游》。由乾隆十三年（1748）夏，直至乾隆四十七年（1782）九月，查礼先后任庆远府同知、太平府知府、四川松茂道、四川按察使、四川布政使等职。在此三十余年间，查礼历遍中国河山，其诗歌在内容上呈现波澜壮阔的景象。如：一是对所经之地、所宦之处的风光有大量的描画。二是对所宦之地民风民俗的记述。三是对所见之民生疾苦的反映。四是对战争，以及军营生活的描摹。有些诗作反映了诗人对战争的批判、厌恶态度，如《热耳寨军营》。另外，诗人的一些诗歌记载了战场的胜利。查礼号称"戎马书生"，他曾为清兵进剿大金川出谋划策。因此对于清军的胜利，他由衷地感到欣悦，才写出了这类作品。五是对故乡亲人之深厚情感的发抒。如《感怀》诗传达的是对津门老母的思念之情。对故乡的思念，对亲人的依恋，以及对痛失亲人的感触，是千古以来人类的共同情感，查礼的这类诗作传承了对人类普遍情感的抒发，因其深厚而真挚，故能动人心魂。

查礼作诗尚"奇"，有诗句云："不妨路寂寞，但愿句惊奇。"（《出都之宁远任》）因此他的诗歌很大程度上体现出一种奇崛高古的美感。查礼作诗虽然追求奇崛，但其作品还是呈现别样风貌，如"残照明山县，寒云护小村"（《房山道上》）、"山色远从天际落，白云遮断数峰青"（《百草沟雨后望田盘诸峰》）、"野田惟剩雪，木叶有余黄"（《南庄道中》）等的清新、自然的本色之美，又如"上书辞北阙，垂老客西京。山色函关路，河流渭水声"的雄健、苍凉之美，再如《采葛行》、《采茶行》的质朴、淳真之美。总体来说，查礼诗歌以奇崛高古为主，而兼清新、雄健、质朴之美，具有很高的艺术水平。

《铜鼓书堂遗稿》卷二十五、二十六、二十七部分收录查礼词作百四十余首，数量远超其兄查为仁。卷二十五、二十六所收词作，是查礼出仕之前的作品。由于查礼幼年便生活于水西庄，过着较为富足而悠闲的生活，故这部分词多是与友朋的唱酬之作。《东风第一枝·立春后二日赋味古庐梅花》、《贺新郎·为心毂伯兄题花影逃禅图》、《少年游》、《琴调相思引》、《行香子》、《菩萨蛮·题陈玉几上舍雨竹轴子》、《祝英台近·春日水西庄雨中怀杜禹门大牧》等词均是查礼与友朋的唱和作品，蕴涵一股闲散的情致。查礼于乾隆十三年（1748）踏上仕途，开始了在外仕宦的生活。《铜鼓书堂遗稿》卷二十七系乾隆三十二年（1767）至乾隆四十一年（1776）间的词作，由于词人阅历的丰富，词作内容较之前更为丰富，感慨遥深。除了对人生的感怀之外，《铜鼓书堂遗稿》卷二十七部分还有一个重要的主题，即对战争的传达、描摹。对战争的描述，查礼还有一种方式，即抒发对罹难友人的哀悼之情，如《摸鱼儿·哭赵损之农部》。《透碧霄》则从正面抒发了词人建功立业的雄心抱负。查礼的后半生几乎都在仕宦中度过，因此他的词作在内容上较查为仁更为丰富，反映出的社会现实亦较深刻。就艺术特点而言，查礼与查为仁的词作各有千秋。总体来看，查为仁的词作较查礼多一份吞吐呜咽之情致，而查礼较其兄的词作则多一份苏辛的豪迈。

除了词作之外，查礼还有一卷《词话》传世，收于《铜鼓书堂遗稿中》中，共十五条。这卷词话后被收入《词话丛编》，以"铜鼓书堂词话"名之。

《铜鼓书堂遗稿》中每条词话均无题目，而《词话丛编》中的《铜鼓书堂词话》或以首句为题，或概括每条之大概，均冠以题目。查礼在词话中提出了几点关于词的看法：第一，词主醇雅。第二，对如何做到雅，提出"词不离乎诗方能雅"的观点。第三，审美主张的多样化。第四，对词体特质有着明确的认识。《天津文学史》曾评论查礼在诗词方面的成就，称："其诗歌的波澜壮阔之景象在水西文人中首屈一指，其词作数量与风格在水西文人中亦别是一家，而其关于词学的理论，则更是奠定了他在天津文学史上独一无二的地位。"

《芸书阁剩稿》

金至元撰。金至元，字载振，一字含英，河间府学生金大中女，适查为仁。陈鹏年撰《金孺人小传》（乾隆八年刻本）。《蔗堂未定稿》称其："夙娴内，则不苟訾笑。性极孝，事父母及舅姑皆得其欢。幼读书，通大义，颖慧绝人。女红之外，书算琴管无不精擅。"金至元工诗，有《芸书阁剩稿》传世。《芸书阁剩稿》先是附于《蔗堂未定稿》刊印行世，后又被金氏后人自《蔗堂未定稿》中摘出，收入《金氏家集四种》。

《芸书阁剩稿》开天津女作家创作之先，集中主要为与夫君的唱和之作和叙写闺中闲愁之作。金至元的传世诗作不多，概有二十余首，却是天津女性作家的代表。除了金至元外，赵艳雪也是当时天津著名的才女，其悼念金至元的"自古美人如名将，不使人间见白头"的名句广为传诵。女性作家的出现，是天津古代文学发展至鼎盛时期的一个表现，是水西庄文学的重要组成部分，在天津文学史上也占有一席之地。

《清风草堂诗钞》八卷

余峥撰，刻本。余峥，字符平，自乾隆初举博学鸿词后，往来南北，诗名甚震，初有蒹葭亭刻稿，板毁于火，是集多追录旧诗，续以晚年之作，由其子杰编辑而藏于家。迨道光间曾孙堂官广东，始以堂子作恭手钞工楷本付诸剞劂，前有查礼、梅成栋各序。盖峥居天津，与礼兄为仁相识，为水西庄宾客。成栋则与堂最称莫逆者也。

《梦里吟诗钞》一卷

余杰撰。余杰，字千子。余峥之子，布衣。少随父自山阴徙天津，故集中多旅居思乡之作。晚年与金玉冈、刘文焕诸人往来酬答。集中末章为其恭遇千叟宴纪恩文。

《蕉石山房诗草》一卷

康尧衢撰。钞本。康尧衢字道平，号达夫，晚年自号海上樵人。直隶天津人。乾隆六十年（1795）应乡试不第，落落以诸生终。有《海上樵人稿》、《蕉石山房诗草》、《津门风物诗》等。事迹见梅成栋撰小传。

梅成栋谓尧衢诗沉郁顿挫中，能具凌云出尘之致。庆云崔旭亦谓声色臭味俱好。是集存古、近体诗一百五十五首，中有与周自郜、查昌业诸人倡酬之作，其《迎銮词》云"两年恩跸临兹地"，则此集脱稿，当在乾隆中叶也。《海上樵人稿》今已不可见，此为其集外诗亦即十二卷之一，无得而知。史乐善曾见其春及轩诗一卷，而《雨汀诗话》所采录多为此集所有，春及轩与此集是一是二，亦不可知。

《嘤鸣集》一卷

沈峰撰。沈峰，字东岩。乾隆丙午（1786）举人。博雅工诗，与弟峻齐名，一时擅机、云、轼、辙之誉。著有《嘤鸣集》、《虚白斋诗钞》。少与弟峻随宦江西，与诸暨陈法乾游，诗学大进，著有斯集；其从子兆沄谓集已久佚，仅传一联云："桂树小山招隐士，桃花流水忆秦人。"梅成栋亦谓峰以此句得名，其所辑《津门诗钞》载峰诗二十首，当选自他集者也。

《欣遇斋诗集》十六卷

沈峻撰。刻本。沈峻，字存圃，号丹厓。沈峻年十五已学为诗，与兄峄倡和，时方随父宦豫章，闲游黔中，因得纵观山川风物之美。厥后官吴川，以细过遣戍塞外，凡所遭际往往形诸歌啸，积诗至三千余首。还里后手自编订，兹集所录，淘汰过半，然生平学行略见于斯矣。

《映奎堂稿》

陈居敬撰。陈居敬，字醒园。天津人。乾隆四十二年（1777）举人，官江西奉贤县知县。

《天游阁诗稿》

查诚撰。查诚，字伟中，一字静岩，号海沤，乾隆四十二年（1777）举人，官员外郎。平淡简易，有祖风。家起小园，叠石莳花，积书满架，无不披览，然不事生产，家又中落，遗有《天游阁诗稿》。

《蓬山诗存》二卷

郑熊佳撰。刻本。郑熊佳，字南翔，号蓬山。直隶天津县人，乾隆二十一年（1756）举人，二十五年（1760）成进士，知广东惠来县事，移知电白县，历署琼山、乐昌知县及钦州知州。先生性聪敏，少受学于绍兴周元木，学识渊博，于书无所不读，尤工于诗。笃交游，重文士，与同邑金芥舟老人契分最深，相携至粤东，馆之署中，供壶榼，恣眺览，穷幽缒险，数年不倦。迄卒，为营身后事，罔勿周备，一棺值数百金，逮芥舟之嗣迎柩于粤，大感恸。先生之好义，皆类此。与芥舟时相唱和，汇为《山舟草》一卷，谓蓬山、芥舟合集也。

是集为其孙士诚校刊，以未第以前及仕粤诸作为《南翔集》，罢官北还仿坡公出峡之意为《出岭集》，末附《岭海酬唱集》一卷。

《静善草堂杂咏》不分卷

查善和撰。查善和，字用咸，号东轩。查氏中衰，善和善居积重，振旧业，学问博雅，能自韬晦，好吟咏，著有《东轩诗草》。

《莱苨馆集》九卷

查昌业撰。钞本。查昌业，字立功，号次斋，别号松亭。原籍海宁，以事遣配济南，及赦来家天津。为金玉冈之甥。幼有隽才，遭际乖舛，发为歌咏，时有凄咽之音。

是集前有梅成栋手书题词，集内又有所注字甚多。案《津门诗钞》所选昌业诗，云皆得诸金氏家藏，是成栋选诗时尚未知有此本，后乃得见之，金氏所藏者有古体数首，而此集仅五七言律诗各一卷，恐非全稿。

另所著曰《籨簃馆集》九卷，为查昌业诗作全稿，计诗钞七卷，诗余二卷。现有清乾隆四十二年（1777）海昌查氏钞本。北京大学图书馆有藏。

《青蜺居士集》一卷

丁时显撰。钞本。丁时显，字名扬。时显少即工诗，以"青帘杨柳市，黄蝶菜花天"得名，人呼"丁黄蝶"。既卒，士林惜之，其甥金玉冈哀挽之作尤多，是集存诗百余首。梅成栋谓其古体学李贺，近体学刘长卿，天才峭拔，无制不工。

《步青堂余草》

徐金楷撰。徐金楷，字端叔，号春卿。乾隆戊午科副榜，诰封奉直大夫。徐世昌四世祖。

梅成栋《津门诗钞》按曰：春卿先生少年英俊，文名推一时，青云自许，以中副车愤悒，卒。无嗣，取侄午园先生辉为继。同邑青蜺居士丁时显，与公为文字至交，俱早折。

《和乐堂诗钞》五卷

殷希文撰。刻本。殷希文，字郁堂。希文偃仰冷署二十余年，而性喜吟咏，及宰县未久而卒，病革之前犹为喜雨诗十数韵，口授家人。其诗格初学白居易，中年以后自抒机轴。既没，子秉镛哀辑遗稿，倩幕友吴飞翰楷书，付梓以行世。

《虚舟草》一卷

戴思灏撰。戴思灏，字虚舟，爱吟咏，应童试，终未售。寿八十余。金铨谓其诗效中晚唐。蒋玉虹曾藏其集。

《耕心堂删余草》一卷

鲁锷撰。鲁锷，字健庵，布衣，为金玉冈弟子。

《陇头小草》一卷

金胜撰。金胜官甘肃渭源典史，诗当作于其时，故以名集。

《一梧斋诗草》

王希曾撰。王希曾，号愚山，晚号勤斋。天津人。乾隆二十五年（1760）举人。由河南安阳县令，历任繁剧，所至皆有治绩，发奸惩蠹，无所畏避。孝感有大姓，活埋饥民十一人，守令惮其事，莫敢发。希曾访得实，立雪之。尝主讲陕州召南书院，登科者五人，盖陕州不发科已数十年矣。

《萝村杂体诗存》一卷

吴曰圻撰。刻本。吴曰圻，字耤田。乡居授徒，不慕荣利，惟时与汪舟、张映斗辈雅集思源庄，为觞咏之乐。生平所为诗不自留稿，子彰从故交搜得若干首，孙士俊补缀刊行。

《菉猗山房诗草》一卷

周光裕撰。刻本。周光裕，字衣谷。是集载古、近体七十余首，多纪事诗，盖择有关身世者录之。光裕宰陕西时，值楚匪扰境，从戎九年，其事迹别无记载，惟此集略存梗概耳。

《善吾庐诗存》一卷

金铨撰。金铨，字野田。诸生。书法褚河南（遂良），诗宗陶、韦，贫居委巷，罕与人通。天怀高淡，不慕荣利，运使阿公（林保）闻其名，凡数顾，始与订交。李公（符清）宰天津时，步访清谈竟日，赠句云："八法褚登善，五字韦苏州。有道贫何病？无田菊是秋。"卒年八十。

是集录诗五十首。前有像，后附同邑十五人题诗。现有民国九年（1920）刻本。北京首都图书馆有藏。此外，是集又录入《金氏家集》丛刻中。

《卜砚山房诗钞》两卷

周焯撰。周焯，字月东，号七峰，世居天津。雍正十三年（1735）以名诸生贡成均不第，遂废举子业，专力于古。工诗，精小篆、八分、摹印。周焯性坚确，凡所注意均全力以赴，"少时会文友人家，门临水洼，旁涠中淖，七峰喜其旷，徐步构思，不觉陷于淖，众惊出之，自若也"。曾筑七峰草堂于沽上，曾于无意间得宋谢枋得建阳卖卜砚，遂常以此砚与水西宾主相鉴赏，成就津门文坛一段佳话。

周焯性嗜作诗，著有《卜砚山房诗钞》两卷，由查为仁出资刊刻。《卜砚山房诗钞》收诗二百余首，系诗人在世时所编著，成书于乾隆十三年（1748）。周焯诗歌的内容多是宴饮、游赏、赠答之作。周焯诗歌中有很多宣扬教化的作品。

周焯诗歌中也有些古诗写得苍凉浑厚，是难得佳作，如《双雏谣》颇具古风，讽刺了现实生活中为稻粱谋而分道扬镳的兄弟，而对日夜期盼

"双雏"归来之老鸿的舐犊神情，诗人心中有无限感慨。

《草亭诗草》

宋贞娘撰。宋贞娘，字草亭。天津人。查为仁侍女。能诗，所著有行于世。是书现存于天津历史博物馆。

《读书舫诗钞》一卷

胡捷撰。胡捷，字象三，天津人，顺天诸生。幼颖异，遇书如凤读。长工于诗，格律秀整，为姜编修西溟所赏，博学强记，撰述极多，所著有《读书轩诗文集》若干卷。年四十三卒。胡捷幼与查为仁同学，"为仁在北寺，捷时载酒相从，及事解来居沽上，日与酬唱往还，交谊甚契"。查为仁《莲坡诗话》称：捷十岁能诗，与共笔砚者三十年。故水西庄倡和之作，见于两家诗集者甚多。是卷为其裔孙承勋所录，欲刊行而未果，而析为数集，甚有一集只一题者；其间似有离合去取，非原稿也。胡捷生平风怀高雅，工书善画，不慕浮荣。著有《历代纪原》、《少陵诗话纂》、《江上吟》、《读书舫诗钞》、《文钞》。胡捷生平所为诗尚多，惜胡氏式微，遗著荡失严重。《读书舫诗钞》是胡捷唯一传世诗集，收诗一百二十余首，分为八个部分：壮游草、读画篇、红雪山房集、薤露集、红雪山房近草、薤露遗言、读书舫诗未定稿、补遗。内容涉及记游、唱和、题赠、哀挽等方面，记游、唱和诗作中不乏佳句。

《炅斋诗钞》

胡睿烈撰。胡睿烈，字锡文，号炅斋，天津人，诸生，与查为仁及其宾客唱和往还。然所著诗稿不存，惟《津沽题襟集》收其诗六十余首，至近代由津门文人高凌雯摘出，辑录成《炅斋诗钞》，收入《天津诗人小集十二种》。

胡睿烈诗歌内容多为咏物写景、题赠唱和，如《新柳》、《坐揽翠轩闻早莺》、《晓晴》、《咏白丁香》、《数帆台晓雨望隔河村落》、《藕香榭观荷，拟采莲曲》、《西沽舟中晚归》、《七夕同万循初赋瓜果九首》、《夏至日喜雨分赋得二十五有》等，均传达出文人的一种闲情。胡睿烈的诗歌题材虽然不够宏富，但在创作上有一定特点，即观察细微、讲究遣词。

《怀南草堂诗稿》

朱岷撰。朱岷，字导江，号客亭，又号七桥。江苏无锡人（一作武进人,据其游田盘题名自署新安)。清康熙、雍正间,应查为仁之邀来津,居水西庄中。工隶书,善画,精于鉴赏,所藏金石书画皆希世之珍。后入籍天津,朱氏北迁后再传而替,诗稿遂佚。今查为仁集中存十首,《津门诗钞》存五首。

《诵芬堂诗》三卷

沈起麟著。沈起麟,字苑游,沈鹏鸣之子。受学于祖父,科考屡试不中。纯谨行义如其父。好学能文,布衣终老。肆力于诗,其诗"音节和畅,蔼然如睹"。

《诵芬堂诗余》一卷

沈起麟撰。是集有姜森跋,谓起麟淡薄寡营,惟眈心有韵之文,而诗余一道尤所神解,著有数种已付梨枣,今复填(忆江南)小令十二阕,备述田园之乐,盖与余尚炳所跋之村居诗异曲同工者也。

《雪柯诗钞》

刘文煊撰。刘文煊(1613～1664),字紫仙,号雪柯,山阴人,贡生。乾隆丙辰(1736)举博学鸿词。性峭峻,不屑干谒,屡中副榜。晚年侨居津门,与查澹宜、万柘坡为文酒之交,常乘兴唱和,挥毫写意。年八十余卒于津。著作有《题襟集》、《雪柯诗钞》,画作已绝。

梅成栋曾记刘文煊:"雪柯居日下最久,当道重其文名,多思招致门下。公性峭峻,不屑干谒。且落落少所许可,耻诡遇取荣。以是遭忌,凡七中副车,而卒未酬其志,投劳才为末吏。交游皆一时名士,如周兰坡、万循初、余元平诸征君,时共吟和。商宝意先生为公之甥。晚年与查莲坡老人交最契,赠答最多,寿八十余,卒于天津。"又言:"雪柯先生后裔式微,所遗诗篇,都归散落。"目前所见刘文煊诗歌,多集中于《沽上题襟集》与《津门诗钞》。《沽上题襟集》中收录刘文煊诗百余首,《津门诗钞》录十六首。

刘文煊在诗歌中表述最多的是漂泊的伤感、不得志的抑郁。诗作每每系以人生的感怀,即便是写景咏物也会融入一己之情怀,如《自题画兰二首》,诗人写兰花之幽独,寄寓人生感怀。诗歌在整体上呈现不同的风貌,有的具有一股苍凉沉郁之风。《天津文学史》曾评论道:"刘文煊的诗歌既多了人生深沉的感怀,又多了一种创作的大气。即使在流寓文人中，刘文煊的诗歌特点也是非常明显的，成就较高。"

《津门小令》一卷

樊彬撰。樊彬，字质夫，号文卿。少时即有文名。曾充任国史馆誊录。后叙劳授冀州训导等职。是书樊彬自序云尝见人有为扬州忆小令者，爱其辞意新婉，因思沽上有小扬州之目，偶效其体，得百余首，删存80首，用以纪风土也。华鼎元辑为《梓里联珠集》之一。

《绝妙好词笺》

厉鹗，字太鸿，号樊榭，钱塘人。康熙五十九年（1720）举人，乾隆元年（1736）荐博学鸿词，有《樊榭山房集》。厉鹗以孝廉需次县令，将入京，于乾隆十三年（1748）抵达天津水西庄，查为仁留之数月，遂不就选，成为水西文人中的一员。在水西庄期间，厉鹗除了与查为仁等人觞咏唱和之外，还与查为仁共笺《绝妙好词》。

《绝妙好词》是由南宋词人周密所编选的南渡后词人的词作，是一部质量上乘的词选集。由于《绝妙好词》所收录词人的词集大多不传，加之流传五百年而无人为之作"笺"，因此后人对其中所录词人词作之本事大多不知，造成了这部词选集在流传方面的困扰。而厉鹗与查为仁《绝妙好词笺》的完成，解决了流传的难题。

关于二人共笺《绝妙好词》的情况，厉鹗在序《绝妙好词笺》时有所交代："津门查君莲坡研精风雅，耽玩倚声，批阅之暇随笔札记，辑有《诗余纪事》若干卷，于是编尤所留意，特为之笺，不独诸人里居出处，十得八九，而词中之本事、词外之佚事，以及名篇秀句、零珠碎金，捃拾无遗，俾读者展卷时怳然如聆其笑语而共其游历也。予与莲坡有同好，向尝掇拾一二每自矜诩获。会以衣食奔走，不克卒业，及来津门，见莲坡所辑，颇有望洋之叹，并举以付之，次第增入焉。譬诸掇遗材以裨建章，投片琼以厕悬圃，其为用不已微乎？莲坡通怀集益，犹不忘所自，必欲附贱名于简端，辞不得已，因述其颠末如此云。"《四库全书总目提要》也沿用了这一说法："会鹗亦方笺此集尚未脱稿，适游天津，见为仁所笺，遂举以付之，删复补漏合为一书，今简端并题二人之名，不没其助成之力也。"但在《绝妙好词笺》的流传过程中，后人多不提查为仁，而把《绝妙好词笺》的成书归功于厉鹗一人，或因厉鹗在文学史地位远高于查为仁？

据《四库全书总目》，厉鹗、查为仁作笺时："各详其里居出处，或因词而考证其本事，或因人而附载其佚闻，以及诸家评论之语，与其人之名篇秀句不见于此集者，咸附录之。"并称"其疏通证明之功，亦有不可泯者矣"。

《绝妙好词笺》成书后，并没有立即付诸刊印，而是在两年后，即乾隆十五年（1750），才由水西庄刊刻出版。就其在天津文学史上的地位而言，《绝妙好词笺》是水西文人的研究成果，是天津文学史上第一部词学研究著作，开津门词学研究之先河，这是作为水西文人的厉鹗之于天津文学最大的贡献。

《见真吾斋诗余》二卷

徐大镛撰。徐大镛喜以诗纪事，填词亦然。集中所录，始于咸丰八年（1858），皆晚年之作，时徐大镛侨居杞县。

《梧侯词集》一卷

董怀新撰。钞本。是集存词六十余阕，略有改窜，重加编次，似怀新手自删订者。且篇末缀"卷上"字，华长卿亦谓怀新有词二卷，然则此特存其半耳。

《妙莲华室诗余》二卷

王增年撰。刻本。王增年橐笔游四方，所至结交文士，尤以善填词有名于时；长洲宋祖骏谓其词格之高，俨然两宋遗制，以东南之秀与之角逐，匪惟无愧且可许其先登也。泰州宫本昂为镌其稿，与诗集并行于世。

《湖海草堂词》一卷

樊景升撰。刻本。樊景升字鹤舲。是集自序云：予自十五岁读草堂诗余，始学为小令，有"梧叶敲愁"之句，家大人见之谓胜于诗，自是每年必得数十首，后读《词律》，乃知法律之严，遂将少作焚之，至今二十年，所可存者不及百首，乃深知此中甘苦也。缪荃孙刻《云自在龛丛书》，收入名家词内，存32首。

《津门杂事诗》

汪沆撰。汪沆，生平见前。雍正十一年（1733）至天津，居水西庄，教查为仁长子查善长诗文。乾隆元年（1736）举博学鸿词，与吴廷华同纂天津府、县志。乾隆四年（1739），汪沆去津归里。汪沆在津期间作诗二百余首，其中有着"诗史"之称的《津门杂事诗》是汪沆对于天津文学的贡献。

《津门杂事诗》成书于乾隆四年（1739），系汪沆编纂完天津方志后，吟咏天津地方人物风情的诗作，共计一百首，均为七言绝句。在内容上，《津门杂事诗》大致有以下几个方面的内容：第一，历史掌故。《津门杂事诗》有很多吟咏天津历史方面的诗歌。第二，地理典故。《津门杂事诗》中还有一些对天津城内地理掌故的吟咏，如对鱼化桥、浣俗亭、宜亭、金吾桥、城中七井、浣花村、天后宫等的描摹。第三，津门人物。汪沆对天津的烈女孝子、文苑风流也有所描述、吟咏、歌颂。除此外，《津门杂事诗》还有对天津风物、制度的吟咏。

《津门杂事诗》一出，引来水西文人的纷纷题咏、称赏，如杭大宗云："直沽七十二水发源于狐奴、酾渠、潴野，环注数县。其南与河通，北滨大海，茭苇蠃蟹之利，甲于畿甸。以形胜计，亦一大都会也。……吾友汪君西颢滞淫是邦，载离寒暑。有南湖贤令君，以为之囊橐，而搜讨有藉；有水西查氏，以恣其游息，而酬唱不孤。参稽地乘，溢为声诗，意主于扬厉风骚，表彰士女，正习俗之讹，著土风之异，盖以诗传事，非以事为诗也。……津门地非阻僻，当前修既往，坠简就湮之会，其绪积数百年而未出。西颢一客卿耳，一旦抽研骋秘，抉发之而无所余，岂非谈艺者之权舆，省方者之惇史乎？"杭大宗认为汪沆作《津门杂事诗》的目的在于"扬厉风骚，表彰士女，正习俗之讹"，并以为该书具有以诗存史的价值。查为仁也把《津门杂事诗》视为"诗史"，说："他日輶轩如采取，图经重付枣梨刊。"足见水西文人对汪沆《津门杂事诗》的高度赞赏。汪沆的《津门杂事诗》开咏天津历史风物之作的先河，而且对后世也产生了深远的影响，如蒋诗《沽河杂咏》、樊彬《津门小令》、崔旭《津门百咏》、华鼎元《津门征献诗》等均仿其体例。

《小息舫诗草》

查彬撰。是集前有沈峻序，谓彬未第时，游踪几半天下，旗亭邮馆到处豪吟，其诗颇近开、宝大家，稍次亦在元和、大历间。李毓琛序谓彬诗各体皆工，而尤长于乐府。朱履中序谓，岁甲子下榻淇署，见其除夕之作，爱其真又怜其穷，兹来阳夏，出示全稿，又见其遇与境无不穷，而诗亦无不工；则其居官与诗格，于此俱见矣。

《诗礼堂全集》

王又朴撰。王又朴（1681~1760），字从先，号介山。江苏仪征人，"六岁随父北迁。父业贾，好周济戚友，有厚德。又朴入籍，补卫学生"。又朴虚心好学，以文章名于津门。康熙庚子（1720）举人，雍正癸卯（1723）进士，选庶吉士。雍正二年（1724），授吏部文选司主事，随朱轼勘视江浙海塘，三年后调考功司主事。后又出任河东运判，无为州同知。任河东运判期间，因得罪田文镜党而被弹劾。乾隆四年（1739），复被起用，再至陕西，权西安同知，补汉中通判。乾隆八年（1743），随两江总督尹继善往江南，是年权泰州运判。乾隆十年（1745），补庐州同知，历权知池州、徽州等府。乾隆十四年（1749），又朴告休。乾隆二十三年（1758），归津门故里。在津期间，又朴请于当地官员，兴复三取书院，延师训课。乾隆二十五年（1760），卒于里，终年八十有一。

王又朴一生著述甚丰，有《易翼述信》、《大学原本说略读法》、《中庸总说读法》、《论语广义》、《孟子读法》等，其中《易翼述信》被收入《四库全书》，据《四库全书简明目录》云："《易翼述信》十二卷，国朝王又朴撰，其说亦以十翼为主，深以朱子所云，不可以孔子之易为文王之易者，非也。其所征引，惟李光地之说为多，亦不甚墨守《本义》。"除此外，王又朴一生还有很多杂咏、散文、考据训诂类成果，分别为《诗礼堂杂咏》、《杂纂》、《诗礼堂古文》等，后均收入《诗礼堂全集》。

《诗礼堂杂咏》是王又朴的诗集，这也是一部合集，包括《寒蛩集》、《鼓吹集》、《熏歌集》、《关柝集》、《呻吟集》、《击壤集》等，共收录487首诗作。《寒蛩集》所收诗作大多作于1701至1722年间，时诗人正处于青年求学、应试阶段；《鼓吹集》所收诗作都作于1723~1725年间，时又朴已考中进士并被选为庶吉士，正处于人生得意之际；《熏歌集》、《关柝集》、《呻吟集》作于1725年夏至1738年间，时王又朴正历经人生的低谷期——被弹劾而贬官。《击壤集》则作于王又朴重新被启用之后，时间跨度从1739年至1748年。《诗礼堂杂咏》内容芜杂，所收诗歌水平参差不齐，虽不乏佳作，却影响了总体水平。因此，王又朴作为一个诗人的成就不算太大，真正能够使他在天津文学史上占据一席之地的是其散文成就。

　　《诗礼堂古文》系王又朴古文集，分五卷，共98篇文章。这些文章多经过桐城大家方苞审定，有的文章后面附有方苞评语。王又朴的文章能得到方苞审定，源于二人的师生缘分。王又朴中进士之后于京城拜见了方苞，且执弟子礼。方苞点评了他所作的文章，并把作文的"义法"传授于他，且为之讲解了《史记》中《萧相国世家》与《曹相国世家》两篇文章。王又朴本就极为勤奋好学，加之方苞的指导，于作文一事遂有醍醐灌顶之悟，学愈精进。后来王又朴宦游吴中，恰值方苞退老金陵，遂得时时请业。王又朴的努力终于有一天得到了方苞的认可，据其《诗礼堂古文自序》云："一日，缮所著以求正先生，诧曰：'二十年以来，此何寥寥也？'"王又朴既受教于方苞，在创作主张上与之大致相同，或有生发。王又朴承渊于方苞，加之自身严谨的性情，写出了很多佳作：一是一些写景的文章，简明快捷，清雅不芜，能够代表其桐城派散文的特点。二是很多读经史的文章，这类文章亦以简洁明快、清雅不芜见长。三是很多传记类文章，如《杨烈女传》、《孝子金生实迹》、《旌表节烈李氏墓志铭》、《江南三贤媛传》等，大多秉承程朱理学的观念为忠臣孝子、节妇烈女树碑立传，以期有裨益于当下。王又朴的文章体现了他自己的创作主张，也体现出桐城派的特点，即"言之有物"与"言之有序"，由此可证知，天津文学与桐城派有着密切的关系，或曰王又朴的散文是桐城派于天津的一个分支。

　　王又朴及其文章得到了后人的充分肯定，郭师泰曾论"津门古文首推王介山先辈"，梅成栋亦言王又朴"开天津风会之先"。的确如此，天津散文的创作一直不是很活跃：有明一代，为诗者居多，为文者甚少。即便偶有散文传世，亦无定制；入清以后，诗歌作品数量、成就仍远胜于文。直至王又朴的出现，天津文风始为之一振。王又朴有多篇文章被收入《津门古文所见录》、《天津文抄》等书，足见其文章的价值、成就。

《南冈诗草》十六卷

　　于豹文撰。于豹文，字虹亭，父于扬献，诸生。于豹文身短貌陋，口能自容其拳。天才警敏，目下十行，博通古今，无所不读。借别人书，一览即归之，终身竟能成诵。乾隆三年（1738），于豹文中举。乾隆十七年（1752），考中进士："壬申会闱中，三艺已成，又易三艺为短篇。主试者获公卷，如得拱璧，登上选。"然而，于豹文虽中进士，却未能进入仕途，因其中进士后即"归班"。所谓归班，系清制中指不授以他项官职，而以知县铨选者。归班后，于豹文终身未仕，曾执教于问津书院。乾隆二十六年（1761）春，病膝，次年去世。著有《南冈诗草》十六卷。

于豹文一生诗作尽收于《南冈诗草》，共计1504首，是一位多产诗人。不仅数量多，内容也很丰富，而且水平很高。于豹文既品尝过中进士的喜悦，也领略过壮志难酬的失意，加之身体的病痛，因此其诗歌很大程度上都在发抒郁郁不得志的情怀与人生穷病的感怀。于豹文归班后，遁迹田园，虽然写了很多发抒郁郁不得志的感伤之作，却不耽于此。有些诗作也表达出诗人适意与放达的情态。于豹文的诗歌内容极为丰富，还有很多诸如咏史、咏物等方面的作品，其中亦不乏佳作。

于豹文为文主学汉唐，主"真"与"淡泊"，故其诗多自性情中流出，不加雕饰，古朴淡雅，深得汉魏六朝诗与唐诗精髓，各体俱工。

《香远堂诗钞》八卷

周人骥撰。周人骥（1695～1763），字芷囊，号莲峰。举雍正四年（1726）乡试，明年联捷进士。授礼部主事，雍正七年（1729）加翰林院编修衔提督四川学政，补精膳司主事，升仪制司员外郎，乾隆元年（1736）充福建乡试副考官，二年（1737）授贵州道监察御史。旋丁母忧，服阕，补广东道监察御史，迁吏科给事中，巡视淮安漕务，时逢高宗御宇之始，吁俊求言，人骥遇事直陈，动中体要。尝奏两广总督马尔泰疏报剿办逆苗情形，语多粉饰，仅降旨申饬，闽浙总督郝玉麟保举劣员，收受馈遗，止予镌级，均不足示惩，上引咎而嘉其奏，下部议叙。六年（1741）疏言，诬告越诉最为良民之害，请严行申禁，凡有诬告按律加等治罪，越诉者不得滥准，上允之，下所司酌定新例颁行。七年（1742）授广西右江道，勘定两省山界，苗民息争，振兴文教，浔柳士风丕变。十年（1745）擢湖南按察使，疏理滞狱、平反积冤凡二百余案，编辑成书，曰《枭楚摘案》，刊行之。十五年（1750）迁陕西布政使，明年调湖南布政使，疏言：苗疆额兵有以苗人充补者，非防微杜渐之道，应设法革除，上匙其议。十七年（1752），奏各省道员于所属知府新旧交盘遵例出结，而于直隶州止具仓谷印结，应令库贮钱粮一体结报，下部议行。十九年（1754）调浙江布政使，奏复省城派委佐贰分巡章程，年终考核功过，量加劝惩。是年擢浙江巡抚，时玉环厅设治已久，奏定文武学额附入温州府学，又奏海宁垦地一千余顷，认户强令种户纳租，纷纷赴控，今彻底察清，悉归种户报升，其认户自种者仍许丈给，上嘉之。杭州、嘉兴、湖州、绍兴四府灾，奏请抚恤。翌年前巡抚鄂乐舜贪婪事发，上以人骥近在同城，漫无觉察，褫职遣戍军台，寻释还，署广东巡抚。二十三年（1758）调署贵州巡抚，黔民耕而不织，丝布价贵，人骥劝民购种川楚棉麻，教以纺织之法。二十四年（1759）实授巡抚，奏州县未结积案，令各府按季察核册报，积案多者咨部议处，各府有包荒朦混者以徇庇论，至知府自理之案，专责所管道察查，疏上如所请行。二十六年（1761），湖南臬司请禁苗民结婚，人骥奏黔楚情形不同，黔省苗民洽比结婚已久，一旦申禁，转致惊疑，且恐兵役藉端滋扰，请免察禁。又奏黔省种植棉苎已著成效，仁怀等处兼放山蚕可织丝绸，各属仿行，得旨嘉奖。先是，人骥奏开南明河以利铜运，且使丝枲盐绨之属，凡取资邻省者皆可因之流通，惟崖壑险绝，急湍激石，功难骤竟，至是布政使徐垣奏人骥新开南明河，不利舟行，官民未便，廷谕总督确察得实，遂解任，二十七年（1762）夺官，二十八年（1763）卒。人骥曩尝师事临桂陈宏谋，自僻直京朝及外简监司，历管封圻，宏谋每视其所莅之职，与其所治之地利病所在，寓书勖勉，以古大臣风义相期，故其历官廉饬勤慎，吏畏民怀，然卒以刚峻为权贵所中，不免末路之蹶。落职后，罚修完县城垣，工未半而身殒家倾，尤可悯焉。卒年六十有八。著有《莲峰宦稿》、《香远堂诗钞》。

《香远堂诗钞》为周人骥甥赵世烋编校刊行。其诗始于游晋，迨通籍后督学西川，典试八闽，及以御史巡视南漕，王事贤劳，不辍吟咏，莅湘稍久，篇什较多，然集亦止于此。厥后选掌封圻、罢归田里不无续作，而稿之存佚不可知矣。人骥有文数首，以不足成帙，遂附诗后。

《莲峰宦稿》附《香远堂诗钞》后。人骥陈臬湖南时，甥赵世烋适来省视，世烋素从之受学，又尝随宦，亲炙最久，遂属其编辑公牍文字，与诗集次第刊行之。

现有清乾隆十二年（1747）精刻本。天津图书馆有藏。

《保积堂诗文全集》

周人麒撰。周人麒诗文俱有定本，惜未刊行。今《津门古文所见录》存文十五首，《津门诗钞》存诗十四首。

《摇鞭草》一卷

徐孙森撰。徐孙森字亭玉。孙森宰长山三年，民戴其德，及去任百姓攀留，如失所依，其事俱于是集见之。

《黄竹山房诗钞》十二卷

金玉冈撰。金玉冈（1711～1773），字西昆，号芥舟，又号黄竹老人。布衣。风期高尚，沉渊于学，慕陶弘景、林和靖之为人，寄心遐外，遍游名山邃谷。工诗善画，自成一家，所绘尺幅片纸，人以为宝。

金玉冈不喜治生，家中产业悉付其弟，筑杞园，结苍筤亭于天津西北隅。金玉冈钦慕林逋遗风，曾冒雪前往孤山拜其墓，每当冬梅盛开的时候，辄设灵位，荐以酒果。同林处士一样，金玉冈也养鹤。每煮茗弹琴时，所养双鹤便立左右若童子。后来，双鹤之一化去，金玉冈埋之亭下，且以破琴为殉。金玉冈博览群书，出入百家，但高洁恬淡，不求仕进，喜游名山大川。据《天津县新志》记载："玉冈少席丰富而履蹈高旷，不喜治生，以家事付诸弟，一杖一笠一仆，负橐被恣情名山邃谷，生平足迹所经，登上房者再，游田盘者七。以先人坟墓在浙，岁时祭扫，往来于齐鲁吴越者四，遂得迂道遍访大江左右诸胜，若黄山、九华、天台、雁荡，罔不缒险探幽，尽窥其奥。又尝南浮海至普陀瞻望大士，西出嘉峪关眺祁连积雪，历青海、藏卫而回。族人金文淳谪戍辽东，孑身无依，玉冈慨然同行。东渡鸭绿，越长白，得览塞外山川，开拓胸臆。"金玉冈人生的大半时间都在四处游览，晚年还曾游广东罗浮。乾隆三十八年（1773），卒于邑，终年六十三岁。

金玉冈承袭了其祖父金平的名士风流，他的人生是潇洒自在的人生，是脱去一切羁绊的人生。而且就连去世，也充满浪漫的传奇色彩。梅成栋《金芥舟先生传》（清道光二十六年刻本）曾记："易箦之夕，酒罂中飞出五色蝴蝶一双，大如掌，翩翩绕先生舞，徐徐随风去。是夜，先生卧室中有大声如雷，惊视之，已趺坐而化。床褥间，诗稿积寸许，中有绝笔四首,语多了悟,盖自知来去人也。"

金玉冈著有《黄竹山房诗钞》十二卷、《天台雁荡山记游草诗》一卷、《浮槎集》一卷、《岭南草》一卷、《田盘记游》一卷等诗集,收录诗作不下千首。金玉冈的诗作大部分是记游诗,这些记游诗或描摹当地风光,或登临怀古,中多佳作。金玉冈诗,多具神清骨瘦之特质,正如梅成栋所言:"幽情著冷韵,香瘦梅花枝。清虚贮其腹,冰雪腴其肌。"

《欲起竹间楼存稿》

梅成栋撰。梅成栋(1776~1844),字树君。嘉庆庚申(1800)举人。成就后学,一时文士,多出其门。选《津门诗钞》三十卷,陶凫芗先生辑《畿辅诗传》,成栋与焉。笃行好义,虽家无儋石,而亲友之窭贫者,多赖以举火。道光乙未(1835)岁旱,成栋倡义捐赈,施米设厂,四门内外分男女,届五日一给签,越日汇领米,无庸原人复来。其旧家之不便赴厂领签者,径送米于其门。法简而备,无一遗滥,施米万余石,全活甚众。事竣,不邀奖。仕永平府训导,卒于任。著有《欲起竹间楼诗集》,凫芗刻其稿,与庆云崔旭诗集合为《燕南二俊集》梓行。

《欲起竹间楼存稿》是梅成栋的诗集,目前流传有两个版本,分别为六卷本与四卷本:六卷本起于乾隆乙卯(1795),迄道光壬辰(1832),计收诗567首;四卷本则起于道光辛巳(1821),迄道光戊子(1828),计收八年诗,共373首。就起止时间而言,六卷本包括四卷本。但四卷本别为一本,所收诗歌与六卷本同时期所收诗歌并不完全相同,中有290首未见于六卷本。如此可知,梅成栋所传下来的诗作共有857首。

梅成栋作诗崇尚"本真",不事雕琢,其诗歌艺术成就很高。他曾言:"诗不求奇但写真。"(《即事》)也曾说:"我文殊率意,持论胥腐朽。我诗更无体,自享若敝帚。拉杂吐胸怀,不顾人欲呕。"(《偶述》)"拉杂吐胸怀"指其作诗直抒胸臆,直抒性灵,因此梅成栋的诗歌或短什怡情,或长歌当哭,"行乎不得不行,止乎不得不止"。短章如《雨天书闷得绝句》,"斟酌阴晴昼夜忙,晒花日日盼斜阳。盆中茉莉墙边菊,第一关心是海棠。"透出一股对生命的喜爱之情,读来令人感到欣喜。梅成栋的诗歌得到了当时很多诗人的称赏,张世光赞曰:"先生一室怡然,千古自命,乐此不疲,老而弥笃。著书之暇,发而为诗。风云月露,灭景于篇牍；贞淫正变，嗣响于风谣。"这是对梅成栋诗歌批判黑暗社会现实的赞颂，也是对其诗歌格调的称赏。任丘时云："五律如汉庭老吏，百战健儿；七律则声韵悠长，气势雄厚；七古纵横排奡，痛快淋漓，尤觉沁心脾而畅胸臆。"

《守拙斋诗集》

解道显撰。钞本。解道显，字小亭，举人，官知县。是集前有杨光仪序，谓道显与梅成栋生同年月，少同几砚，又同举于乡，契分最深，故集中倡和之作最多。然《津门诗钞》独未录其一诗，意者，前辈深于韬晦，不欲以文字自炫，虽良友莫之能强也。

《小蓬莱仙馆诗草》一卷

徐文焕撰。钞本。徐文焕，字浣云。是集存诗110余首，有华长卿、孟继坤题词，杨光仪辑《津门诗续钞》选其诗甚多。道光间沽上诗人起梅花社于水西庄，文焕尝占一席，诗笔雄健，独无当时薄弱之弊，故读者多盛赞之。文焕由教官选广东知县，而集中仅有永平学署诸作。

《善舟吟稿》

王有庆撰。王有庆，字善舟。敦孝友，重交游，由嘉庆辛酉举人，任江苏丰县、元和县令，洊升苏州知府，去官之后，人辄怀之。任泰州时，麦秀两歧，绅士制联颂之曰："是儒吏、是廉吏、是循吏，名达枫宸，行作公卿大吏；能安民、能养民、能教民，恩周蔀屋，允宜父母斯民。"以疾卒于任，年六十。

《展蕉轩草》

朱维翰撰。朱维翰，字宪百，廪膳生。才思赡富，颇工藻绘，秋试不第，侘傺以死，无嗣。

《竹泉诗草》

诸逊撰。诸逊，字竹泉，诸生。家贫，弃举业为钞关吏，郁郁不自得。其为人风怀疏宕，尝与梅成栋咏吊古诗，至得意时拍案叫绝，掀砚墨污衣袖，人呼"诸痴"。《津门诗钞》存其诗八首。

《青棠书屋诗稿》一卷

缪共位撰。缪共位字星池，诸生。生平笃友朋之谊，诸逊客死北塘，为之经纪其丧，哭之以诗。今《津门诗钞》存其诗24首。

《梦崖集》

李珠光撰。《梦崖集》一作《梦崖草》。据《畿辅诗传》，李珠光，字梦崖。天津人。嘉庆十三年（1808）举人。

《爱竹山房诗草》

冯嘉兰撰。冯嘉兰，字耕竹。敦友谊，尝积千金，为人干没。后闻其人贫且死，委骨异乡，嘉兰仍为买地葬之。其长厚多类此。

《织帘书屋诗钞》十二卷、续钞四卷

沈兆沄撰。刻本。沈兆沄，字云巢，号拙安。县学生，嘉庆十五年（1810）举人，二十二年（1817）成进士，改庶吉士，明年丁父峻忧。初，峻由戍赦归，家贫课子甚力，迨兆沄兄兆霈以诸生乡试，挑誊录议叙经历，兆沄登甲科入词林，峻俱及身见之，而兆沄一生学业治行，亦以得诸家教者最多焉。道光二年（1822）散馆授编修。八年（1828）典湖南乡试，九年（1829）充会试分校，十一年（1831）出守江苏松江，值岁旱发仓谷五千石，捐廉平粜，修浚白茆河、刘河以工代振，江督陶澍亟称其贤。十四年（1834）调苏州，旋丁母忧。十六年（1836）服阕补江宁，权盐法道，授江安粮道，道所辖卫所弁兵大率狃于积习，黠者弄弊，懦者误公，兆沄痛惩严汰而恤其勤苦者，于是人知感而无欺，事不劳而悉举，各属岁征额解如期而赴，库无积逋。在任十二年，南北往还，公余未尝废读，所著《篷窗录》殆即脱稿舟中。咸丰元年（1851）迁河南按察使。三年（1853）权布政使，时粤匪号数万由怀庆分道上犯，巡抚陆应谷出剿柘城，诏旨屡以省垣防守责兆沄，城中羸弱及新募之军不满五千，兵单地旷，援师又不时至，贼果悉众四面猛扑，兆沄激励将士登陴固守，乘间缒城歼其侦候，分兵截杀，贼不得逞，解围遁。是役也，遏贼渡河长驱而北，功绩甚伟，事闻，优诏褒嘉，赐孔雀翎。是时已调山西，旋抵任，两权布政使。九年（1859）入觐，上念守汴功擢浙江布政使，行抵淮安，道梗不得进。十年（1860）召还京师，值海氛不靖，銮舆北狩，以老疾告归。同治九年（1870）庚午重宴鹿鸣，赏头品顶戴。光绪二年（1876），年九十有四卒，予谥文和，国史馆立传，崇祀乡贤，复入祀畿辅先哲、河南名宦各祠。兆沄致仕家居，足迹未尝至公门，然乡里有大故，又未尝不慷慨尽言。同治七年（1868）捻匪犯境，上书通商大臣崇厚画防剿策。十年（1871）大水，总督李鸿章就询治法，兆沄主浚东西淀使水有所归，疏畅下游使不上溢，复自捐资筑子牙河埝以拯灾民。主讲辅仁书院，成就者众，其讲学壹守程、朱，凡所著述兵燹后或存或不存，要其旨归皆主劝戒。生平视听言动必循礼法，即独居亦整冠兀坐，人有就而问道者，娓娓以理义为勖，虽耄老不倦，耆德硕望，远近宗仰者数十年。

著有《易义辑闻》、《篷窗随录》、《义利法戒录》、《戒讼说》、《捕蝗备要》、《实心编》、《尚论编》、《仰企编》、《发声录》、《唐文拾遗》、诗文集等。

沈兆沄少以《塞下曲》见赏于学政陈嵩庆，刊入《三辅采风录》，诗名颇著。时父沈峻已赦归乡里，家学渊源，所造益邃，厥后宦游京外，凡夫咏史述怀赠答行旅之什积稿累然，其初集刻于陈臬河南时，及引退以后就养山东粮道署中，复刻续集，凡存诗1200首。

《冶堂诗集》一卷

张廷选撰。钞本。张廷选，字冶堂，廪贡生。嘉庆十三年（1808）仁庙巡幸淀津，迎銮献赋，召试二等第一名，赏缎疋，赐文颖馆行走。廷选少负才名，长于词赋，在馆时复值銮辂西巡，献颂八章，未及召试丁忧归。后以馆差报满，叙盐课大使，发浙江补横浦场，屈于下僚，郁不自得，到官九阅月卒，年36岁。著有《西湖杂咏》、《冶堂诗集》等。

是集多与乡人冯相棻、缪共位、李珠光辈拈题倡和，又有旅邸题壁、客途写景诸诗，盖其家居读书及游晋客都门之作，凡存古今体150首。其诗所传不多也。别有文集，录其两次恭逢巡幸所献赋颂，末附古赋数首，与此卷并藏于家。

《稔斋诗草》一卷

姚承丰撰。钞本。姚承丰，字玉农。与兄承恩同为梅成栋门人，亲炙较久，集中命题多与《朗山诗草》相同，想见分韵拈毫、风雨连床之乐。其戚金溎官江苏时，承丰尝南游过江，又值乡人沈兆沄督运北上，异乡聚首，各有歌咏，其他登高揽胜及客途写景之作亦复不少。

《见真吾斋诗草》十卷

徐大镛撰。稿本。徐大镛，字东序，号兰生，举人，官知县。少尝学诗于梅成栋，与宝坻高继珩互相倡和。迨幕游三晋，筮仕中州，以至谴戍塞外，遂多吟咏。放归后侨居杞县，优游林下近三十年，感事怀人，得诗最伙。大镛遭际坎坷而能作达观之语，故诗格于《长庆》为近，所为乐府亦极意摹效，盖终身瓣香白傅者也。

《古砚山房诗》二卷

金淳撰。钞本。金淳，字朴亭，金观智孙，廪膳生，为梅成栋弟子。是集所载诗多道光癸巳、甲午两年间之作，与家集所存33首无一同者，盖脱稿有先后也。

《问青阁诗集》十卷

樊彬撰。樊彬，字质夫，号文卿。生平见前。八岁而孤，少与诗人梅成栋、董怀新、崔旭、边浴礼、高继行友善，虽居后而文名相埒。居贫澹泊，至老精力不衰。平生笃嗜金石文字，搜罗海内碑刻至三千余种。著《畿辅碑目》。樊彬诗名早播，又享大年，故积稿颇富。

是集录其出仕以前及司训冀州之作，叶绍本为序。绍本于诗学素持雄深雅健，不事险怪绮靡之论，彬诗格悉与之合，契分极深，集中师生倡和之作亦最伙；彬没京师，文物散失，生平所著诗文稿帙大半就湮，惟此以刊本独存也。

《蕉雨山房诗钞》四卷

吴士俊撰。钞本。吴士俊，字傅岩。世为北仓人。祖曰圻，岁贡生。父彰，举人，官训导。士俊中道光五年（1825）举人，十三年（1833）成进士。以知县发往湖南，历宰黔阳、辰溪、清泉、零陵，权知茶陵、武冈等州，长沙、宝庆等府，迁郴州直隶州知州。二十六年（1846）谢病归，值咸丰三年（1853）逆氛北犯，以在籍团练有功晋知府衔，乡人聘主讲辅仁书院。士俊笃静好学，幼时尝以勤苦致疾，解组后家居三十年，未尝一日辍书不读，而生平精力尤萃于所著《易学》一书，自庚戌创稿，积多至二千七百页，密行细字，点窜重叠，凡义所未安辄展卷凝思，援笔钩乙，虽伏案龙钟不倦。其所作字，虽墨胶毫秃而点画不渝，直至易箦前数日始卒业焉。当道光癸巳，阮元以总督入觐，总裁是科会试，而士俊适为其所得士。士俊治《易》尊郑摈王，不以理气废象数，遐稽博采以求伸其说，惴惴焉惟恐汉学之坠地，其他著述大率亦原本形声，明训诂，旁及格致测算之学，罔不探索而得其大凡，盖其师承有自也。光绪九年（1883）卒，年84岁，附祀盐政文谦专祠。著有《易学溯源》、《字学汇考》、《骈体鉴略》、《祝融佐治真诠》、《蕉雨山房诗钞》。

吴士俊诗才敏捷而又富于藻采，往往一稿改窜再四，极选声妃色之工；少作好以俪语，拈题排比多首。筮仕以后，揽湘江之胜，睹苗俗之奇，以故纪行纪事诸诗充牣囊箧。是集起道光丙戌（1826），终咸丰丁巳（1857），末附试帖一卷，为同治壬申年作，其题则皆采自经史者也。

《朗山诗草》一卷

姚承恩撰。民国年间上海中华书局铅印本，线装一册。姚承恩，字桐云，号朗山。直隶天津（今天津市）人。幼随其父宦游江南。道光二年（1822）中举。十三年（1833）中进士，旋任河南遂平知县。十五年（1835）和十七年（1837）调充河南乡试同考官。继任河南舞阳县知县，以丁母忧回籍。服满后，历任盖平县、承德县知县，辽阳州知州。姚承恩受学于梅成栋，颇有诗名。道光间重修水西庄既成，成栋立梅花诗社，觞咏其间，承恩与焉。承恩尝以宦游南逾大河，北出榆关，作宰十余年，屡任繁剧，而诗中未尝一及其事，盖是集仅录通籍以前之作，非全稿也。又善填词，有诗余数首，附卷末。

是书卷首刊有承丰《承德公本传》和《津门选举录》、《太学题名碑》以及张克家《题词》诗2首。正文录诗约100多首、词3首。其诗绝大多数为怀人、题图、题画和咏古之作。如《补作李烈妇哀词》、《孝友传家图为节妇孙罗氏作》、《赠孔绣山》、《采莲曲》、《题眠琴看剑图》、《题高寄泉采莲归棹图》、《班超投笔》、《相如题桥》、《马援据鞍》、《竹马》、《土牛》、《雪狮》等。所录三首词亦全为题图之作。卷首《承德公本传》等文介绍了作者的生平仕历，颇有史料价值。

《时还读我书屋文钞》七卷

华长卿撰。钞本。华长卿（1804～1880），原名长懋，字枚宗，晚号米斋老人。天津人。少受诗学于梅成栋、董怀新、余堂，后客舅氏沈兆沄江安道幕中。道光十一年（1831）中举，纵游南北十年，与孔宪彝、方朔交善，又与高继珩、边浴礼并称"畿南三子"。咸丰三年（1853），选奉天开原训导，奉府尹倭仁之命，纂《盛京通志》36卷。同治六年（1867）告归。博通经史，尤长于考据，又精研《说文》、《尔雅》。工诗文，亦能词。著有《还读我书文钞》、《梅庄诗钞》共32卷，另有《黛香馆词钞》2卷、《说文形声表》15卷、《正字源》7卷、《说雅》19卷、《韵籁》4卷等十余种。子光鼐（字少极）、鼎元（字文珊）皆以诗文名。光鼐早卒，著有《东观室诗钞》，辑有《津门文钞》。鼎元著有《津门征献诗》。

华长卿终身勤学，著述甚富，不专以文字炫长。是集骈散兼收，洪纤悉具，其中如经说六篇，史例一篇，及学宫九十九赞，请易府州县名议，千家姓序，皆蔚然巨制；他如学署公牍之有关学术风化者亦收入焉。长卿没后，其孙绎孙持以质诸端木采，采略加诠次，并撰序文与王文锦所为传略同置卷首；是集原名《东观室文钞》，见所著《开原征书启》文内，此盖从其晚年斋名也。

《梅庄诗钞》三十二卷

华长卿撰。刻本、钞本各16卷。华长卿，髫年从舅氏沈兆沄受书，即授以唐人五七言诗，及成童，从董怀新游，怀新方选辑唐宋以来诗集，长卿心尤好之，时已学为韵语。其后客游南北，司训辽东，诗侣骚坛稿帙丛积，是编起于嘉庆庚辰（1820），时年甫十六，至解组归里而止，距其卒不过二年，殆其全集也。同治己巳（1869）尝手自编辑梓行十六卷，其半则仅具稿，梅宝璐、杨光仪各有删定，藏于家。

《倦鹤龛诗钞》一卷

华长忠撰。钞本。华长忠字葵生，长卿再从弟，举人。生平饶有才气，郁郁以终，故所为声歌时以放纵自适。兹集所录惟五七言近体80余首，殆皆敛才就范之作，梅宝璐、孟继坤所选定，编为《同声集》之一。长忠别有《倦鹤龛文稿》，仅骈散文各6首，短札20余则，文少不足成集，附志于此。

《环青阁诗稿》四卷

王韫徽撰。王韫徽，字澹音。娄县人。知府王春煦女，大使杨绍文妻。克承家学，工书善画。又能诗。

《杏砚斋诗集》一卷

牛琳撰。钞本。牛琳,字琢庵,进士,官知县。是集但录其乾隆乙丑(1745)丙寅宰山东沂水时,由县至郡及往来省会之作,至告养解组而止。琳自乾隆丁巳(1737)通籍,历官至历城令,生平吟咏当不只此一卷,《津门诗钞》不载其诗,盖当时此卷未出,至杨光仪《续纂津门诗钞》,始物色得之。

《大雅堂诗草》一卷

张湘撰。刻本。张湘,字楚珊。乾隆甲戌(1754)进士。性倜傥,风骨崚嶒,工书法。任江西余干令时,郡守某,寡廉隅,湘薄之。某酷爱湘书,一日盛筵招饮,酒酣出绢素,索之不得。某怒甚,因是罢官。囊无一钱,仅携一竹床归。姚应龙为绘图,一时名士题咏甚伙。

嘉庆甲戌,其孙岩以湘遗诗属梅成栋编次,成栋谓其古体诗奇气奔放,发源青莲,读之经月不能释手。既而岩卒,家人客中州,文籍荡失。至道光己丑(1829)刊此集,复求序于成栋,成栋再读之,则较昔之所见不过十存二三矣。

《瓣香庐诗草》

李云楣撰。李云楣,字采轩。道光乙酉(1825)举人。性坦率,不设城府,天才俊敏,文名藉甚。为诸生时,应试咏酒旗云:"几番春雨南朝路,千里莺花小杜诗",为学使杜石樵先生所赏。尝以弟云林游幕两粤,多年无耗,寄诗云:"纵使路遥无雁到,亦应春尽有鹃啼。"云林得诗,即日束装归。著有《瓣香轩诗草》、《黔游日记》。

《慎庵遗稿》八卷

高静撰。高静(1810~1873),字尊谊,号慎庵,清宁河人,天秩子。道光二十四年(1844)举人,官望都教谕。是书为著者所编定,计古近体诗四卷,录诗406首,陈学棻、戴彬为之序,又有自序。陈序谓其诗"悱恻缠绵,皆有关人心世道"。词稿一卷,收词35阕,许善昌为之序。试帖诗馀诗81首,苗如兰为之序。另有赋稿一卷。光绪间由其子棠恩、赓恩刻。《清人诗文集总目提要》著录。天津图书馆藏。另,中科院图书馆藏有赋稿。

《碧琅玕馆诗钞》四卷及《续钞》四卷

杨光仪撰。杨光仪（1822～1900），字香吟，晚号庸叟。先世自浙之义乌迁静海，曾祖世安始迁天津，业盐致富，孝友睦姻，亲属多赖以举火。河间纪昀为之传，所谓庸行皆人所难能者也。祖毓榞，廪贡生，官主事。父淳，庠生，家中落，课读自给。光仪幼从父受书，尝夜读饥甚，其母出箧中饼划其半啖之，曰："毋嫌粗粝，吾知儿苦读故蓄此，他儿且莫得也。"感动益自刻厉，弱冠补诸生，旋食廪饩。举咸丰二年（1852）乡试，选补东光县教谕。光仪学优运蹇，十一年（1861）就礼部试不第。自二十岁后即设帐乡里，从之游者每发名成业以去，于是担簦负笈接踵而至，门墙以内几莫能容。主讲辅仁书院，一以先正法程规范后进，殷殷训课垂二十年，故一县之人无长幼贵贱，凡为操觚之士，莫不在门弟子之列。值书院费绌，议者思损生徒膏火，光仪持不可，宁减己所岁得束脩以益之。既铨教官，以母老不就，时年已六十，朝夕承欢，犹如孺子。家无恒产，而群从子弟同居，脩脯所入与众共之，虽布衣蔬食未尝有异。性和蔼，无急言遽色，与之处使人矜躁潜消。少时读《资治通鉴》，尝钞撮历代兵事及治乱沿革之迹裒然成帙，迨胡林翼《读史兵略》出，叹曰："杰作也。"乃辍笔。自海上多故，时局变迁，知所怀抱者于世枘凿，遂绝意仕进，专致心力于诗。乡人以诗得盛名者，前有梅成栋，光仪实为继起，而与成栋子宝璐、于士祜、孟继坤辈联吟结社，追步前尘，然人谓光仪诗格独高，近百年来无出其右者。南北名流及当代显宦往往闻名先施，造门请谒，相与讲道论艺，欢若平生，至风节所关，从未因人稍贬。晚年与乡中耆旧结九老会，诗酒酬答，极林泉之乐。光绪二十六年（1900）拳匪难作，卧病危城中，炮穿其庐，神色不惊，时有歌咏以自遣，是年八月卒，年70岁。著有《耄学斋晬语》、《诗文集》、《津门诗续钞》四卷。

杨光仪工诗，其诗作颇丰，弟子徐士銮在出任台州道经里门拜谒师父时，曾请以全稿付梓，杨光仪未许，后徐士銮多次函请，乃邮寄其诗若干首，由徐士銮校钞录成诗钞四卷，辑古今体诗385首，是为《碧琅玕馆诗钞》四卷。此诗钞前后有序跋，又有题词者达13人。今有清光绪元年（1875）刻本行世。其师张式芸序，谓：光仪诗得乾坤清气，与乡人张霍绿艳亭、金玉冈黄竹山房各集后先辉映；其及门徐士銮尝称述师说，谓诗以理性情，虽偶尔倡酬，亦必有真性情流露其间，又谓值时事多艰，烽烟迭警，吾师随所见闻托诸歌咏，阐发愈宏，推敲愈细，执骚坛牛耳者数十年，宏奖风流，群推宗匠。士銮守台州时为之刊其初集，及归里后复请刊续稿，并行于世。

又阅九年，弟子徐士銮又从杨光仪处得诗若干首，于杭雕版，偕同学许光荣、赵忠翰详校钞录成四卷，题为《续诗钞》，辑其古今体诗286首，前有四人题词，后有跋尾。今有清光绪九年（1883）刻本存世。

杨光仪诗中悲愤地表现了对英、法侵略者的谴责，并揭露了清末官吏种种贪腐劣行和无耻嘴脸，描绘出当时贫民痛苦无告的悲惨生活。此外，他还以诗记录了天津近代史上的重大事件，具有不可忽视的历史价值。如《丙寅十月晦纪事》记1866年天津城北大火，《庚午津门纪事》记1870年天津政局变化，《纪炎》记1877年粥厂大火烧死二千难民的惨案等。这些大事实录，可补史书之不足，是研究天津近代史的重要资料。

《刚训斋集》十八卷

高凌雯撰。高凌雯（1861～1945），字彤皆，天津人。清光绪十九年（1893）举人。光绪末年，曾在学部任职，辛亥革命后，于津门闭门著述。纂有《天津县新志》。又撰有《续志余随笔》、《天津士族科名谱》、《天津诗人小传辑存》等多种有关天津地方著作的未刊稿本。

《刚训斋集》收诗十二卷，文六卷，总十八卷。高凌雯诗文，清真雅正。至征文考献，于乡邦掌故，尤搜辑不遗余力，则发潜阐幽，赖之以传者甚伙。

《严范孙先生古近体诗存稿》

严修撰。严修（1860～1929）字范孙，号梦扶，直隶天津（今天津市）人，祖籍浙江慈谿。世业盐商。光绪八年（1882）中举，次年中进士，改庶吉士，授编修。曾任贵州学政。后回乡创办敬业中学堂（不久改名南开中学），并协助地方当局办起多所官立小学、半日学堂、补习所等教育机构。1904年任直隶学务处督办，1905年任学部侍郎。入民国后，袁世凯曾多次欲任严修为度支大臣、教育总长、国史馆总裁、参政、中卿等职，均辞未就。后黎元洪、段祺瑞等亦以要职相邀，亦未再出。惟尽力于地方教育及实业自治公益等事，特别是创办了南开大学。晚年组织城南诗社、崇化学会。著有《严范孙先生遗著》、《严范孙先生古近体诗存稿》、《蟫香馆手札》等。

在历史上，严修不仅是"天津近代诗坛三杰之一"（刘炎臣语），更是近代诗坛"河北一派"的重要成员（汪辟疆语），可谓天津近代文坛的重要代表，并且以其为中心凝聚了一大批诗文之士。但是，1949年以后，在偏重新文学轻视传统诗文的学术观念，以及严修诗集被束之高阁的文献阙如等影响，诗人严修在民国文学研究者视野中处于边缘之地，在普通民众印象里也成为陌生之人。直到十年前，孙玉蓉在其《天津文学的历史足迹》一书中还感叹："人们都知道严修是我国近代著名的教育家，但很多人恐怕未必知道，他还是一位杰出的诗人。"严修在文学史中的这种遭遇，也是天津众多以传统诗文创作为主的近代作家的普遍遭遇。这种局面若不扭转，其后果至少有二：一是模糊了当时传统诗文存在的真实历史；二是遮蔽了天津文学古今之间的文脉承传。最终导致，后世所接受的只能是一个只有白话文学而无传统文学且只有俗文学而无雅文学的残缺的天津近代文坛。

继陈诵洛之后，近来严修的《严范孙先生古近体诗存稿》经杨传庆重新整理，再现于世。借此，诗人严修的诗学观念、诗歌创作、诗社活动、诗派承传，乃至以严修为核心的一个庞大的文人群体等，都可以相对完整地呈现在世人面前。

不同于徐世昌与赵元礼等人，严修没有留下关于诗学的专门文章。他的诗学观点散见于诗中，现从其诗集中可以辑出十余条，一言以蔽之曰：自然。甚至可以说，顺应机缘，任其自然，就是严修的诗学信仰。在他看来，诗歌与其说是艺术推敲的结果，毋宁谓之为生活随缘的产物。他在《逸唐招同人谯集寓斋分韵得之字》诗中曾言："随缘便作逢场戏，省事无如叠韵诗。未必文章妨要务，或从酬唱结新知。"而在《野兴》中亦自道："万物皆吾与，随缘见道心。……吾师周茂叔，生意自家寻。"日常应酬属于与社会打交道，随处观物属于跟自然相往来。诗歌因此属于诗人同社会与自然相处的产物之一；相反，如果仅为寻求诗料和雕琢诗语，而使本来的生活发生"变异"，则属于颠倒了诗歌与生活的关系，实在不足取。严修对后者持强烈的反对态度，认为如此作诗毫无益处，即使成为所谓的名家，也不过是虚荣。因此，他在《生日欲述一诗而不成章作此解嘲》中写道："作诗有何益，呕血苦不胜。便令成作家，虚荣何足矜。"此外，他还在遣词造句方面，追求唐代白居易等人的通俗平易；在议论言志方面，则推崇宋代理学家周敦颐等人的切实自然。正如他在《寿林墨青六十》中所言："香山所为诗，可以喻灶婢。宋儒著语录，后人谁敢訾。"正是秉持这样的作诗理念，严修不求诗工而诗自工，不以诗人自命却以诗闻世。王守恂评论说："范孙之诗非工也，不能不工耳。"新文化运动的旗手胡适也以诗人目之，认为严修是"一位学者、藏书家、诗人、哲学家、最具公德心的爱国志士"。

严修经常自道，其不能诗，所作乃打油诗、盲鼓词，并言六十岁后才学诗。不过，这实在是他的自谦辞。实际上，严修不仅自幼学诗，而且其一生简直嗜诗如狂。严修自九岁起研习试帖诗，就出言不俗，颇获诗辈好评。他曾作《声在树间得秋字》诗，中有"有声皆在树，无处不惊秋"句，老师评道："句真惊人。"所以他在《杂忆儿时琐事漫成十三首》中写道："九岁学试律，始作仅四语。'无处不惊秋'，周师颇奖许。"十三岁应郡试时，曾作有七言律二首，他的老师林杏农先生极为赞赏，经常对人讽诵之。严修的嗜诗如狂，可以从两个细节体现出来：一是，每逢元旦、除夕、春节、中秋、生辰等重要节日，几乎必定赋诗。其《六十四岁初度》就曾道："一年一度逢初度，底事年年例有诗。"二是，但凡远游，往往以诗纪之，如《安庆杂诗》、《金陵杂咏》、《西湖杂诗》等比比皆是，而尤其以游历日美欧等地所作的《东游诗》、《欧游诗》等最为知名，无愧于"黄遵宪后一人"。严修到了晚年，这种嗜诗之癖更为严重。不仅因作诗而深夜不寐，如《夜不寐有感而作叠前韵》，更是不顾身病不顾人劝而参加诗社活动，乃至去世前数日还作自挽诗并登诸报端。其《再占一绝句》曾写及当时情形："病中恶字如蛇蝎，忽觉祥麟纸上来。火急将诗来鼓吹，蛰虫欲振要春雷。"严修65岁时曾生过一次重病，病后屡承亲友劝戒不必作诗，王守恂与林墨青等诗友也对他说最好别用心费神，但严修道："亦知省稿精神用，偶一联吟或不妨。"（《梨花盛开邀同社吟赏分韵得妆字》）伴随着这种热情，严修在人生的最后十年，他的诗歌创作达到了最高峰。据杨传庆教授统计，仅《严范孙先生古近体诗存稿》，收诗就超过800篇，而其中绝大多数为严修60岁之后所作。因此，简直可谓十载风云诗千篇。

陈友苓曾回忆称："沽上之有诗社，盖始于民国初年。首创立者为严范孙主办之城南诗社。"相对于自然作诗，严修是出于一种文化自觉而积极组织诗社，他倡导组织了天津近代影响最大的诗社——城南诗社。通过《严范孙先生古近体诗存稿》，我们可知当年诗社活动之盛，其《中元游八里台泛舟分韵得秋字》写道："城南诗社人，最喜城南游。鲰生体此意，先期斗酒谋。郊庠肯见假，竟日容淹留。诗人晨踵至，三五各为俦。当其未至时，中道已唱酬。入门急索纸，快若鲠在喉。顷刻堆满案，挥洒无少休。余兴复拈韵，好语争雕锼。我劝舒倦眼，褰衣上重楼。新诗益涌出，不及奚囊收。……酒罢吟未辍，强辍邀放舟。……少焉诗横飞，稿草如梭投。……日尽诗未尽，归棹南关头。"不仅如此，城南诗社还几乎凝集了当时天津所有的诗文大家，王守恂、赵元礼、李金藻、华世奎、章梫、冯文洵等皆为其中重要成员，而且诗社前后持续三十年，成员以天津诗人为主，又涉及全国各地文学之士，总数超过200人，这些人大多著述丰富，不少人都有著作留存，这在当时的中国可谓蔚为大观。

可以说，以严修为中心的城南诗社，凝聚了天津近代文学史上最大的文人群体。这是天津文学不可忽略的重要组成部分。王守恂曾为赵元礼《神佑集》作序时云："吾乡提倡风雅，有张氏遂闲堂、查氏水西庄。张氏宾客如吴天章、赵秋谷；查氏宾客如厉樊榭、杭大宗，此康雍乾嘉时代名人之纪载也。道咸时有梅花诗社及续梅花诗社，为梅树君先生先后主持。嗣杨香吟先生倡立消寒诗社。自是而后科举盛行，乡人多从事帖括，风雅几至中绝。近年严范孙、赵幼梅同立城南诗社。范孙故后，幼梅继起，直至今日，人材之多，著述之盛，有加无已。"他将城南诗社与清代水西庄之盛会与清末梅花诗社之雅集等相提并论，言语之间，也道出了城南诗社在天津文脉承传中的重要作用与地位。

其实，在斯文传承的方面，城南诗社不仅"继往"，前呼乾隆时期的水西雅集，而且"开来"，后应抗战时期的冷枫诗社与持续到21世纪初的梦碧社。在天津沦陷以后，国是日非，长者凋零，城南诗社虽然未停止活动，但是难复抗战前的盛景，其成员也逐渐完成新老交替。于是，城南诗社的青年诗人发起一个新的诗社，即冷枫诗社。冷枫诗社以赵元礼等城南前辈为导师，在结社宗旨、成员传承、诗学旨趣等方面，与城南诗社具有明显的一致性。当时津门诗人，不入城南，则入冷枫，或两者兼入，成为天津文坛一大盛事。正如陈友岑所言："所有社员，先者加入城南，后者合并冷枫。故城南与冷枫，为民国数十年来沽上诗坛之两大主流。"冷枫诗社消歇后，寇泰逢等人组织梦碧词社（诗文并作）。而社中成员大多为城南诗社与冷枫诗社的旧成员。寇泰逢所撰《四十年代的天津梦碧词社》曾称："梦碧词社较为晚起，故社友多属各社中人。例如：李琴湘、王新铭、刘赓尧、李国瑜、王叔扬为城南社友。周公阜、姚君素、王禹人、冯孝绰、石松亭、王伯龙、杨轶伦、杨炜章、杨绍颜、马醉天、王梦龙、顾恺白为冷枫、玉澜社友。"梦碧词社的活动一直持续到20世纪80年代，是当代传统诗词的重要组成部分。

《方家园杂咏纪事》

王照撰。王照（1859～1933），天津宁河县人。字小航，号水东老人。光绪二十年（1894）进士，曾任礼部主事。戊戌变法期间，亦曾上书提出变法建议。其上司礼部尚书怀塔布、许应骙不肯代递，王照具呈劾堂官阻遏，欲往都察院亲递。怀塔布劾王照"请皇帝游历日本，系置皇帝于险地"。但光绪以怀塔布阻隔言路，将礼部六堂官革职，赏王照三品顶戴，以四品京堂候补。顽固派发动政变后，被革职通缉，流亡日本，但与康梁不睦。后削发为僧。戊戌变法失败后，王照潜心研究官话字母，后将有关文章、奏折、书信选编成《小航文存》。主要记述作者所创行官话字母的各种制度和学习方法等，是研究中国近现代历史上国语运动的重要资料。

《方家园杂咏纪事》记慈禧太后与隆裕皇后宫廷逸事，以方家园为两后母家所居巷名，故名。收杂咏诗二十首，每诗咏一事，史实取自《德宗遗事》。恭亲王（奕䜣）曾言："我大清宗社乃亡于方家园。"王照以知内情者的身份，在这组诗中写到了不少自戊戌变法至联军入京、两宫西逃、慈禧光绪死亡等事件中鲜为人知的内情，每首诗后均有"纪事"及"附记"为之注释事件本末，皆为清末第一手资料。尤其于戊戌、庚子前后慈禧太后与光绪皇帝间龃龉情形记述较详。

曾据实驳斥吴光耀《慈禧三大功德记》中之谬误，指出所谓奕䜣谋夺政权，李鸿章卖国日本，光绪帝让位康有为，皆系吴氏捏造。收入《水东集初编》。

《王仁安集》

王守恂撰。王守恂（1865～1936），原名守恬，因避讳光绪帝载湉之名，改为守恂。字仁安，号阮南，晚署拙老人。直隶天津人。祖籍山西。光绪二十四年（1898）进士，授刑部山西司主事。宣统二年（1910）任河南巡警道。入民国后，曾任内务部佥事、浙江钱塘道尹等职，后辞官回津，晚年与严修组织城南诗社和崇化学会。著有《王仁安集》四卷及《天津政俗沿革记》、《天津崇祀乡贤祠诸先生事略》等。

王守恂为范当世弟子，文宗桐城，诗学同光体。汪国垣认为"其诗学致力甚深，得力于肯堂较多。其用意之作，亦复健举"。1894年，他将此前所作诗文大部分烧毁，仅存四首。现存王守恂的作品绝大多数是1894年后所作。

《王仁安集》计三种三十二卷，附一种九卷。三种为其诗文集：《仁安诗稿》二十一卷《词稿》二卷、《仁安文稿》四卷《文乙稿》一卷、《仁安笔记》四卷。附《杭州杂著》则包括《仁安自述》一卷、《从政琐记》一卷、《杭居杂忆》一卷、《乡人社会谈》一卷、《说诗求己》五卷。是书较《杭州所著书三种》多诗文集。有民国十年（1921）刊本。中国书店1990年曾出版《王仁安集》七种四十一卷，续集六种十二卷，三集五种六卷。

王守恂散文亦有文名，其中《天津政俗沿革记》记载天津近代政治、社会及风俗人情之变迁，为治地方史志者所重视。是书前有金钺序，叙本书之缘起云："天津地处偏僻，昔非冲要。自与海外列国通商以后，于此为往来出入之门户。轮楫交驰，冠裳骈集，遂蔚然成一巨埠。而时局之推迁代谢，亦因以千奇百变，每出寻常想象之外，方诸往迹，迥不相同。故一切政治风俗，势皆不得不改弦更张，以随机应务矣！若夫数十年来，国家维新之大计，擘画经营，尤多发轫于是邦，然后渐及于各省。是区区虽为一隅，而天下兴废之关键系焉。"可见天津近代以来由于社会性质改变而渐成巨埠以及在商业城市形成过程中，社会风气之有所交迭变迁，因此不能不对其有所记载，以资传信。故首由撰者门人赵甫苤起草，后经撰者大加删削修改，于1933年（癸酉）定稿，及至1935年作者病危之际"犹以此书未获观成，系念良殷"，但终以抱憾而殁。继室黄夫人为偿其志，以节衣缩食之资当剞劂枣梨之费，俾该书得以问世。

金钺序后有署"七十拙老人王守恂"之自述称："此余修志时初稿，所载事实至宣统三年止。阅时既久，偶从敝簏中检出，私录存之，题曰《天津政俗沿革记》，以别于志稿"，即以明撰者的初衷与心志。全书凡16卷，分述舆地、河渠、水利、邮递、户籍、田赋、货殖、盐业、工艺、文化、礼俗、善举、讼讞、防御、兵事、外事诸端。虽篇幅不大，但内容丰富，尤以能反映近代天津的发展变化为其特色。今撮述各卷要旨如次：

卷一《舆地》。于简略介绍天津建置沿革之后，即记述了天津城垣的修筑、设置，坊巷的方位、名称，乡镇及署廨的迁徙，道路的修筑等情况，而撰者于此卷附加之《电车》一节，记述电车初设的情况和运行的线路，令人有时代气息的感觉。

天津位于九河下梢，环城之水有自北来者，有自南来者，有通贯南北者，都至津汇合于海河而入海。卷二《河渠》设《水道》、《桥梁》二节。其《水道》一节乃记述境内干河、来源、归墟、潴蓄、支引、航路诸方面，分析河流分布、流向的变化与现状。《桥梁》一节则详记了作为地域交通特色的各种桥梁、渡口，其中所记在西沽、钞关口、巡盐御史署及盐关等处之浮桥，现已不存。后来仿西式铁桥所建可开合的金华桥（东浮桥）、金汤桥、金钢桥等也已成历史遗迹，今金钢桥亦随现代都市之变化而被拆除。

卷三《水利》记改津地水患为水利之营田与堤坝二策。自明万历十四年始议屯田，至天启元年实施开垦，使津郊广种水稻而推动地方农业的发展。至于修堤筑坝，一以防患，一可围田。此二策迄光绪末年已见效果。

卷四《邮递》。详记驿递、邮务、电报等通讯形式及以轮船、铁路为载体的交通工具。综此数项于一卷，虽嫌不妥，若以现代信息管理角度衡量，则亦尚有必然联系存焉。

卷五《户籍》分论津地户口与选举。户口所记为人口与丁税数字，而选举则分篇详记清末举办自治选举的若干具体措施。

卷六《田赋》。以大量篇幅介绍地丁、杂税、杂捐、蠲免、仓廒、漕运等以反映天津基本经济状况。卷七《货殖》所设百货、商栈、榷税、商会、钱币等篇目以见近代天津经济繁盛的特色。卷八《盐业》，乃记天津经济之支柱行业，记及盐业的生产及管理机构状况，反映了这一传统产业在近代的变化。卷九《工艺》集中反映清末新政时期天津近代工业的发展，尤其对袁世凯督直期间所创立之工艺总局与高等工业学堂以及实业家周学熙等所创设之劝工陈列所、实习工场、教育品制造所等则予着重介绍，并记及天津的电灯与自来水之开办与发展，均助成天津经济状况得居于全国前列，对迅速发展天津为近代化城市之功，实不可没。

卷十《文化》。以儒学、书院、学校、教育为主体，详叙天津文化事业的变化。仅《儒学》一门即对文学、武学、商学、学额、学田、义学、义塾及考试诸方面，均有详述。《学校》之下附表，胪列当时天津各类学校之校址、师生人数、经费等项，足以见天津文化教育事业的概貌，所谓"津人士多渊懿博雅之材"，良有以也。卷十一《礼俗》，虽以"天津民气刚强，其赋质尚朴"，然因"地滨海，商富于农，养生送死之具多失之奢侈，富者为之，贫者思效，其弊由来久矣"，颇合津门实况。其《祠祀》门记总祠、专祠、坛庙的地址与相关人物，则赖此可见当年风貌。对婚丧、时令等诸种习俗记录颇详，类此似可见津门之繁盛景象。卷十二《善举》，首论津民好善之心称："吾乡之好为善举，由来久矣"，"往往一人为之，众乃翕然趋之，莫不振人所急，展人所绌，津人遂以慈善著闻。"所记救火会、育婴堂、延生社、保赤堂、备济社及红十字会等十余种地方自救助组织，起到了为公众服务的重要作用。其附论天津试办地方自治状况，虽被时人讥为"官办"，但在当时确得风气之先。卷十三《讼谳》，则以新奇视角记载光绪三十三年（1907）天津之试办新式法制，对诉讼程序的受词、审转及诉讼机构的审判厅、检察厅、监狱、司法警察等逐一进行介绍，可见著者于新事物之关注。

卷十四《防御》及卷十五《兵事》，记清末天津的军事状况。前者记绿营、团勇、洋枪队、练军、常备军、混成协、巡防营、水师、海军、警察及军械制造局等有关内容，基本上反映清末改革军制、强化国家机器等具体措施，于各种营制的建置沿革、武器配备及驻防经费等所记颇详。后者则记述天津境内发生的重大战事，如太平军与捻军在津活动均有所记载。

鸦片战争后，天津被迫开埠，成为通商口岸，清政府在津设置通商大臣，而天津遂成中外交涉窗口，外事来往频繁，于是本书乃创卷十六《外事》专卷，为志书开创新例，凡自嘉庆二十一年（1816）至光绪二十七年（1901）间中外交涉诸端均著于篇。尤以记"天津教案"事件，为光绪《天津府志》所未载，足备参考。

天津地方文献，颇有多种，而《天津政俗沿革记》当属殿后之作。于民国修志下趋之际，撰修一志，洵属难能。当天津修志议起，王氏领民国《天津县新志》前十六卷纂修之任，而由高凌雯主后十二卷之事，分别从事，各自成书。二者虽刊印时间不同，书名相异，而实为一书。可以说，欲明天津往事，欲求天津地情，王仁安所著《天津政俗沿革记》，当在必读之列。

《藏斋集》十三卷、《藏斋诗话》

赵元礼撰。赵元礼（1868～1939）字体仁，又字幼梅，号藏斋，天津人。其父久居直隶平谷县西鹿角村，赵元礼亦生于该地，长大后才回到天津。19岁入庠为廪生，但多次应试未中，遂弃绝仕途，以教私人家馆为生，是李叔同少年时的老师。1903年，由于严修的推荐，出任直隶工艺学堂庶务长。后又任滦州矿地公司经理、开滦矿务局秘书等。1918年当选为直隶省国会参议员。还担任过直隶银行监理、天津造胰公司经理、天津红十字会会长等职。晚年与严修、王守恂等组织城南诗社。赵元礼又擅书法，与华（世奎）、孟（广慧）、严（修）并称为近代天津四大书法家。

《藏斋集》十三卷。由《辽东集》、《寅卯集》、《辰巳集》、《无味集》等组成。

赵元礼擅说诗，著有《藏斋诗话》。其论诗吸取了王国维"意境说"的长处，而又引用古典诗歌理论中诗主"性情"的说法，比王国维论析更为细致。惟因写作及发表时代稍晚，已是五四新文化运动的时代，思想文化的热点已经转移，故未形成较大影响。

《醉茶吟草》四卷

李庆辰撰。李庆辰，字筱筼，别号醉茶子，诸生。襟怀旷逸，力学安贫，诗以盛唐为宗，五律尤近老杜。没后子亦病废，家世陵夷，遗稿莫知所在。杨光仪辑《津门诗续钞》，存其诗 146 首，凡所简选率多精锐之作，虽非全部，犹足张一军也。

《水竹村人集》十二卷

徐世昌撰。徐世昌（1855～1939），字卜五，号菊人、东海、瞍斋，别署水竹村人，直隶天津（今天津市）人，生于河南汲县。光绪十二年（1886）进士，改庶吉士，授编修。参袁世凯戎幕，任营务处总办。历官国子监司业、商部左丞、练兵处提调、政务大臣、会办练兵大臣、巡警部尚书、军机大臣、民政部尚书、东三省总督、邮传部尚书、协办大学士、宪政编查馆大臣、体仁阁大学士、内阁协理大臣、军谘大臣。入民国，任北洋政府国务卿，民国七年（1918）任总统。后辞职。生平事迹见李新主编《民国人物传》第一卷、贾逸君《中华民国名人传》。

徐世昌终生从政，以胸有城府的大官僚、政客著称。然亦终生不废吟哦，多所著述。早年曾在北京参加龙喜诗社。晚年退居天津，亦曾组织晚晴簃选诗社，主持《晚晴簃诗汇》的编选刊印。其诗主要表现了一个大官僚、政客退居田园与书斋时的闲适情怀。如《题砚》："几净窗明尘不起，试研乌玉写《黄庭》。"《幽居》："病起灌园同野叟，不知身外有浮名。"《闲乐用文与可韵》："消闲一卷书，日坐退耕堂。"《废宅行》："英雄退步亦神仙，门外年年春草肥。"《闲卧》："闲卧空堂晓日红，略无尘事到胸中。"其他如《长安岁暮吟》、《野田行》、《田家苦》、《悯旱》、《促织曲》、《山农词》和《种菜》等，对贫富悬殊的社会现实也有所感慨。柯劭忞以为其早期诗作"华而不靡，质而不臞，有开元大历之风格"。庚子事变时期的诗"慨然有救焚拯溺之志"。光绪末年至宣统初年，位居要津，"其诗亦雄奇恣肆，不施绳墨而自合于规程"。1912 年之后，"徜徉于山阻水澨之间，作为诗歌，自适其意，有陆务观之才思而无其窠臼"（《退耕堂集序》）。又以为其部分诗"优游而闲肆，简淡而清远，抒写性情，旷然无身世之累，一若布衣韦带之士"（《水竹村人集序》）。著有《水竹村人集》、《退耕堂集》、《竹窗楹语》、《藤墅俪言》、《归云楼题画诗》、《歿斋述学》、《清儒学案》、《大清畿辅先哲传》、《将吏法言》、《欧战后之中国》、《历代吏治举要》、《天津徐氏家谱》等。

《水竹村人集》十二卷、目录一卷,有民国七年(1918)天津徐氏刻本,民国九年天津石印本,首都图书馆藏。另有《水竹村人诗选》二十七卷,民国二十年(1931)天津徐氏退耕堂刻本,南京图书馆藏,近有文海出版社1971年版《近代中国史料丛刊》收入此集。

《紫箫声馆诗存》

冯文洵著。1934年铅印本一册。冯文洵(1880~1934),字问田,祖籍天津,生于直隶(今河北)涿县。北京警官学校毕业,后在四川成都从事警务工作。民国二年(1913)离职回里。1915年赴黑龙江,先后任泰来、海伦等县县长多年。后回到天津居住,一度出任河北省北运河河务局局长。能诗善画,为城南诗社主要成员。著有《丙寅天津竹枝词》、《紫箫声馆诗存》。

第二节　诗文总集与丛书

地方诗文总集,是指专门辑录某一地区乡贤诗文的总集,在传统目录学中列为总集"郡邑"之属。有的地方诗文总集收录相关外地作家,但明确为"寓贤",立足点仍是本地。有关天津的地方诗文总集,常见者有:《天津津门诗钞三十卷》,(清)梅成栋编,清道光四年(1824)思诚书屋刻本;《天津津门征献诗八卷》,(清)华鼎元辑,清光绪十二年(1886)刻本;《天津津门古文所见录四卷》,(清)郭师泰编,清光绪十八年(1892)刻本;《天津燕南二俊诗钞二种》二卷,(清)陶梁辑,清道光刻本;《天津秋吟集》一卷,(清)李云楣辑,清道光二年(1822)刻本;《天津沽上梅花诗社存稿》二十卷,(清)王崇绶辑,清钞本;《天津若清菴诗钞三种》三卷,(清)陈嗣俊辑,清钞本;《河北国朝畿辅诗传》六十卷,(清)陶梁辑,清道光十九年(1839)红豆树馆刻本,等等。除此外,尚有许多不太为人注意者。

《津门诗汇》

栾立本辑。栾立本,字飞泉。工诗能文,教授乡里,弟子甚众。《津门诗钞》卷四收有栾立本诗，诗前小传谓："栾立本，号飞泉，乾隆癸卯科举人，著有《悫思录》《津门诗汇》。"除《津门诗汇》和《悫思录》外，栾立本尚有《等韵述古》、《左史世系图考》、《群书集腋》、《蔗香诗草》等，但未得付梓。

栾立本留心风雅，以天津诗人向无总集，乃搜辑成编。其后梅成栋《津门诗钞》刊行，而此集遂无传本。究之成栋，博采广蓄不过因其所有而踵行之，则此书实其先导也。

《津门诗钞》三十卷

清梅成栋编。有道光四年（1824）思诚书屋刊本。《津门诗钞》是梅成栋搜集整理的一部关于天津的诗歌总集，收录了自元至清道光年间447位文人的诗歌，共计三十卷：卷一至卷十九为邑贤，诸如张愚、龙震、梁洪、周焯、王又朴、于豹文、张霔、查为仁、查礼等人；卷二十为闺秀，诸如金至元、程德辉、许雪棠、查调凤、查容瑞、赵恭人、严月瑶等人；卷二十一至卷二十四为郡贤，诸如静海、南皮、青县、沧州、盐山、庆云等地文人；卷二十五、二十六为流寓，诸如李东阳、何景明、朱彝尊、查慎行、王士禛、吴雯、赵执信等人；卷二十七、二十八为寓贤，诸如汪沆、吴廷华、陈皋、万光泰等人；卷二十九为职官，诸如李梅宾、高斌、金文淳、张问陶等曾官于天津之人；卷三十为方外、仙鬼作品，诸如成衡、王聪、释愿来、梅石道人等和尚、道士。另外，《津门诗钞》卷二十部分，还附有"天津诗话"十七则。

就编纂次序而言，《津门诗钞》主要以时代、科分为次，兼以家族为序。具体说来有两个方面：一是《津门诗钞》所收文人"有科分可稽者，以科分为先后；其无科分可考者，计其年代之前后入编"。例如《津门诗钞》卷一收录张愚、刘焘、张海、倪光荐、李友太、徐兆庆、龙震、梁洪、朱同邑、朱函夏、朱绍夏等十一位"邑贤"的作品，编次时先按照时代顺序，明代邑贤张愚、刘焘、张海、倪光荐四人为先，李友太、徐兆庆、龙震、梁洪、朱同邑、朱函夏、朱绍夏等清初邑贤为后。而在编次同时代文人作品时，又以"科分"为序，即以取得功名的先后为序，例如明代邑贤四人中张愚、刘焘都是进士，张海与倪光荐均无科分可考，于是先录有功名的张愚、刘焘二人作品，后录张海、倪光荐二人作品。对科分可考之人，又以其科分先后为序，依次录入，例如张愚为嘉靖壬辰（1532）进士，刘焘为嘉靖戊戌（1538）进士，于是先录张愚作品，次录刘焘作品。二是对于一家兄弟、父子、祖孙均有功名的情况，"虽其人年代科分先后不同，亦必附于一编"。以遂闲堂张氏一族为例：张霖廪贡生，历官安徽按察使、福建布政使等职，建遂闲堂，开沽上雅集之风。张霔乃张霖弟，亦廪贡生，官内阁中书。张霖、张霔兄弟为遂闲堂张氏第一代。张坦、张埙为张霖子，同为康熙癸酉科举人，为遂闲堂张氏第二代；张瑄是张坦之子、张霖之孙，直隶州同，封奉直大夫，系遂闲堂张氏第三代；张映斗乃张瑄之子、张霖重孙，岁贡生，系遂闲堂张氏第四代；张虎拜乃张映斗之子，乾隆戊子、己丑联捷进士。张虎士乃张虎拜从弟，曾官奉天府锦县尉。张虎拜、张虎士兄弟均系张霖曾孙，为遂闲堂第五代。由遂闲堂第一代至第五代，历经康雍乾三朝，但梅成栋并未按照时代先后把这些人分散编录，而是按照家族谱系，集中在一起。这样做的目的是"令其家世了然，有便考证"。

就选诗标准而言，《津门诗钞》体现了传统的诗教观，即所谓温柔敦厚者。简单地说，这种标准体现在两个方面：一是对于题咏忠臣、孝子、义夫、节妇烈女、高人逸士的诗歌尤为钟爱。以梅成栋选津门邑贤周焯的诗为例：周焯的《卜砚山房诗钞》收录200余首诗歌，梅成栋选入《津门诗钞》的有37首。在入选的37首诗歌中，题咏孝子、节妇、烈女的诗歌就有15首，约占所选诗歌的二分之一，足见梅成栋对此类题材的钟爱，反映出秉承诗教的选录标准。二是艳诗、抨击时政的诗歌均不收录，此即梅成栋所言："诗有关帏闼，及语涉媟亵，及讥弹时事，虽佳不录。"统观30卷《津门诗钞》，即便是感情甚笃之夫妻的唱和诗，也体现出"乐而不淫"的宗旨。另外，《津门诗钞》中有一些反映社会现实、针砭时弊的诗歌，但所占比重较小，而且此类诗歌本着"哀而不伤"的宗旨反映社会现实，以劝诫为主。

《津门诗钞》的成书，标明了自元以来，天津文学自身的长足发展，尤其是诗歌创作的繁盛，是《津门诗钞》得以出现的根本。作为天津文学史上第一部诗歌总集，无论对文学研究，还是对文献整理而言，《津门诗钞》都具有很高的学术价值。

《沧州诗钞》正集十二卷，补钞二卷

清王国均、叶圭书编纂。沧州，在清代属直隶（河北省）天津府统辖。沧州地近北京，自明以后诗学日渐昌明，但皆未显于世，大兴牛坤序称："予家与沧州旧族王张李叶皆戚谊，其源皆百余年，而不知诗人若是之多也。"之所以如此，亦由于无人表彰。王氏以老布衣竭十余年心力，编成此集，其目的在于保存乡邦文献，并以"抒怀旧之蓄念，发潜德之幽光"（李僡序）。全书共录120余人诗作，编者自云："一人有穷达，诗即因之显晦。此编于名公巨卿，在所必取；而布衣寒士，亦所不遗。世之操选政者，皆恪守门户，独标意旨，合则存，不合则去。此钞不立阡陌，并存作者本色，不敢称为诗选，故名曰诗钞。"（《序例》）全书录诗1390余首，题材较为丰富，风格亦较多样。如宋起凤之慷慨多气，王公弼之闲旷平易，戴明说之深浑奇峭，张延绪之恬淡萧疏，皆颇有成就。特别是宋起凤《南北杂咏》组诗19首，较为全面地反映了明末清初政情及军事变迁。入录作者在字号官爵下"有事迹可载者以行实居先，逸事次之。见闻最确而无书可征者以按语附后，使人读其诗知其人，庶吾乡前辈典型不至湮没。又诗家小传最贵简要，州志百余年未修，故叙述稍繁，以备异日文献之征"（《序例》）。全书始于宋起凤，终于王国均之兄王国维。所录皆盖棺论定之人，正集刊于咸丰三年（1853），前有山东巡抚李僡以及牛坤、俞浩三人序。正集刊成后又编"补钞"，王国均自序云："《沧诗补钞》即《正钞》诸家所遗之诗也。均以二十年客游于外奔走，不遑采访，率多缺略。道光丙午（1846）仓促成书，颇以为憾。迨咸丰癸丑、丙辰间（1853~1856）家居数载，于兵燹之余，详加搜辑，复得诗如千首，分为二卷，并以付梓。"有咸丰八年（1858）刊本。

《畿辅诗传》六十卷

清陶梁编纂。陶梁，字宁求，号凫芗，长洲（今江苏苏州）人。嘉庆十三年（1808）进士，官至礼部侍郎，有《红豆树馆诗钞》。"畿辅"指京师附近之地。这里指直隶省，即今河北省。河北于明末清初诗学较发达，出现了名声远播江南的诗人申涵光与以涵光为主的河朔诗派，其他如杨思圣、张盖、殷岳皆有名于时。贵官魏裔介提倡风雅，编选《清诗溯洄集》，对畿辅诗歌创作皆有所影响。乾隆、嘉庆以来，翁方纲、纪昀、朱珪这些开宗立派、影响全国、左右诗坛之达官亦为直隶人。而清初以来诸家清诗选本往往"详于南而略于北"，此书之编意在展示直隶自清初顺治三年（1646）至道光十七年（1837）近二百年中诗歌创作成就，共收875位诗人之作品。编者自云："梁系官于斯（指畿辅）前后凡二十三载。先是在京师已与其邑之人士游，至是益习其土风，谙其故事，而邑人士亦多以所藏选本见视，乃始荟萃诸作，录而传之，复为小传、诗话以综其事。多者不敢滥，僻者不敢遗。有若鸿儒硕学，名在人口，而句律无存，亦复详端绪，以待后人之补辑焉。"（《自序》）书中所选，注重庙堂文学与能体现封建伦理道德之作品。"我国家文治武功，典礼明备。载笔诸臣，鸿章巨制，雍容揄扬，足备一朝掌故。又如忠义节烈之事，垂之歌咏，足以翊名教而植纲常，有关世道人心，尤非浅鲜。亟应采辑，以广流传。盖不独以清词丽句见长，有裨实用"（《凡例》）。李霨为入清后首科癸西（1646年）进士，位至东阁大学士，陈廷敬言"其诗遭际盛时，有雍容太平之象"，于是列在卷首。而由明入清之达官（如梁清标）则列在顺治首科进士之后。重要作者均列专卷，或二人一卷。如李霨一卷，魏裔介、魏象枢二人一卷，杨思圣一卷，申涵光一卷，张永祺、郭棻二人一卷，成文昭一卷，边连宝一卷，朱珪一卷，王永芳一卷，翁方纲一卷，朱筠一卷，纪昀一卷，李惟寅、沈峻二人一卷，舒位一卷，李云章一卷。此编所录之诗多取自诗人专集，非摘自选本，前列各家诗集五百余种，小传、诗话之征引书目凡百十余种，亦列于《凡例》之中。可资考证。诗话中有编者自撰，署名"红豆树馆诗话"。有清道光己亥（1839）红豆树馆刊本。

《金氏家集》五卷

金际泰、金达澜辑。金际泰，字熙堂，喜搜求先人遗稿，谨守弗失，及老，以授族弟达澜。达澜复增益之，阅三年之久，编为家集。以北迁之祖为始，凡历七世，得30家诗文。其同族而谱系无考者，又得十四家，汇为四卷，闺秀四人辑为一卷，共得诗438首。

《历代诗家》八十六卷

清戴明说、范士楫、魏允升等辑。《历代诗家》一名《历朝诗集》。本集选录西汉至明末的诗歌，包括初集56卷、二集86卷，凡142卷。这是迄今为止收罗较为宏富的一部通代诗歌选本，对于了解和研究古代诗歌及其发展都具有相当重要的意义。有顺治十三年（1656）至十四年（1657）常熟毛氏汲古阁递刊本。

《天津诗人小集十二种》二十一卷

高凌雯编纂。"天津"指天津县，清代天津县属直隶省天津府统辖。高氏修纂天津方志，征求本乡诗人，所得诗集多为未刊之稿。"修志之暇，略加甄择，遂谋付梓，以永其传。凡得十有二家。抚宁张氏，大兴胡氏，生长兹土，子孙入籍，故侪诸乡人之列"。之所以选此十二人，因为"其诗卷帙匪繁，雕镌尚易。故曰'小集'"。另外，"此十数人，大率家世清寒，势不能为先人刊集，故且代为之谋也"。（均见《自序》）每个小集皆经过高氏整理，并写有跋语。此集中包括：（一）《欸乃书屋乙亥诗集》，一卷，抚宁张霆撰。张霆字笨山，号帆史，原籍抚宁，生于天津。廪贡生。此集乃其康熙三十四年（1695）作品。（二）《履阁诗集》，一卷，张坦撰。张坦，字逸峰，张霆侄。此集存诗八十八首，前有姜宸英序。（三）《秦游诗》，一卷，张壎撰。张壎字声百，张坦弟。此集为其去西安省父时所作。前有姜宸英《序》。（四）《读书舫诗钞》，一卷，大兴胡捷撰。胡捷字象三，康熙初，其父自大兴徙天津，并定居天津。此集为其南游之作，存诗一百二十六首。（五）《卜砚山房诗钞》，二卷，天津周焯撰。周焯字月东，号七峰，贡生。生活于雍正、乾隆间。此集前有吴廷华、朱函夏、汪沆三序。（六）《灵斋诗集》，一卷，天津胡睿烈撰。胡睿烈字文锡，诸生，生活于雍正、乾隆间，与查为仁交好。诗笔雅健。此集录自《津门诗钞》。（七）《青蜺居士集》，天津丁时显撰。丁时显字名扬，登进士第。生活于乾隆间。此集为其全稿。（八）《林于馆诗集》，二卷，天津林昌业撰。林昌业字立功，号次斋，原籍浙江海宁，以事遣戍济南。遇赦，北徙天津，遂定居，生活于乾隆间。此集未刊行，得之金氏家，集前有梅成栋、华长懋题辞。（九）《蕉石山房诗草》，一卷，天津康尧衢撰。康尧衢字达夫，生活于乾隆、嘉庆间，尝主一时诗坛。此集为其三十岁以前作品。（十）《欲起竹间楼存稿》，六卷，天津梅成栋撰。梅成栋字树君，以诗名于嘉庆、道光年间，平生写诗五千余首。此集乃应其友余堂之请，并请萧思谏删定，存诗五百六十余首，始于乾隆六十年

(1795)，终于道光十二年（1832）。前有余堂序与作者自序。（十一）《韵湖偶吟》，二卷，天津刘锡撰。刘锡字梦龄，生活于道光间。此集包括前集与后集各一卷。（十二）《醉茶吟草》，二卷，天津李庆辰撰。李庆辰字筱筼，生活于同治、光绪间。此集乃从其全集中选出，存诗三百一十首，多描写清末动乱之作，前有蒋兰畬《序》，此合集编成于1924年，十年后金钺刊于天津志局。

《津门文钞》二十四卷

华光鼐辑。钞本。是书因《津门古文所见录》而扩充之，复收入道光以来后出之作，遂增多至两倍，竭一生搜罗之力以成此编，意在与梅成栋《津门诗钞》并行于世，俾乡前辈文章风雅常存弗朽。惜甫具稿遽尔下世，其子铎孙略加编次，杨光仪、梅宝璐各有厘订，徐士銮为之校正，陈垲官广东时，铎孙尝携此卷随行，垲欲捐资付梓，未及行，罢官归里，斯事遂耽。

"天津风土丛书"五种

20世纪80年代，天津古籍出版社先后出版《津门杂记》、《梓里联珠集》、《天津皇会考》、《敬乡笔述》、《沽水旧闻》。是谓"天津风土丛书"。

《梓里联珠集》五卷

华鼎元辑。华鼎元早年随父宦游奉天等地。后曾任江苏同知。同治间，鼎元撰《津门征迹诗》成，诗咏天津史迹、人物、风情。光绪五年复将所撰《津门征迹诗》与汪沆《津门杂事诗》、蒋诗《沽河杂咏》、樊彬《津门小令》、崔旭《津门百咏》四种辑成《梓里联珠集》五卷。

《津门征献诗》八卷

华鼎元撰。是书搜辑乡人事迹，大旨以忠孝为先，次及宦绩、学行、文苑、隐逸，末卷则专收烈女，凡得120人，人各系以诗，而以传志行状及诸家文集所载琐闻轶事罗列诗后，虽云征献，实赖考文，其体制类于近人南宋杂事诗，而表章先献则又人物志、耆旧传之遗旨也。书成于同治初元，自咸丰以上至于有明，凡知名之人大略备于是矣。

《津门古文所见录》四卷

郭师泰辑。郭师泰，字筠孙，锡孙，进士，官知县。是书搜集津人所为古文124篇，汇为总集，作者凡61人，自道光以上迄于国初，乡里能文之士略备于是矣。邑人不喜刻集，凡兹所辑大率得自传钞，就中如朱函夏、绍夏、周焯、金相、周人麒、沈峻，皆蔚然作者，其文集至今俱佚，赖此犹可窥豹一斑。师泰多识乡邦掌故，每于诸家文后略缀数语，用志旧闻，皆于文献有关，书成未及付梓而没；其戚华景安捐资刊行之。

《津门诗续钞稿》

杨光仪辑。钞本。是编为光仪晚年未卒业之书。道光以来，诗人接踵，斯所选录已得67家，而所未及者尚伙。自庚子兵劫，前辈遗集多就散亡，赖有是集之存，犹可窥见鳞爪，则功不在梅成栋下也。

《沽上题襟集》八卷

查礼辑。刻本。是集汇选水西庄宾主倡酬之作，作者八人，人各一卷。以为自古友朋之乐多以诗传，然如南皮之游、山阴之会，不过旬日流连，相从即别，今则数年聚首，晨夕必俱，较诸昔贤其乐倍之；爰就每岁所为诗各选数章，选辑既成，工楷付梓，最称佳椠。

《看诗随录》一百三十卷

高静选。《大清畿辅书征》卷六著录。是书辑录周秦汉魏六朝唐宋元明以迄国朝人之诗凡数百家，编次不以时代为后先，而文质并录，诸体毕赅。观其取与进退之间则多主于文言，以阐扬诗教为宗旨。有王树栅、洪良品、戴襄清三人序。北京图书馆藏有《看诗随录》一百三十卷两套，一作九册，一作十六册，清光绪十九（1893）至二十二年（1896）宁河高氏继善堂刻本。天津图书馆藏89卷，中缺26至29卷，清光绪二十二年（1896）刻本42册。首都图书馆藏光绪十九年（1893）不分卷刻本一册。

《华氏同声集》八卷

华铎孙辑。钞本。华铎孙辑其先代诗既成，力营付梓，以家贫旅食未竟厥功。铎孙初不肯以己作置其间，及卒，家人取其遗集附益之，凡五代八人，人各一卷，其目分载别集类中。

《沽上梅花诗社存稿》二十卷

王崇绶辑。道光中期，津人王崇绶（字春甫，号紫若），将梅花诗社社员诗作汇集为《沽上梅花诗社存稿》三册，凡二十集附一卷（今残缺第十三至十五集）。收录天津及南北文人六七十人唱和之作。是本为清抄本，三册（一函），八行二十一字，蓝格。

《龙泉师友遗稿合编》

李树屏辑。李树屏又名李髯，字筱珊，或作小山。

龙泉者，为晚清学人李江之号。李江（1834～1883），字观澜，京兆蓟县人（今属天津市蓟州区），因迁居蓟东穿芳峪龙泉山下，故自署龙泉山人。年十九，补博士弟子员，咸丰五年（1855）中举，又于同治元年（1862）进士及第。后供职驾部，曾任兵部主事。精研性理之学，奉手理学大家倭仁。长于古文，效法桐城名宿方苞。更兼善诗词。不尚空谈，尤重躬行践履。与万青藜、崇绮、黄云鹄、贵成等过从甚密。同治九年（1870）归隐乡里后，从事讲学，著书立说，更建义塾，兴义仓，并引导乡民树艺农桑，以振兴实业。当时，远近学子多负笈踵至，以至学舍人满为患，而名公钜卿亦闻风爱慕，往往争相举荐。

师友中，王晋之与李江交游最密。同治十年（1871），王晋之追随李江，携家同隐于穿芳峪。王晋之（1835～1888），字竹舫，晚号问青山人，京兆蓟县人。咸丰五年（1855）中举，曾受李鸿章聘，主持天津广仁堂。并于乐亭、昌黎等书院讲学。不仅长于诗文，曾入探骊吟社等，与京师宗韶、陈宝琛等颇多酬答，而且书画皆擅，名重一时。其为学，则与李江相近，议论平实，而多有会通，更能发倭仁所不能发。反对空疏之学，而重农田水利，主张士与农合，故于理学之外，对于农桑、水利等多有实践，所撰《山居琐言》、《沟洫私议》等均名闻一时。在教育思想、制度和教学方法方面，多独有见解，其《问青园课程》等，堪为蒙学经典，影响深远。

作为乡贤，龙泉两师友，不求仕进，而退隐乡里，造福一方，遗泽久远。晚清名儒高楷曾评论称"两先生学，至正、至实、至精、至庸"。他们不仅兴学一方，教化乡人，正如周塈《呈送清史馆小传》所载，"入其村，耕织弦诵如见三代遗风"，而且，在地方推广种棉、植瓜果、树桑、修水利，让乡民多能明治家，衣食足、仓廪实，而知礼节。

龙泉两师友，热爱故乡山水，同道之间，不仅经常论学问道，而且诗文唱酬频繁，也因此留存下大量的相关文献。其弟子辈，严绍薪传，对其著述多用心搜集刊刻。其中流行最广、影响最大、保存最为完整者，当属龙泉高弟李树屏所汇刻的两先生文集，即《龙泉园集》和《问青园集》。

而在此之前，李江《乡塾正误》（清光绪七年刻本）、王晋之《山居琐言》（清光绪九年刻本）和《广三字经》（清光绪七年刻本）等都曾以单本行世，现皆留存。又，据王晋之《问青园遗嘱》可知，在光绪十四年（1888）王晋之卒前，李江《龙泉园语》与王晋之《问青园集》已经手订，而王晋之《问青园课程》也已单行刊刻，惜未见存。对于龙泉两师友的文集，王晋之最早叮嘱李江之子李约斋："我与汝父是一道同道，我二人当合集，名之曰《穿芳二山人合集》。"但是，两人的合集一直未被汇编刊刻。

现据史恩培《龙泉师友遗稿合编弁言》可知，至晚在光绪二十一年（1895）之前，李树屏曾与龙泉同门诸子，辑刊《龙泉园集》八卷，附刊《问青园集》四卷，合装为一函，并将初印善本于是年冬月，寄呈当时在济垣需次的史恩培。其弁言云："维先生与竹舫，学粹品高，忘怀利禄，岩壑为俦，田庐相望，躬课树艺，体认有真，著述发明，并堪不朽。筱珊步趋较久，严绍薪传，犹及提倡同门诸子辑刊先生遗稿为《龙泉园集》八卷，附刊《问青园集》四卷，合装一函，编校极见精审。"但是，就我们目力所至，史恩培所言的这一版《龙泉园集》八卷（附刊《问青园集》四卷），始终未见留存与著录。抑或正如史恩培所言，其"特未藏储，多本公诸同好"，所以见者极少，而未能流广。

对于龙泉师友的合集，目前所能见到的最早的版本，现藏于天津社会科学院图书馆，其著录为"龙泉师友遗稿合编二种"，一函六册，雕版木刻印刷，前四册为《龙泉园集》，后两册为《问青园集》。其中，《龙泉园集》收录《龙泉园语》四卷、《诗草》一卷、《文草》一卷、《尺牍》一卷、《题跋》一卷、《兰阳养疴杂记》一卷、《见闻录》一卷、《乡塾正误》二卷，共八种十二卷，计166953字，刊成于光绪二十年（1894）十一月；而《问青园集》收录《山居琐言》一卷、《沟洫私议》一卷、《附图》说一卷、《贡愚录》一卷、《问青园课程》一卷附杂仪学规条规、《园语》一卷、《诗草》一卷、《文草》一卷、《题跋》一卷、《尺牍》一卷、《手帖》一卷、《家书》一卷、《遗嘱》一卷，共十三卷，计138952言，刊成于光绪二十二年（1896）十二月。是编，无序跋，由李树屏汇编，并倩遵化张之照分任校勘，而付梓行世。全编收录较为完备，不但编校精审，而且制作堪为精良。

但是，天津社会科学院图书馆所藏本，在当时，藏者视之为珍宝、拱璧，多秘藏不宜，故常人难以获见，甚至在北洋政府开清史馆，采集李江、王晋之传记以及两人文集时，也"案据无从"。感于此，时任清史馆馆员的史恩培，约见李江之子、王晋之婿李约斋，商议寻检旧版，将李树屏所辑的合编，再次付印行世，以饷各界。随后，李约斋让其子李绍先董其事，于1923年，是编石印再版。石印本《龙泉师友遗稿合编》，亦共六册，与李树屏旧版的不同之处在于：一是，全编总名"龙泉师友遗稿合编"，由夏同龢题签，而各册未分署集名；二是全编之前，增加了高楷《王竹舫李观澜两先生合集序》（作于1899年）、史恩培《龙泉师友遗稿合编弁言》（作于1918年）、周塈《呈送清史馆小传》、陈子庄的附识（作于1923年）。民国石印本，现存于天津师范大学图书馆。

古之穿芳峪有"四乐"，王晋之尝云：一曰山水之乐，二曰友朋之乐，三曰文字之乐，四曰家庭之乐。百余年前，龙泉师友隐居蓟东穿芳一隅而名动天下，自蓟州而京师、津沽与保定，更自北方而江南，甚至自中国而朝鲜，众多名公巨卿、硕儒文宗，或亲至或书问，他们论学问道、诗文酬答，形成了晚清时期一个独特的文化现象。正如晚清文坛巨擘吴汝纶所言"当是时，京师名公巨卿多高此两人，两人之风既耸动当世矣"。穿芳峪这种独具特色的山水、园林、文化、文献之盛，足以追比之前的水西庄，其不仅可以独步北方，而较之江南亦不为逊色。

《城南诗社集》一卷

王守恂等辑。1924年5月天津公园教育处铅印本，线装一册。是书书名页题："甲子（1924年）暮春，城南诗社集，广慧题"，下有"定生题字"白文方印。首有吴寿贤、王武禄两序，次例言，称："本集仿题襟之意，专选城南社诸同人诗作及唱酬之作，故名《城南诗社集》。"所收作品时间自辛酉（1921年）至癸亥（1923年），历时三载，内容录三年之中63人182首诗作。

《城南钟声》不分卷

李寐庵（国瑜）著。民国赵元礼剪报贴存本，一册，线装。是书封面题："能移我情，戊辰（1928年）端阳前一夕装"，下钤"赵元礼印"白文篆印。本书为民国间某报纸（名称及时间不清）专栏文章汇集，《城南钟声》为栏目名称，专栏文章主要记述了有关天津城南诗社活动，介绍诗社成员诗作及诗评等。

《秋吟集》一卷

李云楣辑。嘉庆庚午，沽上诗人乡闱报罢者共结诗社，因感寥落之意，凡题皆冠以"秋"，得诗十余首而辍；迨癸酉榜后复续前约，入社者益多，又得诗80余首，云楣汇而录之，以质诸梅成栋，成栋补成十余首，共为一卷，序以行之。

《屏庐丛刻》

金钺主持。两函12册。金钺，字浚宣，号屏庐。天津人。性喜聚书，尤好搜集乡贤遗著。金钺曾任天津修志局编修。著有《辛亥杂纂》、《天津金氏家集》、《许学四种》等。选录刊传有《屏庐丛刻》15种、续刻三种，《金氏家集》四种，《天津文钞》。自著有《天津县新志》、《天津政俗沿革记》、《天津诗人小集》十二种。

《屏庐丛刻》编刻的乡人著述有：王又朴《诗礼堂杂纂》、查为仁《莲坡诗话》、查礼《铜鼓书堂词话》、梅成栋《吟斋笔存》、杨光仪《耄学斋醉语》、徐士銮《古泉丛考》等15种。

《新天津丛书》

新天津报馆由刘髯公创办。曾在20世纪二三十年代出版过一系列包括天津作家在内的小说。如收录耿小的《六君子》、劫后余生《劫余灰》、新人月刊社《新人》、赵焕亭《巾帼英雄秦良玉》、刘髯公《丙寅战史》等。

《天津竹枝词合集》

赵娜、高洪钧编注，天津人民出版社 2014 年版。是书以作者生年时序，收天津竹枝词 1500 余首。附作者小传和诗注。内容比勘校核，择善而从。收入清人华鼎元辑《梓里联珠集》及各种散见作品，如：沈起麟《西淀竹枝词》、康尧衢《沽上竹枝》、樊彬《淀上竹枝词》、周宝善《津门竹枝词》等，是目前汇编作品中最全的一种。而且可补《中华竹枝词》中天津部分的不足。

第三章 笔记杂著文献

笔记又称"漫录"、"随笔",属于杂记体。古人笔记、杂著一类作品多收录各种内容、各种形式的小品、故事等。作者不是刻意为文,也不是取媚于世俗,因此随手记述生活中的所见所闻、所思所感,思想束缚较少。无论是写人叙事,还是状物抒情,都能信笔直书,不加藻饰。往往风格质朴刚健,情调真切自然,富于知识性和趣味性。体制短小,语言简洁。笔记的种类繁多:或写一代人情世态,重在品评人物;或写一地山川风尚,重在说明介绍;或述物理,谈技艺,讲求经世致用;或记游乐,抒情怀,寄托人生哲理;或记历史琐闻,录名人轶事;或搜神志怪,谈异传奇;等等。天津也多作笔记和杂著,构成了天津文学文献不可忽视的一个方面。

第一节 笔记

《游盘日记》一卷

查为仁撰。刻本。是书为《蔗塘外集》之一,乾隆庚申(1800)二月,为仁与朱岷、陈皋、陆宗蔡同游田盘,三宿山上,时当余寒未解,六出犹霏,蹑磴穿林,别饶异趣,记中颇以游盘看雪为独得之奇。为仁纪游诗已载《山游集》,此则记往返九日之事,而以同游诸人诗句附载其间。

《天台雁荡纪游》一卷

金玉冈撰。钞本。是书逐日纪程,分段写景,以文为主,附之以诗。前有许佩璜、高纲、王耘诸序,皆赏其叙述之工,盖游记体也。梅成栋辑

《津门诗钞》，但选雁荡诗而系各记之后，迨金溁镌《黄竹山房诗钞》，更并诗后各记别为一卷，弃取分合，旧制全非，自此编失而复得，始见庐山真面矣。

《田盘纪游》一卷

金玉冈撰。钞本。是书体制与前书相同，但天台雁荡为其初游故记载详，此则为第六次游盘，其所入录者特一时情景耳。然饷蔬拾橡，赠画题诗，处处与僧衲为缘，尤具出尘之致。

《采芒随笔》二十四卷

查彬撰。刻本。是书殆仿宋人《全芳备祖》、明人《群芳谱》而扩充之，书名采芳，故以花部居首，其草木谷蔬之类，凡为植物者分为八属，汇集于后，共870余种。凡花有实者，列其实为附见；名不甚著者，则隶于同类之下为附录，又得七百余种，每种广稽其名，详识其形状与其性质，而以古今人之题咏系之。崔龙见、张灼两序皆极称博雅。

《养素轩读画记》八卷

沈铨撰。钞本。是书亦名《师桥读画记》。铨尝往来南北，以画见重一时，风雅之士多乐与之游，客京师时，贝子弘昕尤相契合。是书荟萃生平所见名画，就一家所藏者各录为一卷，瑶华道人即其一，至末卷则杂收而汇记之，详述障帧，摘录跋识，加之以考订。斯虽论画通例，徐士銮谓其文笔之清、识解之真，非他家所及也。

《南宗抉秘》一卷

华琳撰。钞本。华琳字梦石。琳尝谓，自来画师恒缄秘其术，不以示人，虽王维、荆浩、郭熙各有训述，然所论仅及形质，而用笔用墨之真诀不传。博考湛思，萃二十年之力，悠然神会，遂得其妙，此书实补前人所未发也。

《七巧集成》八卷

周承基撰。周承基字梅岩，国子监生，官通判。是书盖以里俗所行"七巧图"不过仅作冠裳、鼎彝、昆虫、草木之形，承基变为文字，得韵语楹联各若干，则点画波磔多饶奇趣，又以友人所作汇为一编，故名集成。

《庸行编》八卷

牟允中撰。刻本。牟允中字叔庸。是书列入《四库全书总目》存目，其提要略云：允中书因扬州史典《愿体集》而牟参补之，皆先正格言，分门编辑，自"达观"以至"警醒"凡三十三类，每类采辑数十则，大多取其明白显易，可以训俗化愚，其"立教"类有允中自著读书之法，兼论及时文，盖以训其家塾子弟者也。

《警睡编》四卷

华椿辑。刻本。华椿，字荣萱，副榜贡生，官知县。生平喜读格言，尝录置座右以资反省，自谓历宰繁剧，幸免罪戾者，实得力于此，乃汇辑旧钞区为四类，刊行之，盖以自警者，警人也。

《幽冥录》

蒋玉虹撰。是书采辑鬼神报应之事甚博，以寓劝惩。尝有笑其迂诞者，玉虹毅然争之曰："大《易》言知鬼神之情状，是鬼神不惟有情，并有其状，圣言岂欺妄哉？"

《宋艳》十二卷

徐士銮撰。刻本。是书分门标目，略仿《世说新语》，以其取材《宋史》，而其事又限以婢妾倡伎，故题曰"宋艳"。大旨盖以世人情欲之私，最易毁名堕行，而古人亦往往于此见其真操。书内于所引各条下每证以历朝事实，或缀以先正法言，冀使阅者有所警惕，力戒儇薄之习，用意良厚；其师杨光仪序以行之。

《胜国文征》四卷

杨家麟辑。铅印本。杨家麟，字小云，嘉林其号也。有传。是书采掇有明一代说部，汇为一编，不分门类，亦无义例，自序所谓"有得辄书，不复编次"者也。其曰"文征"，盖以琐事搜闻必求诸稗官野史，虽云小说，要亦考鉴之资耳。

《历代纪原》

胡捷辑。是书先纪历代帝王世系，所有传袭位次、禅篡废立，罔不表而出之，爽若列眉，而于建元改元、建都迁都、庙谥陵寝，以及即位之甲子、享国之历数、后妃之姓氏，尤加详焉。又以先王开物成务、制器尚象皆有造始之端，即皆有关于治乱兴衰之道，故凡一事一器，必标明始作之因，起于何代何帝，使读史者执是以为纲领，庶沿革兴亡之迹可以心目了然也。

《吟斋笔存》四卷

梅成栋撰。钞本。是书随笔条记，仿诗话体而作，偶及一二嘉言懿行不关诗事者，亦诗话所有例也。所收之诗虽不限以地，而出自乡人者为多。其成书在道光甲申（1824）以后，凡《津门诗钞》所遗或未及载者，如顾赞、章侔、汤堃、华琳、董怀新诸人，俱于此略见一斑，可补彼书之阙。

《胜录》二卷

华光鼐辑。刻本。是书录乡人诗多由搜罗而得，其体近于诗话，略识缘起，而不加评骘。光鼐留心文献，以《津门诗钞》久无续纂，兹编所录作者姓名多非彼书所有，且各诗大率起结完具，断句无多，俾将来再纂津人诗者取材于此，与徐士銮《敬乡笔述》所载诸诗，同是以诗存人之意耳。

《藏斋随笔》

赵元礼撰。1936年以后，赵元礼迁入租界赁屋而居，闭门习静，借以送日。逐日写日记，名曰《藏斋随笔》，其中包括杂论文艺，兼及养生之道，意之所及，随即记录，以评诗论字的记载居多，余则属于轶闻以及自己侍师交友各事，目击时艰，有触于心，辄笔而记之。其文不激不随，无恩无怨，纯属儒者之言。共写了"十笔"，每一笔为一册，在其生前，写成出版了九笔，其最后遗留下的第十笔，是在他逝世后由其三子宾序和五子荫人集遗稿而印成。

《敬止述闻》无卷数

沈兆沄撰。刻本。是书类笔记，凡二十八条。兆沄就养其子维璵山东粮道任时，年已八十余，眷念乡国，条举旧闻，以饷来者；厥后吴惠元续修县志，但录故事，于所论志例如建置、沿革、职官、选举宜用表，山川关隘绘图宜用开方法，及经政、艺文宜详宜略诸说，不尽从也。

《敬乡笔述》八卷

徐士銮撰。钞本。徐士銮字沅青。士銮中岁归田，潜心撰述，尤以乡邦掌故为重，凡有关于文献者，虽片词只字罔不手录辑存，以备后来再修县志及续纂津门诗钞之助，凡二书所阙者补之，讹者正之，征引繁富而附以己见，颇类考订家言。士銮素不满意于同治续志，时有指摘，分见各篇，更罗列错漏者数十条汇为一卷，绳愆纠缪，殆吴氏之诤友也。

《志余随笔》六卷

高凌雯撰。民国四年（1915），徐世昌以"乡邦文献日就湮灭，倡议修志"，曾邀严修、华世奎、赵幼梅与高凌雯等知名人士会商数四，定议于次年开志局搜集资料，而由高氏主其事。自民国八年（1919）开始编纂，历时三年，至民国十一年（1922）脱稿。高氏在编纂之余随手札记达400余条，大多为新县志所未收旧事、佚文及考订资料等，可有助于检读《天津县新志》。

据高凌雯《志余随笔·前言》，《志余随笔》凡6卷442条札记，另有附录18则，虽未标明各卷所论，各则札记也无题目，但大抵隐含类次；条分欠整惟不失随笔之体。书前有总目，目后有高氏识语，一言其随笔所收为在修志中凡"无关体要，为编纂所不及者，辄别纸以存之"，凡"考古生疑，临文有见，不揣耷陋，亦附记焉"。二言此随笔之作用有三，即保存为志书所不暇顾及之琐琐遗闻；考辨相传日久，附会支离之实事，以免讹者终讹；更可以用随笔所记补志书所不录者。是其撰写随笔之主旨已约略可知。

随笔卷一论修县志事颇详，既记《天津县新志》之编纂始末，复引录采访办法十九条，说明新志体例，并详加解释，可为读新志之锁钥。其于天津前此旧志亦颇有评论，如评康熙《天津卫志》"颇伤简略，然犹赖有此编之存，稍征旧典"；评乾隆《天津县志》"所纪明制，大率依据卫志而书；而开国以来九十余年之事，不免遗漏"，而总序"雅洁可爱"，人物传则"时杂俚语"，二者"纯驳不应相悬如是"；评同治续县志"前半录蒋雄甫志稿，余则临时征访，匆遽成书，讹缺实甚"，其于各志之评论，尚称公允。对于前此诸志之修志掌故亦有所涉及，而于有关天津地方文献著述，如《敬止述闻》、《敬乡随笔》、《津门诗钞》、《津门文钞》、《津门征献诗》及《梓里联珠集》等均有所评定。其采访、编纂之法亦有较详论述，既于着手进行之新编县志工作曾具重要指导作用，而于后来者亦有所借鉴。其卷末一条尤见高氏搜集资料之苦心孤诣与艰辛坦荡。高氏为补充近时行事，翻检时人著述不遗余力，至所录用资料亦坦述其出处，如自《东华录》钞681条，《谕折汇存》101件，《政治官报》102件又209条。至其资料搜集之广，尤可为修志者法，如读各家谱牒32姓，有资于选举荐绅人物之考证；官册、学册、旌表册、历年搢绅、各府州县志，其数不可计也。凡为征集资料出函620余件，收函520余件。亦可见其史源之丰富。

卷二所述主要为新编县志之分门别类、编纂程序、著述体例、编纂态度、资料取舍以及行文要求等修志必备知识，于后之修志者裨益非浅。是卷更备陈个人修志见识，如"事实之重尤贵其备也"，要求"事事征实，力戒影响之谈"；对前辈学者之议论也有所斟酌，如对钱泳所谓修志有二难："非邑人则见闻不亲，采访不实，必多漏略；如邑人而志邑事，则又亲戚依倚，好恶纷沓，必至滥收"，以为"此乃阅历有得者之言"。而于黄彭年不以释道入人物则持异见，"以为事既可传，似不必以方外屏之也"，实为有识之见。

卷三至卷五多论及人物传之撰写，如于生平事迹当以史料相证；于轶闻琐事，应纠正失误，补充事实；于著作则应评论。其附录则录某人有关文献之完整而少见者。类此皆足为志书编纂所取法。卷六则多涉典制，如于学校记其建学之始及诸学推行状况。

书末有金钺跋一篇。金钺为沽上刻书大家，于传播地方文献，厥功可念。《志余随笔》即为金氏屏庐刻书之一种。书即刻讫，金钺乃为书其后。金跋于《志余随笔》多所赞誉，称其书"大体吾乡数百年来流风遗韵，颇可考见矣。凡所纠正，奶奶能辨积年故老讹传之误与旧籍载笔失实之疏者良多"，核读全书，金跋似非过誉。

《天津诗人小传辑存》二卷补遗一卷

高凌雯辑。民国三十三年（1944）稿本。现藏于天津图书馆。

《天津皇会考纪》

望云居士、津沽闲人著，津沽文学社1936年版。是书记述天津皇会（娘娘会）的由来及沿革，皇会的组织、程序、行进路线，皇会的内容等。

《梦蕉亭杂记》二册二卷

陈夔龙撰。1925 年刻本，又 1985 年上海古籍出版社本。是书原署名为"庸庵居士"，"庸庵"为陈夔龙之别号。陈氏，字筱石，号庸庵，贵州贵筑人。光绪十二年（1886）进士，1900 年夏秋之交任顺天府尹。嗣派充留京办事大臣，参与襄办和约，实授京尹一年有余。

是书卷一记有 1900 至 1901 年间事十余则。除记载作者在署顺天府尹和留京办事大臣期间，经手承办安抚地方，筹款接济四大钱铺以维持市面，督办京津前敌转运事宜，以及参与襄办和约诸要事外，还记载了北京义和团在城内的活动和影响，以及清廷封疆大吏之间倾轧纷争的情状。该书是记载天津与北京见闻录诸书中颇为详细的一部。

《醉茶志怪》

李庆辰撰。《醉茶志怪》，是天津近代小说的先驱。初刊本于光绪十八年（1892）在天津问世，两年后又由上海书局以石印本重印，改名《奇奇怪怪》。该书收小说 346 篇，内容多为天津及其附近地区的奇闻轶事，"寄情儿女，托兴鬼狐"，揭露人间不平，鞭挞社会陋习，是天津近代最早的小说集。

《天津无名作家小说集》

孟晋之编著，沙漠周刊社 1932 年版。是集收入短篇小说 12 篇，有丁宁《金先生》、沈浮《一个朝朝人》、文渠《旧识》、白凌《蚕》、南阮《疑云》、山女《晚》、晋之《烈妇》、画寝斋主《干闺女》等。汪子美为小说集设计封面。小说集的作者尊崇新文学，要描绘人生的创作方向，从不同角度、不同侧面、不同体味，勾勒出畸形社会的众生相。

第二节　杂录

《原始汇钞》一百三十八卷

张梦元撰。钞本。梦元字蓉轩，有传。是书随笔条记，专详事物所自始，殆即宋人《事物纪原》、明人《原始秘书》之属，凡分门五十有八，都一千七百八十三则，成书于光绪癸未，时梦元年将六十，盖一生精力之所在也。

《篷窗随录》十四卷，附录二卷，续录二卷

刻本。沈兆沄辑。是书为兆沄官江安粮道时所辑，督运往来舟中无事，就行箧所携书籍翻阅钞撮，积久成帙，其所采掇皆有关国计民生，而尤详于河运漕政及畿辅水利，大率出诸名臣章奏、前人著作，录其全文不加删削，惟附录二卷稍变体例，略如说部，摘取旧闻，间及琐事，盖"游于艺"之意也。光绪甲午（1894）十一月，上命南书房进书三种，是书居其一，先臣遗著不由奏进，而得邀睿览，时论荣之。翰林院侍读王懿荣为文恭纪恩遇，冠诸卷首。

《十斛麦》一卷

杨一昆撰。钞本。杨一昆教授河东时，以为行文之法必先储材，馆课余暇，喜出经传成句以意连缀，俾生徒属对，积久成帙存诸箧中，复以教其子恒占而益广之，凡三万三千余言，统以十类，俾词有所隶，篇各成文，题曰"十斛麦"，盖取菽粟之意，为日用所必需，且可播种以多获也。

《诗礼堂杂纂》二卷

刻本。王又朴撰。是书随笔条记，未加诠次，然所载如经说、史论、语录、格言、故事、小说以及格致、考订之学，殆无不备，既采成说亦抒己见。又朴一生学术，洎通籍以后见知于方苞、朱轼、沈近思、孙嘉淦、尹继善辈，师友渊源，略见之矣。

《津门杂记》三卷

清末张焘撰。张氏自幼侨寓天津近三十年，身经通商以来津地各种事变。平日留心时事，广采见闻，随笔记录，光绪十年（1884）踵故增新，辑成此编，寓论世拯世之意。首冠《天津县境舆图》、《天津城厢图》。上卷述天津沿革、形胜、古迹、官署、书院、兵营、税关、盐垞等，又录吴惠元《天津剿寇纪略》，记咸丰三年（1853）清军与太平军作战事。中卷记水师学堂、机器局、轮船招商局、开平矿务局、电报等洋务新政。下卷记各国领事馆、外国租界、工部局、天主教堂、耶稣教堂、洋行等。资料辑自志乘、报章，亦多闻见，间采世人时事题咏，扼要翔实，为天津地方史资料书。有光绪十年刊本。江苏广陵古籍刻印社1983出版《笔记小说大观》收录。

第四章　方志文献

　　天津古为"天子经由之渡口",近代以来崛起于渤海之滨,现为中国四大直辖市之一,也是北方最大的沿海开放城市。作为中国历史文化名城,天津有着丰厚的文化积淀。编修地方志也有悠久的历史传统。天津的志书,首创于明朝正德年间的《天津三卫志》。《明史·艺文志》卷二称"胡文璧天津三卫志十卷"。明万历二十年（1592）,又修第二部《天津三卫志》。这两部志书现已佚失。清康熙十四年（1675）,修《天津卫志》,这是现存的天津志书中最早的一部。到雍正三年（1725）,天津由卫改为州,雍正九年,又升州为府,并设天津县,有了地方行政建制。乾隆四年（1739）纂修《天津府志》和《天津县志》,是天津以行政区划为记述范围的最早志书。同治九年（1870）,编修了《续天津县志》。光绪二十五年（1899）,又有《重修天津府志》。到民国二十年（1931）,纂修《天津县新志》。此外,还有几种其他类型的天津地方志书。这些志书,在天津的历史文化瑰宝中,占有重要地位。大量的文学文献保存在这些志书之中。

第一节　旧志中的文学文献

正德《天津三卫志》十卷

　　明胡文璧撰。正德《天津三卫志》创始于胡文璧。金元时期天津无志书。明永乐初年（1404~1406）,设置天津卫和左卫、右卫,是为"天津三卫"。直沽地属静海、武清,海口地属沧州与宝坻（今汉沽）。武清、宝坻隶顺天府通州，静海、沧州隶河间府。天津三卫是军事建置，"所辖之地，固错综于郡县间"，不属地方，直属北京后军都督府。明代地方志，如现存的《嘉靖河间府志》虽也涉及天津三卫，终因受体例的限制，对于有别于地方区划的军事建置的特殊情况，而叙述简略。不过，志书刚修毕，胡文璧即获罪于太监张忠，"逮诣诏狱"，故到正德十四年（1519）方由其后任吕盛付刻。原版藏于户部分司衙门，后遭焚，印本流传不多。明万历二十年（1592），天津副使彭国光、户部分司张常又予重修，也名为《天津三卫志》。但二志至迟在清乾隆二年（1737）开始纂修天津府、县志时，已无从寻觅了。现仅能从（康熙）《天津卫志》关于明代的记叙中，约略窥见一些脱胎于二志的痕迹，此外尚存者有胡文璧修志书信一通及明代旧志的序跋等文四通，均收录于《天津卫志》。

万历《天津卫志》

胡曰懋编纂。明万历十八年（1590），天津监督仓储，户部分司郎中张常，从山东都指挥使倪云鹏手中得（正德）《天津三卫志》旧刻本，遂与天津副使彭国光商议重修卫志，彭国光委任天津儒学训导胡曰懋负责编纂，搜集资料包括"教化之纯疵，风俗之厚薄，贤才之登进，武职之承袭，军民之利病，营伍之更番，事体之沿革，户口粮钱之增损，祥瑞灾异之互见，御制诗敕之褒封，忠孝节义之纪传，文艺吟咏之标题，寓居隐逸之迁延，物产、商贩之盛衰，甚至民谣巷议有关风化者"。经过"搜罗考证，井井有条，除原志仍旧外，其余应补者增之，应革者注之，天津形势城池，卷首各应图绘者绘之"。万历二十年（1592）纂修完成，彭国光升迁离任，此书由张常于是年刻成，该书除保存了正德本的内容外，还搜集了许多自正德十四年（1519）以后73年的天津史料。

康熙十一年（1672）《天津卫志》编修时，（正德）《天津三卫志》、（万历）《天津三卫志》尚存，并收录了这两部志书的序言和跋语。乾隆四年（1739）（乾隆）《天津县志》序中则说："邑故卫地，卫志有胡文璧本，甚佳，然不可得，今所存惟康熙间本。"可知正德、万历《天津卫志》此时已亡佚。

参与万历《天津三卫志》的组织编纂者，有三个重要人物，即彭国光、张常和胡曰懋，而张常和胡曰懋生平资料已失考。

彭国光，字用卿，明江西德化人，明万历八年（1580）进士。曾任晋江知县，万历十七年（1589）以左给事中升天津兵备道副使。据记载，其居官清廉，才识明敏。其裁驿递，整理海防，尤受称赞。万历二十年（1592）升浙江参政。（康熙）《天津卫志》序例卷二《官职》，（乾隆）《天津县志》卷十六《名宦》，（光绪）《重修天津府志》卷三十九《宦绩》，（光绪）《畿辅通志》卷一八八《宦绩》六，《明清进士题名碑录索引》第1371页，对胡国光均有记载。

康熙《天津卫志》四卷

薛柱斗修。刻本。薛柱斗是陕西延安延长县人，拔贡，康熙九年（1670）任天津道。为政清廉，当时天津兵荒马乱，薛柱斗治理得宜，境内安宁，到任第二年，奉诏编修志书，组织有关人员，历时数月，修成《天津卫志》。时三卫裁并为一，故云卫志。

是志卷首列柱斗衔名为纂修，然职官门于柱斗名下盛扬治绩，不应自炫若此，盖书非自辑，特受成耳。凡例有云：官职、丁地、赋役悉循经制，凡经废革者只载大纲，诗文碑记旧志太繁，择简要者录之，以备参考，是旧志为所芟削，遂使前朝掌故多就湮没，然及今犹可窥见一二者，尚赖此硕果之存也。

《海光寺志》八卷

清释成衡撰。成衡，字湘南，嘉兴钱氏子。幼耽禅悦，薙染后力参上乘。康熙丙戌，天津总兵蓝理建普陀寺于城南，延衡为主席，己亥衡迎谒圣祖于西淀，赐御书海光寺额，续复三赐紫衣，恩赉甚渥。衡书画俱入逸品，生平所作诗不下数千首，绝类大苏，又辑有《海光寺志》八卷，晚归天童以终。成衡所撰《海光寺志》八卷久已散佚，仅见旧志著录。

《天津志稿》

蒋玉虹辑。蒋玉虹字雄甫。是书始于乾隆初元（1736），迄于嘉庆二十二年（1817），积一生精力，遐访冥搜，体质略具。玉虹一介寒士，力不能多致书卷，又不能征取官牍，但凭耳目所及，随手录存，容有疏舛之弊，承其后者傥能因端以竟委，由略以求详，不患文献不足征也。玉虹没，其后嗣藏之两世，同治间续修邑乘，乃就其家购得之。

《香林史略》

王聪撰。王聪字玉笈，号野鹤，初为天妃宫道徒，后随其师创建河北香林院，遂为香林院道士。是书历述缔造之维艰，守成之不易，冀使世世传藏，共相惕励。龙震与聪结契最早，老而弥笃，书成故为之序。

《长芦盐法志》

黄掌纶等撰。现有科学出版社 2009 年整理本（刘洪长点校）。是书旨、天章、盛典、优恤、律令、场灶、转运、赋课、职官、奏疏、人物、文艺、营建等类，涉及盐法、盐政、盐商、捐输、私盐、缉私、盐课、生产、运销、盐价、学校、寺庙、古迹等内容。

其中卷十七"人物"与卷十八"文艺"，对天津文学文献多有记载。

《重修长芦盐法志》二十卷附援证十卷

清珠隆阿撰。珠隆阿，满洲正黄旗人，官安徽按察使。嘉庆九年（1804）为长芦盐政。是书即为这以后纂修。其卷一、卷二为谕旨；卷三、卷四为天章；卷五为盛典；卷六为优恤；卷七为律令；卷八为□□；卷九、卷十为转运；卷十一、十二为赋课；卷十三、十四为职官；卷十五、十六为奏疏；卷十七为人物；卷十八为文艺；卷十九为营建（行宫、海河楼、护坨堤、卫署学校等）；卷二十为图识（如柳墅行宫图、海河楼图、皇船坞图、顺天直隶引地、河南芦盐引地、十场总图分图等）；附编援证为：一、历代优恤，二、律例，三、场灶，四、转运，五、赋课，六、职官，七、奏疏，八、人物，九、文艺，十、营建，并附古迹。是书前首载嘉庆十年珠隆阿题重修长芦志的奏疏，言及依据旧志，再行续修之请。综观全书："芦鹾因革损益及赋课诸类，均能备考原委，尚少遗漏，固可资鹾典之考镜也。"现有清嘉庆刊本。

《乾隆天津府志》

李梅宾纂修。清雍正三年（1725）天津改卫为州，九年（1731）又升州为府，辖天津、静海、青县、沧州、南皮、盐山、庆云六县一州。是志为天津以行政区划为记述范围的最早一部志书。现各种藏本，均著录为"乾隆四年（1739）刻本"。

是志卷首《天津府境舆地全图》，志前有布政使陈弘谋序、本志编者天津知府程凤文序，志后有本志总修吴廷华后序。正文四十卷。卷一：天章（兼纪天恩）；卷二：地舆；卷三：星土；卷四：形胜疆域；卷五：风俗物产；卷六：山川；卷七：城池公署（附坊表）；卷八：乡都户口；卷九：学校；卷十：坛壝（附寺观）；卷十一：古迹（附冢墓）；卷十二：田赋（附关税、屯田）；卷十三：盐法；卷十四：驿递（附津梁）；卷十五：兵志；卷十六至卷十七：河渠；卷十八：祥异；卷十九：封爵；卷二十：名宦；卷二十一至卷二十四：职官；卷二十五至卷二十六：选举；卷二十七至卷二十九：人物；卷三十至卷三十二：列女；卷三十三至卷三十七：艺文（文），卷三十八：艺文（文、赋）；卷三十九：艺文（诗）；卷四十：杂记。

是志取材于历朝史书、会典、水经、宋元旧志、三通、一统志、畿辅通志等，及郡属案卷文册等，材料截止到乾隆三年（1738），收集了不少有关天津地方史的重要史料。特别是天津所属河流记载非常详尽，海河水系400多条河渠的源流、治理、漕运营田等，都做了广泛的考订，对研究海河水利史提供了重要的历史资料。当时天津府刚建置不久，加之旧志记载残缺，资料收集困难，致使有些内容论述不够完整。例如职官仅有康熙二十年（1681）前和五十年（1711）以后的资料，中间缺三十年，选举门第、贡生及武科乡会二试，自康熙十三年（1674）以后也缺漏不少。

是志是由天津第一任知府李梅宾在任期间筹划经费拟修的。李梅宾，广西临桂人。康熙六十年（1721）进士，由庶吉士，补四川剑州知州。擢直隶广平知府。雍正九年（1731）调天津。时天津始置府，所属七县皆濒海之地，素称难治。李梅宾到任之后，首先清查粮册，杜绝侵渔，并订立规条，使以后有所遵循，举凡政事，皆不尚粉饰，惟以兴废为急。捐资修建考棚，多有善举，生活甚为俭朴，自州牧至监司，惟一子一仆自随，官民馈赠一无所受。后擢山东运使，终于任。（同治）《续天津县志》卷11《名宦》，（光绪）《重修天津府志》卷40《宦绩》，（光绪）《畿辅通志》卷191《宦绩》，（宣统）《山东通志》卷74《国朝宦绩》，《嘉庆重修一统志》卷462，（清）梅成栋辑《津门诗钞》卷29等均有记载。

李梅宾之后，程凤文于乾隆元年（1736）接任天津知府，继续承修《天津府志》。程凤文，扬州市仪征人，贡生，乾隆元年（1736）至乾隆四年（1739）任天津知府，有关记载程凤文的史料很少。

是志总修吴廷华，字中林，初名兰芳，清浙江仁和人，康熙五十三年（1714）举人，由内阁中书出任福建兴化府同知，后经延请编纂天津府、县志，又被荐入京纂修三礼，在馆十年，曾寓居天津查氏水西庄，主讲崇文书院，是当时一代文豪，所著有《三礼疑义》、《仪礼章句》、《曲台小录》、《漂榆集》等。（同治）《续天津县志》卷13《侨寓》，（光绪）《重修天津府志》卷43《人物》，《清史列传》卷68；（清）钱仪吉辑《碑传集》卷102，沈廷芳撰《朝仪大夫吴先生廷华行状》等均有记载。

是志分修汪沆，字西颢（一作西灏），又字师李，号槐塘，清浙江钱唐（今杭州）人，诸生。少从厉鹗学作诗，博极群书。乾隆十二年（1747）举博学鸿词，未被录取。游天津，客居查氏水西庄，天津第一部风俗竹枝词的作者。曾被奉为当时南北论诗者楷模。曾纂修过《浙江通志》、《西湖志》等书，有《湛华轩杂录》、《读书日札》、《新安纪程》、《全闽采风录》、《蒙古氏族略》、《识小录》、《汪氏文献录》、《津门杂诗百首》。

《乾隆天津县志》

总裁张志奇、朱奎扬，总修吴廷华，分修为汪沆。乾隆四年（1739）七月，刻印成书。张志奇，字鸿儒（一作鸿如），清山东利津人。雍正八年（1730）进士。初授直隶内邱知县，乾隆元年（1736）、五年（1740）两次担任天津知县，河东四甲贫户万余，素以扫卖土盐为业，而奸商欲侵其利，呈请开池，收买搭运。张志奇奉命查办，力言其有五不可，事遂得止，因而甚得民心，后累官宣化知府。（同治）《续天津县志》卷11《名宦》，（光绪）《重修天津府志》卷40《宦绩》，（宣统）《山东通志》卷171《人物志》，《明清进士题名碑录索引》第481页等均有记载。

朱奎扬，字南湖，清浙江山阴（今属绍兴）人，监生，历淮安知府，因事降调。乾隆二年（1737）任天津知县，史称精于处理案件，疑案皆能迅速搞清。后改江宁知府，升苏松道，擢长芦运使。乾隆四十年（1775），内擢光禄寺少卿，不久以年老辞官归家，年七十五而卒。（嘉庆）《山阴县志》卷15《乡贤》，（同治）《续天津县志》卷11《名宦》，光绪《重修天津府志》卷40《宦绩》，（光绪）《畿辅通志》卷191《宦绩》等均有记载。

第四章 方志文献

天津自雍正三年（1725）改卫为州，半年后为直隶州，又于雍正九年（1731）升州为府，附廓置天津县，该志是天津第一部县志。修纂时，上距清军入关90多年，距（康熙）《天津卫志》成书60余年，距立县不足十年，当时明志已佚，康熙《天津卫志》又嫌简略，现成资料残缺不全，经过作者多方博考，努力勾稽，终于使是志跻身于名志之林。是志利用了不少县邑档案，采辑内容比府志详细，增加了不少（康熙）《天津卫志》和府志中没有或记载不具体的材料，并对旧志中一些舛错脱漏做了一些订正，大可补府志之不足，此外在体例方面，条分缕析，纲举目张，比起卫志来要完备许多。

除卷首外，全志正文共24卷，分为20个门类，除《天津卫志》所列门类外，新增了《纪恩》、《盐法》、《列女》、《杂志》诸门，特别是《盐法》、《海门》对了解天津盐业及海防兵制、海运等情况提供了不少资料。在内容记述上，也较《天津卫志》详赡，如《河渠》、《风俗物产》均比《天津卫志》更详。

是志卷首有天津县境舆图，有布政使陈弘谋、程凤文、张文炳、朱奎扬序。正文二十四卷。卷一：纪恩（兼纪圣制及临幸盛典）；卷二：星土（附祥异）；卷三：地舆；卷四：形胜疆域（附乡都）；卷五：山川；卷六：古迹；卷七：城池公署（附坊表、驿递、津梁）；卷八：学校（附坛庙寺观）；卷九：盐法；卷十：海防（附海道、海运）；卷十一：河渠（附漕运营田）；卷十二：田赋（附户口屯田官籍）；卷十三：风俗物产；卷十四至卷十六：职官；卷十七：选举；卷十八：人物；卷十九：列女；卷二十至卷二十一：艺文（文）；卷二十二至卷二十三：艺文（诗）；卷二十四：杂记。

是志为天津方志中流传最广的一部，国内50家图书馆、博物馆均有收藏。

《重修天津府志》五十四卷（首一卷末一卷）

清沈家本、荣铨等修，徐宗亮、蔡启盛纂。沈家本，字子惇，浙江归安人，光绪进士，曾任天津知府。荣铨，满洲镶红旗人，曾任天津知府。徐宗亮，字晦甫，号椒岑，安徽桐城人，终身未仕，仅以文章著名。著有《黑龙江述略》六卷，并参与纂辑《通商约章类纂》、《天津府志》、《沧州志》、《长芦盐法志》。蔡启盛,浙江诸暨人。

天津府志创修于乾隆四年(1739)。光绪十九年(1893)沈家本任天津知府后,欲重修县志,并于光绪二十一年(1895)设局,聘徐宗亮主持纂辑。历时三年而书成。

刊刻前,时任天津知府的李荫悟又请蔡启盛审定。蔡认为徐修志稿误漏很多,欲重修,又苦于经费不足,只得删去明显谬误者,于光绪二十五年(1899)秋完工。首一卷为序、凡例、纂修者姓氏。末一卷记有蔡启盛关于徐修志稿的识语。正文五十四卷目录为皇言、恩泽、恤政、沿革、封建、职官、选举、舆地、经政、艺文、宦绩、人物、烈妇、殉难士女。其舆地中记有北洋机器局、军械总局、大沽船坞以及水师学堂、武备学堂的情况。经政中记有历代关于海运的规章和制度,十分详细。然此志从草创至修成历时四年,其间修者纂者皆有变更,各人所见不同,体例因而混乱,其记事选材亦有欠缺。

是志书有同治九年(1870)重印本和民国十七年(1928)补刻本刊行。

是书卷三十七"艺文"尤其是集部,对历史上的天津府籍诗文作家及其文学著述多有记载。现整理并略作案语如下:

《石崇集》六卷。晋石崇撰。石崇,字季伦,南皮人。官卫尉卿。

《欧阳建集》二卷。晋欧阳建撰。据《隋书·经籍志》,建,字坚石,渤海人。官冯翊太守。

《郑愔集》一卷。唐郑愔撰。据《全唐诗》小传,愔,字文靖,沧州人。官吏部侍郎。

《贾娲民文集》三十卷。宋贾黄中撰。据《宋史·艺文志》,黄中,南皮人。建隆年第。

《李之纯文集》二十卷。宋李之纯撰。据《宋史·艺文志》,之纯,字端伯,沧州无棣人。

《姑溪集》五十卷,后集二十卷。宋李之仪撰。据《宋史·艺文志》,之仪,之纯弟。天台吴苨序云:李公端叔以词翰著名元祐间,余始得其尺牍,颇爱其言思清婉,有晋、宋人风味,恨未睹他制也。乾道丁亥,假守当涂,因访古来文士居此邦而卓然有声于世者,惟李太白、郭功甫与端叔三人，郡旧有太白、功甫集，而端叔独阙然，求于其家，而子孙往往散落，无复遗稿，间得之邦人，类而聚之，命郡士戴犟订正，厘为五十卷，锓板于学。昔二苏于文章少许可，尤称重称端叔，殆与黄鲁直、晁无咎、张文潜、秦少游辈颉颃于时，今观其文，信可知已！或谓端叔晚节锐于进取，有所附丽，虽若可疑，然范忠宣公遗奏极于鲠切，诋斥不顾，一时用事者欲置忠宣之子于理，端叔慨然自列，谓实出其手。既而，公所为忠宣行状复出，由是得罪南迁，废锢终身，曾不少悔，其勇于义若此，讵可以微瑕掩之哉？余故爱其文，又表其行谊之可嘉者，并以诏于后云。端叔名之仪，其先景城人，既谪而南，始居姑溪，自号姑溪居士，今以名其集。

又据《四库全书总目》，之仪，字端叔。《宋史》称沧州无棣人，而吴芾作前集序乃曰景城人。考《元丰九域志》，熙宁六年（1073）省景城入乐寿，则当为乐寿人，史殆因沧州景城郡横海军节度治平九年尝由清池徙治无棣，遂误以景城为无棣也。陈氏《书录解题》，据所题郡望，称为赵郡人，益失之矣。是篇前集五十卷，为乾道丁亥吴芾所辑，并为之序；姑溪居士，之仪南迁后自号，因以名其集也。后集二十卷，不知谁编，然《文献通考》已著录，则亦出宋人手矣。之仪在元祐、熙宁间，文章与张耒、秦观相上下，王明清《挥麈后录》称其尺牍最工，然他作亦皆神锋俊逸，往往具苏轼之一体，盖气类渐染，与之化也。其诗名稍不及黄、陈，论者因苏轼题其诗后有"暂借好诗消永夜，每逢佳处辄参禅"句，遂以为讽其过于僻涩，今观集中诸诗，虽魄力雄厚不足敌轼，然大抵轩豁磊落。实无郊、岛钩棘艰苦之状，注家所论，附会其词，非轼本意也。

《姑溪词》一卷。宋李之仪撰。

据《四库全书提要》，李之仪著有《姑溪集》，《书录解题》载《姑溪词》一卷，此本为毛晋刊，凡40调，共88阕。之仪以尺牍擅名，而其词亦工，小令尤清婉峭蒨，殆不减秦观。晋跋谓《花庵词选》未经采入，有遗珠之叹，其说良是。疑当时流传未广，黄升偶未见之，未必有心于删汰，至所称"鸳衾半拥，空床月步，懒恰寻床，卧看游丝到地长。时时浸手心头润，受尽无人知处凉"诸句，亦不足尽之仪所长，则之仪之佳处，晋亦未能深知之也。其和陈瓘、贺铸、黄庭坚诸词，皆列原作于前，己词居后，唱和并载，盖即谢朓集中附载王融诗例，使赠答之情彼此相应，足以见措词运意之故，较他集体例为善；所载庭坚《好事近》后阕，"负十分蕉叶"句，今本山谷词"蕉叶"误作"金叶"，亦足以互资考证也。

《蕴太书屋诗文》。明张愚撰。据《津门诗钞》，张愚，天津卫人。嘉靖壬辰进士。

《晴川余稿》。明刘焘撰。据《津门诗钞》，刘焘，天津卫人。嘉靖戊戌进士。

《中山文集》。明李日茂著。据《河间府志》，李日茂，青县人，明万历丙戌科进士。授武陟知县，善政累累，擢御史，离任时泣送者数千人。立朝多所建白，如谏三王并封疏，其一也。有《中山文集》行世。居乡，拳拳地方利弊，如草场减征，先具揭上台题奏，合邑立乐只祠祀之，从祀乡贤。

《维则录》。明李日铧著。据《青县志》，日铧以恩贡生授沁州知州，青县人。

《白华诗稿》。明李乾淑著。据《青县志》，乾淑，字清仲，恩贡生，青县人。

《卓惟恭诗文集》五十卷。明卓敬撰。据傅维鳞《明书》，敬，沧州人，洪武戊辰进士。

《凌云集》一卷。明马骏撰。见《沧州诗钞》。

《随缘居前后集》。明吕泳撰。见《沧州诗钞》。

《抱元居初集》。明吕泳撰。见《沧州诗钞》。

《缀光集》。明吕律撰。见《沧州志》。

《喁于草》。明刘生和撰。见《沧州志》。

《石渠山人集》二卷。明朱焕撰。见《沧州志》。

《同人野集》四卷。明张谧撰。见《南皮县志》。

《蛮鸣乐府》二卷。明李腾鹏撰。据《南皮县志》，腾鹏，字时远，隆庆丁卯举人，尝官推官。南皮人。

《墨鸣集》八卷。明李腾鹏撰。

《抱瓮吟》七卷、《今是亭文集》八卷、《碎玉集》二卷、《归田乐府》二卷。明侯楹撰。楹，字子木，南皮人。万历癸卯举人。

《四庵文集》十二卷。明张以兴撰。据《南皮县志》，以兴，字伯起，廪生，南皮人。

《清乐文集》四卷。明张朝杰撰。见《南皮县志》。

《雨花斋松影楼醉余搜异集》十六卷。明张永誉撰。见《南皮县志》。

《明诗统》四十二卷。明李腾鹏撰。

《鸥海诗集》《秾陵吟》。明杨文卿撰。据《盐山县志》，文卿，盐山人。嘉靖辛卯举人。

《介性堂文稿诗集》。明王文栋撰。据《盐山县志》，文栋，字干石，进士，盐山人。

《历下吟》《太行行草》。黄谦撰。据《畿辅诗传》，谦，字六吉，号麓碛，别号抑庵，天津人，诸生。

《玉红草堂集》十六卷。龙震撰。据《畿辅诗传》，震，字文雷，号东溟。天津人，有《玉红草堂集》十六卷，集首有陈仪序。本传云，自甲戌至癸巳凡得诗四千余首，甲戌以前不存，末卷附闲文四十二首，闲语十七首，遗闻六事，《龙氏家谱》亦附入。

《谷斋集》。朱函夏撰。据《畿辅诗传》，函夏，字乾驭，号陆槎。天津人，同邑子，贡生。

《道源集》。李真福撰。据《天津县志》，曹溶为是书作序。

《诵芬堂诗》。沈起麟撰。据《畿辅诗传》，起麟，号苑游。天津人。

《闲闲斋集》。童葵园撰。据《畿辅诗传》，葵园，号兰风。天津人。

《卜砚山房诗钞》二卷。周焯撰。据《畿辅诗传》，焯，字月东，号七峰。天津人，拔贡生，有《卜砚山房诗钞》二卷。汪沆序："七峰诗结体也密，捶字也坚，命意也附物而切情，天津诗教之振自君始。"

《读书轩诗文集》。胡捷撰。据《天津县志》，捷，字象三。诸生，天津人。

《居易堂诗稿》。周人龙撰。据《畿辅诗传》，人龙，字云上，号跃沧。天津人。康熙四十八年进士，官江西督粮道。

《海村诗草》。周璠著。据《天津县志》，璠，字海村，天津人。

《香远堂诗稿》八卷。周人骥撰。据《畿辅诗传》，人骥，字芷囊，号莲峰。天津人，人龙弟，雍正五年进士，官广东巡抚。

《步青堂余草》。徐金楷撰。据《畿辅诗传》，金楷，字端叔，号春卿。天津人，乾隆三年副贡生。

《诗礼堂文集》五卷、诗集七卷。王又朴撰。据《畿辅诗传》，又朴，字从先，号介山。天津人。雍正元年进士，官安徽庐州府同知，有《诗礼堂诗集》七卷，文集经方苞鉴定。

《青蜺居士集》。丁时显撰。据《畿辅诗传》，时显，字名扬，号鹏搏。天津人。乾隆十年进士。

《兰谷诗草》。张如鈊撰。据《天津县志》，如鈊，字彝伯。举人，天津人。

《嘉莲阁文集》。沈文炳撰。据《天津县志》，文炳，进士。

《石香诗草》。朱玟撰。据《天津县志》，玟，字石香。布衣，天津人。

《悫思录》《津门诗汇》。栾立本撰。据《天津县志》，立本，字飞泉。举人，天津人。

《遂闲堂稿》。张霖撰。据《天津县志》，霖，字汝作。廪贡生，天津人。

《帆斋逸稿》《晋史集》《欽乃书屋诗集》《绿艳亭集》。张霔撰。据《天津县志》，张霔字帆史。廪贡生，天津人。

《粤游草》，栾樟撰。据《畿辅诗传》，樟，字树堂，号绿起。天津人，诸生，有《粤游草》。

《赵和六遗集》，赵仲英撰。据《天津县志》，仲英，举人。

《朗斋诗文集》，徐炘撰。据《天津县志》，炘，副贡生。

《唤鱼亭诗稿》，张坦撰。据《天津县志》，坦，字逸峰。举人，天津人。

《二张子合稿文集》《秦游集诗草》。张埙撰。据《天津县志》，埙，字声百。举人，天津人。

《妙香阁诗集》，张虎拜撰。据《畿辅诗传》，虎拜，字锡山。天津人。

《珠风阁诗草》七卷，查曦撰。据《畿辅诗传》，曦，字汉客。天津人，有《珠风阁诗草》七卷。于凝祺序：汉客诗句隽神逸，丰姿韵秀，泂得三百之旨，而博汉、唐以来之趣。又许王猷序：汉客行诣高卓，襟怀爽朗，每往来奇伟卓绝之境，以自广其胸中之气。《珠风阁集》寄托遥深，措词高雅，写难状之境如在目前，含不尽之思见于言外。

《兰亭诗钞》，查为政撰。据《畿辅诗传》，为政，字汉公。天津人，有《兰亭诗钞》。张廷玫序：汉公胸怀磊落，才情不羁，发而为诗，自成一家。又朱函夏序：兰亭诗余爱其五言，如"风蝉嘶树远，秋水漾天长"，"一雁穿云去，千帆带日来"，"荻风吹两袖，芦月照孤蓑"，"雪冷梅偏艳，林空鸟不啼"，七言如"云迷梵寺疏钟远，日照长河暮霭齐"，"心向静中禅自定，诗从淡处意偏长"，"度水钟鸣山寺月，争林鸦噪夕阳烟"，皆雅秀。

《致远堂诗集》，金平撰。据《畿辅诗传》，平，字子升。天津人。

《可亭集》，金大中撰。据《畿辅诗传》，大中，字驭东，号名山。天津人，平子，诸生。

《黄竹山房诗钞》三十卷、《田盘记游草》一卷、《天台雁宕记游》一卷、《粤游草》一卷。金玉冈撰。据《畿辅诗传》，玉冈，字西昆，号芥舟。天津人，布衣。

《桐荫山房稿》，汪舟撰。据《畿辅诗传》，舟，字楫之，号木堂。天津人，乾隆十五年举人。

《归与草堂集》，金永撰。据《畿辅诗传》，永，字永和，号莲塘。天津人。

《竹坡存稿》，金世熊撰。据《畿辅诗传》，世熊，字康侯，号竹坡。天津人。乾隆十五年举人，官河南襄城县知县，改乐亭县教谕。

《南冈诗草》，于豹文撰。据《畿辅诗传》，豹文，字虹亭。天津人。乾隆十七年进士。

《雉翔斋诗草》，于峨文撰。据《天津县志》，峨文，字振川。举人，天津人。

《大雅堂诗集》，张湘撰。据《畿辅诗传》，湘，字楚山，号础珊。天津人。乾隆十七年进士，官江西余干县知县，改教授。

《立山诗草》，徐基撰。据《天津县志》，基，字立山，国学生，天津人。

《真吾斋诗草》，徐大镛撰。据《天津县志》，大镛，字序东。举人，天津人。

《偶存集》，赵松撰。据《畿辅诗传》，松，字泰瞻，号云圃。天津人，贡生。

《一梧斋诗草》，王希曾撰。据《畿辅诗传》，希曾，字省三，号愚山，晚号勤斋。天津人。乾隆二十五年举人，官广西象州知州。

《和乐堂诗钞》五卷，殷希文撰。据《畿辅诗传》，希文，字宪之，号兰亭。天津人。乾隆二十七年举人，官山西长治县知县。有《和乐堂诗钞》五卷。董桂敷序云：兰亭诗直摅所见，脱去尘氛，含朵余咏，自足以传。

《秋坪吟草》，王禄朋撰。据《畿辅诗传》，禄朋，字翼飞，号秋坪。天津人。乾隆三十四年进士，官云南迤东道。

《欣遇斋诗集》十六卷，沈峻撰。据《畿辅诗传》，峻，字存圃，号丹崖。天津人。乾隆三十九年副贡生，官广东吴川县知县。有《欣遇斋诗集》十六卷。龙铎序云：登高临水，即境写心，情往兴来，倡予和汝，淋漓尽致，讵忍涉于怨尤？慷慨当歌，总不离乎温厚。徐作沛送别诗序：存圃少赋才隽，官吴川以过被劾，张松园廉访、吴昙绣观察见其诗尤重之，争之不得，遂有西域之行。君殊不介意，寝土室犹不废吟咏，盖其所得于中者多矣。

《草龛诗集》，周自邰撰。据《畿辅诗传》，自邰，字景洛，号大迁，天津人，诸生。

《眠云诗稿》，牛克敬撰。据《畿辅诗传》，克敬，字聚堂，天津人，诸生。

《木斋小草》，孙鸣铎撰。据《畿辅诗传》，鸣铎，字木斋，天津人，诸生。

《映奎堂稿》，陈居敬撰。据《畿辅诗传》，居敬，字醒园，天津人。乾隆四十二年举人，官江西奉贤县知县。

《芳谷诗草》，曹云升撰。据《天津县志》，云升，字慕庭，进士，天津人。

《味古斋诗草》，王翼淳撰。据《天津县志》，翼淳，字句香，国学生，天津人。

《粤游小草》《出关入关诗草》，沈峻撰。据《天津县志》，峻，字存圃，副榜，天津人。

《闲情集》《松崖草》，陈大年撰。据《天津县志》，大年，字松崖，天津布衣。

《砚北草》，徐澜撰。据《畿辅诗传》，澜，字东川，天津人，乾隆四十五年进士，官刑部郎中。

《梅墅吟存》，冯智撰。据《畿辅诗传》，智，字坤三，号前村，天津人，乾隆四十五年举人。

《皖城集》一卷，华兰撰。据《畿辅诗传》，兰，字省香，号春圃，天津人，乾隆四十五年举人，官安徽全椒县知县。

《嚶鸣集》，沈峄撰。据《畿辅诗传》，峄，字东岩，号简庵，天津人，乾隆五十一年举人。

《砚圃山房遗稿》一卷，樊宗浩撰。据《畿辅诗传》，宗浩，字涵辉，号晓斋，天津人，乾隆五十一年副贡生。

《留余山房诗集》二卷，樊宗清撰。据《畿辅诗传》，宗清，字印山，号阴珊，一号湘川，天津人，宗浩弟，乾隆五十一年副贡生，官四川蒲江县知县。齐嘉绍序云："湘川操履端淳，宅衷醇粹，性落落难合，间以吟咏自娱，所为诗率皆随境挥洒，流露自然，不为藻采浮声，而志凝声远，渊乎可思。"

《黔中草》，沈乐善撰。据《畿辅诗传》，乐善，字戬山，号秋雯，天津人，乾隆六十年进士，官贵州贵东道。

《竹村吟稿》，金绍骥撰。据《畿辅诗传》，绍骥，字竹村，天津人，乾隆五十七年举人，官文安县训导。

《六琴十砚斋诗草》，沈铨撰。据《畿辅诗传》，铨，字季掌，号青来，天津人，有《六琴十砚斋诗草》。

《寒竿集》，樊宗澄撰。据《畿辅诗传》，宗澄，字鉴塘，天津人，宗浩弟，诸生。

《野田存草》，金铨撰。据《畿辅诗传》，铨，字钧衡，号野田，天津人，诸生。

《海上樵人稿》十二卷，康尧衢撰。据《畿辅诗传》，尧衢，字道平，号达夫，天津人，贡生。

《侨樵稿》，乔耿甫撰。据《畿辅诗传》，耿甫，字默公，号五桥，天津人，诸生。

《六桥诗钞》，乔树勋撰。据《畿辅诗传》，树勋，字六桥，天津人，耿甫弟，诸生。

《闽海诗存》，沈士煋撰。据《畿辅诗传》，士煋，字阶三，号秋瀛，天津人，嘉庆四年进士，官福建上杭县知县。

《津槎集》，张树之撰。据《天津县志》，树之，字德滋，经魁，天津人。

《虚舟草》，戴思灏撰。据《天津县志》，思灏，字虚舟，布衣，天津人。

《耕心堂删余草》，鲁锷撰。据《天津县志》，锷，字健庵，布衣，天津人。

《南游草》，冯相芬撰。据《天津县志》，相芬，字石农，副榜，天津人。

《二愚文稿》《尚书眉诗集》，杨一昆著。据《天津县志》，一昆，字二愚，举人，天津人。

《思诚书屋吟草》，余堂著。据《天津县志》，堂，字阶升，举人，天津人。

《雄甫诗草》《天津县志》《长芦志》《幽冥录》，蒋玉虹著。据《天津县志》，玉虹，字雄甫，廪生，天津人。

《楚游小草》，陈汝杰著。据《天津县志》，汝杰，字东华，诸生，天津人。

《写梅阁诗存》一卷，刘锡撰。据《畿辅诗传》，锡，字梦龄，号韵湖，天津人，诸生。

《读石山房小草》，陈靖撰。据《畿辅诗传》，靖，字青立，号雨峰，天津人。

《西湖杂咏》一卷、《冶堂草》一卷，张廷选撰。据《畿辅诗传》，廷选，字冶堂，天津人，官浙江盐课司大使。

《石渠集》，康钧撰。据《畿辅诗传》，钧，字掌卿，天津人，尧衢子，诸生。

《鹤泉草》，毛凌皋撰。据《天津县志》，凌皋，字一峰，举人，天津人。

《爱竹山房诗草》，冯嘉兰撰。据《天津县志》，嘉兰，字耕竹，布衣，天津人。

《春园文稿》，黄新泰撰。据《天津县志》，新泰，字春园，举人，天津人。

《诗巢存稿》，周梓撰。据《天津县志》，梓，字尺木，诸生，天津人。

《天籁集》《板扉吟》《蓼虫集》，赵野撰。据《天津县志》，野，字晓春，诸生，天津人。

《退思园遗文》，刘樟撰。据《天津县志》，樟，副榜，贡生。

《欲起竹间楼诗集》十六卷、《树君诗钞》二卷、《古文》三卷、《吟斋笔存》四卷，梅成栋撰。据《天津县志》，成栋，字树君，举人，天津人。

《善舟吟草》，王有庆撰。据《畿辅诗传》，有庆，字善舟，天津人，嘉庆六年举人，官江苏淮安府知府。

《梦崖草》，李珠光撰。据《畿辅诗传》，珠光，字梦崖，天津人，嘉庆十三年举人。

《游豫杂咏》一卷，王履谦撰。据《畿辅诗传》，履谦，字益斋，号香汀，天津人，嘉庆十六年进士，官河南通许县知县。

《梦陶山人学吟稿》，冯晋撰。据《畿辅诗传》，晋，字西庄，天津人，监生。

《青棠书屋诗稿》，缪共位撰。据《畿辅诗传》，共位，字星池，天津人，诸生。

《味古斋吟稿》，王际清撰。据《畿辅诗传》，际清，字晓川，天津人。

《哀吟集》一卷，郑朴撰。据《畿辅诗传》，朴，字笠艇，天津人。

《时还读我书屋文钞》，华长卿撰。据《天津县志》，长卿，天津人，有端木采序。

《梅庄诗钞》十六卷，华长卿撰。据《天津县志》，是集为长卿自编，其子鼎元刊行，卷首有山阳丁晏序。

《剩香馆词钞》，华长卿撰。见《天津县志》。

《怀古斋诗草》，袁浩撰。据《天津县志》，浩，字养源，天津人。

《酣梦山房诗草》，杜兆斗撰。据《天津县志》，兆斗，字味拙，处士，天津人。

《晋游集》《延梦录》，刘维祺撰。据《天津县志》，维祺，字介圃，诸生，天津人。

《田初稿》，刘鄩撰。据《天津县志》，鄩，字声于，进士，天津人。

《自镜阁诗草》，梅岭撰。据《天津县志》，岭，字庚仙，诸生，天津人。

《卧隐斋诗草》，王昭撰。据《畿辅诗传》，昭，字建中，号鹿野，天津人，诸生。

《拙石山房诗草》一卷，梅履端撰。据《畿辅诗传》，履端，字雅村，天津人。

《向亭文稿》，吴景周撰。据《天津县志》，景周，副榜，贡生。

《瓣香斋遗集》，李云楣撰。据《天津县志》，云楣，举人。

《云佐吟草》，吴起元撰。据《天津县志》，起元，举人。

《坦斋全集》，阎履芳撰。据《天津县志》，履芳，举人。

《一门沉灇集赋草》，郝缙荣撰。据《天津县志》，缙荣，廪生。

《南柯游草》《卧梅诗草》《且寄轩集》，刘廷璐撰。据《天津县志》，廷璐，举人。

《及时书屋集》《黔游集》，李云楣撰。据《天津县志》，云楣，字采仙。

《选青堂诗文集》，张式芸撰。式芸，天津举人，延庆州学正。

《南有吟亭诗集》，于士祜撰。士祜，天津副贡生，候选教谕。

《醉茶轩诗集》，李庆宸撰。庆宸，天津人，廪贡生。

《问青阁诗集》十卷、《津门小令》一卷，樊彬撰。彬，天津人，冀州训导。

《津门诗钞》三十卷,梅成栋撰。据《天津县志》,成栋,天津人。

《诗厂集》,道士王聪著。据《天津县志》,王聪,字玉笈,号野鹤。傍三叉河结宇,曰香林苑,极幽洁,老树古藤、野花碎石错杂窗户间。工于诗,诗人过者屦满户外,周遭廊庑长笺短幅粘壁无隙地,或戏谓其斋曰"诗厂"。

《雪笠山人诗集》,释智方著。据《天津县志》,智方,字雪笠,嘉兴人,主海光寺。

《闻法诗》,释闻法著。据《天津县志》,闻法,满洲人,翻译举人,原名文捷,祝发大悲庵。

《南游草》,栾王氏撰。据《天津县志》,栾树棠妻,立本母,天津人。

《芸书阁集》,查金氏撰。据《天津县志》,解元查为仁妻,天津人,名至元,字载振。

《问梅草》,梅金氏撰。据《天津县志》,梅成栋妻,天津人,名沅,字芷汀。

《惕斋诗草》一卷,马鸣萧撰。据《畿辅诗传》,鸣萧,字和銮,号子乾,又号乾若,青县人,顺治四年进士,官工部营缮司员外郎。

《乐仪堂稿》,马仲琛撰。据《畿辅诗传》,仲琛,字佩韦,青县人,鸣萧孙,贡生,官奉天开元县训导。

《佛桑花馆诗文遗集》,李承谟撰。据《青县志》,承谟,以拔贡授知县,青县人。

《雨花诗集》,杜依中撰。据《畿辅诗传》,依中,字通公,号致虚,静海人,明诸生。徐秉义序云:征君生而颖异,明末尝叩阙陈书,所献十七策皆关天下大计,利害凿凿,怀庙嗟异,手署纸尾曰"贾陆重生",锐意欲大用之,为当涂所阻,以此贤名震天下。甲申后,弃功名,纵情邱壑,忠义刚正,笃于彝伦,目击不平,以危言绳之,为人敬悼。国初召用遗才,以疾力辞者三,竟不应。

《古处堂集》四卷,高尔俨撰。《四库全书提要》,尔俨,字岱舆。静海人。前明崇祯庚辰进士,授编修。入国朝官至大学士,谥文端。是集大抵应酬之作,亦尚沿明季之余习。

《山雨楼文稿》,高恒懋撰。据《静海县志》,恒懋,字励昌。进士,静海人。

《崇古堂诗镜》《山阁偶存》,高缉睿撰。据《畿辅诗传》,缉睿,字尧臣,号镜庭,恒懋子。静海人,荫生,官福建布政使。

《齐鲁诗》,宫梦仁撰。据《畿辅诗传》,梦仁,字宗衮,号定荞。静海人。康熙九年进士,历官礼部尚书。

《松乔堂集》三卷,励杜讷撰。杜讷,静海人。康熙中,举鸿博,官礼部尚书,谥文恪。前二卷为应制诗,后一卷为《松乔堂存稿》,有门人陈元龙序。

《双清阁诗稿》八卷,励廷仪撰。据《畿辅诗传》,廷仪,号南湖。静海人,杜讷子。康熙三十九年进士,历官刑部尚书,谥文恭。有《双清阁诗稿》八卷。张廷玉序云:公诗喜自道其性情,不事雕琢,辞约而旨远,其于风骚之原,汉晋唐宋以来名家之芳润,无不挹也。传之后世,当与谋猷政绩并垂不朽。又张鹏序云:公诗才情絜发,格律浑成,而性情温厚,措词和雅,读之使人油然生忠孝之心。尤长于乐府歌辞,激昂磊落,自写胸臆。

《咏云斋诗集》,杜其旋撰。据《畿辅诗传》,其旋,字考之,号雪窗。静海人,诸生。

《恕堂甲乙游草》《淮壖集》,宫鸿历撰。据《畿辅诗传》,鸿历,字友鹿。静海人。康熙四十五年进士,官翰林院庶吉士。

《谦受堂诗草》,牛天宿撰。据《静海县志》,天宿,字戴薇。进士,静海人。

《以文轩诗集》,杜刚撰。据《静海县志》,刚,字近斋。进士,静海人。

《菜香斋诗草》,高肇培撰。据《静海县志》,肇培,字翼凤。举人。静海人。

《致园诗草》,施德宁撰。据《畿辅诗传》,德宁,字静远,号致园。静海人。乾隆五十九年举人。

《乐易斋文集》，佟大任撰。据《静海县志》，大任，字海叔。进士，静海人。

《通介堂诗稿》，徐湛恩撰。据《静海县志》，湛恩，以武进士奉旨改文，仕至内阁学士。静海县人。

《剖瓠存稿》，萧重撰。据《静海县志》，重，以廪贡授福建莆田知县。静海人。

《蕉窗存稿》，袁正瑞撰。据《畿辅诗传》，正瑞，号瑶圃。静海人，诸生。

《一瓢子诗草》《梦蝶集》《说陶》。毛士撰。据《畿辅丛书》，士，静海人。

《浣花庵诗集》，杜昌言撰。据《畿辅诗传》，昌言，字谔堂。静海人，贡生。

《于役草》，王不党撰。据《畿辅诗传》，不党，字兆棠。静海人。官河南新郑县知县。

《卧鹏楼诗草》，杜正灼撰。据《畿辅诗传》，正灼，字荫宇，号叔华。静海人，贡生。

《拂云轩诗草》，杨继曾撰。据《畿辅诗传》，继曾，字目轩。静海人。诸生。

《近月亭诗钞》，李纪氏撰。据《静海县志》，静海县拔贡生李煌妻，名文，字蕴山。文安纪秋槎女。

《抱琴居士集》五卷、《扑尘居集》五卷、《乐府集》、《蓼窗诗稿》，王公弼撰。据《沧州志》，公弼，字直卿，号梅和。明进士，后历官山东按察司副使。

《定圃诗集》《定圃文集》《定圃未刻草》一卷、《香云庵诗集》十卷、《茅芦诗草》一卷，戴明说撰。据《沧州志》，明说，字道默，号岩荦，晚号定圃。明进士，国朝历官户部尚书。

《几园集》，吕缵祖撰。据《沧州志》，缵祖，字峻发，号修祉。进士，历官宏文院侍讲学士。

《萧云斋集》，戴玉缙撰。据《沧州志》，玉缙，字绅黄，号云极。进士，历官山东德平知县。

《田园诗》《历游草》《渤隐庐草》《大茂山房合稿》《课蔬园亭诗删》《塞外吟》《杂咏纪事》《越游草》《南北游草》《咏史诗》《归田稿》《歌行杂著》《瑞荔亭草》《龙惕居初集》《雠课客晋草》《碎还集》《吴吟退寻草》《焚余草》《竹林书屋草》《游梁草》《新汲续稿》《南川草堂咏》《长安杂咏》《蜗庐草》《春词》等，共二十八卷，宋起凤撰。据《沧州志》，起凤，字来仪，号紫庭，又号觉庵。明举人，授推官，国朝改山西灵邱知县。

《西园集》《燕台吟草》，吕祖望撰。据《沧州志》，祖望，字祇通，号培祉。庶吉士，历官鸿胪寺少卿。

《瘦竹山人遗稿》一卷，刘庆藻撰。据《沧州志》，庆藻，字佑申。进士，历官江南虹县知县。

《东郭先生集》，傅育吾撰。据《沧州志》，育吾，字符英。岁贡生。

《芦渚新诗》初、二集，《静居集》，《安斋学古诗》，《避闲草》，《自怡草》，《远江楼诗稿》，共七集、张延绪撰。据《沧州志》，延绪，字雪耳，号安斋。授国子监典簿。

《提因太史遗稿》一卷，刘果实撰。据《沧州志》，果实，字师退，号提因。翰林院编修。

《椽一庐诗草》，王廷镆撰。据《沧州志》，廷镆，字莫金，号箴非。举人。

《悔斋诗集》，傅玉璨撰。据《沧州志稿》，玉璨，字九生，号悔斋。

《三衢稿》四卷、张濬撰。据《沧州志》，濬字宗亮，号条山。举人，历官福建兴化知府。

《支庄诗集》一卷、《帆影笔谈》一卷，刘骅良撰。据《沧州志》，骅良，字支庄，号六蝶。庠生。

《裕庵遗稿》，载宽撰。据《沧州志》，宽，字敷在，号裕庵。翰林院庶吉士。

《赐仙堂诗集》一卷，载曝撰。据《沧州志》，曝，字俛挚，号晦叔。举人。

《抱瓮书屋集》一卷、《炼月斋诗集》一卷，李瑛撰。据《沧州志》，瑛，字仲球，号雪樵。荫监生。

《小戴诗草》，戴夤撰。据《沧州志》，夤，字统仁。举人，历官江西定南知县。

《萍蓬诗集》一卷，卫璠撰。据《沧州志》，璠，字焕鲁，号桐村。进士，历官江苏华亭知县。

《秦役草》《旋晋草》《卫河杂咏》。李之烨撰。据《沧州志》，之烨，字锐巅，号恬斋。进士，历官山西潞安府同知。

《青照书屋诗集》，王耿光撰。据《沧州志》，耿光，字景丰。贡生，官盐课大使。

《闲吟诗草》一卷、《香山杂咏》二卷，刘兰德撰。据《沧州志》，兰德，字香畹，号友尚。举人，历官福建建阳知县。

《粤环草》一卷、《秋声吟》一卷，左元铨撰。据《沧州志》，元铨，字伯衡，号公权。举人，官临榆县训导。

《鹤汀草堂诗稿》，张逢尧撰。据《沧州志》，逢尧，字天民，号麟圃。举人，历官山东巡抚。

《遂初堂文集》、诗集《粤中吟草》。李廷扬撰。据《沧州志》，廷扬，字岩野，号随轩。进士，历官广东按察使。

《潼关诗草》一卷，吴沂撰。据《沧州志》，沂，字浴曾，号静轩。举人，历官潼商兵备道。

《本仁堂诗集》一卷，隋铎撰。据《沧州志》，铎，字振文，号觉庵。副贡生。

《竹坪诗稿》八卷，于大中撰。据《沧州志》，大中，字子范，号竹坪。举人，官密云县教谕。

《平远山房诗钞》四卷，《平远山房文集》四卷，李廷敬撰。据《沧州志》，廷敬，字景叔，号宁国，又号味庄，进士，历官江苏苏松太道。

《怡园诗集》，王桐撰。据《沧州志》，桐，字毓东，号怡园。贡生。

《南行纪事诗》，李元枢撰。据《沧州志》，元枢，字太初，号莲溪。进士，官正定府教授。

《古香堂诗集》六卷，庞长年撰。据《沧州志》，长年，字松乔，号雪渔。庠生。

《敦古堂诗文稿》，阎泰来撰。据《沧州志》，泰来，字继盛。岁贡生。

《南游小草》《素园杂咏》《晴晖轩诗草》《云阳旧游草》《南陵回棹集》《放鹤轩吟草》，李肄颂撰。据《沧州志》，肄颂，字彦三，号松潭。举人，历官云南临安府知府。

《归耕堂诗草》二卷，刘鸿仪撰。据《沧州志》，鸿仪，字云衢。庠生。

《守拙堂文集》，张祖瑾撰。据《沧州志》，祖瑾，字念斋，号静轩。拔贡生，官宁波府石浦同知。

《伴梅轩诗草》八卷，阎符清撰。据《沧州志》，符清，字桐史，号竹卿。庠生。

《育兰堂文稿》一卷及诗集四卷、《词园咳唾》四卷，刘仲晦撰。据《沧州志》，仲晦，字丁佩，号耘蓝。进士，历官甘肃凉州府知府。

《松花轩诗钞》一卷，王国维撰。据《沧州志》，国维，字彰庭，号一樵。举人。

《客旋草》一卷，王国钧撰。据《沧州志》，国钧，字月坡，号侣樵，别号兰根道人。候选州同。

《焦桐集》二卷，叶圭祥撰。据《沧州志》，圭祥，字辑庭，号印山。历官广西明江同知。

《沧粟庵诗钞》二卷，叶圭书撰。据《沧州志》，圭书，字易庵，号芸士，别号沧粟庵主。举人，历官山东布政使。

《知非斋诗草》，叶圭绶撰。据《沧州志》，圭绶，字子佩，号也云。举人，官山东知县。

《直木斋文稿》一卷及诗稿一卷，兰植撰。据《沧州志》，植，字培翘。诸生。

《抱朴轩诗草》一卷，王蔚宗撰。据《沧州志》，蔚宗，字一斋。国学生。

《宝朴斋诗集》一卷，王诗撰。据《沧州志》，诗，字希陶。庠生。

《爽斋诗草》《绛霄诗草》《辙还草》《莲溪诗草》《越中诗草》共五卷，左元维撰。据《沧州志》，元维，字季颖，号爽斋。副贡生，官河间府学训导。

《云山房诗集》，吕斗奎撰。据《沧州志》，斗奎，字亚卿。监生。

《春草轩诗钞》六卷，孙德有撰。据《沧州志》，德有，字懋园。廪生。

《远斋诗集》二十六卷，潘班撰。据《沧州志》，班，字渊度，号盘实。贡生。

《随意稿》一卷，董铭撰。据《沧州志》，铭，字江晏。庠生。

《丛碧山房诗稿》，张元垲撰。据《沧州志》，元垲，字爽亭。庠生。

《德华堂文》三卷、《德华堂诗集》二卷，吕锺莲撰。据《沧州志》，锺莲。字范溪。岁贡生。

《莲塘诗草》，李国瑞撰。见《沧州诗钞》。

《芸晖堂诗集》，吕德延撰。见《沧州志》。

《求素堂文集》，王玉麟撰。见《沧州志》。

《世美堂诗集》一卷，吕希皋撰。见《沧州诗钞》。

《玉涵堂诗集》一卷，吕希夔撰。见《沧州诗钞》。

《蜣转集》，刘大年撰。见《沧州诗钞》。

《衡石斋诗文集》，戴曜撰。见《沧州志》。

《赋梅居士杂咏》一卷，宋德润撰。见《沧州诗钞》。

《颁霭诗钞》一卷，明善撰。见《沧州诗钞》。

《镜湖小草》一卷、《管窥小草》一卷、《诗余钞》一卷，祝纯熙撰。见《沧州志》。

《吹剑录》，祝其玉撰。见《沧州诗钞》。

《半峰诗钞》一卷，宋见龙撰。见《沧州诗钞》。

《观白诗草》一卷，宋奕簪撰。见《沧州诗钞》。

《关中诗草》一卷，王廷璧撰。见《沧州诗钞》。

《不忮求山房诗草》，宋恩长撰。见《沧州诗钞》。

《十四竿竹轩诗草》，宋恩翰撰。见《沧州诗钞》。

《崞峰遗稿》，王乔荫撰。见《沧州诗钞》。

《南村诗草》四卷，吴三辅撰。见《沧州诗钞》。

《秋岩诗稿》一卷，祝燮元撰。见《沧州志》。

《自适诗草》一卷，董兆祥撰。见《沧州诗钞》。

《双榕楼稿》一卷，刘吴氏撰。据《沧州诗钞》，其乃甘肃秦安知县刘曾妻，吴沂女。

《绣相斋诗》二卷，吴张氏撰。据《沧州诗钞》，其乃吴茂椿妻。

《榕花阁诗》一卷，祝吴氏撰。据《沧州诗钞》，其名端淑，祝纯琮妻。

《丽景楼诗》一卷，左李氏撰。据《沧州诗钞》，其名乐慎，左善询妻。

《晚香阁诗》一卷，叶金氏撰。据《沧州诗钞》，其名淡真，叶伯俭妻。

《栖松阁诗》一卷，张于氏撰。据《沧州诗钞》，其乃青县张镛妻，于廷岳女。

《听雪楼诗》一卷，刘李氏撰。据《沧州诗钞》，其乃刘恩铭妻。

《清韵阁诗》二卷，孙陈氏撰。据《沧州诗钞》，其乃孙有德妻。

《沧州诗钞》十二卷，王国钧辑。王国钧，字侣樵。沧州人。与同里叶圭书编次，凡百二十二家，道光二十六年刊。

《绿肥轩诗稿》，张昕撰。据《南皮县志》，昕，号进之。诸生，南皮人。

《四清堂诗集》三卷，侯煦撰。见《南皮县志》。

《贻清堂诗稿》，侯堪撰。据《南皮县志》，堪，字大受，煦子。诸生，南皮人。

《念水文集》四卷，汤铉撰。见《南皮县志》。

《啸谱》二卷，吴维哲撰。见《南皮县志》。

《洗心帷集》四卷，黄端士撰。见《南皮县志》。

《井陉诗草》，郝思谟撰。见《南皮县志》。

《杏园诗草》，张雁题撰。见《南皮县志》。

《念庐诗草》，侯泽岳撰。见《南皮县志》。

《画轩诗草》，高麟阁撰。见《南皮县志》。

《鲠卿小草》，刘弼撰。见《南皮县志》。

《清芬堂遗集》，张惟寅撰。见《南皮县志》。

《镜亭河间海外存稿》，张庆长撰。据《南皮县志》，庆长，字敬亭。

《辑轩文集》，刘人龙撰。见《南皮县志》。

《因树山房诗钞》二卷、《令支游览集》一卷、《晋游草》一卷，张太复撰。据《南皮县志》，太复，原名景运，字静旒，号春岩，一号秋坪。南皮人，贡生，历官浙江太平县知县，改迁安县教谕。洪亮吉序："蕴蓄深厚，美兼众长，独往独来，自抒胸臆，有不可笼络之概。"又李昌琛序："春岩先生负奇气，一泄之于诗，其抱负不凡，故多激昂振奋之情，慷慨悲壮之节。"

《素园诗钞》，张连城撰。见《南皮县志》。

《西园诗草》，张海丞撰。见《南皮县志》。

《西园诗钞》，张端城撰。见《南皮县志》。

《八十老人诗钞》，张奎震撰。见《南皮县志》。

《悟兰室诗稿》，张丙震撰。据《南皮县志》，丙震，字鉴庵。南皮人。进士，官知府。

《敦本堂稿》，李逢泰撰。见《南皮县志》。

《槐荫书屋草》，张裕德撰。见《南皮县志》。

《豹隐山房诗稿》，张芝郁撰。见《南皮县志》。

《西园诗草》，张扩庭撰。见《南皮县志》。

《花砖社诗草》，潘一桂撰。见《南皮县志》。

《绿云小草吟稿》，张全懋撰。见《南皮县志》。

《砺轩诗稿》，侯日曦撰。见《南皮县志》。

《葆素斋诗草》，张津源撰。见《南皮县志》。

《书槎诗草》，张洛源撰。见《南皮县志》。

《妙香室焚余草》，潘震甲撰。见《南皮县志》。

《墨花轩诗草》，张葆谦撰。见《南皮县志》。

《此君龛诗稿》，张曰豫撰。见《南皮县志》。

《敬胜庵文集》《袖海山房诗集》，潘震乙撰。见《南皮县志》。

《防躁轩诗文集》八卷、《丛集山房诗钞》四卷，张恪撰。据《南皮县志》，恪，字佩庚，举人。

《蔗圃诗文集》，刘有铭撰。据《南皮县志》，有铭，字镌山。进士，历官通政司使。

《内院清咏》《北游草》《秦闱唱和》《苏州纪游》，杨彤庭著。据《盐山县志》，彤庭，字廷俞。举人，盐山人。

《香鱼山房诗草》，赵炯撰。据《畿辅诗传》，炯，字子藏，号鹤斋。盐山人。康熙三十年进士，官广西来宾县知县。

《南村草》，褚爽撰。据《畿辅诗传》，爽，字西山，号澄岚。盐山人。诸生。

《修书楼诗草》，赵董撰。据《畿辅诗传》，董，字醇庵，号桂岩。盐山人。康熙三十八年举人。

《东周诗草》，张诠撰。据《畿辅诗传》，诠，字守默，号陶圃。盐山人。乾隆四十四年举人，官河南巩县知县。

《浦集》，赵思撰。据《畿辅诗传》，思，字五畴，号补堂。盐山人，诸生。

《晴雨轩诗草》，王孙兰撰。据《畿辅诗传》，孙兰，字紫畹。庆云人，诸生。

《如心堂吟草》，刘广恕撰。据《畿辅诗传》，广恕，字可亭，号耐泉。庆云人。乾隆五十二年进士，官工部都水司员外。

《少白诗草》，刘庚撰。据《畿辅诗传》，庚，字少白。庆云人。嘉庆十八年拔贡生。

《鬲南诗草》，解培坦撰。据《畿辅诗传》，培坦，字筑岩。庆云人，诸生。

《药余草》，胡惟一撰。据《庆云县志》，惟一，字贞生。拔贡生，庆云人。

《慎堂余草》，刘元宰撰。据《庆云县志》，元宰，字襄哉。诸生，庆云人。

《意庵小草》，刘敏撰。据《庆云县志》，敏，字子逊。岁贡生，庆云人。

《囊草》，冯福星撰。据《庆云县志》，福星，字聚五。诸生，庆云人。

《月沽诗草》，崔旸撰。据《庆云县志》，旸，字时林。举人，庆云人。

《蕙田草》，崔光筜撰。据《庆云县志》，光筜，字正甫。举人，庆云人。

《柳桥诗草》，崔晨撰。据《庆云县志》，晨，字曙林。庆云人。

《念堂诗草》十二卷，崔旭撰。据《畿辅丛书》，旭，字晓林。庆云人。嘉庆五年举人。

《庆云诗钞》五卷

刘希愈辑。刘希愈，字小韩，庆云诸生。长白桂山序曰："刘氏小韩集庆云县诗钞，穷数十年之力，搜罗采访，勒为成书，殷殷然索序于余。夫庆邑僻处海滨，人情质朴，宜无与文采风流之选，何竟彬彬尔雅，代不乏人如是？是知生材不择地，特不遇有心人表而出之，则亦与草木同腐而已！从古文人学士湮没而不彰者何可胜道？今斯集得小韩以传，何其幸也！虽然，吾为斯集幸，吾且为斯世慨焉。今人当有为之时，处得为之地，不能主持风雅，以发潜阐幽，碌碌生前，寂寂身后，反不如一二韦布穷居之士，转能有裨于斯文，读斯钞者，其亦知所自愧矣。咸丰十年春三月。"

《天津县志》二十四卷

张志奇、朱奎扬修，吴廷华、汪沆纂。是志与《天津府志》为同时开纂、同时成书刊刻的姊妹篇。天津县之设始于清雍正九年（1731），此为天津第一部县志。全志共24卷。卷首载有布政使陈弘谋、知府程凤文和张文炳、知县朱奎扬序及凡例、纂修职名、目录、天津县境舆图。卷末有吴廷华后序。正文24卷，依次为纪恩（兼记圣制及临幸盛典）、星土（附祥异）、地舆、形胜疆域（附乡都）、山川、古迹、城池公署（附坊表驿递津梁）、学校（附坛庙寺观）、盐法、海防（附海道海运）、河渠（附漕运营田）、田赋（附户口屯田官籍）、风俗物产、职官、名宦、选举、人物、列女、艺文、杂记等，计20个门目，近40万字。

《续天津县志》二十卷

吴惠元修。清嘉庆间邑士蒋玉虹博采旁搜，为续志未成而卒。同治九年，邑人吴惠元复纲罗散失以续成之，凡二十卷，名《续天津县志》。是志以蒋玉虹私辑的县志遗稿为基础，仓促编纂而成，清末经学大师俞樾实未多与其事。全书上承（乾隆）《天津县志》，记叙上限为乾隆四年（1739），计正文21卷，卷首1卷。书前有李鸿章、完颜崇厚序、凡例、纂修衔名、目录及附图6幅；书尾有吴惠元后序。首卷为临幸、天章、恩典，以下依次为星土祥异、形胜疆域、城池公署（附坊表津梁建置）、学校（附祠庙）、盐法、海防兵制（附海运、海道、海口通商）、河梁（附堤堰、水利、营田）、风俗义举、职官、名宦、选举、人物、列女、艺文、杂记，计十余个门目。

《青县志》十卷

青县修志始于明万历年间。明万历三十五年（1607），青县知事应震纂修，编次教谕王纳言，训导张朝卿，汇集廪生王茂学、李对扬、马嘉祜、姚泳、李应、石国玺、姚之官，儒士陈坤等编纂而成。康熙年间修《青县志》时，此志尚存，今已散佚。清康熙十二年（1673）《青县志》，由青县知县杨霞、刘允恭，训导线占斗，邑人姚景图、姚景焘、马映星、戴矛、戴耀祖、王家彦、李维樾编纂。嘉庆八年（1803）《青县志》，由知县沈联若纂修。清光绪元年（1875）《青县志》，由青县知县江贡琛纂修，茹岱龄、丁士颖等撰稿。民国 20 年（1931）《青县志》，总纂高递章、姚维锦。

《庆云县志》十二卷

李居一、崔允贞纂修。清代康熙《庆云县志》是奉敕纂修，继明万历志而作。先由清康熙十二年（1673）李居一、崔允贞纂修，清康熙十九年（1680）李兴祖增修，共计十二卷。庆云县史志办曾以国家图书馆存康熙十九年（1680）三韩李兴祖刻本为脚本，共四册，整理点校出版，分两部分即校注版两册与影印版两册。

《静海县志》八卷

郑士蕙修。明天启年，知县王用士创修。清康熙十一年（1672），知县阎甲允增修。同治十二年（1886），知县郑士蕙重辑，成书八卷。

郑士蕙，字柏崔，陕西华州人，道光进士，同治八年（1869）至十二年（1873）任静海县知县。同治十一年（1872）官家檄征各县志乘，郑士蕙则仓促纂辑，同治十二年（1873）刻印。卷首有序、凡例、总图。正文分为九志，依次为地理、建制、灾祥、物产、田赋、官师、人物、选举、艺文。其地理志记大清河、黑龙港及子牙故道等的源流及河道变迁情况甚详。人物志不为生人立传，凡当时邑人之宦于他乡者，其行为不叙，仅书其姓名职衔，亦合史法。灾祥志记咸丰三年至四年期间太平天国军队活动情况过于简略，颇嫌不足。此志实为郑士蕙应差之作，门类不全，内容较乱。其后所修志书，在论及此志时均有严厉批评，认为其"紊乱不堪"，斯为其不足。

万历《沧州志》

明万历三十八年（1610）刻本。李梦熊修，顾震宇纂。李梦熊，山西长治人。举人。明万历二十九年（1601）任沧州知州。顾震宇，昆山人。举人。明万历三十年（1602）任沧州学正。沧州，汉代为勃海郡地，北魏始置沧州，其后屡有废置，元仁宗延祐年复置，隶属河间路，明代因之，隶属河间府，辖盐山、庆云、南皮三县。沧州旧无志，明万历间邑人王绪撰有《袱沧考略》10卷。明万历三十年（1602），李梦熊"购得原稿若干卷"。公余读之，产生增补之心，遂组织人重修，于明万历三十一年（1603）修成。书分六志，依次为：疆域志、创修志、田赋志、人物志、故事志、艺文志。含 52 目。

《盘山志》十四卷

清释智朴撰。智朴，号拙庵，江苏徐州人。少曾过江参百愚斯大师于青浦之青龙隆福寺，受记别。实洞宗第三十世。爱盘山丘涧，因居其地，筑青沟禅院，并撰此书。《盘山志》清刻本，为十卷，补遗四卷。兹篇谓盘山在蓟州城北二十五里，旧传即徐无山。汉末田盘先生自齐而来，栖居此山，因名田盘山。今不曰田盘，而曰盘山，亦犹匡庐之谓庐山也。其山南距沧溟，西边太行，东放碣石，北负长城。雄视畿辅，不以人重。盘山旧无志，兹篇实为首创。其条理清晰，文字简洁，在山志中为佳者。盖智朴深通翰墨，撰写时又经常与王士禛、朱彝尊等名士相磋商。乾隆十六年（1751），皇帝诏蒋溥等再修《盘山志》，书成十六卷，冠以巡典天章五卷。其后，由于钦定盘山志出，兹篇逐渐不为时人所重。然其经始之功，实不可没。

《蓟州志》八卷

清张朝琮修，邬棠等纂。张朝琮，浙江萧山人，曾两任蓟州知州。邬棠，浙江嘉兴人，曾任渔阳驿丞。康熙四十一年（1702）张朝琮二次出任蓟州知州后，感前人所修旧志过于简略，多有疏漏，因聘邬棠重新纂辑，于康熙四十二年（1703）设局，四十三年（1704）刻印，八门为：疆域、建设、赋役、官秩、名宦、仕绅、人物、艺文。图分见于各卷之中。其疆域志记名山大川，景胜，颇合史法。艺文志选其有关风教及史实者载之，其余那些赞叹山水之奇、叙登临之乐、因景写心、触事生感者，则不备录，是亦深明方志之体。蓟州镇朔营三卫，顺治十二年裁汰，归并入州，兹取其时官秩附载之，独具匠心。

《宝坻县志》十八卷

清洪肇楙修，蔡寅斗纂。洪肇楙，字时楙，号东阆，歙县人，雍正进士，曾两任宝坻县知县。乾隆四年（1739）伍泽荣任宝坻县令后，搜集各种资料纂辑县志，然事未果而人离任。洪肇楙接任县令后，亦广搜博采，准备修志，终于乾隆十年（1745）春设局纂成。刻印。卷首有各种序十四篇及凡例和若干图。正文十八卷分为十六门，依次为职方、形胜、建置、祀典、赋役、乡间、风物、职官、选举、封表、人物、列女、拾遗、别录、集说、艺文。其集说志在志书中为首创，凡民生利病不能列入他类者，则皆入此门，其与章学诚掌故之义略同，殊为可取。其于旧志所载事实、年代、姓名、职官等谬误，皆能一一更正。《顺天府志》言此志考订优于前志，并非虚誉。然其列名宦于人物，统古迹于拾遗，似欠妥当。此志流传于世，除原刻本外，尚有民国六年（1917）查美咸石印本。石印本增收查美咸序一篇及洪肇楙的《答邑绅士书》和《再与邑绅士书》两文。

《武清县志》十二卷及首一卷，末一卷

清吴翀修，曹涵、赵晃纂。吴翀，江苏如皋人，曾任武清知县。曹涵，武清人，康熙进士。赵晃，武清县人，雍正进士。武清县志创修于明万历年间，然其已失。清康熙十四年（1675）和康熙四十年（1701）又两次重修县志。乾隆四年（1739）吴翀任武清县令后，于乾隆七年（1742）聘邑人曹涵、赵晃再修县志。历八月而成书。

首一卷为谕旨、宸章、巡幸。末一卷为旧志的序和跋。正文十二卷依次分为星土、建置、沿革、形胜、疆域、城池、公署、学校、里社、集市、田赋、户口、起运、存留、课程、剥船、拨补、河渠、武备、秩祀、邮传、古迹、寺观、风俗、物产、谶祥、职官、选举、名宦、褒封、流寓、仙释、人物、列女、艺文，共35目。是志记境内河渠十分详细，溯其源流，述其变迁，附之以水利工程的兴废，有参考价值。其艺文所录，

多删改原文，而迁客骚人酬答之作亦一概收入，则欠斟酌。

此志流传于世者，除原刻本外，尚有民国二十八年（1939）王文琳铅印本。书前有王文琳的识语，其内容同乾隆志相同，但未分卷。

《宁河县志》十六卷

乾隆四十四年（1779）宁河知县关廷牧修，徐以观纂。关廷牧，字丛桂，号西园，广东南海人，乾隆癸未科进士，乾隆三十八年（1773）任宁河知县，五十五年（1790）五月离任，在任十一年。

是志创编于清乾隆四十二年（1777）。知县关廷牧总理其事。四十四年刻印成书，全书六册，一函。光绪四年（1878），又著成《重修宁河县志》，全书共十六卷，十门，六十五目。其中，第八卷"人物志·文学"载录不少天津文学文献。

《天津志略》

宋蕴璞辑。1930年北京蕴兴商行铅印本。宋氏为商界人士，原计划出版34部东南亚各国及中国各省志略，以振兴民族经济，以利通商，是志即其中一部。全志计分20编，附有照片40余帧。各编依序为概要、党务、政治、宗教、教育、卫生、物产、金融、工业、商务、交通、公用及公益事业、慈善事业、新闻事业、人物、艺文、会社、食宿、游艺、杂组，各编之下，分若干章。是志着重实用，"厚今薄古"，不啻为天津20世纪30年代的经商大全，是志收录内容、体例、编纂方法均明显有异于传统旧志，实为天津近代修纂新志的一次尝试。

《海光寺志》八卷

释成衡撰。成衡，字湘南。嘉兴钱氏子，幼耽禅悦，薙染后，力参上乘。康熙丙戌，天津总兵蓝理建普陀寺于城南，延衡为主席。康熙巡幸天津赐名该寺曰海光寺，书"海光寺"额，寻赐紫衣，恩赉甚渥。衡书画俱入逸品，所作诗不下数千首，绝类大苏，又辑《海光寺志》八卷。晚归天童以终。

是书久已散佚，仅见旧志著录。

《畿辅人物表》一卷

华长卿撰。钞本。是表纵以历代为次，始于两汉；横以各府为次，始于顺天，凡得名臣、硕儒、节义、文学之士256人。书无序例，不知去取之意以何为准，亦不知其书为完为阙。或者依表为传，尚待编辑。

《畿辅通志》

四十六卷本。清于成龙修，郭棻纂。

于成龙（1617～1684），字北溟，号于山，山西永宁（今离石）人。顺治十八年（1661）由副榜贡生授罗城知县。康熙十七年（1678）官福建按察使。十九年晋直隶巡抚，旋迁两江总督，卒于任。执法决狱不徇情面，被圣祖称为"今时清官第一"。著有《于清端政书》等。郭棻，字芝仙，号快庵，直隶清苑人。顺治元年（1644）选拔贡生，乡试中举。三年会试落第，为无极县教谕。顺治九年（1652）进士，授庶吉士，散馆授检讨，升赞善。顺治皇帝御试词臣，名列第一。后触犯权贵，降任山西按察司佥事。康熙元年，诏其还朝，累官内阁学士。不久，因病乞归故居。性好施舍，每值岁歉，用粮接济饥饿者。村中少井缺水，酷暑多病，其出钱凿井，村民呼其为二公泉，著有《学源堂集》、《诗经肤衍讲义》等。清代以前，直隶（河北）非独立行省，其行政权直属中央六部，故未有志。至康熙十九年（1680）七月，直隶巡抚于成龙奉诏创修《畿辅通志》，旋卸任，志未成，康熙二十一年（1682）四月，继任格尔古德终其事。《畿辅通志》康熙二十二年（1683）刻本。

全书四十六卷，二十余门，分为：图、星野附祥异、建置沿革、疆域形胜、山川、城池、学校、兵制、公署、祠祀附寺观、古迹附陵墓、户口、田赋、风俗附物产、帝后、封建、职官、选举、名宦、流寓、人物、艺文、杂志。是志书成书较仓促，多有疏漏。但较侧重记人、风物和图。如有关人物类目的记载达二十二卷之多，其中人物门为十五卷。又如风物，所附物产，记载颇详，叙物产细分谷、蔬、花、果等类，每个品类均有详细注释。又如图，此志图较多，有皇城图、畿辅总图、畿辅郡城图、畿辅景图等。此为河北创修的第一部总志，对研究该省历史提供了早期综合性资料。

一百二十卷本。清唐执中、李卫修，陈仪、田易纂。

唐执中，北京大兴县人，康熙四十二年（1703）中进士，官至兵部尚书及直隶总督。李卫（1686～1738），字又玠，康熙末捐资为员外郎。

雍正二年（1724），官云南布政使，兼理盐务。次年晋浙江巡抚。五年升浙江总督，因究治盗案有功，世宗将江南各地盗案一并交其审理。十年署刑部尚书，调直隶总督。次年弹劾户部尚书、步军统领鄂尔奇。以善捕盗，不徇瞻顾，被世宗奖为"督抚楷模"。后病死。陈仪（1670～1744），字子翔，号一吾。直隶（今属河北）人。雍正三年（1725）协助怡亲王允祥办理畿辅水利。次年以翰林院侍读带管天津事务，代允祥起草奏疏和文稿。五年负责天津水利营田局工作，兼管文安、大城等地堤工。八年调任丰润诸路营田观察使。乾隆元年（1736）罢职回京。著有《治河蠡测》、《四河两淀私议》等。田易，北京大兴县人，康熙四十五年（1706）中进士，官同知。康熙二十二年于成龙搜辑讨论未能详确。雍正七年（1729）诏天下重修志，时值唐执中任直隶总督，其设局修订，李卫继而成之。《畿辅通志》雍正十三年（1735）刻印。

全书一百二十卷，分三十一门。为：卷一至卷十诏谕、宸章，卷十一京师，卷十二星野，卷十三至卷十五建制沿革，卷十六至卷十七形胜疆域，卷十八至卷二十五山川，卷二十六城池，卷二十七至卷二十八公署，卷二十九至卷三十学校，卷三十一至卷三十二户口，卷三十三至卷三十四田赋，卷三十五仓廒，卷三十六至卷三十七盐政，卷三十八至卷三十九兵制，卷四十卷四十二关津，卷四十三至卷四十四驿站，卷四十五河渠，卷四十六至卷四十七水利营，卷四十八陵墓，卷四十九至卷五十祠祀，卷五十一至卷五十二寺观，卷五十三至卷五十四古迹，卷五十五风俗，卷五十六至卷五十七物产，卷五十八封爵，卷五十九至卷六十职官，卷六十一至卷六十六选举，卷六十七至卷七十名宦，卷七十一至卷九十人物，卷九十一至卷一百二十艺文。此志内容较康熙《畿辅通志》丰富，资料翔实，体例完备，并纠正康熙志中的错误和疏漏，是一部为后人称道的方志。然在列传类下，有以人系地，以地叙代，似非通志之体。是志又有乾隆间《四库全书》本。

三百卷本。首一卷。清李鸿章修，黄彭年纂。

李鸿章（1823～1901）本名章铜，字少荃，晚年自号仪叟。道光二十七年（1847）中进士，改翰林院庶吉士，授编修，得曾国藩赏识。咸丰三年（1853）回籍办团练，对抗捻军和太平军。八年（1858）进江西入曾国藩幕，襄办营务。十一年（1861）奉命编练淮军，不久荣升江苏巡抚。同治三年（1864）因镇压太平天国有"功"，封一等肃毅伯。四年（1865）署两江总督。五年（1866）为钦差大臣，督军攻捻。次年授湖广总督，九年（1870）任直隶总督兼北洋大臣，参与清朝内政外交政策，掌管军事、经济大权。后授武英殿大学士、文华殿大学士，位居各大学士之首，仍留总督任。光绪二十一年（1895）卸直督入阁办，但"不得与闻朝政"。次年旋任总理各国事务衙门大臣。二十五年（1899）调署两广总督，次年实授。不久调充议和全权大臣，兼督直隶，二十七年（1901）病死。谥号文忠。著作辑为《李文忠公全书》。黄彭年（1823～1890），字子寿，贵州贵筑（今贵州贵阳）人。道光进士，翰林院庶吉士，授编修。咸丰初，随父回籍办团练。后入四川总督骆秉章、陕西巡抚刘蓉幕。同治初，主讲关中书院。同治九年（1870），被李鸿章聘为《畿辅通志》的总纂，兼主莲池书院。光绪八年（1882），擢湖北安襄郧荆道，迁按察使。后调任陕西署布政使。十一年（1885），迁江苏布政使。十六年（1890），调湖北布政使，总督张之洞十分器重他。彭年为人廉明，博学多识。主讲莲池书院，创建博学斋和学古堂，设官书局，刊售各省书籍。他的主要著作有《东三省边防考略》、《陶楼诗文集》、《金沙江考略》、《历代关隘津梁考存》、《铜运考略》等。同治十年（1871），黄彭年开始总纂《畿辅通志》，前后用了十五年时间，直到光绪十年（1884）才完稿，随后即在保定莲池刊刻。

全书三百卷首一卷，用纪、表、略、录、传等体分十八门记述：卷一至卷十五帝制纪，为诏谕、宸章、京师、陵寝、行宫等目；卷十六至卷四十五表，为府厅州县沿革、封建、职官、选举等目；卷四十六至卷一百八十二略，为舆地、河渠、海防、经政、前事、艺文、金石、古迹等目；卷一百八十三至卷一百九十二宦绩录；卷一百九十三至卷二百八十六列传；卷二百八十七至卷二百九十七杂传；卷二百九十八至卷二百九十九识余；卷三百为叙传。此书被认为是畿辅有志书以来的"巨擘"，较前所修《畿辅通志》内容丰富，材料翔实，且体例结构亦有较大改进。是志刊行后，在全国各省方志中享有盛名。然而，亦有人认为此书改动体例失当，如保定莲池书院张廉卿等人称此书"失纂述之体，贻市薄之讥，篇不成文，无异档册"。此书原刻本藏于南开大学图书馆。除原刻本外，尚有宣统二年（1910）石印本和民国二十三年（1934）商务印书馆影印本。1988年河北人民出版社则将此书重新标点出版。

第二节 新志中的文学文献

新编《宁河县志》

任宜芳主编《宁河县志》，天津：天津社会科学院出版社出版，1991年版。

是志卷首有彩照、地图31幅，全书120万字，印数3000册。新志上限原则上起自1731年，下限止于1989年。全书除了序、凡例、概述、大事记、卷末等外，共设30卷。新编《宁河县志》被誉为"津门区县新志的第一道曙光"。志书特色鲜明，其中最突出的是文约事丰，用较短的篇幅，浓缩了翔实的资料。其中第30卷"杂志"中的四章，包括民间传说、历代诗词赋辑存、历代铭文撰述选辑、旧志序跋及文献选录。收录了诸多的天津文学文献。

新编《武清县志》

马悦龄：《武清县志》，天津：天津社会科学院出版社出版，1991年版。

是志卷首有黑白照、彩照、地图74幅，全书140万字，印数8000册。新志断限上起所载事物的发端，下迄1990年。上限最早为西汉时期。全书除了序、凡例、概述、大事记、附录等之外，共设25卷。《武清县志》被称作"具有划时代意义的一部新县志"。下限贴近现实，政治部类厚实，资料独特，是该县志的显著特色。

新编《宝坻县志》

吴静顺主编《宝坻县志》，天津：天津社会科学院出版社出版，1995年版。

是志卷首有彩照、地图等56幅，全书150万字，印数5000册。新志上限一般起自1172年置县时，下限止于1989年底。全书除了序、凡例、概述、大事记、附录等外，共设19篇。《宝坻县志》资料丰富，著述性强，下限贴近现实，表述通畅。

新编《蓟县志》

郭新纪主编《蓟县志》，天津：天津社会科学院出版社，1991年版。

是志卷首有彩照、地图 61 幅，全书 127 万字，印数 10000 册。新志上限不定，原则上追溯到事物的开端。下限原则上截止到 1985 年底。个别事物有所延伸。《蓟县志》上限最早者为春秋时期。全书除了序、概述、大事记、附录和志补之外，共设 25 编。志书在记述蓟县特有的山川优势方面较为成功，有人评新编《蓟县志》为一部"壮美的地情、人情、风情画卷"。

新编《静海县志》

张培生主编《静海县志》，天津：天津社会科学院出版社出版，1995年版。

是志卷首有彩照、地图 76 幅，全书 141 万字，印数 2500 册。新志上限不限，一般从事物发端写起，下限截至 1990 年。《静海县志》上限最早者为西汉时期。全书除卷首的序、凡例、概述、大事记，以及卷末的附录和志补以外，共设 24 编。新编《静海县志》是天津市区县志第一梯队，即五县与塘沽、汉沽、大港志书编修的封顶之作。

《和平区志》

天津市和平区地方志编修委员会编著《和平区志》，北京：中华书局，2004年版。

是志上限始于 1404 年，下限为 2000 年，共设 28 篇，包括建置、人口、五大道、城区建设与基础设施、城区管理、工业、商业、商业繁华区、经济管理、金融街、党派群体、政务、街道等。其中，第 27 篇 "艺文"包括第一章"著述录"，含第一节"地方著述书目"、第二节"重要文章存目"；第二章"文章"含第一节"论文"、第二节"金石碑记"、第三节"小说散文"；第三章"诗词歌赋"，含第一节"诗词"、第二节"其它"。

《河东区志》

郭俊杰主编《河东区志》，天津：天津社会科学院出版社，2001 年版。

本志时间断限，各项事业力求溯源，下限一般为1995年，涉及自然环境、建置、人口、经济、政治、文化、教育、科技、民俗、宗教、人物等各个方面。其中，第二十二编"文化"，载录许多天津文学文献。

《河西区志》

王戈主编《河西区志》，天津：天津社会科学院出版社，1998年版。

是志记述范围以1995年行政区划为准，全面记述河西区的历史和现状，上限原则上追溯到事物的始发年代，下限原则上止于1995年。采用述、记、志、传、图、表、录等各种体裁，以志为主。

《河北区志》

李德崇主编《河北区志》，天津：天津社会科学院出版社，2003年版。

是志以1404至1995年为记述的时间断限，全书采用述、记、志、传、图、表、录等体裁，全面真实地反映了天津市河北区境内自然和社会的历程现状。

《南开区志》

王树凯主编《南开区志》，天津：天津社会科学院出版社，1998年版。

是志介绍了天津市南开区的区域、人口、南开精华、党政群团、街道、城区建设与管理、工商业、经济管理、政法、军事、教育、科技、文化、卫生、体育等方面的情况。

《红桥区志》

王世新主编《红桥区志》，天津：天津古籍出版社，2001年版。

是志卷首有序、凡例、概述、大事记。志文设区划环境、四个发祥地、红桥精粹、历史名园水西庄、民俗方言、人口、街道、工业、商业、财税金融、经济管理、城市建设、城市管理、交通邮电、党派团体、政权政协、政法、军事、民政、劳动工资管理、教育、科学技术、体育、卫生、文化、艺文、民族宗教、人物28编，后缀附录、志补、索引、编修始末。

值得注意者，是志记录了诸多有关水西庄的文学文献。并附"《天津文史》水西庄专辑目录与文章选介及查氏家谱"。

《塘沽区志》

周宝发主编《塘沽区志》，天津：天津社会科学院出版社，1996年版。

是志上限始自1840年，适当上溯事物发端。下限止于1989年底，个别事物有所下延。全书除了序、凡例、概述、大事记、人物、限外举要等外，共设29编。《塘沽区志》被称为一部"气度恢宏的时代风云巨著"。志书通过塘沽浓缩了中国近现代史的沧桑，记述了北方第一大港的风貌，展示了现代改革开放的气派。

《汉沽区志》

邵振鹏主编《汉沽区志》，天津：天津社会科学院出版社出版，1995年版。

是志卷首有彩照、地图100余幅，全书160万字，印数3000册。新编《汉沽区志》是汉沽区有史以来的第一部志书。新志上限追溯至有可靠史料的年代，下限至1987年底，立传人物延至1991年。全书除了序、凡例、概述、大事记、人物、附录等外，共设29个分志。新编《汉沽区志》以差错率低赢得普遍赞誉。同时，它于每个分志下都设有无题序，显得很工整。志书还以地方特色和时代特色鲜明而称胜。

《东丽区志》

陈章伟主编《东丽区志》，天津：天津社会科学院出版社出版，1996年版。

是志卷首有黑白照、彩照、地图72幅，全书166万字，印数3000册。是东丽区有史以来的第一部志书。是志上限尽量溯源，下限止于1995年。东丽于1953年独立建制。《东丽区志》除了序、凡例、概述、大事记、附录、索引等外，共设26编。被誉为"既是历史的长卷，又是当代的画廊"。

《西青区志》

天津市西青区地方志编修委员会编著《西青区志》，天津：天津社会科学院出版社，2003年版。

是志纵贯古今，上限尽量上溯至事物发端，下迄1995年底。记述了西青区的自然环境、人口、民情、政事、政法、军事、企业集团、农业、工业、商业等各方面的情况。

《津南区志》

何荣林主编《津南区志》，天津：天津社会科学院出版社，1999年版。

是志详今略古，上限原则上追溯到事物的始发年代，下限大部分止于1995年，涉及自然环境、建置、人口、经济、政治、文化、教育、科技、民俗、宗教、人物等各个方面。

第五章 碑刻文献

　　碑刻文献是古代文献的一个重要组成部分，又属于出土文献范围，而具有不同于传世文献的独特研究价值。凡山川、城池、宫室、桥道、坛井、神庙、家庙、古迹、冢墓、寺观，几乎都随处立碑，而对土风、灾祥、制度、功德、宗教等，碑刻文献可谓无所不涉。因此，研究碑刻对于考察古代山川城池、风土民情、名宦乡贤、嘉言懿行、典章制度、政教布施等，具有特殊的意义。清代金石学家王昶在《金石萃编自序》中曾说："宋欧、赵以来，为金石之学者众矣。非独字画之工，使人临摹把玩而不厌也。迹其囊括包举，靡所不备。凡经史小学，暨于山经、地志、丛书、别集，皆当参稽会萃，核其异同，而审其详略。自非轻材末学能与于此。且其文亦多瑰伟怪丽，人世所罕见，前代选家所未备。是以博学君子咸贵重之。"也正是因为碑刻文献材料丰富，所涉内容广泛，真实性强，产生时间、地点可考，也使其具有重要的文学研究价值。

　　就天津的碑刻文献而言，在这漫长的历史过程中到底产生了多少碑刻？又留存下来少数碑刻？清代嘉庆年间的樊彬曾辑有《畿辅碑目》二卷及《待访碑目》二卷，是书自序谓："畿辅古刻散见诸家著述者甚多，而近年出土又时有见闻，其埋弃榛莽间者更不知凡几，不有记载将使日就淹没，重为可惜，乃即耳目所及之现有碑刻录目汇存，自周至元凡得一千五百数十种，旧籍所书世鲜传本者，概归'待访'，附录于后。"但是，自樊彬之后，相当长的一段时间之内，没有人对天津的碑刻文献进行系统的清理，而有待学人全面搜集、著录、整理。

第五章 碑刻文献

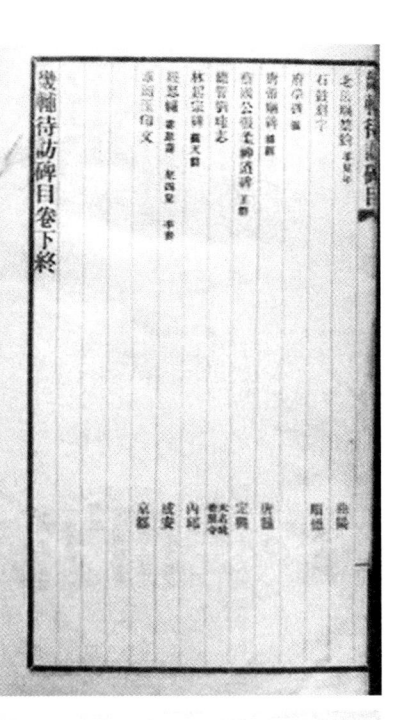

20世纪80年代，天津市历史博物馆曾对天津所存的碑刻文献进行一次较大规模的整理。这次整理经过普查和拓碑两个阶段，并于1984年完成。最终共发现碑碣180通，墓志铭36方，塔记4块，幢记8件，其他3件，共231件。其中东汉1项，宋辽金元22项，明清民国208项。到如今30多年过去了，天津碑刻文献不断被发现，李经汉先生数十年间，曾前后发表《天津市现存碑刻目录》等文章，但是，除此之外，相关的整理和研究工作，并没有获得更多的进展。相反，当年的许多研究者而今已是长者凋零，相关研究更为沉寂，良可感叹！

本章则在前贤研究的基础上，进行两大方面的搜集和整理：一是考录现存碑目；二是辑抄部分碑文。

第一节　碑刻目录

《汉故雁门太守鲜于君碑》

1973年于天津武清县高村出土。篆额，隶书，碑正面有字15行，背面有字16行，共827字。碑文记叙鲜于璜一生行迹，附以四言韵语赞词。据载鲜于璜曾任度辽右司马、赣榆县令、安边节使、雁门太守等官职。桓帝延熹八年（165），其孙为之立碑，碑文从侧面反映了东汉政府与北方少数民族的关系，涉及匈奴、乌桓情况。

该碑呈圭形，高2.42米，宽0.82米。出土后曾被农民砌猪圈用，为取其方，尝用斧锤斫其圭首，致使碑阳文首字"君"字损毁。碑额为颇有古隶意味的阳刻篆书"汉故雁门太守鲜于君碑"十字。碑身阴阳两面铭文皆为方笔隶书，是新中国成立以来发现的字数最多、保存完整，既具历史研究价值，更有书法艺术价值和装饰鉴赏价值的一件珍品名碑。

《圆通观感应碑》

孙薜萝撰，秦鈇书，金万含篆额，胡应麟督石，张海庵正字，清康熙十七年（1678）立。原立河北区小关圆通观，后砌墙中，1998年拆除时发现，现藏河北区文物保管所。《天津河北史迹》录文并附照片。

《济宁会馆布施碑》

清康熙四十五年（1706）立。原嵌红桥区小伙巷粮店街济宁会馆旧址，现藏红桥区文物保管所。

《孤云寺》石匾

玄烨书，清康熙四十六年（1707）立。1993年河北区白庙村孤云寺旧址出土，仍存原处。《天津河北史迹》有简介并刊照片。

《镇海门》石匾

清雍正三年（1725）立。1984年河西区东楼中学附近中环线工地出土，藏天津市历史博物馆。

《修关帝庙配殿山门碑》

刘琯撰，孟廷皋书，清乾隆十六年（1751）立。1997年北门外大街拓宽工程满园春食品店出土，现藏红桥区文物保管所。

《创建晋都会馆记》

张体中撰，王圣训书并篆额，清乾隆二十六年（1761）立。原存河北区粮店后街山西会馆旧址，1996年拆除时发现，藏河北区文物保管所。《天津河北史迹》录文并附照片。

《国学生林光宇墓碑》

林夏老、林五河、林广生同立，清乾隆三十四年（1769）立。1994年河东区大直沽天妃宫遗址出土。现藏元明清天妃宫遗址博物馆。

《重修晋都会馆记》

金文淳撰，王照书，清乾隆三十七年（1772）立。原存粮店后街山西会馆旧址，1996年拆除时发现。现藏河北区文物保管所。

《望海寺乾隆诗碑》

弘历撰并书，清乾隆末年（1788年后）立。原立望海楼旁望海寺，1918年海河裁弯取直，望海寺拆除，碑迁八里台。1984年2月八里台立交桥工地出土，藏天津市博物馆。碑刻乾隆三十二年（1767）至五十三年（1788）六次幸临望海寺诗作七首。《天津河北史迹》录文并附照片。

《天津贾家口木桥重修碑》

清嘉庆七年（1802）立。1999年河北区小关建房工地出土。现藏河北区文物保管所。

《改建山西会馆序》

常枏撰并书，清嘉庆十一年（1806）立。记晋都会馆改建山西会馆。

原存粮店后街山西会馆旧址，1996年拆除时发现。现藏河北区文物保管所。《天津河北史迹》录文并附照片。

《杜建勋捐资碑》

清嘉庆十一年（1806）立。原存粮店后街山西会馆旧址，1996年拆除时发现。现藏河北区文物保管所。

《总成会馆后段楼院碑》

清道光九年（1829）立。原立红桥区估衣街山西会馆旧址，现藏红桥区文物保管所。《中国文物地图集·天津分册》简介。

《修春秋大楼捐过布施号名银数碑记》

清道光九年（1829）立。原立估衣街山西会馆旧址，现藏红桥区文物保管所。

《山西义地序》

清道光十六年（1836）立。原存粮店后街山西会馆旧址，1996年拆除时发现。现藏河北区文物保管所。

《吕祖堂重修碑》

王文达撰，清道光十九年（1839）立。嵌红桥区如意庵大街吕祖堂前院西墙（红桥区文保所）。《中国文物地图集·天津分册》附有简介。

《续修山西义地记》

李溥撰，刘淇书，清道光二十年（1840）立。原嵌粮店后街山西会馆旧址，共3块，1996年拆除时发现。现藏河北区文物保管所。

《圣通墓碑》

清道光年间（具体时间和原立碑地点不详）。2002年河西区轧钢一厂出土，仍存原处。《每日新报》2002年7月9日曾报道。

《重修山西会馆记》

清同治十年（1871）立。原存粮店后街山西会馆旧址，1996年拆除时发现。现藏河北区文物保管所。

《曾公祠碑》

清同治十三年（1874）立。原存红桥区三条石曾国藩祠堂旧址，现藏红桥区文物保管所。《中国文物地图集·天津分册》附有简介。

《天津常关界碑》

清末二通，一通仍立原处，砌河北区光复道一号后墙下，一通立前碑北偏东约五十米处，砌原光复道副食商店墙内侧，1995年拆除时移出。现藏河北区文物保管所。《天津河北史迹》曾考证并附照片。

《重修天津府县学宫碑记》

马绳武撰并书，清光绪元年（1875）立。原立南开区文庙，后毁，近年在文庙院内挖出下半部。现藏天津市文庙博物馆。《天津县新志》录文。

《重修山西会馆记》

张凤藻撰，李学曾校，高恩龄书，清光绪六年（1880）立。原存粮店后街山西会馆旧址，1996年拆除时发现。现藏河北区文物保管所。《天津河北史迹》录文。

《李玉龙捐资碑》

清光绪六年（1880）立。原存粮店后街山西会馆旧址，1996年拆除时发现。现藏河北区文物保管所。《天津河北史迹》刊有照片。

《天津县正堂告示碑》

清光绪十年（1884）立。1997年南开区东门里大街排水工程出土。现藏天津市文庙博物馆。

《天津府正堂稽古书院告示碑》

清光绪十三年（1887）立。嵌红桥区铃铛阁中学主楼前厅右侧（稽古书院后改建为学校，现为铃铛阁中学），《中国文物地图集·天津分册》附有简介。

《创建稽古书院碑》

江守正撰，张孔修书，清光绪十五年（1889）立。嵌铃铛阁中学主楼前厅右侧，《中国文物地图集·天津分册》附有简介。

《稽古书院课试章程书院条规碑》

清光绪十五年（1889）立。嵌铃铛阁中学主楼前厅右侧，《中国文物地图集·天津分册》附有简介。

《稽古书院田地房屋地基及岁入碑》

清光绪十五年（1889）立。嵌铃铛阁中学主楼前厅左侧，《中国文物地图集·天津分册》附有简介。

《创建稽古书院捐资名录》

清光绪十五年（1889）立。嵌铃铛阁中学主楼前厅左侧，《中国文物地图集·天津分册》附有简介。

《天津道府县正堂稽古书院告示碑》

清光绪十五年（1889）立。嵌铃铛阁中学主楼前厅左侧，《中国文物地图集·天津分册》附有简介。

《江西陕西两会馆所置房产公共出路合同碑》

清光绪十七年（1891）立。原立碑处不详，1999年红桥区估衣街拆迁时在范店胡同一居民房中发现。现藏大树画馆。《抢救老街》录文并附照片。

《日本租界碑》

清光绪二十二年（1896）立。原立碑处不详，现藏天津市博物馆。

《大英新拓租界地界碑》

清光绪二十三年（1897）立。原立碑处不详，现藏天津市博物馆。

《埃默森墓碑》（英文）

清光绪二十六年（1900）立。原立和平区八一礼堂附近美军上校埃默森墓前，后埋地下，1995年出土。现藏天津市博物馆。《天津——插图本史纲》（英文）附有照片。

《重建天津万寿宫碑》

郑松生撰，江南生书，清光绪二十八年（1902）立。原砌红桥区估衣街万寿宫胡同北口（估衣街137号成记线庄西墙基），1999年拆除时移走。现藏红桥区文物保管所。《中国文物地图集·天津分册》附有简介。

《天津府正堂关于斗店告示牌》

清光绪三十年（1904）立。原立碑地点不详，发现于红桥区育德庵后街十五幼儿园。现藏红桥区文物保管所。

《袁公德政碑》

刘良璧撰，刘恩林书，清光绪三十一年（1905）立。1996年河北区中山路金钢公园对面路边出土。现藏河北区文物保管所。《天津河北史迹》录文并附照片。

《李文忠公专祠碑》

徐邦杰撰并书，清光绪三十一年（1905）立。原立河北区李公祠，1985年中环线卫国道口工地出土。现藏天津市博物馆。

《太傅肃毅伯李公庙碑》

郑国俊撰并书，清光绪三十二年（1906）立。原立河北区李公祠，1985年中环线卫国道口工地出土。现藏天津市博物馆。

《李文忠公祠堂碑》

李树棠撰并书，清光绪末年。原立河北区李公祠，1985年中环线卫国道口工地出土。现藏天津市博物馆。

《新建直隶学务公所记》

卢靖记，清光绪三十三年（1907）立。原立河北区中山公园附近区少年宫，碑身轶，仅见碑额，存河北区少年宫。《天津县新志》录文。

《天津县正堂关于斗店告示碑》

清宣统二年（1910）立。立红桥区北营门东马路116号墙外，碑石已埋地下约三分之二。

《重修文昌祠碑记》

江连城书，清宣统二年（1910）立。嵌南开区文庙明伦堂正殿东墙。

《创建广东会馆碑记》

余莹撰并书，民国元年元月。嵌南开区鼓楼广东会馆正殿东西廊，共六块，自西廊北端始至东廊北端，首块刻创建经过，余刻捐资人名录。

《重修西老公所碑》

民国九年（1920）立。原嵌红桥区三益里西老公所旧址，1999年拆除时移出。现藏红桥区文物保管所。仅存末块。

《重修募安寺碑》

江朝宗撰，冯恕书，民国九年（1920）立。原存红桥区三条石大街募安寺旧址，现藏红桥区文物保管所。

《天津鲜货商研究所碑记》

刘成麟撰并书，民国十一年（1922）立。原嵌红桥区估衣街归贾胡同七十二号一楼北墙（天津鲜货商研究所旧址），1999年拆除时移走。现藏红桥区文物保管所。《今晚报》1999年11月28日曾报道。《抢救老街》录文并附照片。

《清义堂理教公所碑》

民国十二年（1923）立。原嵌河北区大口胡同15号（清义堂理教公所旧址），1996年拆除时移走。现藏河北区文物保管所。《天津河北史迹》录文。

《顾梦臣先生慈善记》

汪恩贵记，张之英撰，敖芗书，民国十二年（1923）立。原嵌南开区二道街济生社，现存天津民俗博物馆（天后宫）。

《济宁会馆年收入一览碑》

民国十五年（1926）立。原嵌红桥区小伙巷粮店街济宁会馆旧址，现藏红桥区文物保管所。

《重修毗卢室碑》

章弍陈书，民国十六年（1927）立。原嵌红桥区毗卢室大街18号旧址，现藏红桥区文物保管所。

《洋钞折扣当业维持始末记》

李原善撰，胡锡元书，民国十六年（1927）立。原立红桥区北马路前进里5号（天津当业公会旧址），2000年拆除时移走。现藏红桥区文物保管所（注：碑题上部剥落一块，缺三字。碑文实录"洋钞折□□□维持始末记"。碑文中有"任意折扣"的句子，故折后第一字应为"扣"。碑文内容是记述"当业"负责人，经多方交涉，地方当局同意，当业兑现不可任意折扣，当业得以维持的经过。故二三字应为"当业"）。

《魏士毅女士纪念碑》

北京特别市政府建，民国十八年（1929）立。原立河北区中山公园，沦陷时期埋地下，1986年天津市人民政府重立，并公布为市级文物保护单位。《天津河北史迹》简介并附照片。

《重修双忠庙兴学碑》

民国十八年（1929）立。原嵌红桥区双忠庙大街双忠庙旧址，现藏红桥区文物保管所。《中国文物地图集·天津分册》附有简介。

《重修北阁碑》

民国二十一年（1932）立。二块，分嵌红桥区小伙巷原北阁外墙，《中国文物地图集·天津分册》附有简介。

《建河北省体育场碑》

民国二十三年（1934）立。共三块，嵌北站体育场西门厅两侧墙基处，于学忠书奠基碑嵌左侧，场记碑嵌右侧，竣工碑嵌其侧，《天津河北史迹》录文。

《西老公所扩地基建楼捐资碑》

民国二十三年（1934）立。原嵌红桥区三益里西老公所旧址，1999年拆除时移走。现藏红桥区文物保管所。

《清真古教古行碑》

黑硕彦书丹，民国二十五年（1936）立。立红桥区同义庄清真寺，《中国文物地图集·天津分册》附有简介。

《天津市干鲜果品业同业公会前任会长任丘刘公遗爱之碑》

天津市干鲜果业同业公会全体会员敬颂，石文会敬书，民国三十四年（1945）十月立。原嵌红桥区估衣街归贾胡同72号二楼（天津市鲜货商研究所旧址），1999年拆除时移走。现藏红桥区文物保管所。《抢救老街》录文并附照片。

《羊祖之碑》

民国年间立。1997年河东区新开路李公楼邮局后楼工地出土。现藏天津市博物馆。

《玉皇庙住持碑》

李□撰，明万历二十三年（1595）立。存杨柳青镇十五街，《中国文物地图集·天津分册》附有简介。

《创建白衣庙碑》

清同治九年（1870）立。存杨柳青镇十四街，《中国文物地图集·天津分册》附有简介。

《清中宪大夫孟公墓碑》

清（具体时间不详）立。存张窝乡古佛寺村，《中国文物地图集·天津分册》附有简介。

《石万程墓碑》

石大文、石文充立,民国九年(1920)立。存杨柳青镇十六街,《中国文物地图集·天津分册》附有简介。

《新开卫津河碑》

陆泽霖撰,华学澜书,清光绪十七年(1891)立。存南洋乡南洋村,《中国文物地图集·天津分册》附有简介。

《胡燏芬德政碑》

冯向华撰并书,清光绪十九年(1893)立。存南洋乡卫津河五眼闸。

《沟洫碑》

清末立。存南洋乡南洋村,《天津县新志》录文。

《吉林督军天津孟公神道碑》

民国二十二年(1933)立。存双桥乡官房村(孟公即孟恩远)。

《凤河桥碑》

清同治五年(1866)立。立北辰区双口村凤河桥头,二通,一通记建桥经过,一通记捐资人名录,《中国文物地图集·天津分册》附有简介。

《东堤头乡刘快庄刘姓原始碑》

民国二十二年(1933)立。立北辰区东堤头乡刘快庄村西刘氏墓地,《北辰文史资料》第五辑录文并附照片。

《开山启教理门始祖羊公大概历史碑》

清嘉庆十二年立,民国九年(1920)重刻。原立红桥区西营门外"尹师大地",1955年移北辰区北仓第一公墓,《天津文史资料选辑》二十四辑录文。

《天津理教公所创始人尹岩墓碑》

民国三十年(1941)天津理教联合会立。原立红桥区西营门外"尹师大地",1955年迁北仓第一公墓,《天津文史资料选辑》二十四辑录文。

《原任正黄旗都统安西征南将军穆公暨元配继配合葬墓志铭》

清康熙二十二年(1683)立。1999年二号桥出土。现藏天津市历史博物馆,仅存志盖。穆公即穆占,清康熙二十二年卒,《清史稿》有传。

《重修塞上盐母庙碑》

清道光十年（1830）立。存塞上庄新开南路，碑首四阿顶，碑身柱状，座轶，《中国文物地图集·天津分册》附有简介。

《重修永济桥记》

清咸丰元年（1851）立。存汉沽庄东口，二通，一通记重修经过，一通记捐资人姓名，附有简介《中国文物地图集·天津分册》。

《修东石桥汉古庄捐资姓名碑》

清咸丰元年（1851）立。存汉沽庄东口，座轶，《中国文物地图集·天津分册》附有简介（东石桥是永济桥俗称，又称小石桥。古即沽）。

《重修营城至北塘路碑》

邵之翰撰，邵荣缓书，营城阁庄人等立于清光绪二年（1876）。仍存路旁，《中国文物地图集·天津分册》附有简介。

《汉沽铁路桥碑记》

北塘众船户公立于清光绪十八年（1892）。立汉沽铁路桥北，《中国文物地图集·天津分册》附有简介。

《石经幢》

辽大安八年（1092）立。残，存盘山砖瓦窑村云净寺遗址，《中国文物地图集·天津分册》附有简介。

《大都甲匠提举刘公墓碑》

长男刘也先不花、次男刘太、刘塔夫帖立于元至正十七年（1357）。存逯庄子乡三家店村北，《中国文物地图集·天津分册》附有简介。

《刘荣墓志铭》

陈志撰，高厚书，明永乐十一年（1413）立。存泗溜乡大现渠村北，《中国文物地图集·天津分册》附有简介。

《德聚禅师行实碑记》

明成化八年（1472）立。碑残，仅存122字，存盘山少林寺塔西，《盘山志》录文，《中国文物地图集·天津分册》附有简介。

《敦信墓志铭》

明弘治八年（1495）立。1987年城关镇东北隅村北出土。现藏蓟县文物保管所。《中国文物地图集·天津分册》附有简介。

《上方寺主持僧性澄碑》

明正德九年（1514）立。存盘山嵝峭峰上方寺遗址，《中国文物地图集·天津分册》附有简介。

《新建朝阳庵碑记》

明嘉靖年间立。存官庄乡东后子峪村，《中国文物地图集·天津分册》附有简介。

《建黄崖关长城空心敌台碑》

明隆庆四年（1570）立。1985年黄崖关长城七十号敌楼出土。现藏黄崖关长城博物馆。尚有残碑四块。形式相同，内容相近，具体时间不详，分存小平安村、黄崖关村，《天津黄崖关长城志》（以下简称《长城志》）录文。

《子孙庙碑》

明万历二十四年（1596）立。1985年黄崖关长城出土。现藏黄崖关长城博物馆，《长城志》录文。

《康熙诗碑》

玄烨撰并书，清康熙十七年（1678）立。存盘山古中盘，《中国文物地图集·天津分册》附有简介。

《重修瓮城碑》

张朝宗撰，清康熙三十三年（1694）立。存城关，《中国文物地图集·天津分册》附有简介。

《乾隆御书刻石》

弘历书，清乾隆年间立。共二十八块，多数是临摹苏轼、赵孟頫、黄庭坚、米芾、唐寅、董其昌、文徵明等人书法，少数书杜甫等人诗作，原嵌孙各庄乡隆福寺行宫，后移马伸桥中学，现嵌独乐寺院内。《中国文物地图集·天津分册》附有简介。

《乾隆诗碑》

弘历撰并书，清乾隆二十年（1755）立。立盘山定光佛舍利塔前，《中国文物地图集·天津分册》附有简介。

《重修公输子庙碑》

蔡景襄撰，清光绪三年（1877）立。立城内公输子庙正殿前。

《重修庙宇公德碑》

清光绪二十三年（1897）立。立城内公输子庙正殿前。

《朝阳庵记事碑》

清光绪二十三年（1897）立。存官庄乡东后子峪村，《中国文物地图集·天津分册》附有简介。

《蓟县□公德政碑》

王枋撰，张景蘅书，民国四年（1915）立。存上仓村，《中国文物地图集·天津分册》附有简介。

《广济寺重修佛殿碑》

赵迁撰，王浩书，明嘉靖十三年（1534）立。存城内西街广济寺旧址，《中国文物地图集·天津分册》附有简介。

《重修崇寿寺碑》

明万历二十年（1592）立。存大口屯镇双王寺村，《中国文物地图集·天津分册》附有简介。

《陈文化墓碑》

明万历三十四年（1606）立。存石桥乡后高口子村，《中国文物地图集·天津分册》附有简介。

《重修石幢记》

清康熙二十年（1681）刻，光绪元年（1875）重刻。嵌石幢第三节，《天津史志》1990 年 1 期有考证文章。石幢位于城内十字街口，辽开泰初年始建，历代多次重修，确知有明正统六年（1441）、清康熙二十年（1681）、光绪元年（1875），1966 年拆毁，1988 年重修。

《北里子沽积善庵刻经碑》

李金玉书，李长存镌，清乾隆六年（1741）立。存黄庄乡北里子沽村北，碑文刻摩诃般若罗蜜多心经，《中国文物地图集·天津分册》附有简介。

《于家乐善桥碑》

于文秉、于文熬、于文广、匠人张现武立，清嘉庆二十四年（1819）立。存大白庄乡大刘坡村西，《中国文物地图集·天津分册》附有简介。

《重修高八庄观音禅林碑》

张采撰，吴潜书，清道光十八年（1838）立。存霍各庄乡高八庄村北，《中国文物地图集·天津分册》附有简介。

《重修娘娘庙碑》

孙肇生撰书，清同治八年（1869）立。存黄庄村，《中国文物地图集·天津分册》附有简介。

《重修通衢桥碑》

李重熙撰并书，清光绪三十年（1904）立。存高庄子乡桥头村北，《中国文物地图集·天津分册》附有简介。

《普安寺石幢》

金大定二十六年（1186）立。存豆张庄乡西柳行村，梵汉两种文字，汉文记事，梵文刻经，《中国文物地图集·天津分册》附有简介。

《杨村公署碑》

汪鹤龄撰，明万历二十二年（1594）立。存杨村镇西，《中国文物地图集·天津分册》附有简介。

《重修玄帝庙记》

郑振先撰，明万历三十五年（1607）立。杨村北运河畔玄帝庙遗址出土。现藏武清区文物保管所。《中国文物报》2002年7月17日报道。

《观音碑记》

曹化淳撰，明崇祯四年（1631）立。原立王庆坨文昌阁，现藏王庆坨镇文化站。《武清文史资料选辑》第六辑附简介。

《玄帝碑记》

曹化淳撰，明崇祯四年（1631）立。原立王庆坨文昌阁，现藏王庆坨镇文化站。《武清文史资料选辑》附有简介。

《明荣禄大夫左都督敖公墓碑》

明崇祯九年（1636）立。原立王庆坨曹氏墓地，现藏王庆坨镇文化站。《武清文史资料选辑》附有简介。

《曹厚渠神道碑》

李暄撰，明崇祯十年（1637）立。原立王庆坨曹氏墓地，现藏王庆坨镇文化站。《武清文史资料选辑》附有简介。

《曹次渠神道碑》

林智撰，李国祯书，明崇祯十七年（1644）立。原立王庆坨曹氏墓地，现藏王庆坨镇文化站。《武清文史资料选辑》附有简介。

《李氏墓地碑》

清康熙四年（1665）立。存东马圈乡张标堡村北，《中国文物地图集·天津分册》附有简介。

《重修天齐庙碑》

清乾隆九年（1744）立。存泗店乡旧县村东，《中国文物地图集·天津分册》附有简介。

《汉沽港义学碑》

清咸丰八年（1858）立。存汉沽港村，《中国文物地图集·天津分册》附有简介。

《重建萃文书院碑》

蔡寿臻撰，清光绪九年（1883）立。原立小学北校，现藏王庆坨镇文化站。《中国文物地图集·天津分册》附有简介。

《重修关帝庙碑》

清光绪二十一年（1895）立。存大沙河乡瓦屋村，《中国文物地图集·天津分册》附有简介。

《曹孝女墓碑》

陈应禧撰，清光绪三十二年（1906）立。藏王庆坨镇文化站。《武清文史资料选辑》附有简介。

《孙松林墓碑》

清宣统三年（1911）立。存大孟庄乡霍屯村西，《中国文物地图集·天津分册》附有简介。

《贵州布政司神道碑》

清（时间不详）立。存后巷乡大宫城村，《中国文物地图集·天津分册》附有简介。

《重修东大庙碑》

清（时间不详）立。存大沙河乡大友堡村，《中国文物地图集·天津分册》附有简介。

《王庆坨镇公立高等小学校记》

周登皋撰，民国十年（1921）立。原嵌小学南校走廊，现藏王庆坨镇文化站。《武清文史资料选辑》附有简介。

《赵母马宜人墓志铭》

严修撰并书，民国二十年（1931）立。藏王庆坨镇文化站。《武清文史资料选辑》附有简介。

《刘世则谕祭碑》

清康熙四十八年（1709）立。存丰台镇西村西，《中国文物地图集·天津分册》附有简介。

《刘兆麟谕祭碑》

清康熙四十八年（1709）立。存丰台镇西村西，《中国文物地图集·天津分册》附有简介。

《芦台镇改建普济桥勒石碑》

清乾隆八年（1743）立。立芦台镇西大桥头，《中国文物地图集·天津分册》附有简介。

《俵口马姓宗谱碑》

清乾隆三十一年（1766）立。立俵口乡兴家坨村，《中国文物地图集·天津分册》附有简介。

《刘祁孙墓碑》

清乾隆年间立。立大辛乡洛波汀村东南，《中国文物地图集·天津分册》附有简介。刘祁孙乾隆三十六年（1771）封中宪大夫。

《宝塔寺碑》

清嘉庆十九年（1814）立。存芦台北大街，《中国文物地图集·天津分册》附有简介。

《重修普济桥碑记》

清嘉庆二十二年（1817）立。立芦台镇西大桥头，《中国文物地图集·天津分册》附有简介。

《于浚墓碑》

清道光十七年（1837）立。俵口村西于氏墓地，《中国文物地图集·天津分册》附有简介。

《重修关帝庙碑》

清同治九年（1870）立。存大辛乡江洼口村庙址，《中国文物地图集·天津分册》附有简介。

《于明太墓碑》

清光绪元年（1875）立。芦台农场桐城村东北，《中国文物地图集·天津分册》附有简介。

《俵口于姓族史碑》

清光绪十三年（1887）立。立俵口村西于氏墓地，《中国文物地图集·天津分册》附有简介。

《重修镇海庵碑记》

清光绪二十五年（1899）立。存北淮淀村庙址，《中国文物地图集·天津分册》附有简介。

《普济桥记刻石》

清光绪二十八年（1902）立。刻于芦台镇西大桥两侧石栏板上，《中国文物地图集·天津分册》附有简介。

《俵口于姓墓地碑》

清（时间不详）立。立俵口村西于氏墓地，《中国文物地图集·天津分册》附有简介。

《重修屠公桥碑》

清宣统元年（1909）立。村潘庄镇东原桥旁，《中国文物地图集·天津分册》附有简介（屠公为乾隆十八年知县屠祖赉）。

《宁河芦台一中捐资兴学碑》

民国十三年（1924）立。立芦台一中，《中国文物地图集·天津分册》附有简介。

《李子星墓碑》

华世奎书，民国十九年（1930）立。存北淮淀乡乐善庄南，《中国文物地图集·天津分册》附有简介。

《刘贵廷家族碑记》

刘德兴撰并书，民国二十三年（1934）立于大北涧沽乡李庄村东，《中国文物地图集·天津分册》附有简介。

《设粥厂纪念碑》

董绅撰，张彭树书，民国三十一年（1942）立。立芦台镇中街天齐庙，《中国文物地图集·天津分册》附有简介。

《封赠高尔严吏部尚书谕旨碑》

清顺治八年（1651）立。存子牙乡宗宝村高氏墓地，《中国文物地图集·天津分册》附有简介。

《静海县职官表碑》

清（时间不详）立。存县城内，《中国文物地图集·天津分册》附有简介。

《静海县行政公署告谕碑》

民国十二年（1923）立。存东双塘乡西双塘村东南运河边，《中国文物地图集·天津分册》附有简介。

第二节　碑文辑录

《三叉沽创立盐场碑》

《洪范》五行，其一曰水。水曰润下，润下作咸。咸也者，其鹾之谓欤？夫水为五行之首，而盐为五味之先，可以便民，可以益国，国之益、民之便者，岂浅鲜乎？唐、虞、三代，泽梁无禁，未闻有拘榷之义。逮至春秋，齐人管仲始议伐苴薪煮水为盐，日计而征其直。汉、晋而下，因之取利，设官置灶，旁及远方，虽蒲池之所自产，益井之所自出，莫不首课额焉。唐称刘晏"敛不及民而用度足"，时河朔用兵，天下之利，盐居其半，盐之利其亦溥哉！国家创制事从简易，燕京所辖有县曰宝坻，芦台、越支，畴昔之盐场也。曰三叉沽，则未之闻。甲午之秋，三叉之地未霜而草枯，滩面宽平，盐卤涌出，或经日自生，时人指以为瑞，遂相率诉官，按验得实，受旨煎造，初得旧户高松、谢实十有八人。岁不再易，招徕者日益众，河路通便，商贩往来，是年办课五百余锭，比之他场几倍之。无何，康定之后为势家垄断，灶户工本例不给之，折以无用之物，故户皆贫窭，借不能偿。至元二年，朝廷择人授任，以中书省左右司郎倪德政为礼部侍郎兼使鹾职。公革去弊政，善政日新，成绩上闻，升中都路都转运使，官大中大夫，仍以提领税课司，答木丁同知使事宝坻盐使，曹严臣副之。授任之后，莅政清严，以恤民为急，有功必赏，有罪必罚，灶户岁给一一均及，殊无折支诸物之弊，有司租调彼亦欣欣然输纳，自余无私毫科敛，由是人得安业，盐如山积，于今三年矣。前副使王进及耆老夏庆温资甫、梁温全、崔居仁，采舆人之诵，数来过，愿得一记刻诸坚珉，以为后来者之劝。予初难之，复因老宿恳祷不已，乃嘉进等能事其事，而不忘大中指授之功，故摭其实迹，为书之，且告之曰：古之场业已成矣，而今而后，更能恪然守其职以安其属，则国家懋赏自有不次之用，予将大书屡书，不独一书而已矣！

《接运官石郁等德政碑》

夫《易》，圣人所以明幽微之理，然理非有形声气貌也，于是设象以明理，则因其象之昭昭者，以明乎理之所以然。逮其象天下之至险，其为理不难知，其为物不难见，则莫过于涉川。况川水以为天下之至险，何况于海合天下名川三百支？川三千未有不归于海者，故海为百川王。夫涉其支流，圣人于《易》已设戒而谓之险难矣，则其视鲸波万里如坦途，溟渤九渊如邮传，囊括东南之稻米，举而输之海，六、七千里之间，转漕流通，储峙不缺，抑亦何以而能若是也欤？是盖国家无穷之洪休，要非世之人小知狭识所能窥度也。我世祖皇帝定都于燕，聚四方万国之众，含哺鼓腹以仰食于燕，使由江河转运以馈饷于燕，顾岂不可？然圣国规度，包六合为一家，视四海为一衣带水，故能运天下之至神，越天下之至险，举无遗策，以建丕基于无穷。惟至正六年岁次丙戌，是年夏接运官奉政大夫宣政院参议石郁文甫、监察御史史筠公质、都漕运使、临清运粮万户等官，一皆能以絜矩存心，宽简布政，不眩明以凌物，不任智以驭人，其一时从事之贤皆能赞翼其上之人，矜哀海道之艰危、粮储之不易，盖所谓"表之直者，影无不正；源之深者，流无不清"，要皆自然之理也。是年押运官嘉议大夫海道都漕运副万实信安、郑用和彦礼，能以诚悫乎于神人，神听不违，故海弭飓风，阴护漕船如出平陆，是则乎于神明之所致也。若夫公之慎饬廉隅，能帅其下，于是人心惠和感动，一以公为命，故其至于直沽也，其声实有以乎于接运之公卿。然则接运之公卿能敷惠于漕民，谓非押运有以感动之不可也。于是漕民相与言曰：身为齐民，世无不役之民，使官吏一切如今年，则吾民盖未至于筋疲力竭也。若是者何？人之心，理欲不齐。天之道，盈亏迭异。后之来者，恒若今之诸公卿，则所谓"息我黥而补我劓"，又岂无更生之理耶？然我漕民将叩阍以声于朝，则非下民之事，将泯泯而遂没其善，则不可自比于人，于是论列其所以敷惠于漕民者，勒之金石，与是年春《接运官德政记》同树之直沽云。

《接运海粮官王维翰等去思碑》

后至元庚辰冬，海运之民倪实等，介其府令史王元珪以书来言曰：维海漕，国用重寄也。在世祖皇帝，混一区夏，爰始取道辽海，运米南土，给饷京师，内置漕运使司暨万户府于京畿，外立都漕运万户府于吴会，募民籍名数，具舟航，以任其事。凡运米以石计，岁三百五十万有奇，每春若夏再运，万户分命僚属焉。吴会太仓扬帆恃风，径绝海洋，遵道黑水，北抵直沽。漕运万户之在内者，亦部署其官属往翼舟航，交受所运，达之京仓。当其归纳授受之际，或失其当，则海运之民倾资破产以补不足，其患有不能胜言者。故朝廷必选官按临监护，名曰接运。监其隐微，辨其枉直，权其授受，以砥其平，以去其弊，皆所以恤吾民也。后至元六年，万户阿里中宪职春廛抵直沽，时兵部郎中济宁王公维翰君赐、礼部员外郎董古鲁公元善，又奉命主接运事，米凡至者百七十万石。有司举先所进样以比类其色泽，有弗同者弗受，告于公。二公曰："郡所进米为样，袋二三合耳。□□□夜驰驿数千里抵京师，风日振薄，无所拥蔽，故能致明洁，若分运之法，动以五六千石载一舟，气含溟蒸，色又何能相同？凡以样进者，惧其杂粮灰若糠耳，兹既无是也，色虽不同，苟能饭焉以充吾饥，受之庸何伤？"或又有以米样蒸热弗受。公愀然曰："噫！儋石之储，时暑尚尔，况万斛之舟之所积乎？且民捐躯涉万里不测之渊，出入蛟螭爪牙间，幸至此，汝弗受，将安归之邪？"有司乃不敢有所言。于是事得其平，而吾民之职是役者，始免祸矣。先是，接运官廨毁于延燎，有司俾民居之宏敞者以馆于公，公度其费无从出，乃辞焉，即临清万户府厅事以居，殊狭隘。二公曰："是虽隘，然庶无傫费以厉民也。"或霖潦骄阳，则手编苇自蔽，处之泰然，无一毫勉强意。直沽素无嘉酝，海舟有货东阳之名酒者，有司市以进公，弗受，曰："若虽酌其直，宁能无所嫌耶？"

其公正廉明类此。官属吏民有小过者，必谆切教戒而宽容之，虽蒲鞭未始示辱于人，而人亦服其威信，罔敢怠逸。下车以五月三日集事，七月四日归报于朝。盖二公剸厘台省，声闻素著，公明正大，简重平允，而幕府令史李公亮、曹宁祖亦由风宪辟置，操存雅洁，同心协赞，故能成其美政，而民被其泽，是故民思之，去之愈远且久，而不能忘，愿有以识之也。谨述其辞以识于石。

《河东大直沽天妃宫碑记》

庆国利民广济福惠明著天妃祠，吴僧庆福主之。泰定间，弗戒于火。福言于都漕运万户府，朝廷发官帑钱，使更作焉。嗣庆福者二人，始吴僧智本主六年，以至正十一年圆寂，众请主西庙僧福聚来继其任。然东庙素卑下，潮汐渐经，栋宇摧坏，会覃怀逯公鲁以海道万户督运行海中，所乘舟触山石几覆，乃亟呼天妃，俄火发于桅，若掠其柁，遂得免，请于朝加神封号。福聚具以修庙告，逯公以文书至户部，监察御史海岱刘公真、工部郎中鲁郡白公守忠交章以达，中书发钱八百五十缗，命大都路达鲁花赤高昌公，以京府务繁，不遑躬莅工役，属同知漷州事脱欢庸责其成，因增筑基地，高至八尺有余，盖瓦级砖，为之一新。于是工部郎中橐城鲁公铨、员外郎马邑王公朵罗□，皆以接运至中书，断事官知事张允秉中、张师云其咸竭力相助，脱欢恪承太府之意，又出俸钱为之倡，裒众资增置地基，漕民吴中郁庆国、徐珍等各施财，即庙前创观音堂，庆国又塑观音、阿罗四十余像，过者竦然为之敬畏，乃因会稽沙门元复来请为之记。福聚之主西庙，能率其师之志多所兴创，至是益竭其心思以治东庙，钟梵渔鼓之声，盖朝夕相闻云。乡使食君之禄，居一官、效一职，举若福聚之为，庶政其有不治者乎？乃者，加天妃之庙额，天历间所赐也。

《沧州刺史王僧墓志铭》

维大魏天平三年，岁次丙戌，二月壬申朔，十三日甲申，故龙骧将军谏议大夫赠假节沧州诸军事征虏将军沧州刺史王僧墓志。君姓王，讳僧，字子慎，沧州浮阳饶安人也。其先蔚炳，弗复重祥，显有功汉室，蔀荫东夏，仍因家焉。曾祖以大魏太常年中除建威将军、北平太守。祖清少履庠门，以清真自处，洪鉴雅粹，不以世事经怀，故刺史张儒辟为茂才，昂然不拜父愿以真君年中黄舆南讨，策功天府，除平远将军步兵校尉。在政未几，功名显署，不幸如卒，赠东平郡。君洪源渊退，渺若嵩峰，禀箕琼根，湛如沧海，故童年志学，声播稚齿，心八素必以礼义为任，汪汪焉弗可量也。以正始年中除荡寇将军、殿中将军，后以清显之任寔归，才令厝算之功，良须懿望。神龟年中，冀土不宾，民怀叛扈，命将出师，扫除逋秽，以君才优器秀，召为都督，辞不获命，遂乃拥麾东指，群凶奔竟，枹鼓始交，贼徒冰溃。正光中除清州高阳令，未及下车而芳风亟闻，不俟期月而民知且格，虽鲁公之在中牟，密子之治善甫，无以过也。俄迁白水太守，招慰酋渠，令塞外无尘，抚孤矜寡，廓清汉右。后除龙骧将军、谏议大夫，宜保颐年，享兹遐授，岂图不吊，奄权良木，春秋五十八。天平二年三月十日薨于平阳，窆于饶安，赠假节督沧州诸军事征虏将军沧州刺史。于是闾里恋景行之潜徽，悲灵踪而思结，乃作铭曰：

退绪蝉联，远奕绵芊。奕叶载德，踵世传芳。惟君绮日，蕴宝怀璋。年始强仕，朗秀垂芳。而彼兰桂，载馥载香。比之秋月，影嘱含光。拔之冬日，晖景修长。春风始昒，奄摧散霜。回翔凤穿，翻飞下国。视民轨义，咸班礼则。云柯诺彩，颂声由勒。景行孤存，魂兮潜默。凋兰析玉，摧贤坠德。翠木霜枝，哲人维克。白杨初殖，松枯始生。幽铜永闭，闇室未更。黄泉多晦，蒿里不明。晓夜未英，路断人行。

《横海军节度□司讨击副使□□大将□员外置同正员兼试鸿胪卿上柱国西河县开国伯食邑七百户西河任公□墓志铭并序》

公讳幹，字令幹，其先西河人也。谥出于周锡封，彼嘉猷永著，冠盖如云，乃滋西河之宗裔。□公本因七代□□□□□□州之督，至乎公，世即为上谷人也。公父讳顺，唐卢龙府折冲□□□□□□折冲之季子也。勋劳久著，长习弓裘，遇以国步未宁，每叶□□□□□□业远投海乡，誓展竭诚，以匡主难。我元帅程公□□□□□□无□言遂以兵权兼知杂务，累年之□勋受数通，犬马之志未伸，大运俄然脱世。积沽风疾，方书艺殚，伏枕逾年，军禄犹在，忽于贞元十五年夏四月二十三日终于浮阳城私第，春秋五十有七。公爱子廷焕。人皆有孝，古今未同，酸茹徒□馨□。

《大唐故同经略副使承务郎沧州鲁城县令刘公墓志铭并序》

公讳谈，字再平。始自唐尧元妃之□刘累之后，因著其氏也。洎乎隆汉，光建丕绪，深源茂叶，垂芳迄今，因为易州易县盐台里人也。祖讳敬宗，皇遂城府折冲，考讳仕贵，皇朝散郎，试得州司士参军，不坠于家，远扬于代，或武功以自致，或儒行以所推，公即士曹第十一子也。气淳行谨，质挺诚忠，资于诗礼可闻，立于箕裘可诏，弱冠之岁，乡党有称，乃从□公门而展能良□顷因于役，爰至于□实著吏才，元戎特荐充驱使官，至贞元十一年奏授承务郎试沧州鲁城县丞，至十二年又充孔目判官，贞勤干能，允叶繁剧，十五年又改充作坊将，十六年奏授临津县丞，贰□地方六。安载美，十九年又奏授鲁城县令，一同思授，三异期能，廿年改充同经略副使兼都知兵马使押牙，骥足展而有期，鹤鸣闻而屡振，冀增门庆，岂变祸胎，明神何期，良哲俄奄，忽降斯疾而逝斯辰，奈何中年，旋去长夜。至乙酉岁三月三十日，终于浮阳集善坊之私第也，春秋五十有四。夫人河东柳氏，一从家室，十有星霜，主馈之道不逾，如宾之敬无怠，因期偕老，岂谓先衰。嗣子二人，长懿奴，次魏子，并居幼稚，未解哀号，痛老母之临年，惜忠臣之辞世。呜呼！□其年四月廿一日，殡于州城西南廿里清池县慈惠乡庞倾村之原，礼也。因其地久，刊石斯文。铭曰：

远哉汉兮枝长，不坠风兮名扬。忠贞表兮寒竹，锋锷拂兮秋霜。□斯坏兮乔木，何不吊兮彼苍。寄孤坟兮厚地，惟今古兮空伤。

《唐故名州司兵姚府君夫人陇西李氏夫人墓志铭并序》

夫人，尚谷郡人也。父讳晟，易州满城主簿，承家席宠，世有令名。夫人青浓桃李，莘袭繁礼，崇徽蕙穆，秀包苔萦，自于幼年有仪也。十七适于姚府君，夫人温滋惠和，忠信攸穆，弘此四德而务六亲，训子以睦，教女以顺，洎乎仁而不寿，生也永终。去太和四载五月，因以寝□，婺星陨落，时年□□有九，呜呼哀哉！雅有高行，终而不忘。至太和五年太岁辛亥，二月庚子朔，廿七日丙申，有祠子四人，长子志宁，次子寔，季子弘亮，爱子宙，并有崇职，武艺绝伦，卜此穴北修殡于浮阳城东南七里，西枕千里之园，东近贾村之右，葬此中央，地久天长。其铭曰：

> 夭夭桃李，青莘灼灼，淑人仪佳。攸睦妇道不哗，窈窕嫔□孔嘉。何荣彩之芳茂，玉质永于长沙。

《唐沧州节度押衙弓高镇遏兵马使银青光禄大夫检校大子詹事广平宋府君墓志铭并序》

公讳自昌，其先广平人也。顷隋季交会，天下鼎沸，枝派流散，子孙从风而止，遂为兖州金乡县人焉。曾祖环，高道不仕，祖母范阳卢氏。祖玉，皇文林郎、试左卫兵曹参军，祖母荥阳郑氏。考孝晖，经略副使兼衙前兵马使、光禄卿试太子通事舍人，孝让承家，忠勇报国，佳声远振，英风存焉。妣颍川严氏，令范昭彰，灼耀邦邑，奉上以孝，恤下以仁，母德母仪，亲戚高向。公即经略府君之第四子也，体貌魁伟，神情爽朗，性多豁达，不拘小节。妙年入仕，累效雄职，辕门卓立，非礼不动，时议曰："鸑鷟之毛，天生五色，一朝鸣翥霄汉，造次胡可及也？"方面一睹一目，再观再美，肘腋要职，□无不苟。且四为大将，一为都虞侯，三为团使，五领雄镇，大丈夫立身处世，得如公者，鲜矣！效职辕门，输诚激节，立功立事，可大可远，奈何天与厥德，神夺其寿，哀哉！粤以会昌六年八月十八日，公受瘁于弓高镇之官舍，享年五十七。公夫人，武功韩氏，九卿之女，五侯之孙，聿修令德，可载青史。哀哉！是岁七月九日，属圹于镇院，先于公五八之日，春秋四十有九。呜呼！树欲静而风不止，子欲养而亲不待，可哀也哉！公有子四人，孟曰公集，才弱冠，知而不惑，身长七尺，腹包六艺，度奉温扇，未婚未宦；仲曰公直；季公勤；小曰公称。女三人，或韶龄之岁，或总角之年，哀毁之礼，殆将灭性。公仁兄曰自宏，组德织义，践孝履信，性慕散逸，不赴权贵，嗟形影之易失，痛手足之难续，与诸孤露等，朝奠暮临，痛贯心髓，江河为之荡漾，风云为之惨烈，乃罄竭物产，力备凶事，便以其年龙萃丙寅十二月戊辰朔，□日癸酉，祔于清池县使城南七里孝友乡仁德里大茔之侧，礼也。公嗣子公集恐山河变易，陵谷更改，乃持片石命纪其事。德方谬事轩屏，久沐顾盼，伫思敢直叙其事。铭曰：

河岳英灵，巍尔挺生；功立身谢，远振家声。（其一）
宜其夫人，谦敬如宾；劝诫君子，养和守真。（其二）
隙驹难驻，石火易灭；龙剑双沉，凤梧两折。（其三）
悲风萧索，逝水呜咽；嗣子长号，泪尽继血。（其四）

驱使官王德方述。

《唐故冯府君墓志铭并序》

乡贡进士节度随军刘南仲制

府君讳广清，字符济，本姬周之盛裔，后分望于长乐郡。先祖事楚为台鼎，事汉为大树，曾门皇讳□，字□；祖门皇讳□，字□，累授品位，列郡为郎，枝叶芬敷，散于海内，从文及武，光荫门阃，如凤超腾，彩耀云路。唯府君温润从性，信义在心，行礼则于故交，布周旋于君府，去长庆之初□，廉使乌公拥旄横海，察其忠孝，悉其功劳，累迁职为十将。公禀荆玉而明白，同月桂以芳香，志好外书，心崇内典，不味薰茹，长持藏经，皆以手书，读念川注，身即上事旄钺，心且悬于释门，比莲花之相，以清净为根苗，若金石之原，以坚贞为道本，常得众列高仰，上士钦风，爰至于今，善名不朽。岂为暴徒逆命，□祸乱天，上纵凶残，下染君子，烈火焚野，灾及云萝，雷电震空，恶盈松竹。府君时为将领，攸适莫知，时享年六十有二。夫人颍川韩氏，礼仪妇德齐于敬姜，训子择邻同于孟母，四德之风尚在，三从之教俨存，岂期寿命不返，幽冥去速，时年三十有三，而终于夫之故园，一男五岁，一女二龄。府君愍觑儿女早失慈亲，再婚彭城曹氏，抚养偏露，过于己生，哀念恩深，并已成长。男继宗，天授聪颖，文藻日新，入事旄旆，便蒙驱荣，授义昌军节度驱使官，婚陇西董氏，男一襁褓，女二幼冲。女十五娘，适于王氏。曹氏时年七十有五，以大中元年九月三十日，而殁于沧州城内明经坊之寝位。呜呼！妇德声在，仪质沉泉，日月惨伤，悲助荼苦，恐以年代返远，迁葬渐遥，遂以其年丁卯十二月壬辰下旬七日，卜地于沧州清池县西南十里成村为茔域，招亡父之灵魂，来归胜原之坟墓，莫以逐胜他土，神仪散游，此者是府君之故乡，祖父之郡邑，速离他土，来祔新茔，丘陇永安，封原不变。恐后天地轮改，海岳有移，故制斯文，镌在贞石。铭曰：

人贤君子，温润容仪。令望远播，芳名世知。王事旄钺，忠孝不亏。唯尊释教，读念受持。不食薰茹，不饮醇醨。习吉积善，归于释师。今择胜原，安制坟墓。府君夫人，同泉礼祔。天地保庆，山川长固。明明垄月，濩濩薤露。百槚千松，万年卫护。

《唐义昌军节度□□岌康氏祔葬墓志铭并序》

北海望崇□来久矣。汝南郡重，亦其迩焉。皆世族清流，门传冠冕。府公讳元芝，皇祖讳岌，世本青齐，贯居千乘，因是家于沧海，别业浮阳。烈考讳公灞，职任散十将，主持重务，岁月滋深，官分亿兆之忧，私无锱铢之患，清廉夷甫之德，豁达季伦之风，东阁常开，西园不掩。府公则□监之长子也。武艺进身，弓球超代，妙年从仕，以见老成，竭力致身，彝伦罕并，冀谓日将鸿渐，迥然不群，孰料颜子之秋，奄斯冥寞，府公享年卅有四，大中七年七月十九日终于玄都坊之私第。贤妻康氏，礼请侍养，恐□晨昏，何图玉颜先赴幽户，时年廿三。奄□私位，父恸哭怖侧，悲咽无声，弟元义、元裕哀哀血目，鹓首灵前，雄雄皇天，歼我手足；嗣子建郎，女观□绝浆□□，血泪捐躯，毁瘠过情，荒迷似性。以七年癸酉十月戊午十六日癸酉，窆沧州清池东南七里丰润乡高材之礼。恐年代改易，勒石记焉。□□孝敬于家，积善无赊。岂以苍苍，降之祸涯。福成俱托，运止冥寞。水流泉门，长扃夜壑。

《大唐故幽州节度要籍祖君夫人宏农杨氏墓志铭并序》

前摄沧州司马乡贡进士徐胶撰

杨之受氏，宗于有周，始于鲁史所传，迨乎唐年，攸盛历代，轩冕嗣光简书，今不复云矣。曾祖升，皇不仕。祖转，皇摄幽州安次县令。父瀛，皇不仕。夫人家奉诗书，门续青紫，清润从生之善道，听闻未教之清规，故动叶礼经，言作世躅，洎乎成人之岁，以父兄之命归于祖氏。及移彼天，益焕明德，率尽乃性，爱穆其亲，加以学道自怡，探微愈晦，闺门坐肃，埃□潜融。故夫人之子瞳，不仕王侯，高眠薮泽，洞启老庄之扃鐍，退全箕颍之性情，鲁连三辞，不沾谭笑，莱子五彩，自悦晨昏，笥中之龟质堪悲，天上之鹤书莫起。呜呼！时当讹薄，人寡坦夷，竟以劳生，罕跻中寿，而夫人逍遥外物，怡澹安贫，克保遐长，谅因颐养，以广明二年七月十四日终于沧州清池县善化坊，享年八十五。是岁改元中和，以十一月八日葬于所终之邑元孝乡流祥里。惟瞳迹类漂梗，礼至茹荼，情疚送终，资自良友，涂刍潜备，松槚克完，其道实高，其孝弥显。夫人女二人，长适李氏，次适刘氏，咸禀夫人之明，成彼族之嘉猷。瞳与余交分不渝，素风备熟，俾其纪石，难让濡毫。铭曰：

    □□□仪，符彼内则。进盥愈恭，柔声靡忒。
雍穆其道，馨香在德。闺闱益清，簪裳去饰。
暗识繁华，坚归寂默。寿考保终，希夷自得。
诫子遁迹，远辱全生。轻辞世网，静褫尘缨。
上士斯达，弋者何营？伊谁砥砺，本我高明。
碧山无业，沧郊寄茔。难详彼美，空愧斯铭。

《唐魏国太夫人刘氏墓志铭并序》

挨生摄节度判官将仕郎监察御史里行赐绯鱼袋侯浚川撰

夫大块茫茫，有南海北溟之固。玄穹浩浩，为东乌西兔之资。辨三才以摄群生，推二气而崇景运，虽智穷冈象，德洽无为，言符造化之功，位冠华夷之长，而不能逃天地之大数，抗修短之常期。即有钟庆德门，积善洪胄，厥为令族，寔曰彭城，袭高光之余风，播丰谯之美胤，即我郡夫人之贵嗣也。夫人曾祖从□，皇任郑州荥阳县令，祖陟，皇任朝议郎守沧州临津县令、试弘文馆校书郎柱国，皆袭庆基仁，奉珪构室，资忠履信，诞发兰仪。外挨姑臧李氏，外祖操，皇任朝议郎行青州寿光县令，亲舅道枢，见任义昌军节度副使、检校尚书工部郎中兼御史中丞、赐紫金鱼袋。夫人授训公宫，承颜内帷，懿德光于娣姒，柔顺洽于宗亲，咸曰：非海内名家，人中伟望，无以为夫人疋偶也。长适于苑阳卢氏，即我司空也。夫人鸾凤和鸣，琴瑟合奏，言容贲于国史，德行标于法度，六姻之内为规矩焉；而孝于舅姑，恭于盥馈，寒暑不易其道，风雨靡愆于时，终始一心，朝昏同始，虽古之纯和，德行无以过也。洎司空仗钺登坛，分茅巨镇，夫人持愈谦之，行无恃贵之容，高卑共荣，内外咸睦，是岁封为彭城县君，闺门峻设，天秩永昌，而内则外言不逾规矩，虽鱼轩接轸，曾未留心，而象珥充庭，莫能屈意，此则夫人之懿德也。又明年，封为彭城郡太夫人，爵位转高，恭虔益厚，内贵珠玉，不务绮罗，示俭德于中闺，革奢华于外署，有以见辅佐君子之道，有以崇发挥胤嗣之光，而尚惴惴无言，谦谦若讷，居王侯之右，敬之如宾，奉节制之尊，待之以礼，虽门忝九载而职贰三台，以夫人之情田，俟公卿之进止，思无固必，义合典彝，此又夫人肃雍之德也。方期偕荣九锡，共享百龄，岂期罢律谷之暄，辍龙乡之晓，椒风蕙露，家凝殒妣之冤，缟服帏，国起亡嫱之叹。即以景福二年正月廿九日寝疾，薨于使宅，享年卅七。奉当年六月十日敕下追封，仍颁国号，其制词曰：生荣死哀，孝子之事亲终也；扬名追述，有国之延赏至焉。推而行之，义归一揆，不有宠锡，何彰厚恩？景州刺史兼御史大夫上柱国卢允奇亡母、彭城郡太夫人刘氏，生禀令仪，殁垂素范，踵孟母择邻之训，勉王陵事主之忠，蔼然勋臣，居吾昭代，徽猷既茂，典礼宜加，爰升封国之荣，周示及泉之宠，式光子道，克勤乃诚，可追封魏国太夫人。其长子允奇，幼而聪晤，孝敬自天，长实温清，承顺在己，泪钟外祸，高柴比肩，哀哉过于曾颜，礼义形于乔梓；幼曰朱社课，渥洼异，壮鸳殊姿，已知孝敬之方，曲尽衔哀之旨，是武陵泣血之岁，同宜都永梦之年，虽曰童蒙，已有成人之风矣；有女二人乞姓，长冯四娘子、幼冯五娘子，年方幼小，志在温柔，慕谢氏之风仪，袭班家之礼法，自缠哀祸，悉悴形容，晨夜追思，梦寐悲感，皆情深陟岵，念切扃泉。于是窀穸有期，龟筮咸许，青鸟择日，白马临郊，奉常撰加等之仪，卤簿具送终之礼，亲宾拜享，公台护罡，哀荣毕备于斯晨，盟好同瞻于此际，四方致奠，千里持函，导从礼仪，辉映今古，即以其年八月七日葬于将相乡，祔大茔礼也。高原茂草，林薄回翔，瞻望松楸，咫尺茔□。鸾腾玉羽，向天路以无回。风引寝裾，入青冥而不返。遂作铭曰：

　　　　大道冥冥，玄功悄悄。育圣诞虚，开祥启兆。（其一）
　　　　茂族华源，崇基峻址。乃眷丰谯，实惟邦涘。（其二）
　　　　娣姒开国，夫人起家。作配方伯，荣兼物华。（其三）
　　　　郁郁祥烟，萋萋瑞草。霞锦相鲜，霓旌照辉。（其四）
　　　　凤盖鱼轩，歌台舞榭。烛日鸣銮，辂车文马。（其五）

令淑长往，音容日赊。唯规与范，作世芬葩。（其六）
内则外仪，亲族皆推。恭俭皆用，闺门是资。（其七）
行标苹藻，德配鸤鸠。燕婉君子，福禄是道。（其八）
言符经典，道契蓍龟。芳尘已矣，泣血涟洏。（其九）
百子千孙，天长地久。陵谷迁移，斯人不朽。（其十）

《仵清池记》

沧州之东南，距城八、九里有池曰仵清，周环仅六百步，水味咸苦，冬夏澄清，大旱不竭，大水不溢，称为感应神祠，载于祀典。土人尊崇之，谓海神所宅。《舆地志》云，后魏延兴中，大涟淀水溢注，破仵清村，因成池沼，人时得海鱼，言与海通。《十道志》云，水味咸，又甚澄清，冬夏不变，隋开皇中，改浮阳以池名县，以乱而废。且废固以远，惟池水咸，与海水不殊，又其间尝得海鱼，则与海潜通亦信然也。祠屋重建，堂庑粗备，神像重新，侍卫森列，郡人皆不知兴建之由，但能言祠之灵感。元祐二年，予假守至郡之三日，首询境内社稷载于祀典者，土人皆言祠神，前后祷水旱未尝不应，予始未以为然。明年天久不雨，麦苗尽槁，晚种不萌，旱风飞尘，埋翳田野，民心惶惶，坐忧流殍。州郡不爱牲币，遍走境内之祠，又遣官诣祠下致祷，神兮杳隔，寂然不答，赫日铄金，旱势逾强。刺史与郡僚相视无以救者，或者谓池神灵应有素，须刺史斋洁躬诣祠下，必有所感。是夕，予斋诚异寝，翌日迟明，率郡僚出郭，未午抵祠下，设酒具馔，冥心致祷，旅拜庭中。礼毕，盘旋久之，薄暮而还。日方晚，飙风忽起，阴云骈集，夜犹未央，膏泽滂沛，一夕沾足，向来憔悴之苗，顿然复苏，尘埋晚种，蘁蘁毕萌，郡人皆庆神之感应不妄，斗牛之分，远迩率被润泽，莫知神之致福。噫！神之默契于我既如此，神虽不图报，我岂默而无言耶？先是，今枢密赵公、龙图李公尝守是郡，均以神之能济水旱，一方之福，剡章乞加爵号，而边地僻左，朝廷辽隔，章累上为有司所沮而罢，今予亦欲闻于朝，虑势卑言轻，不足取信，徒有渎神之举，因寻究前志，考合图经，而略载祠之兴起有由，且记其灵感之迹，以传后人之信云。

《修会应庙碑》

天子幅员之内，山岳、丘陵、城邑之地，江海、河渎、川泽之水，咸有神以主之。然纪于经史，载在祀典，必有功德于民，能御大灾，能捍大患者，然后设为庙貌，岁时祭享，凡以为民而已。唐狄梁公巡抚江南，禁吴楚淫祠七百所，李文饶观察浙西，毁所属非经祠者千余所，皆以其无功于民，不能御灾捍患者也。沧郡居燕赵之冲，左海右河，土黑坟，田中下，瘠卤而产薄，在昔为边陲地，风雨差忒则有饥馑之厄，雨旸失时则有流离之患，惟神之镇兹土也，莫知其几年矣。在宋咸平岁，名臣李公允则适守是邦，遭师攻围，举城震恐，神为保护，全身示现，敌人畏惧，重围遽解，郡人至今能传其事。其后岁有旱干霖潦之灾，民忧荒歉，竭诚祈祷，龙尾见处，稼穑必稔，一方黎庶，赖神之灵，养生送死，免流离转徙之患，其恩大矣。岂非有功于民，能御灾捍患者乎？名额之降，以故老俱亡，无复考其岁月。宋崇宁二载兴修今迎祥观，用事者夺其旧址，迁其庙于观之东，经历兵革，岁久不葺，颓圮蠹坏，殆不可顾，凡过是者，必思其德而伤之。郡之豪姓郭公立，乃择匠氏，经度材用，卜日兴工，起于正隆元年四月初八日，成于正隆二年四月二十日，梁栋栏宇，体势壮丽，貌像严肃，侍从毕具，金碧彩色，焕然一新，邦人瞻仰，罔不祗敬。兴祠之岁，风雨顺序，禾稼大稔，一方相庆，咸欣为岁时之祀也。郭立尝率郡人，兴复岱宗行宫于州之西南隅，修经藏于普照寺，今又重修龙宫祠，邦人得以奉祀，则知积而能散、敬畏神灵者，在人之道为可尚焉，于是乎书。

南堂洼古碑大定十年。

《重修件清池壁记》

至元丁亥年春，董公珪来倅是郡，自下车履正奉公，兴学养士。越明年，夏亢阳为灾，询故老以祈祷之所，杖者曰："城之东南仅二十里，有庙曰五龙祠，有池曰件清池，在昔守土者祀之，其于灵验之迹纪在庙碑，不必喋喋；即今庙貌仍在，俨然有昭显圣后之像，独龙池久废，无复继其前功，良可惜也。"公闻而喜之，明日诣于祠下，观是池之旧址，喟然叹曰："今不修葺，他日求霖泽，如显应何？"于是募工度费，蠲日兴工，愿趋役者云集，不日而复完，池泉沸涌，不引流而深余丈许。其后有白鱼出游，忽沉忽浮，须臾作龙形示现，或兴云而升于天，或吐雾而潜于地，居民牧竖往往见之，果神灵如此异也。公率诸僚属以香楮之奠，祷祝诚恳，雨即大沛，其应如响。是岁禾稼大稔，农民欢于野，商贾歌于市，一方咸受其赐。比者，公及瓜期，朝廷擢为济州牧，邦人时思慕之。一日郡之耆旧李君仲实暨任君器之介予曰："先生吾乡之名士，知池之废兴、龙之变化、神之感应详且悉也，顾得文而刻诸坚石，以寿其传，使后之人信不诬矣。"余以乡中胜事，义不容辞，忘其固陋，姑摭实以书之，而为记。

《沧州导水记》

夫水之澒洞泛滥，横流而旁出也，必疏瀹利导，使得其归，则民无昏垫，土无沮洳，而水由地中行矣。禹之"决九川，距四海，而浚畎浍距川"，用此道也。黄河既南徙，九河故道遂以湮没，漳滱不与同归，独行二千里会于北海之涯，其流滔滔汩汩，视黄河伯仲间耳。垠高于平地，亦由黄河之下成皋、虎牢而东也。皇朝定都于燕，漳河为运漕之渠，控引东南居货，千樯万艘，上供军国经用，巨商富贾，懋迁有无，胥此焉出？故老相传，在国初时波流犹未宏远，自江南内附而其势日增，岂是水潜伏厚地，天下有道则现，川流隐见，固自有时也？至元五年秋八月，大雨时行，河决八里塘之湾，为口子者三，湍悍喷激，如万马奔突，长驱而前，南皮、清池之境，东西二十余里，南北三十余里，潴而泽，汇而渊，灶陉而蛙产焉，场圃而鱼生焉。荡析离居之民相与言曰：沧州古雄藩，其濠深广，又距海孔迩，水行故地，第有屯府左卫曲防之阻，无由迳达；泰定间，乡民吕叔范抗疏陈情，奉旨开掘以便民，又为大渠以泄水，莫不举手加额，以承无疆之休，方命圮族者，乘时不备，遂以复塞，今则牢不可破；有能贾勇以倡，吾徒当负锸从之，水入濠注海，则还我壤地，而修我墙屋矣。脱因不花者，故参政庄武公之孙，今江西副宪景仁公之子也。以国学上舍生次置宣文阁，其人知学知义，又一乡之望，即以为己任而不辞，闻者壮其谋，从之如云，各执其物，于两端破其筑，若摧枯拉朽，去其壅，如决痈溃疣，义民所趋，水亦随赴。始，屯军亦率其徒数百人，盛气以待，我众直而壮，彼度非敌，逡巡而去。夫水之为民害也久矣，备御之道，存乎其人，使南皮、清池之民奋于事功而潦不为灾，首义者之力也。其人又相与言曰：河决可塞，而来者未可卜也；曲防可溃，而人力其可复也；事可以稽旧典，而义可以激流俗也；丐文刻石遗后来，固斯民百世之福也。

《南皮县郎儿口浚川记》

刘沂撰

治水之法，《禹贡》一书尚矣。迨及成周，惟以沟洫备旱潦，历秦、汉而下，始开河渠以资灌溉，水利之兴，良由于此。洪惟皇元尤以水害致其忧，以利遂民之生，都水司官于是乎设，岁以御河漕民间之粟供京畿，以亿万计，厥利懋哉！今之御河，源通漳水，东迤北经景、陵、沧等州地而入于海。南皮，沧之属邑也。与景之吴桥、东光接境，河水至是势益大，夏秋霖雨，堤岸决啮，其害愈剧，不决于陵，则决于景，而无岁无之。邑东北去四十五里有郎儿口，遇河泛涨，实受所冲，故疏则下达于海，塞则大畔民田。口之北，率皆长芦万户府军屯地，泰定初彼欲专其利，力塞之，随遗邑民垫溺之患，前掌邑政者上陈利害，奉都督省移檄部属，遂命疏通，使彼此各安其业，典册俱在，昭昭可考。迄至元五年，凡涉十有六载，未尝有异，是岁季夏河决于陵之界，直趋河口，职屯田者谓岁月远而无稽，县邑不能御，复塞之。时怀来王公君美适尹是邑，极言其弊，奉省极体前议以行，使民不被其害。公既解篆，继任是邑者有若县尹冯公克昭、主簿宋公伯威、典史张士廉，临政之暇，兴念及此，佥曰："河口水之所经，或塞或决，终无一定之规，簿书仅存，恐不可久恃，他日复为水害；若勒之贞珉，以示无穷，使后欲塞水害民者，凛焉知畏，不亦善乎？"乃各捐俸金为之助，既而耆老刘荣祖、里正黄进、社长李择首倡，乡耆乐输钱谷若干缗，募工伐石，请鎏于河垠之上，属予为文以记之。予谓水利之在天下，是犹人生血气实通于身，无一息之停，否则受患四体，非复吾有，水亦不可一日塞也。《洪范》云：水曰润下；孟子亦曰：水无有不下。是欲顺而导之，行其所无事。白圭罪人，以邻国为壑，齐桓伯者，尚有无曲防之禁，孰谓隆平之世，而乃若是耶？呜呼！前除民之害者，绩固美于一时，今则愈久而愈著，又将兴利除害于无穷，深谋远虑，其功有光于前人矣，夫岂小补而已哉！忠国忧民者，固士君子喜闻而乐道，姑摭开决之本末以为记云。

《贾耽墓铭》

麟之仪仪,凤之师师。有倬魏公,发挥清时。外总方国,扫除螟螣。入居公台,左右皇极。于学无不通,于志无不容。穆如和风,叩若华钟。伟材宏议,信以发志。中行循性,其道易易。始于清明,纪号永贞。维阳之朔日兮,返智气于冥冥。下旬逮半兮,祖载于庭。神归古原兮,閟此音形。前直国门兮,旁通梁傅。不忘本兮,公之素。筘箫启路,归此壤树。呜呼有唐元老兮,魏公之墓。

《许元遇荐福墓碣》

龙朔三年岁次癸亥,九月辛亥朔,廿三日癸酉建。

前豪州司户参军封师辩息、前赵王亲事善交文,前州助教许师秉书。

刚柔爱署,圣贤连镳。徒如练石之言,空闻拔山之说。大雄超三果,至德掩四海,岂□□者乎?降及聚星识星之士,答曰:回日之良,自昔得士,驾龙之君,由来席水。乘鱼□□,风云感会,荣落相迎,品物盛衰,谅金湮灭。曾祖遵,齐任并州长史。祖由,周任□□□事。父预,诞生隋代,忠勇有声,署安河府队正。萁山洗耳,即是其先,平舆二□□□后也。属隋纲失紊,君子道销,皇运为家,乘危谒帝,诏授朝散大夫,式旌勤劳之节。衣绣游乡,罔坠堂构;尔乃怀安丧志,遇疾弥留。昔二竖入梦,不惮秦良,一弩映杯,杜冥危笃,加之祈祷无社,奄从属纩,子玄遇等号履崩绝,告愬靡及。既而生全资敬,色养非难,死须宅地,坟茔是建。爰以龙朔元年二月廿七日,安厝于本宅许庄之西南二里,杂树交映,花果相晖,可谓佳城郁郁,有以源氏之阡,坟作鸟形,还同凤楼之陌。悲哀侔于朝夕,树色与丝泪不同。雷声震于太阳,巡告无疲昼夜。昔白鸠巢户,鹤勉双游,比之于斯,往多惭德。且大孝之道,不敢灭身,务崇三宝,情希甄拔。敬舍弃父母之余资,省割弟兄之口分,遂于墓左置碣一所,石移宣务,匠引柏仁,工石远来,茔树斯毕。像裁四海,面状等开莲,镂饰既周,还如佛日,其南面释迦像一铺,并菩萨、圣僧、金刚、师子等,宛然具足,卅二相妙觉照丹青,八十种好容宣五色,父母两边供养,冀得恒侍尊颜,追远务尽,终身岂□□□之泣,庶使往反九天,凭兹无得轮回入难,借此舟航,与日月而□存,共金石而同固。然江河如带,而坟碣无亏,贻诸后昆,永为供养。词曰:

乃祖乃父，光国荣家。汝南伟器，其山弗奢。怀安肆志，朝散为华。□□人代，有识同嗟。（其一）

绝浆五日，泣血三年。六情无主，空思昔贤。头蓬□□□结鹑连。远惟畴曩，非由教然。（其二）

悠悠万品，扰扰四生。无苦不作，何□□更。恶趣易染，苦行难行。欲求真宝，须遵化城。（其三）

树兹高碣，众圣□□照曜金玉，王般运工。妙相端委，天下无双。救度一切，咸出苦空。（其四）

《重修天宫寺碑》

天宫寺在河间路之无棣县西南隅，左枕老乌山之冈，前面一河名曰鬲津，迢递而东，西南滨胡苏古河，二水交流，不舍昼夜，蹙为涟漪，怒为澎湃，远而望之，如白马银山之状，其为龙宫秘宇之所托也固宜。相传唐太和中，有大比邱飞锡而来，徘徊顾瞻，缚芦栖止于兹，厥后渐成巨刹，楼阁峥嵘，钟鱼互答于山光水色间，一时龙象固云盛矣。金末干戈四起，官署民居，尽罹毁壤，寺亦不能以独存，金碧之区，倏幻为瓦砾之场，荒烟野磷，更互明灭，使人有凄然之思。清海禅师自幼受经此地，喟然叹曰："在我法中，有为、无为，皆为第一义谛，起废之任，吾可不究心乎？"其徒数十人欢然从之，远募四方，近丐乡闾，积三年有奇，由是采木于林，攻石于山，征甓于陶，法金刚诸神像，梵相严饬，观者生敬。经始于至大三年四月，讫工于四年二月。因具其事状，来都下求予记。予少与禅师游瀛棣间十年，知禅师道行非常，请详记之。予闻大雄氏说法，耆阇崛山有重阁讲堂之壮丽，所以奠安其形躯，庇覆其生徒，初未闻其露坐于日星风雨之下也。世之昧者弗之察，悉诿诸兴造为人天有漏之因，怅怅然曰："吾志诸内，不鹜诸外，彼役志于事功者，果何为也哉？"殊不知般若场中，事理无碍内外，浑融遍覆一切，不即世间，不离世间，苟徒泥拘而堕断灭之见，则违道远矣。今禅师耽悦禅味，有所证入，毅然建立，无非佛事，其知识过人殊甚。予备著其事，勒诸坚珉，庶可以戒世之驰驱空言者。禅师名德净，清海其号也。周游名山大川，所至之处，废无不举，今日之役，其尤伟者也。其徒则明观、明珠、福海等，行业皆有渊源可称云。

《创建天津卫学明伦堂记》

天津三卫前未有学。正统纪元,圣天子嗣位之初,以武臣子弟皆将继其祖、父之职业,以效用于时,不可不素养而预教之,乃命天下凡武卫悉建武学,而立之师,选武官与军士子弟之俊秀者充弟子员,于是天津及左、右卫始有学。首掌学事则司训曲阜李君赐也;于是诸生率初就学,倥□悍厉之气固自若也,君为列教条、正句读、导进退,既而亦颇蹈矩矱。阅再期,教授房山刘君俊、司训杭州詹君穆同来莅学事,乃相与协心力以作倡;乃者,侍御程公又以老成宿学奉命督学事,从而激励之,于是诸生莫不思自奋发,以期底于有成,于兹盖六、七年矣。余尝以公暇诣学,进诸生于明伦堂,见其循循雅饬,进止有序,无复骄悍粗厉之气,窃喜学校教养之有益于人也,固若是哉!教授刘君因以明伦堂记为请,余辞勿获,敢以平日所闻于师友者为诸生告。

夫人之大伦有五,父子亲、君臣义、夫妇别、长幼序、朋友信之谓也。是伦也,即《书》所谓"五典",《中庸》所谓"达道",固未始有不明者;惟其溺于气习之偏,夺于外物之诱,故或有明乎此而昧乎彼,此所以必资于师友讲而明之,然师友之所聚在于学,学之堂以"明伦"名之,孟轲氏所谓"三代之学,皆所以明人伦也"。惟尔诸生,席祖、父之荫,荷圣天子教养之恩,旦夕升堂,睹其名思其义,引而伸之,触类而长之,或有未明者,则必资之于师、辨之于友,其必至于明而后已,斯乃学之大者也。然讲明之功虽资于人,而躬行之实则由乎己,明其伦而不践其实,是犹不明也;必也,为臣思忠,为子思孝,与凡所谓五者务必践其实,则于人伦之道益昭昭矣;乃舍此不务,而徒操觚染翰,以驰骋于文艺之场,抑末矣,亦岂朝廷建学立师之意哉?众曰:"诺!"谬书以为记。

《创建天津卫学两庑记》

汪渊撰

天津设学始于正统之元年。其时文教聿兴,规度未备,虽创建文庙,而两庑迄今二十余年,每遇春秋二祀,蓬席为舍,设先贤位,祭毕彻去,以为常。景泰丙子领教以来,顾兹缺典,未尝不抑郁而发唏嘘之叹也。天顺戊寅,适户部员外郎栖霞解公延年监督三卫军储,谒庙之余,以补漏为任，顾材用无所出，乃首捐己俸为倡，又集三卫官僚而语之再四，各出俸有差，于时境内耆老高仲良、蒋英、高冕辈闻之，递相播告，以乐助之，凡材用之出入，渊实掌之。经始于是年三月，落成于七月，计若干楹，覆以瓦，甃以砖，各辟二门四窗，涂以丹雘，设木主、造香案如仪，又以余资增置正殿龛案，重修棂星门，皆以次成，始有足观者。自是圣贤之灵庶以妥，解与渊之心因以慰，而守兹土者亦免怼于素餐矣。不可不书以告来者，庸是谨具本末、岁月，以为之记。

《明故明威将军天津左卫指挥佥事致仕黄公墓志铭》

赐进士第嘉议大夫太常寺卿兼翰林院侍读学士经筵讲官兼修国史　新喻傅瀚撰

赐进士征仕郎中书舍人直文渊阁华亭张谷书

奉训大夫工部员外郎直文渊阁豫章王璡篆

公讳钊，字德威，姓黄氏。世为凤阳府临淮县人，自大父起家武功，一再荫而至于公。正统戊午，遂官天津左卫指挥佥事；及诰授，其官之所当封阶"明威将军"，而考讳全，得封如公之授；妣周氏，封太恭人焉。公生永乐丁酉十一月二十一日，幼即岐嶷，长克树立，然忠悫无他肠，笃尚朴简，耻事雕刻，况仪观魁梧，音吐宏亮，艺精骑射，行辈鲜俪，以故受直莅政，上下交宜，才武声称，翕然籍甚。丁卯，选领京操，寻选总神机营右掖三牌。己巳从征北虏，而冬以金泊镇邀击功受赏。庚午，景皇帝以继统之初，始事郊祀，慎简宿卫，时安远侯柳公董营事，明于知人，首以公举，于是得分督神机重兵，以侍斋幄，夜适严寒，公披坚执锐，供事惟谨，达旦不少休。是秋制增京兵守备边关，公复统神机兵若干往赴紫荆。天顺己卯，英宗不豫，总兵官广宁侯刘公疏请率诸将佐事，祷于朝天宫，仪具仓猝，僚属有未办所需者，欲迟翌日，公毅然曰："若然，不缓不及事邪？"因倾囊橐悉代备之。既而圣躬康复，嘉诸请祷之诚，咸加十倍之赏，德公代备者相与持金偿谢，公辞之曰："昨谨集事故尔，今乃如此，岂通财初意哉！"竟不受。壬午以后，每遇内苑之试艺，午节之领骠骑，赐宝钞及酒馔并列圣御极赐白金，则皆公在京营把总时也。成化丁亥，按制宪臣廉知公贤，久劳行役，援例奏选回卫，用莅军政，尝总督天津三卫操练兼理通州等八卫刍积、提调卫学学政、管理本卫屯田，厥绩咸熙。继因卫所长贰有拘例不得预政者，虽擅猷为无由自见，奋以公荐举为任，具述朱公玄等数人可用之状于当道，当道重感公贤而嘉纳焉，乃遍公移于畿甸属卫，俾相继美，由是被荐举应时需者不可胜纪。丙午，公老倦勤，冢嗣溥承荫，卓以廉谨著名。公之优游桑梓，其乐何如也。弘治壬子五月十四日，以疾终于正寝，距生之岁计寿七十有六。配金氏，封恭人，讳妙成。本卫指挥佥事公贵之女，甫笄归公，贤而合德，先公八年卒成化乙巳六月二十一日也，距生永乐丙申正月十四日，计寿七十，以卒之岁十一月十三日，葬静海县大直沽里，河西之原，祖茔之次。子男子四：长即溥，娶王氏，锦衣卫指挥佥事□之女，先卒，继娶龚氏，武清卫指挥佥事纶之女；次深，娶张氏，分守密云都指挥琼之妹；次淮，娶刘氏，天津右卫千户升之女；次瀚，娶张氏，后军都督佥事通之侄女。子女子二：长适指挥同知贾昭；次适指挥佥事兰勋。孙男子四：东，聘天津右卫杨指挥桧之长女；次采；次来；次本。孙女子八，次五者受指挥使朱喜哥之聘。溥辈卜以是岁八月二十二日，启恭人之墓，窆公柩而合葬焉。溥具所自为状，恳请予铭志墓之石，予念与公有交知之好余二十年矣，谊奚容辞，谨叙而铭之。

铭曰：

桓桓将军，温温恭人；佳城郁郁，永世其庇。

《创造天津卫城碑记》

李东阳撰

天津及左、右三卫，其地曰直沽。沽云者，小水入海之名也。盖《禹贡》冀州之域，在天文为箕、尾之分，胜国以前实海滨荒地，然潞、卫二河南北相接以入于海，胥此焉。我朝太宗文皇帝兵下沧州，始立兹卫，命工部尚书黄公福、平江伯陈瑄筑城浚池；立为今名，则象车驾所渡处也。卫既武置，无州县，承平之余，故习未改，则肆为强戾，讼狱繁起，越诉京师者殆无虚日。往来舟楫，夫役之费，不统于一，下上病之。朝廷乃用议者，特置山东按察副使一人，专督兵备，而凡城池、兵马、词讼、盗贼之事皆隶之，于时西蜀刘君实膺是选，承敕以行。

君至，则谓城池最重，宜亟为之处，顾乏帑，积势不可猝办，累岁而计，每事而处，徐而图之，增城为高甓而扃之，隅方而准平，又构楼于门，曰镇东，曰定南，曰安西，曰拱北，皆逾寻累丈，平望俯瞰，迥出尘垢，而北楼尤绝特相倍，往来命使及大夫士之有事于是者，登眺之际，神竦心畅，瞻宫阙之尊崇，览畿甸之高旷，周谂隐幽则嚣哄不生，询察吏治则纠纷不作，于斯城也，可以观政矣。夫城之为制，实取诸设险守国之义，其来尚矣。是必预制于平居无事之日，乃可以保治于无穷，顾凡有民社兵马之寄者，不加之意，日颓月废，无复有经久制远之具，固识者所不能忽也。矧畿辅之近，喉襟之要，拥重兵、置群士，而无以控制统驭之，其可哉？且钧是地也，钧是政也，匪得人以理之，则治效不著，然则天津之治，亦岂可诬也哉！予又闻刘君积财谷、籍丁户、第差役，其所为役，治庙学、备祭器、辟射圃、立教场及诸祠宇工局，类皆就绪，而城池尤重，是其始末不可以不纪也。天下之事，成于前必继于后，乃可以久存而不坏，今废之久而修之难如此，则继是以往，恶可以不之慎哉？予尝以使命夜道天津，见土城颓圮，兵士传递者越堞而行，若履平地，心甚讶之。感兹役之获成也，故因诸卫戍官之请，为之记。

《天津重修涌泉寺记》

程敏政撰

我文庙入靖内难，自小直沽渡踔而南，名其地曰天津。置三卫以守，则永乐甲申也。都北以来，兵备加严，地重事殷，无所责成，乃弘治辛亥置按察副使一人，奉玺书专理，置司天津，巴渝刘公，首被推择而来。适百度之弛也久，公悉厥心以次修举，爰先事城橹，次及阅武场，次及学宫，不三、四年皆告厥成。公以每岁圣旦令节及元会长至四大礼，必先习仪于所谓涌泉寺者，寺止旧堂十有二楹，庳陋弗称，且其前地狭，容仅百人，讲肄礼文多不能如式，方岳入觐者，前期集此，或拜于舟中，展敬而已，莫可致力。公惕然曰："是非守土之责哉？"乃募工鸠材，拓地若干步，值他寺在令甲当废者三，悉撤而用之涌泉，一为前殿，一为正殿，一为伽蓝殿，而移旧堂于后，为具服所，僧舍则听筑于垣外，由是习仪之际，陛墀高广，宫宇靓深，仪卫具陈，冠裳就列，俨乎若六龙当御，八佾在县，典谒者有所藉而周旋，入觐者咸得与事而免于苟简，观者啧啧，知礼之当肃也若此。于是三卫具寮书，来京师请予记。

惟公治天津，总一道兵刑之任，而无利权可展布，乃能节缩浮费，修城浚隍，简戎器，创楼橹，兴文教，使橐鞬之士兼俎豆之习，屹然京师一巨屏，又以其暇日修兹梵宫，示人以礼，其施之有序，为之有法，恶可不书之告来者，俾谨嗣之，而毋忘斯役之所自哉？或疑释氏之宫，非吾人所当起废，是亦不然。彼徼利于鬼神，破吾民之材力为异教倡，是诚舛矣；今所葺者，特藉此宽闲清寂之境，伸远臣敬上之至情，其奚不可之有？昔韩子谓浮屠氏有慕吾之道者，拘其法而未能入；今即其地与其庭，修礼乐之容，明上下之等，设赞相、拜起、陟降、进退之节，秩乎粲然先王之制，而昭代之所因也，安知不如韩子之说，可化其徒使归于中国圣人之教者哉？是亦可书。

公名福，字顺夫，起进士甲科，屡更中外，以公勤练核著称一时，其功名当益有大焉。是役也，董之者，指挥周荣、千户唐玉；佐之者，指挥倪雄、黄溥、吕昂；装绘梵像者，士人张俊民、季兴、张安；而主是寺者，释悟怀也。法得附书。

《新建天津提刑兵备分司公署记》

弘治辛亥用廷臣议，始于山东按察司员外置副使，以玺书命之，使整饬兵备于畿内之天津。去京师二百余里，地连大海，当南北往来之要冲，故为三卫指挥使，各分兵屯田，同处一城，不相统属。居上者易为安逸骄恣，下之黠者，每操其短长以为胁持讼讦，至于扞格不可为理，谋国者之忧也。置宪职以统治之，固其宜哉！其始得蜀人刘君福，次则陈君嘉谟（谟）、金君献民，皆寄治天津卫司，即其厅事莅事焉。刘君既为四门丽谯，以为法当有分司，而寄治非宜，方经营，适迁去，不果为也。继金而得黄岩施君槃，君以甲辰进士为刑部正郎，迁河间太守，自河间复有兹擢。既至逾三载，政成而上下信之，乃行相地，得城之西北隅，壤土平爽，面阳负阴，树表步方，广袤宜称，遂以状请于巡抚王都宪，用商税余银之在有司者市其地，凡材木瓦甓工廪之费，皆取给焉。为莅事之厅、退食之堂、庋置器籍之屋各若干楹，皆翼以两庑，缭以周垣，前为仪门，又前为台门、为甬道以通行，庖湢有处，案牍有房，百用所需无不具备，阶庑之属咸各定分焉。经始于乙丑五月望日，岁十月而落成。方其始谋，适仁和术士周源至自京师，因留之使相地命日、视表定位，迟速衷序咸取衷焉；择于众得指挥贺勇，使董工；赋廪、度材、差艺，而千户王玺、张升、徐辉又分任诸事以佐之。谋之详而不亟，费之钜而不扰，成之易而无沮，有由然哉！

夫一国之君，一邑之宰，必有宫庙以临其下，而出政令以系属下人之心，古有明制，国有著令，其来久矣。《雅》《颂》"绵绵""閟宫"诸什，咏歌当时之事；《春秋》于考宫筑馆与世室不修之类，必详书于经，寓褒贬焉；我太祖高皇帝定考绩之法，亦以公廨之增建修葺为功，揆之于古，未始不同也。然或视若不当为，而不敢为者，非才不足，则中有歉耳。施君自郎署以至今官，冰蘖之操凛然著称于时，又才足以当寄任之重，不可屈挠，故见义敢为，若此者特其一事之小，在他人所难，而君则易之。予南还道出台境，贺勇等率其僚属来征文，记创建之本末，将俾后之人知之，以毋忘君功。予与君同举进士，为相知，且乐道其事以为流俗之警也，故不辞而书之。是为记。

赐进士及第中宪大夫南京太常少卿前翰林国史修撰左春坊左谕德兼经筵讲官皇太子讲书官　杭郡李旻撰

《户部分司题名记》

朱鸿渐撰

天津之为卫有三，卫各有仓，岁储蓄所漕运之粟各若干万斛，以给官、军士。宣德、正统间，户部建分司于其地，每三年差官监督收放，盖防奸伪之滋也。自后岁一更官，至于今盖百年矣；考天津志，得七十有九人焉。关中裴君良臣亦尝监督于此，惧名氏之漫灭不可考也，乃列刻木榜悬之厅事之后，并注其甲科后先、更代履历之年位，使一举首可见，庶无忘也。正德乙亥，玉田张君天叙，亦以监三仓来，以为刻名于木，固愈于无托矣，然焉能保其久而不坏耶？于是又去木而易以石焉，空其下方，俾来者续之。

呜呼！去者岁数远矣，夫其历任外内，居散四方，或在或亡不可得而知矣。吾将循其科第，夷考其历履之资，则知某也刚直正方，建绩举功；

某也憸随佞邪，债道败德，其为世之是非公论何如？贤可为劝，不贤可因以自省，吾于此有以推二君之心矣，岂特无忘哉！今之视昔如此，使继此而来者，不犹视于今乎？故书以为记。

《赐殷尚质制》

皇帝制谕：署都督佥事殷尚质，今命尔挂征虏前将军印，充总兵官，镇守辽东地方，固守城池，操练军马，遇有贼寇，相机剿杀；其副总兵、参将，各照地方分守。所统官军，悉听节制。如制奉行。

嘉靖三十四年二月二十八日

《赐殷尚质敕》

皇帝敕谕：署都督佥事殷尚质，今命尔挂印充总兵官，镇守辽东地方，整饬兵备，修筑城堡，操练士卒，申严号令，振作军威，遇有贼寇，相机战守。凡一应军机之事，须与巡抚等官从长计议停当而行，不许偏执己见，乖方误事；况辽东近来兵备废弛，军士艰难，而守边官员又或贪功生事，启衅招怨，以致虏寇仇报不已，边人荼苦，地方疲惫，与先年不同。尔为朝廷武臣，受兹委托，务须与抚臣用心逐一整饬，不可视常怠忽，尤须持廉秉公，正己率下，毋得徇私贪利，扰害下人，及轻举妄动，致贻边患。如违，罪不尔宥。尔其慎之！慎之！故谕。

嘉靖三十四年二月二十八日

《谕祭殷尚质文》

维嘉靖三十六年岁次丁巳，五月丙午朔，越二十日乙丑，皇帝遣河间府知府陈大宾，谕祭辽东总兵官署都督佥事赠少保左都督殷尚质曰：尔忠义性成，夙谙韬略。□□□□，擢镇辽东。卒遇强胡，统兵迎战。奋□戮力，身陷重围。援寡势孤，竟殒锋镝。守臣上奏，良加悼伤。爰示恤恩，特颁祭葬。赠官赐谥，仍立享祠。尔灵有知，尚飨！

维嘉靖三十六年岁次丁巳，五月丙午朔，越二十六日辛未，皇帝遣河间府同知吴直，谕祭辽东总兵官署都督佥事赠少保左都督殷尚质曰：尔挺身敌忾，取义舍生。忠愤所存，虽死犹壮。兹临首七，载加谕祭。庸示恩褒，尚其歆怿。

维嘉靖三十六年岁次丁巳，十月甲戌朔越十一日乙酉，皇帝遣河间府同知吴直，谕祭辽东总兵官署都督佥事赠少保左都督殷尚质曰：尔遇敌不惧，视死如归。营卫已损，精英如在。倏临窀穸，遣祭有仪。惟尔冥灵，歆斯异渥。

《汪宦墓志铭》

赐进士出身中顺大夫太常寺少卿兼翰林院学士前右春坊太子中允纂修国史会典兼理诰敕管国子司业事吴兴董份撰

赐进士第翰林院国史修撰承务郎管理诰敕纂修大明会典经筵官　晋城裴宇书

赐进士第户科左给事中潍县宋继先篆

明故承德郎刑部山西司主事乐庵汪翁配安人张氏合葬墓志铭

汪故宁国人，其先越国公之裔；明兴有名仲者，戍天津，因家焉，遂为天津汪氏。名仲生礼，礼能力本，居业以财雄，而礼有六子，济、浚、瀛、淮、泽、澍，济仕为山西灵邱教谕，诸子皆善贾，而瀛以监盐起，益赡其家，盖汪氏骎骎盛矣。瀛号仁斋，配赵硕人，是生乐庵翁。而乐庵以子来贵，封承德郎刑部山西司主事，配张，封安人云。封君少任侠，喜趋人之急，尝有客被盗发其箧千金，计无出欲死，封君则使人微知贼处，贼窘，遂夜还其金，客惊喜出望外，分其金，固谢却弗受。其阴脱人于厄，不自为功，多此类。然性忮，见里中豪睢眦好为气者，必痛折之。尤不喜权利人，见权利人必以气凌焉，故诸豪皆侧目，而里中人称封君不畏疆御。封君已乃悔悟，屈节为礼让，悛悛自持，里中则又喜更称封君长者。封君亦承其先业，行贾善任时，而不责于人，往往能积纤致赡。初，诸贾好游宴，饰冠剑，连车骑，驰逐夸美，多从歌伎，弹筝吹竽，□呼为乐，以为贾不余力而争财务此耳。独封君雍容不喜争，亦不与诸贾同好，屏绝声玩，意恬如也，惟善棋，尝闭关与客棋，因俯仰啸咏终日，虽在贾中，有物外之志焉。及受封，益绝意兴著，不复问作业，自以荷明天子推恩，幸被冠裳，婴荣宠，而身在闾阎，不当与搢绅往来相报，虽尊贵人至，辄谨谢之。尝有人暮持重金以事请者，谢绝尤力。门无杂客，惟日召曩所与棋者，益欢，因曰："古神仙多喜棋，以其足忘世也。"盖其志如此。张安人，家世王市集人，能攻苦力勤，事封君父母惟谨。封君父殁，母赵尝课孙读，过夜半，安人亦侍立过夜半，兢兢左右，甚得其欢心，远近称孝。性俭约，不喜簪珥绮绣之饰，及贵，虽强之，弗自得也。善治醯酱，调膳饮，至老犹躬亲按视，即弗亲尝，觖觖焉。封君日夜教子来，绩学为文词，安人数从中趣之，及来学成登进士，为尚书郎守环庆，备兵宁武关，封君数贻书责以持身爱民之道，而安人亦教以守俸如泉，言当惧其流也。来所至多治迹，有贤声，盖奉其父母教云。初，安人壮时疾剧，召诸医视之，皆曰弗治，有老妪从海上来，投之药立愈，问其姓，弗言，问其年，百八十岁矣，已而忽弗见，皆奇之。然安人竟先封君九年殁。封君生弘治四年二月二十日，殁嘉靖三十六年七月二十八日，寿六十有七；安人生弘治三年二月二十二日，殁嘉靖二十七年十月十三日，寿五十有九。封君讳宦，字世卿，别号乐庵。子二：长即来，山西按察司兵备副使，娶王氏，封安人；次耒，娶孙氏。女一，适刘佃。孙女一，适天津右卫指挥使应袭季春芳。先是，封君尝病痁，予闻副使君已有归志矣，封君亟止之；既乃复苦疡，副使君方在宁武，彷徨不能已，遂称疾乞骸骨驰归，仅阅岁而封君遂殁。予与副使君同举进士，交善，尝哀其志焉。兹将以三十七年夏四月初八日，合葬其父母稍直口，以书乞铭。予发其书，重哀之，乃为铭。铭曰：

始而为侠，终则秉礼。其身在市，其心如水。谁能涉矣？泥而不滓。展如之人，宜显厥世。惟其后矣，其德之似。克昌厥间，以事天子。亲则弗待，瘗此双美。大海之区，其流有砥。璧玉其埋，弗震弗圮。我勒兹铭，千载所视。

皇明嘉靖三十七年夏四月吉旦
《鼎建镇仓关王庙碑记》
天津卫学生母鈘顿首撰

地官署东旧有关夫子庙，乃王君守仁之家堂也。岁□□坏，圣像日薄风雨，前监储朱君天俸□□□□□□□□迤于东往视之，病其圮坏，欲更新焉，而狭其旧制不□，归检册籍，知庙左隙地阔十二丈，长□□□□□□□□□也，因施之，别创夫子庙。而善士倪君鸾等，翕构□之，遂建禅堂三间，妥僧集也。而大殿圣像□□□□□，监储阎君光潜倡义，而指挥贾君九思并募诸向善者以助益之，则殿宇、圣像成矣。徐有张君邦彦之建□□，邵君元善之增穿阁，皆因监储而有济者也。至贾君九思，采石为碑，则庙制始完。乙丑秋，倪君鸾同僧人洪禄□请□□□予为之记曰：夫子，河东解人也。忠节盖乎中州，而眉目须体伟然冠世，天下察其心而想望其风采，无远□□□若神，会汉将烬，奋依玄德，力扶故鼎，则声色货利不加喜戚于心，虽曹瞒之奸犹雅重之。而天欲夺夫子之精英，□之□鉴于□，则建安之事，自出守荆州，数已定也。及神光东岳而显迹屡彰，在释氏则护法，在黄冠则司命，而□部□□□皆与焉。汉封寿亭侯。宋封忠惠公，大观加封武安王，建炎复加义勇，淳熙又加英济。元加齐天护国崇宁真君。而我朝襃封比前隆重，考之敕谕，山东河北关隘之地皆神所司，宫庙神煞属神提调，或有险难，神多济焉。由是军民敬信，容膝之家胥知悬像，而穷乡僻寓莫不有祠，则是庙之创建也，况有朱君天俸之梦哉！吁！无私之谓神，其祠而祀耶？神不为喜；其非祠而祀耶？神不为嗔。第祀典云"能御大灾则祀之，能捍大患则祀之"，而津中□□□若，民物安□，不可谓神无力也。创而建之，亦报德报功之义举矣。

朱君天俸，顺天人也；阎君光潜，山东人也；张君邦彦，福建人也；邵君元善，贵州人也；贾君九思，天津人也余；凡有事于庙制者，皆书之碑阴云。

嘉靖四十四年岁次乙丑七月吉旦立

《重修敕建灵慈宫天妃碑记》

赐进士承德郎兵部武库清吏司主事前职方守山海关　云津道人槐庭任天祚沐手拜撰

神毓秀于闽，显化于湄。先朝感其灵异，代代襃封，曰夫人，曰天妃，十五余更。是时雨旸疫疠，舟航危急无祷不应，故陆行舟载，若或使之，莫不祀奉其神焉。而巍然焕然，保治世于无虞，感人心于冲漠，不特一时一处已也。传至延祐，兹大直沽乃古建天妃灵慈宫。我国初，岁取东南之粟以实京师，以天下至险莫过于海，天下至计莫重于食，海运边储，舟航无虞，神之阴□默相者万万也，乃因其古庙而扩大之，立人以奉祀。弘治时，每每显化，又敕命重修而更新之，按《礼》，能御大灾则祭之，能捍大患则祭之，斯神上以护国家，下以庇生民，其裨益于天下后世岂浅浅哉！是宜报德报功无尽，我朝二百余载矣，神功贯彻万古如一日，凡有险危，非神以效灵罔克有济。於戏！发迹于蒲湄，而大昌于异世，夫岂偶然也哉？

今本邑善士周得水等有感，相与赞成重修，圣像殿宇各图其新，起工于春三月，讫工于夏五月，乃为之落成，神其永乎于休矣！虑时久则湮，不刻之石，何以广其传，因谋予叙其事，以为记。

时大明万历六年岁次戊寅夏五月吉旦立

《重建挂甲寺碑记》

刘生甲撰

大直沽迤南三里许，有古刹曰庆国寺，后名挂甲寺，其由来远矣。图经无考，得于父老传闻云，当大唐征辽奏捷，驻师此寺，因更名焉。世远倾颓，遗址尚在，今游击将军张良相奉命东讨日本国，道经于斯，叹曰："余将凯旋，而亦挂甲于此焉。"督本营千总官袁应与等，率队伍苏敬等，各捐赀兴工，踊跃从事。天津廪生孙从先舍地十亩，协力重建，不两月而底绩。栋宇嵯峨，象设赫濯，遐迩士女瞻谒云集，随祈随应。既而东倭荡平，旋师挂甲，神其有赫乎？不佞因摭其始末，劓之于石，以谂来者云。

万历二十八年秋九月立石

《重修天津卫学宫记》

天津学宫其来旧矣，而士之孕灵毓秀，致身青云者，济济不乏焉。唯是岁月辽远，风雨震凌，栋垣摧圮，丹壁漫漶，几不学矣，令人望之低徊不忍见。且年来人材放佚，儒效阔疏，而科第寥寥减于昔，虽不当踵堪舆家唯地脉是罪，而识者未尝不感叹于学宫之颓废也。大中丞汪公，先是以备兵至，未几秉受节钺而开府焉。目击学宫阙状，慨于中非一日，只缘倭警震邻，宵旦拮据，唯兵戎储糈从事，灭此而后朝食，又何暇细武右文，而以之敝敝营建乎？迨其后鲸波就恬，垒防渐撤，囊戈戟而兴弦诵，此其时矣。于是首事学宫，估值捐俸而下之檄，为文武倡。不必别求襃益，贻人以好施名，诸凡更始事宜悉以授观察使张公。张公体此意，更倍极焦劳，偕不佞亲诣视之凡至再，归而语不佞曰："余家世东省，阙里规制睹闻颇不谬。学宫有泮池，制也。门可近市哗乎？殿可就卑下乎？文昌祠可任其湮没乎？启圣祠与名宦乡贤可祀于庙之前乎？总之，非体也。吾侪举此事，奈何惜小费而湎大体哉？"不佞应之曰："唯唯。"张公遂集董事诸员役，手携而面命之，为之凿池，为之易门，为之崇殿基，为之建文昌祠于东，移启圣祠于后，而迁名宦乡贤俎豆于学之旁焉，不敢口实仍旧，一切以固略完局。复又虞人伙则心涣，时久则费滋，而专其责于清戎李郡丞，无一不布置唯谨。卫中诸将军皆斌斌质有文者，各率麾下鸠工庀材，趋子来而襄盛举，甫弥月工告竣矣。士民耳且目之，举相贺曰：自古文翁化蜀，伏恭令杭，率以学宫为兢兢，犹云守其土不敢旷厥职耳。大中丞汪公，暨观察使张公，封疆锁钥，实式凭之，而学宫非其任矣，今一旦举数十年之颓废，殿屋门庑、黝垩丹漆无一不改观，此大有造于津之士也。不佞又有说焉，上之鼓下也若桴，下之应上也若响，二公文教旁洽，士类厚植，加意于学宫若斯之谆切也，天津诸人士当俯自修省，上之人眷眷为学宫计也何为？有不洒濯自振者，非夫也。最上人文鹊起，科目云联，而以天下为己任，不当存温饱念。其次伏首穷经，绳趋尺步，虽不被弓旌而奋履纯白，为闾里规，始不负当事者兴学育才至意，而将来诵学宫之休美于不衰。不者，数仞宫墙，直观美视之，无乃与此举相剌（刺）谬乎！不佞愧无专责，亦无多助，落成后观察使张公征不佞记之，不佞谫劣不娴于辞，无能称扬盛举，自揣寸衷厚望多士，敢不以言勖焉，傥多士余言，竟不令托之空乎，不佞亦窃附以言赠人者，庶几无愧于勒石云。

汪大中丞公名应蛟，号澄源，徽州婺源人。张观察使公名汝蕴，号逢原，山东章邱人。李郡丞陕西咸宁人，望瑞其名，沧霖其号也。

万历二十有九岁在辛丑孟春吉日立石

赐同进士出身监督天津河间等处粮储户部山西清吏司主事　汝南文球顿首拜撰

《青州分司署碑记》

鲁史撰

长芦运司岁额二十四万有奇，供县官用。为司者二，青州辖场十，与沧州分司等，而输赋三倍之。青州延袤千里，产盐甚饶，而沧州稍诎也。青州海流与运道接，方舟而载，大者引百余计，小者亦数十计。沧州场一牛车牵挽，不盈十，为力劳而费倍也。青州一航无所不之，沧州场则经天津，寻至他郡邑者半也。夫贾之挟货行四方者，为厚利耳，以难若彼以易若此，彼安得不弃沧州场如瓯脱，而趋青州场如鹜哉？故引有坐派沧州诸场，宁匪之岁余，复告改北者矣，则水、陆之致异也。顾天津以舟楫之便，商人乐于行官盐，而奸人亦聚以兴私鹭，侦捕吏卒非不甚设，往往甘其小饵，明与为市，白昼公行，重禁绳之不能止，即贾人中容有藉引夹带、敢扞法网而弗暇自爱者，以故私贩多，盐日以壅。时盐台新安毕公患之，议移青州分司于天津，沧州分司于唐官屯，以弹压群不逞者，而发官银三百两。先之檄下时，怀远苌斋杨公，董协运兼摄运长事，集五纲贾谋曰："若辈谓捕不严，私贩不衰，息引课顾不益停滞乎？直指公之为若辈计远矣！天津之署宜亟建也，吾割俸二百金佐厥役。"诸贾韪之，鸠工庀材，百务并作，为大门若干间，虽不甚宏丽而制已备；进仪门为厅三间，退厅五间，焕如也；旁隶吏舍六间，翼如也；进堂为衙宇五间，廊房六间，邃如也；其诸土地祠、厨舍、书室，井井毕具，东西横若干丈，南北纵若干丈；周以垣墙，缭以榛棘，不数月而工告竣。何成之易且至此哉？公下车来，诸所号为例者，罔不革也；若白盐诸项宿弊，罔不厘正也；商贾谒所欲吁所苦者，罔不荐翼而濡沫之也；盖食公德而图效之久矣。吾沧州署尚未议及，其视公迟速难易为何如？吾于是而知公兹举有三善焉：伸国之法，一也；供上之令，二也；得人之和，三也。署成之明年，公以政骤迁黔镇远守，命予为记，而予论次其始末如此。公讳嘉猷，字符忠，苌斋其别号也。

《重修天津卫学记》

徐光启撰

余曩侨寓津门，有事畚锸之役，与津之诸士绅游，询知津故无学，学于正统改元初，朱挥使胜，捐舍基建之；嗣倪挥使宽，请增广生二十名，仅与邑额埒，道化翔洽，人才浸盛，科第蝉联，渐成文明胜区；至万历四十六年，廪生张希载援潼关例，间关伏腊者三，始获奏允廪贡如州制，淹滞顿疏，青衫辈益争淬励矣。余犹记学宫偏设东关，岁历滋久，诸围垣射圃咸就颓废，坠址多为左右侵占，水道湮塞，淫霖为浸，无岁不苦倾圮，诸生曾聚诉力争之，近稍稍厘正，犹以未尽复规制为快；迨王涵一宪长真心惠爱士民，改图崇修，虽以直道难容，调去不果，临发仍留多金贮司帑，逾岁藉此略一堙漏，废颓差足观美。数祀来，风雨浸凌，虫蠹毁剥，自殿庑以至祠斋堂舍，所在颓檐破壁，纳日星，浥露霜，甚者垣堄唐汗，枨歊扉坏，几不可俎豆皋比矣。客岁，闻南石使君奉敕兵备于兹，甫下车谒庙周览，慨然兴嗟，直以崇修鼎新为己任；旋值羽檄旁午，猝猝未遑。戊辰春，圣天子龙飞启运，鲸波不扬，政通人和，使君亟檄清戎王郡丞专董厥役，郡丞饶材干，毅然承之，朝夕以黉舍为署，分任弁吏，程其功而廪之食，并如也。经始于初夏，落成于季夏，盖不逾一季，废者增，敝者新，粲黝丹艧，轩翔炳耀，翼翼乎改观矣。工甫竣，使君复捐十万余缗钱，为津创置雍阳邑腴田二百亩，用资寒生之弗能举火婚葬者，恩更渥也。是皆从来未有之举，津人士抑何幸获此厚遭哉？博士吴君道行、韩君自立，廪生冯生天泽、张生希载、张生梦辰、赵生念祖，庆其不世之遇，怀其兴建之功，向予问记而镌之石。余闻之不觉欣欣，是役之数善备而厥功茂也，津学久苦圮而俄美轮奂，久缺田而俄创膏腴，起废衰为兴盛，至今日为极美，非剥复之一会耶？

使君振作既什倍于前，往者津门先达策高第，仕为国华，竖为国桢，如世庙时建制府中丞之蘗者，勋名烂然史册，诸士典型具在也，代兴者岂伊异人任乎？此其功妥圣灵、兴人文于无怿，尤彰彰也。嗟乎！善者一时而睹，记在吾人，吾将持书符之舆论，功垂不朽而仰承在多士，多士勉矣！使君善政丰功多不具论，兹兴学其最钜者。

使君讳声谐，号凤亭，陕西城固人，登癸丑进士；王君讳秉冲，陕西平凉人，躬督底绩；别驾苏君，讳鸿逾，四川蓬溪人，新莅兹土，例得并书。

崇祯二年岁己巳孟夏谷旦撰

《重修天津卫儒学碑记》

修学以"重"名，何哉？谓非仅完其旧也，志其善也。津故襟海，而治距漕河不数百武而城而隍，郭以内去东门数衣裓乃吾孔子庙居焉。庙建于正统年间，横亘古道，盘旋蜿嬗，水沿青海，陆走黄尘，而吴越艨艟巨舰，觊觎四矗，每疾风怒雨，喝野歊云，呼许呼邪，震撼□荡，致使殿庭廊庑爰不克兢而善颓，繁于明季年间重修，迄今凡二十余祀，要亦递修递弛，如塞漏卮而沃焦釜，则何裨焉。嗣是流寇背诞，蔓延兹土，所在田庐人畜悉为□瓤，彼中人士咸困于寇，尼宫庙貌俄就偃仆，而又大札大祲交加，商羊肥□济至，凡游夫子之门者即欲殚力以聿新之，其道何由？间有谓姑稍理以俟后之君子，寻复选蠖不果。迨至顺治癸巳春，适鏧柱史张公中元巡历至是,谒吾夫子庙,对越之顷,不胜歆歔,既而叹曰:"此吾侪根本重地,亦若而倾圮耶!"顾相谓寮属曰:"饕食者不肥体,惜费者无远计。"遂捐俸一百金,并前柱史杨公义二百金为重修津学宫费。时总戎管公效忠、甘公应祥,计使君苏公霖、陈公襄,盐宪使徐公来麟,兵宪李公呈祥,盐使者牛君藩、刘君进礼,一时相对莫逆,各捐俸数百什金不垺;又有显人大贾暨本庠诸博士弟子员辈,俱各仰承上之德意,亦皆橛然输助;又有学博吕子应兆、齐子国璧、首贡王生永昌、庠弟子李生腾龙、张生鸿业、费生复振,会计赀值,较核功迹,躬劬厥成,不遗余力;而兵宪公犹以身总其凡,经营终始。其诸工师匠石,矢力错事,靡不人人自奋。金议既同,百堵皆作,于焉圣殿焕矣,廊庑俨若,倏然而称金墉砥柱之固也。复尝考按今昔,此一役也,诚逾于前功而为后世景仰而垂不朽者,不亦謦乎?善哉!且役不逾时,民不徒使,财不侈费,一往鸠工辄著为券,藉令议论齟齬动淹时日,又何异于假越人以拯溺哉?噫!是役也,其多注意胶庠矣。闻古人有善则名,所以志不忘也。昔唐叔得禾而名之书,汉武得鼎而名之年,鲁获侨如而名之子,盖善之大小不齐,其志不忘一也。维时余方入直纶扉,未遑就睹乃事,而吾乡人士相往来京师者,未尝不沾沾道柱史公之善于创始,而盐宪公、兵宪公之善于成终也。虽然,向使有善始者导之前,苟无善成者赞之后,而二三子虽欲优游仿佛于宫墙洙水之旁,其可得乎!兹也,既善其始,又善其终,使而二三子得相与优游仿佛于其间者,抑谁之力欤?此莫非柱史公、盐宪公、兵宪公之赐也,其又可忘之乎!故彼都人士所以乐斯成,而仆仆焉以求余记者,岂非上有善作之长,而下多善善之士也哉!余故曰:"是役也,非仅完其旧也,志其善也,讵寻常缔造所可同日语耶?"厥功始于癸巳之春二月,告成于季夏之六日;而后先董斯役者,首贡生王永昌等,其余诸执事爵里名姓具载碑左。是为记。

龙飞顺治拾年,岁在癸巳季夏上浣之吉

赐进士及第内翰林弘文院太子太保大学士　高尔俨谨拜撰

赐进士出身兵部武库司员外兼管郎中事津海　张凤抱沐手书丹并篆额

钦差督理长芦盐课兼河道驿传辖山东河南开归彰卫四府等处监察御史杨义

钦差督理长芦盐课兼河道驿传辖山东河南开归彰卫四府等处监察御史张中元

钦差镇守天津等处地方防海统辖水陆官兵总兵官后军都督府都督同知管效忠

钦差镇守天津等处地方防海统辖水陆官兵总兵官后军都督府都督同知甘应祥

钦差监督天津等处粮储饷税户部员外郎　苏霖

钦差监督天津等处粮储饷税户部员外郎　陈襄

钦敕长芦都转盐运使司管盐道驻扎沧州运使　徐来麟

钦差整饬天津等处监军兵备道山东提刑按察司副使升通政司右通政李呈祥

长芦都转运盐使司青州分司升福建盐法道　牛藩

长芦都转运盐使司沧州分司署天津清军同知事运判　刘进礼

天津卫城守营游击　孙廷相

天津卫掌印守备　邹国斌

天津卫儒学教授吕应兆

训导　齐国璧

督工首贡王永昌、生员李腾龙、杨君圣、费复振、张鸿业、只启胤、刘显斌

《重修天津卫儒学碑记》

大哉文乎！日星以之丽天，山河以之奠地，上塽下黩，高卑错陈，经纬互交而阴阳咸理。其在于人，崇四术而敷五教，非是罔攸叙也。故建国君民，教学为先。京师首善之区也，近畿向风之首也，国家定鼎燕山，南面而听天下，天津一卫城耳，然直辇毂之东南，地邻风雨之交，扼川途之冲要，漳卫众流所汇，九州万国贡赋之艘，仕宦出入、商旅往来之帆樯，莫不栖泊于其境，海滨广斥，盐利走于燕晋赵魏三河齐鲁之郡，履丝曳缟之商群萃而托处，自故明以来蕃衍甲于沧瀛之间。卫之有学也，以为庶富之后不可以无教，且五方所辐辏，望天京者观光于是始焉，文治无容以或阙也。间者，属开创之始，我皇清拨乱世而反之正，民疮痍者渐以起而生聚犹未兴，故阛阓萧条，盖藏寡乏，诗书弦诵之文辍而不闻，学宫鞠为茂

草，过者咨嗟叹之。余以康熙七年戊申偕孟公巡蹉长芦，爰苾兹土。往昔盐使者留居邸舍间，巡行之役一再至津门，而余轸商灶之艰难，念吏弊之丛蠧，大欲整饬厘剔之，始请驻节于斯，以朝夕经纪其政。下车之始谒先圣于学，睹庙貌摧颓，堂庑圮坏，慨然于文教之不振，思有以倡率而鼎新之。视事以后，搜宿弊，除朘削，省额外之科敛，商灶稍稍宁息，民生计借以安，乃首蠲薄俸，庀材鸠工，诹吉兴作。海防通转运使以下闻风乐趋，诸绅士与慕义之民交相鼓劝，畚捐如云，斧斤雷动，至康熙八年己酉三月而告成。堂皇赫敞，棂星豁砑，房序阴岑，丹碧炳焕，祀事因之虔，观瞻因以肃，今圣天子临幸太学，亲行释奠之礼，御彝伦堂听讲经义，首善之地文治蔚兴，而余适以时葺宫墙，新簧序，劝师儒而作多士，俾近畿之域雍雍乎时闻诗书弦诵之声，九州万国观光而至者被中和礼乐之泽，思所以一道德而同风俗，未必无裨于盛时文治之万一也，乃镂贞珉以纪岁月，而系之以铭。铭曰：

俾彼云汉垂天章，邦畿东南惟津梁。泮宫巍峨文治昌，作新庙貌瞻宫墙。家弦户诵士习良，千秋芹藻流芬芳。

赐进士第巡按长芦等处盐政监察御史加一级　李棠顿首撰

《天津盐坨厅碑记》

余缙撰

曷以足国？曰藏富。曷以聚人？曰理财。古者盐□兴，制称"府海"，斯理财尚矣，于藏富何居？商贾操重赀、捐乡井，驰役牢盆，为国实太仓粟、赢少府钱，劳劳浃岁，谋少羡息以糊若妇子，而当途士恒侵牟削乃生计，其黠者或盗鬻影贩，射利十倍，由是征榷弥密，甚于秋荼，吏人巧缘名色，肆欲逐求，额课益逋，商用进散，是货流于私，厥贬在公也。富之不藏，国何由足哉？津门滨北海，岁运长芦盐七十余万引，旧分边、布，馈防戍，刍挽艰甚。国朝汇输大农，商甚便之。顾瀛沧间户贫豪猾，轻犯法，窝贩逢起，甚则倚旗庄拒斗，杀伤逻卒，发兵捕之辄鸟兽窜。又州邑杂告指，商无恒廛，官私淆诡，以故引壅不行，课悬为累。庚戌秋，始具疏请严禁窝者，商各定引地，用疏悬额，奉旨报可，盐政乃肃，商亦渐苏。先是某岁，群商于贮盐候掣之区曰坨，构厅事数椽，备盐使者启验，既落成礧珉以需纪事，未果。适余莅馆督运，迟君日豫偕其僚徐君起霖，谓余稔厥颠末，举以属余曰："是乌可无纪？"余乃退而思之：盐掣，防夹贩也。夹贩清矣，课足乎？引疏乎？商阜乎？若犹未也，则居厅者奚能晏然已耶！天下重利所丛，诸奸猬集，兹壤蜂窠蛎房，群蠹窟穴，其中匪朝伊夕矣。商之殷孺者任剥蚀如臡，而诡者乃反藉其结纳，鱼肉同类，则盐事之日坏由纲额不清，而非尽掣验不严之过也。私日腴，公日朘；强者富，弱者贫，有自来矣，富何由藏？国何由足哉？夫吏无欲则清，衡无心乃平，素已奉公以御不恪，俾虎鼠胥屏迹，庶几不愧清平日哉。若夫群僚毕集，开宴歌舞，薄暮命驾，张镫浮白，苞苴狼藉，膏其归橐，则登此厅事，将亦甲颜十重矣。是为记。

《重修建清军厅署碑记》

高必大撰

昔者，子产喻为政以栋梁，子美虚兴怀于广厦，固知身之不庇，焉能庇民？且顾名思义，防御及乎海溆，而牖户绸缪先缺略焉，其谓之何？考厥所繇，凡衙宇之不修者，大约云此邮亭耳，何自苦以利人？此谓之私；不则避富润名，恐人疑己有余资力也，此谓之吝。私与吝所借口者，则又曰功令森严，恐因是骚扰民间；迫期终事此谓之暴，暴际私与吝尤大不可矣。果自为拮据，勉措经营，不累及地方一土一木、一手一足之力，而迟之又久，克底观成，即自今以往栗栗危惧，尚未知税驾何所而反之，居心可告无咎也。清军署旧在城之西北，明万历三十二年，前官陆君详买谢镇抚私宅，积岁未修，前后左右概与民居错处为伍，爰移大门于东巽，立照壁于离南，别治体也。顾垣墙而外了无隙地，凡男妇诟谇、鸡犬杂沓之声，一一相闻，而后屋二间仿佛小庙，在形家占之，谓"玄武缩脚"大不利，予亦不暇顾也。惟家繁食指，子及子妇、孙男女之属无安身处，因创建后屋五间，厢房二间，此辛亥年事也。乃自三堂出视事，则阶下陷洼如井，泥不可步；其二堂原制则用二破三，为群房所压如蜂腰然，占者又极言非宜，且倾圮颓败，身将压焉，势不得不为更造，即胥役目击亦知其不可因仍，咸愿趋事赴工，而予亦给之饘粥，总不累市廛毫厘，亦于庚戌之春拓成五间，与前后等，颜曰："二思堂"，盖取"尽忠补过"之义，每退食间，用以自省尔。川堂亦照例修起，至于厨灶向苦烟郁，桃马向伤暴露，以迨记室之地、服侍之役向无驻足者，今东西各得九间，虽力所不及，但用苫草，要其次第规模，已可以俟后之君子。因勒此记于壁间，俾知三年捐俸之余，初未扰人亦无废事有如此，或相与有成，并草苫而易以陶瓦，是在异日耳。若相度之言虽不足信，然以公刘之陟巘降原，楚宫之揆日卜藏论之，则天理、地理二俱不可废也。是为记。

《重修天津阅武厅碑记》

瀛海密迩甸辅，控永、蓟、通、河等诸郡邑，于寰宇各镇为切近扃钥，仰赖圣天子神武，鲸鲵恬波，萑苻息警，顾水陆寥泬，满汉错居，商贾舰艇来往无虚日，防御者几几难之。岁己酉，圣驾巡行，念此一方咽喉重地，绸缪未雨，独致倦倦。越明年庚戌，津门偶缺大帅，廷议奏请，谓臣进学秦晋蜀滇间有劳勋，且曾邀章服、锡鞍马、试骑射，堪膺是任，制曰：可。臣进学则受命饮冰，日凛凛不胜任是惧，两载来叨幸粜宁，而有备无患，惟练戎讲旅实为要图。乃演武厅，侧在城西，原应金气，而岁久倾圮，罔用扬威，不佞正踌躇议修，复会宪副薛公、盐道迟公、分司、郡丞、参军诸君以公事过临，迟公首倡议曰："是宜亟举，愿共襄之。"咸捐俸集事，不日告成。盖诸公咸经纬兼才，每于予较猎会射，同心一德，匪一日矣。今合力经营，鸠工于三月朔，落成于五月二十日。诸公复令予纪厥事，予则安能？惟在武言武。窃尝习先司马严位之篇矣，如所云等道义、立卒伍、定行列、正纵横、察名实、立进退、俯坐进跪，凡皆为战时言之，而树表建旗，遵七鼓之遗训，惟是相度兹地，相与娴习，所关于步伐止齐，匪细故也。兹虽一梓人事，予且因是而得用兵之意焉：木若石必先储，戒豫备也；楗桷甃砌必整齐，肃行阵也；垣墉惟涂茨，耀旌旂也；耶呼而桴橐橐，鸣铙也；大匠偕庶工丕作，一心力也；风雨除而鸟鼠去，俨远害成功也。嗟我士，听无哗！大木必工师求，太平匪一人力，兹用底厥成者，惟是文武调和，群材辐辏，乐观成绩，庶无负圣天子驻跸时殷殷眷顾至意，曷敢不列名贞珉，勒于厅事之左，以为将来劝！

壬子孟夏谷旦，镇守直隶天津统辖永蓟通涿等处地方总兵官都督佥事西凉田进学撰

《修文庙记》

整饬天津副使加六级薛柱斗撰

文庙在卫城东门内不半舍地。旧制，后启圣祠，前大成殿，东西两庑，次二门，与二门并而祀宫墙之内者，左名宦祠，右乡贤祠，前棂星门，迤东则另辟一区为文昌宫，迤西则另辟一区为明伦堂，亦伟然一盛地也。但不识当日创者是何意见，将学宫全局一味攒簇退缩，而略无施展前进之势，计自棂星门以至于街市尚离有五十步之遥，且泮池崩颓成一坑堑，而东与文昌宫出路、西与明伦堂出路混为一处，散漫荒唐，全无结构，此自创建以来数百年之缺陷也。余于国朝康熙九年冬十一月到任行香，目睹形势，慨然有改造之意，迩因布置未定，资财无出，延至康熙十二年二月二十六日，与诸生面为区画，遂于棂星门外添建东西掖门二座，以为官衿骏奔趋跄之地，砌砖花墙二道直抵街市，立影壁、建戟门以为至圣陟降左右之路，中将泮池以石为之，上驾木桥一座，以象学海飞龙士人变化之兆，西花墙之外再添夹道砖墙一道，以别学宫与明伦堂之界，而且配合于东也。其一切工匠物料，皆余倡捐于前，而同城诸公共勷于后，并未动民间一夫一木，而数百年之缺陷不三月而培补无遗矣，宁直为津卫之巨观，即方之海内学宫，未能或先也。卫学落成之日，仅叙其事以志一时盛举，亦以其后之士子承风气而发达者，毋忘余一番经理之苦心可也。是为记。

《修道署记》

整饬天津副使加六级薛柱斗撰

兵备司于国朝康熙四年间改为整饬天津道署，其署今在学宫之西，仓廒之东，考其形势即故明之初天津左卫署基也。相传曾为巡抚衙门，及奉裁巡抚之后又为总镇驻扎，未几改为道署。前时左右设辕门，皆南向，次旗台，次鼓棚。大门三间，仪门三间，脚门二间，东西皂隶房各三间。大堂五间，隔东一间为饷银库，西一间为饷钱库，檐接抱厦三间。三堂五间，东四房：稿房、号房、兵马房、河海房；西四房：贤否房、刑名房、钱粮房、饷房。内宅门一座，内宅上房五间，东西厢房各三间。后宅门高楼五间，东西厢房各三间；又夹道上房三间、东厢房二间为一院。后上房三间、过亭三间、西厢房二间为一院。大抵自鼎革之后，率以官为传舍，至康熙九年冬余莅任之后，审度形势，捐俸修葺，遂添辕门外过街牌坊二

180

座，外曰"贞宪"，曰"肃度"，内曰"控制海门"，曰"仪型河属"；甬壁进前计一丈五尺，鹿角台退后五尺，乃改辕门为东西向，安石狮子一对，而规模与昔迥别焉；复添建川廊五间，重修二堂隔东一间为书舍，额曰"宜夏轩"，西一间曰"长春窝"；移建宅门，于巽方添设套墙一层，屏门一座，额曰"内台"，西建书房三楹，额曰"渡瀛书馆"，面前有苇甚盛，因砌花墙以围之，东西立两坊，东曰"虚心径"，西曰"百岁园"；又于宅外筑围墙一圈，计一百五十丈，以为内外之防。其一切夫匠物料，俱出余捐囊自备，并未动民间一夫一草，而数百年之传舍、数十年之颓圮，至此焕然一新而形势全备矣，其视以衙署为传舍、借修葺为聚敛者，其相去为何如耶？工成之日，谨述其事以告后人，尤望后人之再为修葺者效而行之，勿以华堂扰茅檐，则余改造之心始为惬然矣。是为记。

《谕祭李克德文》

维康熙拾柒年柒月贰拾贰日，皇帝遣礼部员外郎加一级麻鼐，谕祭都督佥事、沂州总兵官加三级李克德之灵曰：鞠躬尽瘁，臣子之芳踪。恤死报勤，国家之盛典。尔李克德，性行纯良，才能称职，方冀遐龄，忽焉长逝，朕用悼焉。特颁祭葬，以慰幽魂。呜呼！聿垂不朽之荣，庶享匪躬之报，尔如有知，尚克歆享！

《李万良墓碑》

待赠李公暨元配邢孺人祔葬记

先生古燕隐君子也，讳万良。生而恂谨，言规行矩，有太邱之遗风。元配邢孺人，鹿车共挽，相对如宾。公性慈仁，好施予，调乏拯溺，不计有无，孺人解珮脱簪以成所志，无靳容也。兴朝定鼎，因京邸喧尘，买舟南下，停泊瀛海之东而启宇焉。浮云华膴之荣，寄邀绮园之兴，庞眉古貌，饮人以醇，八旬偕老，卜葬于兹。举三子：长元辅，绰有父风；仲翊辅，蚤世，□依□垄次；叔杰辅，以太监故，□兆于祖茔之左，仅里许。清流涓涓，黄埌冉冉。修柏茂林，叠翠珊珊。秋霜春露，享祀绵绵。遂铭之曰：

卓哉李君，孝友家声。惠于族党，重于乡评。
寿考维祺，没世犹称。繁维孺人，淑惠且温。
虔潚于姑，采藻于滨。永勒贞珉，佑尔后昆。

皇清康熙拾捌年岁次己未孟秋上浣谷旦立

赐同进士出身原任兵备道副使　金陵罗企襄撰文

奉祀后裔　李芝芳　李兰芳

《海门盐坨平浪元侯庙碑记》

陈廷敬撰

海门者，海水之所出入也。兹土南距海百余里，日潮汐两至。至时，水势澎湃汹涌，逆河流而上之，一出一入，若由户达，故名海门。津门者，众流之所汇聚也。古南北之水不通，江河异派，无由相达，自漕通而天下之水半聚于兹，且河海会流，三汊深邃，更名津门。通舟楫之利，聚天下之粟，致天下之货，以利京师。海岸数百里卤积成盐，自畿辅、山左、中州之地，咸取给焉。实一地也，而今昔异名，时有重轻，故名有隐显耳。然其间汪洋巨浸，与夫逶迤数千里内不无神以主之，主之之神非聪明正直灵佑如响者，不足以厌天下之心，享天下之报禋丰祀于无穷也。旧有神庙，居河之西，威灵赫奕，无远弗届。凡南北仕宦商旅之往还兹途者，靡不祭，祭必虔，故行舟一遇急流怒浪、危湍惊澜，必仰呼于神，如或见之，神綦灵矣！由是祀无虚日，庭不能容。当夫海之未有明禁也，商舶往来，樯帆相望几于蔽日，且盐行任重途远，非巨舰弗胜，非神力弗达，苟有慢心竟日不能移咫尺，一念虔百余里可俄顷至，故纲人每致敬而有德于神，尤甚于仕宦商旅也。群议复建庙于河东，厥日孔臧，厥基孔阳，明宫弘敞，斋庐洁清，前华表而后寝居，以及东西两序、斋庖之房，百用具备，其一切工费悉取给于纲中嵩祀也。始建于顺治己丑季秋，迄今三十余年戴神惠于不替。呜呼！闻古凡神有功德于民者，明王必加以封祀，今神利国惠民，彰彰如是，厥功伟矣。天子嘉神之绩，锡之爵曰"平浪侯"，遂勒石作记而系之以诗。乃作诗曰：

缅维海门，禹绩不磨。易名津门，厥功孔多。通利届远，惟神是呵。如或见之，朱冠峨峨。出之坎窞，与以平沱。更其大者，海不扬波。邦家之利，莫重于醝。天子旌功，击鼓鸣鼉。爵曰"平浪"，玉册金科。永清以宴，终平且和。

《重修天津卫学宫记》

一代之兴必有一代之学，一代之学自京师首善，下逮诸郡州县以至海隅边徼莫不各有学。盖学校者，王政之本也。故古者致治之盛衰，每视其学之废兴以为断，虞典乐，周瞽宗，由来尚矣。汉承秦灭学之后，自高祖过鲁以太牢祀孔子。孝武从仲舒之言建太学，因文翁之化立郡学。光武修笾豆之典。明帝复润饰之，而西汉之经术，东汉之气节，率本学校以兴。魏晋以来，或隆或替。唐有二馆七学，屯营飞骑皆请业授经，部落诸番亦遣子入学，彬彬乎庠序遗风也。宋太祖数幸国学，亲赞孔、颜，至庆历从王拱辰之请，熙宁从邓绾之请，郡县皆各建学，于于向风，雅乐歌诗夜分乃散，斯又媲美前徽，克振往绪。迄元、明之季，犹皆踵而行之。然则学校之废兴，未有不关乎致治之盛衰者也，而惟本朝为最盛。方圣天子南幸时，既已躬奠阙里，又复恩袭子孙、从祀先哲，举凡天下之学，颁赐御额以示崇礼，今且东鲁庙堂崔巍整肃，焕然一新，猗欤盛哉！不亦迈帝王而迥轶乎屡代哉！夫鼎新学宫者，圣天子重道右文之至意也。奉行盛典者，百职庶司所有事也。身任守土之责，而顾使学校就荒，非所以端政本也。天津之东门旧有学宫，前此分宪诸君子于左右两坊、礼门、义路未尝不加修葺，然庙堂地席卑隘，阶除栋础沈湮于泥污中者不知几历年所，亦且风雨飘摇，丹垩摧剥，余下车之日拜庙仰瞻，欷歔良久，嗣以捧檄从公，关河揽辔，役役往来，未遑修举。越岁辛未，始得捐俸以庀材，即诹吉而营度，于其基之卑者筑之使高，堂之圮者建之使固，以及两庑阶序之缺失者增之使备；斯举也，岂徒曰饰具文、美观瞻而已哉！诚以学校者王政之本，人才之所自出，风化之所自成，上以黼黻太平，下以广励士庶，守土者之不可不重其事，使由此而多士奋兴，皆道德明秀可为公卿，问于其俗而婚丧饮食皆中礼节，入于其里而长幼和洽孝慈于其家，行于其郊而让路让畔、少者扶羸老、壮者代负荷，则往古历历休明之盛于是乎在，余乐与观厥成矣。工既竣，弟子员有以记请者，因书而勒之石。

时大清康熙三十二年岁在癸酉九月重阳日

署理直隶钱谷守道事整饬天津等处山东按察司副使加五级前巡视北城山西道监察御史

《海门盐坨平浪元侯庙碑记》

余泰来撰

盖闻圣人首出，膺璇图，履坤轴，山川之神莫不奉若怀柔，奔走效灵，而崇德报功亦且锡以封号，载在祀典，烝尝肸蠁永久罔替，所云能捍大灾则祀之，皆有功德于民者也。天津近在畿辅甸服之地，为古渤海郡，上应天文析木天津之躔，百川朝宗，合流归墟，实当北海海门要冲，岁运漕米，江淮吴楚千万艘咸赖利涉，而煮海榷鹾，凡北地盐政统赖兹土，昔人所赋"积雪中春飞霜暑，路其效灵于海若"者，尤大彰明较著焉。余以康熙癸酉秋九月奉天子命巡视长芦鹾政，驻节天津，至则循例禋祀海神平浪元侯，庙貌赫奕，俎豆维馨。越明年甲戌秋八月，使事将竣，报政有日，诸绅衿商贾鸠赀庀材，聿新轮奂，乃以神庙落成来告。夫元侯，职司巨海，较四渎称雄长，利国惠民，厥功甚伟，厥利维普，凡舟楫帆樯往来出没于洪涛巨浸中，无颠危倾覆之患，得以充实天庾、佐水衡、济边储，以无忧仰屋者，惟神庥是赖。考诸祀典，始封平浪侯，爵再晋元侯，号比诸方岳，历著显绩，其明德远矣。庙始建津之河西，今顺治间改建河东，介在盐坨，以灵佑榷鹾为诸商崇报尸祝故也。余受事以来，星轺所至，凡直隶、齐、豫迨于江南之徐、宿，幅员数千里，计课金钱数十万有奇，幸无废坠陨越以归报天子，是神之相余于冥漠，以有成劳也。表厥懿显，勒诸金石，余不敏，其复何辞？乃碑而为之铭。铭曰：

  泱泱北溟，王彼百谷。比于岳灵，雄长四渎。
  矧兹津门，属在甸服。翊赞雍熙，声灵百族。
  岁济漕艘，牙樯万舳。爰佑鹾盐，霜凝雪簇。
  上佐水衡，榷输辇毂。元侯崇报，炜煌纶轴。
  美奂美轮，堊涂丹艧。采芹湘藻，桂香椒馥。
  寿之贞珉，穆清雍肃。海波休晏，胙尔遐福。

《御制海神庙碑记》

朕昔巡历天津，询知直沽海口去盛京数百里，舟航泛涉，实利转输。乃者，奉、锦两郡岁谷不登，兵民乏食，深廑朕怀，而陆运之程逾山越谷，旷日为劳，厥惟创兴海运，斯足拯济群生。爰命学士陶岱往莅其事，酌拨仓粟，运以巨艘，出直沽之口，东指辽海，篙师棹卒，并力一心，波涛不兴，天日清皎，祥飙遗送，帆桨如驰，甫三日即达盛京，振给所暨，周遍穷檐，俾此京辅之邦咸与遂生乐业，则惟尔海神有灵，克相朕以宁兹兆庶也。朕惟望秩之典，国有常祀，而济运之功，尤宜报享。天津东旧有海神庙，今特命工庀材，重加营建，朱甍碧瓦，规制崇宏，庶几鉴兹悃忱益加佑助，岂惟予一人，惠鲜之意借以有成，将盛京世世军民皆得邀神贶于勿替也。是用揭诸穹碑，表神之功德，以垂示永久焉。

康熙三十六年七月吉旦臣允祉奉敕书

《浙绍乡祠碑记》

大关帝庙者，浙绍人之乡祠也。庙在津城东北隅，建自前朝。地基湫隘，风雨倾圮，像塑驳落，绍人之羁此者，有陆如冈、张之逵、徐羽青等，即其址而高大之。顺治二年以来，历买庙旁民隙地，于庙后建阁以奉文昌，左造奎楼，配殿祀萧曹、司命，阁傍分东西二院，供大士、三官。置买姚家村地三百玖拾肆亩，延僧以司香火，前后左右共房陆拾壹间，复买王副将坟傍地伍拾亩，为绍之义冢，推乡耆有修行者以经理之，积累而成，其所由来久矣。祠与金华会馆为邻，康熙四十三年以争界址相控告。余亲临按勘，见四至契券分明，于是立案以平两造，绅衿王鐩、孙谠、丁櫕、朱鼎绶、徐振芳等，复请余言，勒石以垂永远。余维乡之有祠，虽为侨居者祀神之馆，然观其春秋祭脯，报功序齿，能无忘桑土，相受相葬相赒，有三代里社蜡之风，亦厚焉，非圣人久于其道者不至此，孔子曰："吾观于乡，而知王道之易也"，故嘉之，而允其所请。所有庙中房屋附开于后。

计开：

大门马王殿三间；月台牌坊一座；关帝大殿三间，殿后戏房三间，戏台一座；文昌阁上下六间，东西配殿六间；东院观音殿三间，韦驮殿一间，耳房一间，厨房二间，南房二间；奎楼上下二间；观音殿后草房三间；大门东临街店面房二间，后草房二间；西院三官殿三间，厨房二间，灶君殿三间，大门西临街店面房三间；大门外照墙前空地横阔拾贰丈；文昌阁后草房拾贰间；新置姜家井南义冢地捌拾亩零。

整饬天津等处兼理马政驿传粮饷屯田河道盐法事务山东按察使司副使加三级　蒋陈锡

康熙甲申岁阳月谷旦

《谕祭宁维国文》

维康熙肆拾五年岁在丙戌仲春□日，皇帝谕祭广东高□廉总兵官宁维国之灵曰：鞠躬尽瘁，臣子之芳踪；赐恤□勤，国家之盛典。尔宁维国，性行纯良，才能称职，方冀遐龄，忽闻长逝，朕用悼焉。特颁祭葬，以慰幽魂。呜呼！宠□重垆，庶沐匪躬之报；名垂信史，聿昭不朽之荣。尔如有知，尚克歆飨！

《义学田记》

整饬直隶天津道李、理长芦盐法道王，为置买学田以垂永久事。窃惟三辅为京畿重地，教养系政治先图。圣天子雅意右文，培植人才，既厚廪饩□□□□广中□□励群英，固已蒸蒸向化，士习翕然丕振，又恭逢宪台奉命抚直，下车以来，整纲肃化，百废俱兴，而尤□设义学□士风，殷殷加意焉。本道承乏津门，津门岩镇，五方杂处，旗民□集，烟火数十万家，每见穷檐荜屋多有俊秀子弟无力读书，遂致英才沦弃，不胜扼腕，缘于晋谒之下祗承宪谕，设立经馆一处，义学五处，俱经陆续陈明在案，而修金薪米之费□伙，若不□为经久之计，其不致□于鲜□者几希。除南北两关二处义学，系候补翰林院孔目宋真儒、候补内阁中书张钊，仰体宪台振兴文教至意捐备外，其余四处陆续买给食米，并束修、房租俱经本道先行捐给。又置买葛沽大地二十五亩四分，房身□园地七十二亩二分□厘，水稻田地四顷二十三亩九分六厘，庄房五十八间，共地五顷一十□亩七分二厘，□□价值银一千□百两，岁收田租米九十□二石斗五升，园房租银四十三两五钱四分九厘，堪充四处义学馆□之资，仰蒙宪台捐银□百两，本道捐银二百两，盐法道捐银六百两，北分司捐银三百两，南分司捐银二百二两五钱，其不敷银九十七两五钱，本道自行捐足，犹恐日久或至废弛，房地或至侵占干没，统祈宪批勒诸贞珉，用垂不朽，则三津人士永戴宪台□养斯文之意，亿万斯年矣等情，于康熙四十七年闰三月十三日详，蒙巡抚都察院赵批：建设义学，原以振兴文教，该□□置□□□□□□，诚恐日久废弛，如详勒石以垂久远，仍将碑摹送阅缴等因到道，蒙此合将置买房地坐落四至并收租数目□勒于石，永相遵守。须至勒石者。

康熙四十七年四月

天津道李发甲

盐法道王清硕　清军同知王来硕　天津卫守备孔兴祉　青州分司李滋奇

沧州分司袁煜　儒学教授于元征　训导孙琰　勒石

《重修观音庵碑记》

东沽濒处海滨，斥卤不毛，比户编氓惟渔盐是赖。国初海氛未靖，禁民捕采，民失资生之策，势难一朝居。自今上御极十一载，海宇承平，车书一统，吾侪海滨之民方引领吁恩以苏困苦，适太学生魏公授徒斯土，素娴堪舆之术，向吾父老而指示之曰："此地吉壤，宜建梵宇，风水得其培补，阖沽获非常之福。"复为定其基址，正其方向，勉其速兴斯役，勿复疑贰。尔时好善之士捐地捐金，爰举工，果于经始之初即蒙皇恩，许民乘筏于海，东沽群黎欢欣称庆，争先输助，不日成工。鼎建殿宇，妆塑大士慈像，渐次增修配庑，崇祀河海诸神，神庥默佑而□海之令随下，迩年以来，吾沽之庐舍顿改前观矣，吾沽之丁壮日见蕃衍矣，结网而渔者虚往实归、煮海而盐者月盛岁增矣。猗欤盛哉！君之恩也，神之惠也，吾侪何幸得邀君恩神惠以至于斯之盛也！但鼎建以迄今兹，已逾四十余祀，风雨飘摇不无圮颓，重修之役在所难□，况阖沽风水攸关，而可漠然不顾乎？爰各醵金同谋重建，基址不敢增减分寸，惟殿前增出一廊，以为善信展拜之地，其配庑禅堂残者修，缺者补，丹涂彩饰，焕然一新，不敢求胜于前人，只求无愧于后观。落成之日，备叙斯庵始初之所创建，与夫今日之所重修，勒之于石，用告后贤。后世乐善同人，见其圮颓即谋修葺，幸勿好大喜功，改移其方向、增减其规模，不惟有惬于吾侪今日重修之心，亦即大有惬于前人创立之初心也云尔。至捐金善信以及督工同人，均得勒□碑阴，以为将来者劝。

龙飞康熙五十三年岁在甲午十月中浣谷旦，东沽阖沽众善人等公立

《西沽浮桥碑记》

赵弘燮撰

先将军在昔驻节津门，余时方习举子业，就顺天乡试。尝往来卫城北

郭外，见西沽水势澎湃，行者病涉，即慨然欲请于先将军以建浮桥，会先将军奉命统师讨叛，不果行。及余两蒙圣恩监司兹土，前后履任未及三载，亦未暇为。然自幼时趋庭省侍，以及宦游所至，自山左浒历中州，凡经阅津渡甚伙，则斯桥之志未尝不时存于中。盖此地上接神京，为天下水会，四方舟车之所辐辏。潞河之水建瓴而下，其水发源塞外，自通州入潞河，与宝坻县之潮河合流至此，折而东南；其西则诸淀，为桑干、为滹、为清、为徐曹鼋平四水、为磁唐沙三河，诸水汇集，而徒骇、滏阳亦由此分流疏派，皆自西沽倾泻，与潞河合并，趋三汊河以入海。其在虹藏角见之时，河流就轨，两水交触尚龃龉不相能，至天降时雨，百川并涨，诸淀之水奔腾汹涌，如万马纷驰争隘夺险，又如两军疾驱猝然相遇，前有所拒，后不及停，湍激奋迅，莫可名状，舟师失戒恒多覆溺，则斯桥之作盖未可已也。余承天子宠命，自中州移节畿辅，复奉特加总督，凡地方大利大弊，厘剔修复，次第举行，乃得及于斯桥。于是率先捐俸，属长芦运使宋君师曾、天津道朱君纲，鸠工庀材，排列巨舰，横贯铁索，施板覆土，南北对峙，坦若康衢，而又相度行艘，时其启闭，以及铁锚麻缆，百物具备，凡用船一十有六，计其长二十有六丈，糜白金二千余两，肇于康熙甲午岁冬，以乙未夏四月讫工。桥成，二公归功于余，余曰："众擎则易举，同好则久存。余虽一人倡之，而藉诸君之力，乃得商民子来恐后，于以有成，尚冀后之人同乎斯好，时复修葺，则斯桥庶几其可久也。"而余伏念先将军总统王师削平滇黔，功著旂常，而余又蒙圣天子永念前人之烈，特优简拔，再世秉旄，得糜禄于此以报君之恩、继亲之绪，斯桥之作，余实有厚幸焉。而二君部署纤悉具有条理，其勤于职又可知也。用伐石刊事，并勒慕义商民姓名于碑之侧。

《重建大悲寺十方碑记》

文渊殿大学士兼礼部尚书加四级

娄东王掞撰并篆额

神京之西有环山焉，名蓝相望而起，其间翠微峰之右麓，有古寺曰大悲。是寺也，未知创自何代，倾颓殆尽，惜无可以住持者而主之。有慧灯禅师，乃津门望族，飞锡都中，人多乐从。岁次甲午，御前侍卫诸公久钦道风，敦请主席，许之，遂偕印如师入院住持。师以真朴自守，不附不眩，而化日广而施日众，爰是率领监修，不数年殿堂、寮舍、山门、庖湢无不次第建举，而佛像之辉煌，金壁之灿烂，曷可胜数。至于颁请方册、大藏，及设置三顷地亩以膳众，晨钟夕梵，六时清修，尤盛事也。噫嘻！大悲中兴之主，舍吾慧灯师其谁与归？迄壬辰，师之道益著而名愈彰，圣祖仁皇帝召见于畅春苑之天馥斋，赐额锡金，龙光藻丽，山谷为之增色，故至诚动物，尽性达天，虽效之所致，实理之自然，而欺世盗名之徒岂可比拟哉！尝见师推广此心，笃敬文殊，癸巳岁徒步礼拜朝山，以致感格，放光示现，愿力益坚，约友萍如师饭僧五台，始于丁酉之夏同登清凉，装伽蓝祖师像供于秘魔崖，更以衣帽散众，复于涌泉寺饭僧施茶，三载为期，补葺万佛阁，重修护国大殿、文殊大像，及鼎新前石府文殊院，并整茶棚款接朝山往来者，然则师不独为大悲寺而已也。余与师为方外交有年矣，师于大悲寺不愿以剃度为住持，惟愿以十方有德者为往持，后之主者共深悉之，故特为之十方碑记。

雍正二年岁次甲辰清和月吉旦

住持比丘福元空忍　剃度弟子祥林　祥兆　孙澄配　仝立

《禁设盐店告示》

特授直隶天津卫正堂加衔一等王，为陈明阅卷差传地方到案，取据卫民界址事。据卫属士民殷桂蕃等呈前事内称：身等沿海三沽五铺居民，自盛朝定鼎以来，丁粮命盗并子弟考试俱在本卫，毫与沧州无涉，地界分明；不料本年三月内，有初认行盐沧州商人伙计孙姓，不知州卫居民疆界，将盐斤车载多辆欲派卖于身，该商岂不知前抚、盐二宪题请，奉旨已将天津引课豁免，现今勒石犹存，身等各家俱系晒滩售商，何用买食，情极无奈，以豪商违悖皇恩等词奔控津宪大老爷案下。蒙批：河间府宪会同青州分宪，查明妥议详报。尚未会审，继蒙宪天莽大老爷仰副圣天子视民如伤之至意，将身等差传到案，洞悉前情，饬令身等僻处乡民照常安业，永禁州商不得设立盐店，派卖捕鱼民人。未几持文行知津宪，将商人李之锡所控前词注销，身等得脱派盐之害，已蒙宪德无讼之福矣，叩乞恩准前情，差传地方，开明界址，各属清分，赏示晓谕，则大沽一带万口千家共颂实政不朽矣等情前来。又据左卫地方李尚举禀为回明所管地界事呈称：身在大沽，应认地方三十余年，沿海大沽、中沽、东沽、梁子上、草头沽、道口子、驴驹河、高沙岭、白沙头，实系天津管辖之处，蒙差传唤，理合开明界址，据实回明等情。据此，本府查得，三沽五铺一带俱系本卫民人，自蒙前宪题天津产盐之地不设引课，历年已久，又蒙盐宪为国为民面谕，僻野乡民照常安业，永禁州商不得设立盐店，尔等实沾如天之德矣，合行出示晓谕。为此示仰三沽五铺商民人等知悉，嗣后照依宪谕事理，永远恪遵，毋得更张改易致滋罪戾。特谕。须至告示者。

雍正二年闰四月二十八日

殷桂蕃　张汉谟　郑聿义　傅汝璧　乔希禹　孙士苹　关愈　贾鸣　郑荫芳　李云瑞　陈肇基　郑宏礼　傅子由　吴士良　苏文献　陈玺　刘盛美　曹胜泰　李兆霞　田公卿　路四海　于化龙　郑可绍　贾天锡　乔希舜　刘德辅　朱祥宇　徐文理

《重修长芦盐院公署记》

莽鹄立撰

雍正元年五月十三日，予奉命巡视长芦盐政，时芦商疲困，公私逋负不下百十余万，案牍山积。先是，皇上既命管侍卫内大臣公今刑部尚书阿公、监察御史年公，鞫审官商亏欠，又命予来经理其事，圣训谆切，务期彻底澄清。予履任后，晓夜思维，随以加盐免课、通融带运、展限奏销、借帑收盐、接济沧商数事面奏于朝，俱蒙俞允，凡可恤商裕课者，不惜殚尽心力为之筹划，商困稍苏。予固屏绝苞苴，即一切麾仗亦无所用，又不欲废向来制度，因令收藏以俟后人；至陈设各物，除银器、现具、锦缎之属当即发还，惟锡器、木器、瓷器留用，亦召吏登记，以便差竣给领；至于衙署之倾圮颓废，固已安之矣。次年二月，予东巡留驻济南者两阅月，众商乘时集工缮修，予闻之即传谕：宁朴毋华，不得妄费。及还，而见署内之倾者已正，颓者已整，甃石砌砖，易瓦缭垣，庖湢厕湢不完聚；署后旧有射圃，在荒草中，客至较射则取苇席以避风日，至是筑室三楹，址三层，墙四围；予因题所居南室曰"敬事堂"，取《论语》"敬事后食"之意也，予旧以名宁夏署，今莅此地仍以名之，题射圃室曰"绎志轩"，取《礼记》"射者，各绎己志"之意也。众商若勤勤为予计者！夫予以身许国，即家事且不问，衙署美恶更勿留意也，故始而倾圮颓废也，安之；继而易旧为新也，亦安之。今蒙圣恩，再留任二年，然日月如梭，此室乃传舍也，岂因缮修而以商人为德哉？但予素恶新旧交代之际，苟可携者则捆载而去，其难致者则滥给舆皂，甚至棍扉砖瓦之类亦恣行残毁，非必出自居官者之意，大概系无知仆从所为。予既恶此，故严约下人，时如爱惜，使去任之日一如方新之日，并勒石以属后之居是任者，各饬其家人下役不得恣意残毁，一以念商艰，一以惜己福，幸勿谓予之饶舌也。

《重修龙王庙记》

莽鹄立撰

予今而知天之申命保佑、神之通诚感召，有如斯之灵且速耶！今年春，天不雨，天子亲徂郊圻，警跸旋临，而云油雨沛，泽乎四方，《诗》曰："农夫有庆，万寿无疆"，天下颂焉。夫川后岳渎之所以效灵，以圣人之心即天心，故感通而佑命之，其灵且速如此。越两月仲夏，天津蕞尔区或耘或耔之后，东南其亩，重望云霓，是时也百谷既播，二麦未登，予思天津为神京畿辅，人烟辏集，秋敛无望则黎民阻饥，予方以为忧。询知盐关之南有龙神祠，为灵昭昭，予亟闻于元戎徐公、两观察年公、段公及同城文武群僚庶士，即于是月二十有七日庚子，以禋以祀，虔告于神，而众商亦从予祷焉。厥明辛丑二十有八日尚烈日炎风，迨至未刻，雷起兑方，霢雨如注，自申至夜分方止，四野沾足。及入五月，长雷泽泽又日以相继，前之喜雨至是而愁霖，向之忧旱至是而苦涝矣。予复忧之。六月朔壬申，予再祷以求晴，越朝果薰风自南，云敛日霁，于是津之众商睹神之灵且速如此，皆曰予之诚有以感召之也，咸归功于予。予进而晓之曰："云行雨施天下平者，圣天子之神运也；雨旸时若百灵效顺者，圣天子之德化也；今之旱而雨、雨而晴，感应如响者，天之申命保佑也；予何有焉？"众商复为予请曰："公不有其功，惠宜报也。请公题额以昭其灵，吾侪捐资以新其宇。"予忻从其议，即首为捐金，元戎、观察诸公皆乐助以成众商之志，予因为记以寿石，俾后之览者知神之奏绩于清时，商之慕义于不朽，皆仰体圣天子之精诚感召，以惠此一方，自此天不屯膏，地无遗利，时和岁稔，海不扬波，圣泽汪洋，永永无极，皆于是乎兆，且望后之人虔修庙祀，以传神惠于无致焉。

《御制海神庙碑记》

天津直沽口海神夙著灵应，皇考时以盛京岁偶不登，命泛舟输粟出直沽口，浮于辽海，达于奉天，惟神效祥，三日而至，皇考嘉悦，为神立祠，制文勒石，昭美报也。朕嗣膺大统，辑宁兆庶，凡天神地祇能为我民御灾捍患者，咸稽旧典，加封秩祀，况海为百谷王，沐日浴月，出云兴雨，品物遂生，其利益于民甚溥，而神之降福兹土昭明显融，历有年所，又朕心所敬礼者也。既崇封号以答神庥，爰敕有司载新祠庙，更立丰碑，垂示久远，神其益降嘉祥，舟航以通，风雨时若，永惠我民，则朕有厚望焉。

雍正四年六月吉旦，和硕诚亲王臣允祉奉敕敬书

《办粮官吏不得强雇渔船告示》

特授直隶天津州正堂加一级纪录四次史，钞蒙直隶等处承宣布政使司布政使加一级王，为钦奉上谕事。雍正九年四月二十五日，蒙兵部尚书暂理总督唐宪牌，内开前事，雍正九年四月二十四日准户部咨福建清吏司案呈，四月二十三日奉上谕："闻天津一带，民间渔船专以贩鱼为业，每年谷雨以后、芒种以前是其捕取之期，亦犹三农之望秋成也，若此时稍有耽误，则有妨小民一年之生计矣。目今天津运往山东积贮之米粮，皆雇觅渔船装载，然亦当遂小民之情愿，若因运粮而妨捕鱼之期，未有因济山东之百姓而妨直隶民生之理。著直隶总督、天津总兵官速饬办理粮务人员，就近酌量，此时不可强雇渔船，致令失业。此系积贮备用之米石，俟过芒种以后再行运送亦未为迟。当事者总不实心筹划办理，甚属溺职，该部可即速行文传谕知之，将朕谕遍行晓谕。特谕，钦此。"交出到部，相应行文，署直隶总督遵照上谕内事理速行办理可也等因到院，行司钦此钦遵，除移咨转饬遵照外，合亟出示晓谕。为此示仰该州官吏、居民、捕鱼船户人等钦遵知照，趁此捕鱼之期各安生业，毋致失时，俟芒种以后仍听雇觅装载，不得强行雇运，毋违。须至告示者。

雍正九年四月二十七日示

《重修盐政碑记》

盐政碑，为吾乡三沽五堡食盐、渔盐而立也。国初时曾经奉旨，将天津引课豁免，嗣有沧州商人派卖民盐，经吾先人子丹公及阁沽诸先辈禀控，蒙前各宪晓谕三沽五堡居民照常安业，当令立碑以广听闻，于时刊有《湛恩记》，则各宪爱民之心至矣，而先人为后人计亦良苦矣。兹碑碣为

风雨摧残，字迹剥蚀，傥不及时修整，设再有如前派卖民盐等事，了无凭据，将前各宪之实惠不彰，即乡先生之苦心亦就湮没，岂非吾乡之大患也哉？于是三沽五堡公议，竭资修整，俾碑记垂诸久远，遗泽常流，即以表各宪之恩而继先人之志云尔。

  郡庠生殷家弼撰文

  武庠生萧弈昌书丹

  国学生萧勋荫篆盖

《严禁员役勒索渔户告示》

  特授分巡直隶天津河间等处地方兼管河务按察司副使加二级纪录五次张，为饬查弁员监验陋规、渔税滩盐利弊，以肃军纪，以安渔业事。雍正十三年十一月初五日，蒙宫保尚书总督部院李批，本道会同盐法道详覆，天津近海渔民出口打网所带腌鱼盐斤，均系卖剩滩底泥盐，捕鱼进口除黑课米每船纳银一钱五分，此外天津海税口每鱼千斤纳银二钱七分，钞关口每鱼一车纳银六钱八分，通州马家桥每鱼一车纳银二钱五分，崇文门税课司每鱼一车纳银或三两三钱，或二两二钱、二两四钱鱼值不等，此外并无额外私征。惟本年三月内盐道饬查，不期渔户无知，恐有留难稽迟，情愿在于盐道衙门纳课，并未准其加课。所有验放人员昔年原有陋规，计船四百余只，一年两季出口，大船每次每只一两，中船每次每只七钱，小船每次每只四钱，雍正十一年经前盐院鄂禁革在案。至守口人役，每船原给饭钱一百文，自上年至今并不给与，亦无需索，嗣后饭钱陋规概请革除，如违参处，并令弁员将渔船出口、进口逐号造明渔户姓名具报，本道等转呈院宪查对，得免影射之弊。并议渔户所带盐斤，令其照旧携带泥盐，如有余剩即弃海中等缘由，蒙批如详饬遵，并将渔船一切饭钱陋规悉行革除，出示严禁，嗣后倘有验放员弁兵役借端勒掯，迟误捕期，或另立名色暗中需索，即行详揭，以凭参拿究处，至渔汛出口、进口船只号数，渔户姓名，按期逐一查明转报，毋任影射夹带滋弊，仍报明盐院并移知布政司缴等因到道，蒙此合亟出示严禁。为此示仰守口弁员兵役并商民渔户人等知悉，嗣后渔船出口、进口一切饭钱陋规悉行革除，不得仍前给与，倘有验放员弁兵役借端勒掯，迟误捕期，或另立名色暗中需索，许尔渔户人等赴辕据实呈禀，以凭严拿详究。各渔户携带泥盐之外，亦不得影射夹带滋弊，并干察究。各宜禀遵毋违。特示。

计开网期：春季作青鱼并打正网期，在清明时前，谷雨节后；夏季出打散网期，在夏至节后。

雍正十三年十二月十三日

《重修天津护城河闸碑记》

钱陈群撰

自古土功之兴，有城必有池，所以限封疆、通宣蓄、资灌汲、利往来也。周公成洛邑，凿阳渠以周四面；而秦汉以来，千金五龙之号，富民利人之名，史不乏书，代著其烈，此亦见水之为利溥，而废兴之间事甚巨也。天津为九河下流，于北地称泽国。城东、北二面临大河，余二面无水，旧于城侧开护城小河一道，而于城东南角开水门一，以引河水，又于城下东西凿水门二，引水入城，各立闸司启闭。康熙十三年因废重修，广袤深浅不改其旧，数十年来木朽石倾，闸不能制水，一时权宜概行堵塞，而护城河从此遂淤。太守程公以清德令望来守此邦，四国诵为仁人，九重闻其长者，纲举目张，百废具理。先是，郡之士民以护城河闸请于前守李公，甫营浚筑，旋奉召以去，至是复请于公，公曰："是不可以不修。"遂属工兴事，亲督畚锸，旬月而事竣，清流洋溢，左环右绕，俨乎金汤之固矣。且夫闸之设也，非美观也，盖有六利焉：畿南之水泛溢无时，有闸则按期启闭，近城左右永无水患，其利一也；城内沟渎之水壅滞无归，有闸则积水可流，积秽可泄，其利二也；斥卤之地素无甘井，居民饮食皆远汲河水，有闸则清泉日注，饔飧是资，其利三也；城南碱地必藉清水灌溉，有闸则沟浍宣通，硗确之地皆成肥壤，其利四也；居民夜作例不禁火，曲突徙薪备预宜早，有闸则一旦失火即可挽水以扑灭，其利五也；有大河以绕其东北，有小河以环其西南，大河总其干，小河分其支，脉络周通，土风清美，坐使形胜日尊，都邑日盛，其利六也。夫为民兴事，捐己有以开百年之利，贤大夫之事也；述旧章、修故典，垂茂绩于来兹，广前猷于不替，亦后世有民社者之则也。爰为之记，以为来者法焉。

《重修天津府学明伦堂记》

顾琮撰

间考两汉循吏以良二千石著声者，若文翁之于蜀，李忠之于丹阳，任延之于武威，莫不以兴起学校、崇尚道德为先事。盖以学不兴则教不肃，教不肃则化不洽，化不洽则政不成，欲政成而讼理，俗茂而民和，舍学校以为教，其道无由也。后世司民牧者迫于催科，视此为不甚重轻之事，将古所谓司徒六德、六行、六艺之教阙焉无闻，于是士之入学者亦自安苟且，而不复求进于仁义忠信之途，政令之日弛，风俗之不古若，其不以此也欤？天津旧属卫地，其学创建于前明正统中，屡废屡葺，国朝雍正间由卫升州，由州升府，学宫则仍其地不改。第岁久勿治，陈丹暗粉，难为观美，前守桂林李公撤而新之，独明伦堂址畚筑不坚，薄栌欹仆，今太守程公来守是邦，抚恤噢咻，兆庶康悦，朔望则率其令长及郡学博士谒先师庙，集诸生而训迪之，顾瞻斯堂将就倾圮，虑无以为宣化地也，急割俸钱若干而益以廪膳羡赀，诹日庀材，凡楣棂楔栱梲桷栾庮之属，或榱或垩，百废俱兴，肇工于乾隆三年二月日，告竣于五月日。堂既成，诸生谒予请记，予谓是举也，用不滥材，工不旷役，施之而得所先务，不容以不文辞，爰进诸生而语之曰：国家列圣相承，诞敷文教，四海向风，多士生近三辅，含茹雅化，几百年矣。君臣、父子、夫妇、昆弟、朋友之大伦，岂无有讲明于夙昔者乎？登斯堂也，则宜顾名思义，臣劝于忠，子勉于孝，兄弟、夫妇、朋友之间益相亲而相逊，如是则成德达材，居为良士，出为纯臣，而于朝廷陶铸人材之典庶几无负焉。不然，虽日游于学，俎豆筐筥、象勺干籥未尝不备其器，鞉鼓椌楬、笙镛琴瑟未尝不审其音，屈伸俯仰、盘躃缀兆未尝不娴其度，而尊君亲上之大义不著不察，则郡之人士何以是则而是效，三代盛王之治亦何由复觏哉？众皆曰："善！"爰摭其本末，并推原贤守以经术为治术之意而镌之于石。

《重修天津北门外道路碑记》

陈弘谋撰

天津距京师二百四十里，当河海之要冲，为畿辅之门户，冠盖相望，轮蹄若织，俨然一大都会也。北境自丁字沽以至祇树园，旧有土路名曰叠道，东滨运河，西临淀池，每遇夏秋一望淼茫，呼舟涉渡，层叠数里，行人苦之。自浮桥以至拱北门外之城河桥，向有石路，岁久倾圮，车马动多踬仆，遇雨雪则尤甚。予莅任来此，心窃病之，念朝廷屡有兴废举坠之诏，果费无所出，当请发帑金修治以利行旅，因檄下所司勘议，弗敢后。

旋据天津守令详覆，丁字沽叠道经费已有成议，北门石路尚无经费，计需九百五十余金，请以郭商人罚锾一项，原议添建西沽木桥者移为此用，如此则费皆有出，事归实济，遂同盐道蒋君会详两台，俱蒙报可，于乾隆四年某月庀材鸠工，畚畚成云，鼛鼓四应，不日而成。督修者，郡守程凤文、郡丞杨灏；承修者，县令朱奎扬；监修者，典史周锦、巡检郑一民、驿丞刘富国也。自今以后，北南往来，如砥如矢，毂击肩摩，喁喁于于，会风雨而咏荡平，而属在守土亦少抒疚心之一事矣。古君子之入人国也，观道途之茀治而知政令之得失，夫非仅求之履视之间，其谓兴作务时，施德务广，凡国中利病纤悉皆系于长民者之一心，民之所苦必思所以去之，民之所乐必思所以成之，不待呼吁及前而后动，不必考成所及而后行，皆兹道路类也。不然，高车驷马，前呼后拥，熟视往来纷纷，所苦所乐若无睹焉，其心可知，其所以及民亦可知矣。津门为众流所归，民之苦水所在皆是，其宜创宜举而不可以因陋就简者，不更有大于此路者耶？随所见闻而体察之，不以易而忽，不以难而阻，统终始而筹划之，集众谋而成之，是则予之志也。工既竣，邑令请勒石道左，予遂书此以畀之，若其工段广袤之数，则有司之簿领在，兹不赘及云。

《天津道题名记》

弘谋撰

国家建官分职，首重畿辅。天津北拱神京，东临大海，为水陆要会。明弘治四年设有整饬天津道，练兵理讼兼管运河，正德间裁而复设，至于明末不废，职司之重，自昔然矣。我朝因之，为分巡道，统辖河间一府，检核地方一切事宜。雍正三年改为专司河道，十一年冬仍以分巡兼理河务，时天津卫已由州升府，分河间所属州县隶之，河间仍旧统辖，两郡最称繁剧，又当漕挽要冲，海滨重镇，舟陆巡行，往还络绎，顾名思义，因地制宜，以云称职良非易事。余于乾隆三年春被命莅此，邦人士咸为余言，前之居是职者率以考最迁去，后多得至显官，余考之旧题名碑记，因道署递迁蹄仆道旁，其所载姓氏，自康熙九年以前则缺焉。顾余念之，士人入官亦第论其称职与不称职耳，其后之官显与否岂可概论。而所谓称职，亦第问其所设施者若何耳，果能握其体要，条其节目，兴除利弊，次第观成，纵仕途淹滞，而仁风善政流被在人，甘棠之思久且弗怿；不然者，守虚文，循俗套，漫无建白，甚至措施失当，贻累地方，后虽幸至显官，徒使人指而目之曰：某事之不善，始之者某某，成之者某某，即后之任某官者是也，指摘所及，益难解免，反不如湮没无闻者之得逃清议焉。然则题名一碑，虽只载其姓氏、籍贯，而其事之善否，与人之贤不肖，不且与之俱传耶？善乎！司马温公记谏院题名碑曰：后之人将历指其名而议之曰，某也忠，某也诈，某也直，某也曲，可不惧哉！此诚千古题名，而即以征实之微词也。余是以历考前碑所未载而勒诸石，并述建置沿革之由与治状之不可掩若此，既以垂后，亦因以自考云。

《天津海运碑记》

朱奎扬撰

天津地滨少海，越五百余里皇城山而东乃为大洋。少海左盛京，右登、莱，天津居南北之滨，地瘠民贫，雨旸偶愆，每恃二处米石相接济，向有米船三百余号就近贸易，船小桅细，只可内洋往来，功令未之禁也。乾隆元年，有以闽粤大洋请严偷运之禁，时部议仍分别内港，近地贩米不在禁例，惟是天津少海未有明文，乃山海关将军等衙门概行查禁，天津一隅不特民食维艰，而船户水手数千人失业坐困，尤为可虑。二年，奎扬来长斯邑，时春雪衍期，阅四月不雨，两麦歉收，总督宫保李公飞檄预筹，奎扬细考旧章，遍征舆论，以少海例如内港，权请贩运通融，方备文急递，而宫保公先已合天津总镇黄公具疏，先后上闻矣。蒙皇上廑念邑为畿辅重地，恩俞准行，于是滨海居民欢声雷动，其商贩水手各给照票，鼓楫操篙，扬帆驶渡，不浃月而运贩还津，廪实庾充，如登大有，歌颂帝恩，声溢比户。乃三年八月及今夏五月，皇上畀命重申蠲振之外，仍令内洋贩运勿禁，民食得济，靡不怀生，至米石关税，叠奉德音，屡免征赋，通商惠民之泽浃髓沦肌，数百万穷黎承天庥而茹帝德，盖永永无极也。耆民合词来请勒石纪恩，令实民长，敬执笔恭述，庶利民大猷与金石俱永云。

《重修海河叠道记》

朱奎扬撰

天津一区相传为九河下梢，陈迹莫考，然河间为九河故道，而天津正当下冲，《禹贡》所称"同为逆河入于海"者是也。今地势洼下半似河形，水发之年受淹偏重，而城西南一带更同仰釜，接壤静邑，周遭数百里，左界海河，右联南运，每当雨水汛水交发，运河东决，海河西漫，入易出难，甚者历数岁不涸，地势厄而人功塞，民之困于水患久矣。观察陈公莅津以来，悯斯邦之频涝，而南洼竟成泽国，酌民情，审地局，自城东迤南至咸水沽，旧有官商捐输修筑之叠道，绵长五十余里，为往来新城、大沽通衢，年远坍废，久成弃壤，进奎扬而告之曰："此一方之保障也，捍患济行，全功在兹。"值制河两部院檄疏积水，公即以修筑叠道并开新旧引河、建桥闸资启闭为请，报可，饬议间而吏科给事中马公奉命巡漕，目击斯道为通邑之关键，恺切陈奏，复经制河两部院会议，力请举行，钦蒙圣天子轸念民生，悉从廷议，发帑兴修。转圜之易，今读两部院会议一疏，以及巡漕章奏与观察原议各条，兴事利民何其不谋而合也？事固挠于立异而成于大同，不信然哉！奎扬承乏是役，估需帑银三万二千三百九十两零，计修筑叠道自城东起，至咸水沽以下茶棚止，长九千六百五十丈，泄水处开设涵洞，跨以木桥，并疏挖贺家口等新旧大小引河六道，修筑白塘口已损石闸一座，重建咸水沽大板桥一座，添设贺家口、何家圈、双港木桥各一座，兴工于己未秋九月上浣，期成于庚申之春。其茶棚以下直抵新城并大沽海口之道，观察陈公复议设法修垫，劝捐继筑，一时官商踊跃从事，大害既去，纤利不遗，思异时袯襫荷锄，出作入息之区，即今之汪洋浩淼一望千顷者也；异时坦坦周行，车驰马骤之场，即今之崎岖残缺致叹路难者也；古有以苏名堤，以召名镇，功施到今民勿忘焉，则津民他日享利泽于无疆，而溯厥由来者，其谓之何？鸠工伊始，邑志适成，经久规模不得不先授剞劂，昭示来兹也。于是乎记。

《皇清敕封安人沈母徐太君墓碑》

安人姓徐氏，越之山阴人。父斌，迁天津，两仕别驾；子之佐，以乡书官献县广文。安人少淑庄，动有礼法，斌爱之，为求婿，以归沈君。沈君者，故居余姚，有为吏部尚书谥庄敏者，其高祖。有顺治戊戌进士、翰林院庶吉士者，其伯父；世多贵盛，而后亦侨于津。君早入太学，有能文声，斌意其速□也。亡何，君遂病，病且不疗，时安人年甫二十，志欲殉以死，既敛君，触棺哀号，绝饮食五日余，劝者不能入，斌徐晓之曰："若意烈矣！虽然，夫亡嗣未立，而徒以身从可乎？"安人闻之，乃稍自强活。始，沈君之从其父来燕也，其母与两弟尚留余姚，至是闻君疾甚，走数千里来视君，方抵君舅氏之宅京师者，舍未定而君已卒，母痛其若是也，遂□而卧。安人告于斌，愿往事姑，斌与妻故怜安人，始坚不可，顾义无以夺，乃听使行，而约数千金资安人，安人奉尊嫜，服勤左右，以其资竭供养，视两稚叔皆有恩，比舅姑卒而丧葬无失举者，人咸以为难。始沈君既卒，无子，茕如也；安人痛继嗣之乏，皇皇中疚，五、六年矣，乃求弱小侄以为夫后，抚而教之，受若己出，以逮有成，是为世弘。世弘才器魁伟，以太学上舍授州司马，著称当时，所交公卿缙绅多推誉之者。岁丙午，大宗伯长洲吴公视学畿甸，上安人节行于朝，报可，命有司树坊中衢，以风民俗；沈君赠儒林郎，而安人亦封如其官。安人年七十有四既殁，崇祀节孝祠，凡诸孙六人，女孙三人。

赐进士及第经筵讲官礼部尚书　溧阳任兰枝撰文

乾隆五年四月　　日立

《重修儒学碑记》

卢见曾撰

自古建学者，必于国之阳，垲爽之地。宅高势崇，使瞻而知尊；治材用物，使久而恒固；洁其堂皇，使礼行而肃；广其舍宇，使事集而备；时其缮完，望焉而若新；盛其鼓舞，兴焉而不倦；非是无以宏圣道、成教化也。我朝尊师右文，典礼隆备，追崇先圣五代之祀，厘正从祀诸儒，建书院，加特科，广博士弟子员额，九州俎豆之区罔不承流向风，以仰副德意。天津于神京为左辅，东距大海，洋舶盐□百货之所辐辏，又自明以来为军卫之地，其改为州治因而升府才二十年，人心风俗之渐染于功利，犹有未克丕变者，所以崇奉学宫，习祭菜鼓箧之仪，以播弦诵之雅化，视他郡宜尤亟，政理之要莫有先焉。岁辛未，余迁长芦运使，始至释奠，仰瞻殿壁剥剥，门庑欹斜，棂星门内外水潴而芦茂，席板以渡乃得进而展礼，颓垣通市，完者亦卑不及肩，为慨然太息久之。谋修建于台使者高公恒，公曰："吾志也。"按察司副使董君承勋、知府熊君绎祖闻之，交赞其事，予乃简官师之能受功者，率作兴役，疏其水而去之使无复淤，薙其草而绝之使无复苗，垣宇所设增其庳、植其倾，木石所施汰其朽、任其壮，涤之垩之，丹之艧之，自堂徂基周内及外，凡学所宜具者靡不毕举，于是枚枚翼翼，瞻者赫然知学宫之尊，而仰圣教之大，且将使津之士因是兴起，以臻乎日新之盛，而复推其余，以及里巷乡曲之间，皆知慕文学而敦礼让，夫固予所旦夕期之者已！是役也，经始于乾隆辛未七月，其落成则以十月庚子，凡八十五日而毕工，计财用之费为金一千一百有奇云。抑考天津于明之正统始建学宫。历景泰至崇祯二年而修者五。我朝自顺治十年至康熙四十七年而修者四。雍正九年升州为府，十一年知府李君梅宾修建府、县两学，迄今甫十八年而修者三，是何后之修者若是其亟欤？余维津为水乡，水不治则壅，壅则地渍宫之垣墉，屋舍因以倾圮，官斯土者尚其以时疏浚而葺治之，于以敦行典礼，崇奖儒术，辅成圣天子覃敷文教之盛，而毋视为缓图，斯则余之所临文兴叹，而不能无望于后之人者也。

《问津书院碑记》

卢见曾撰

世宗皇帝御宇，饬天下省会各立书院，盖缘教授等官部选拘于年例，不必尽贤且文，又弟子员散处，无由朝夕相见，一一端其德行而课其材艺，乃于学宫庠校之外，别建一肄业之所，礼聘名儒掌其教，拔庠士之尤秀者资以膏火之费，使朝夕与居，以授经而讲艺焉，其为兴德育才计，至深远也。嗣是郡县有司承上意旨，通都大邑往往设有书院，士习蒸蒸进而益上。天津以百川朝宗之地，而为京师左辅，感化最先，輶轩采风者之所首及，顾阙焉未兴，心窃病之。前太平府通判查君为义告余曰："家有废宅在运署之西南隅，其地高阜而面阳，形家以为利建学，盍筮之？"筮从。白之总督方公观承、署盐院高公恒，均报可。爰庀材鸠工，位其中为讲堂，堂三间；前为门；后为山长书室；而环之以学舍，凡六十有四间；计费白金二千四百有奇。经始于乾隆十六年辛未八月，落成于十七年壬申二月，适吉公庆来视盐政，为延名师、立教条，入学鼓箧，《宵雅》肆三，宾燕礼成，容止有秩。越翼日，诸生踵门谒请所以名是书院者，爰进而诏之曰："若滨海亦知夫海乎？孔子之道，犹海也。学者蕲至乎道而止，今之制义，其津筏也。学者因文见道，譬如泛海者正趋鼓楫候劲风，揭百尺维，长绡挂帆席，然后望涛远决，乘蹻绝往以徐臻乎员峤、方壶、蓬岛之胜，若自崖而返，与终身于断港绝潢而不能达者，皆不得其津者也。余姑导使问焉，毋致眩惑于沙汭之云锦，遘迕于暂晓之蜩像，则庶乎其不迷于所往矣。"诸生再拜曰："有是哉！夫子之诏我也，敢不顾名思义，以勉承教思！"于是伐石纪言，述事之缘起，而名之以问津云。

《重修天津府武庙碑记》

卢见曾撰

唐元宗朝，庙祀太公为武成王，与孔子并。自唐迄宋，代增从祀，凡数十百人。明制，建武学于大宁等卫，隆庆间复增修之。今在直隶者凡五所，京、省各一，其三则天津、永平、宣化，皆关海岩疆也。余守永平日，尝因郡人修武庙之请，即其废学旧址建书院以课士，而名之以"敬胜"，六年化大行，士皆敦礼让而能文章，其以怠胜废业者无有焉。辛未春，余转运长芦，莅任后以时展谒，见武庙圮坏与永平等，因白之总督方公观承、盐院吉公庆重修之，为文以记其事曰：缅惟太公，以武功定天下，故《乐记》有武舞曰"发扬蹈厉"，太公之志乃其陈戒武王；则首以敬立训，孔子曰："修己以敬，太公实先之"，其与孔子并祀，血食万世，宜也。余观周之盛时，将帅之材，类皆贤圣。宣王中兴，方叔、召虎、仲山甫，无不出入风雅。降及春秋，赵衰论帅犹曰"说礼乐而敦诗书"，其言皆原本于道德。至汉初乃有拔剑击柱、饮酒争功之习，与丹书所陈始相谬盭。余尝谓"发扬蹈厉"与所谓"敬胜"者，实异名而同归，惟敬则主宰精明，丰采表著，故立朝则正己格物，临阵则杀敌致果，讲学则崇正黜邪，盖"发扬蹈厉"惟"敬胜"者能之，其骄且惰者反是。称太公封国于齐，感逆旅主人之言，夜衣而行，黎明至国，其一生靡不以敬相终始，此所以与孔子而并血食于万世者也。天津明时为卫地，勋戚将弁之所居，余惧夫津之士渐染韬钤之习，而不知太公之所以为教，故揭"敬胜"之旨以告之，俾知所勖焉。是役也，鸠工于乾隆十七年四月庚子，竣于七月庚午，计费白金九百五十有奇云。

《重修天津海神庙碑记》

渤海介析木之津，襟带畿辅，捷雄阃而巩之，实惟神京左络，翕受灵长，厥利斯溥。神故不列海渎秩次，康熙间盛京有泛舟之役，衽波飙帆，厥事迅葳，我皇祖嘉神之功，饬庙荐馨，祀在彝典。我皇考诏即旧规，重事葺治，丰碑并峙，昭铄瀛际，崇示礼秩，莫不备举。越岁既久，风雨剥蹐，无以揭虔妥灵，乃发水衡鼎厥工，楹辉艧新，式奂式壮。朕今春率皇祖旧章巡幸天津，莅而谒礼，为诗以落之。盖自淀池循子牙、溯海河，既得悉其归墟原委，至则登观海之台，澄波澶湉，引控瀛棣，东眺扶桑，爓艳葱郁，光延我陪都，而旅顺、登莱、庙岛环拱罗布，胥靖以安，其旁穿壕圮场，曝卤出素邱如螖，如牢盆之获什倍，而斥壤沮洳，瘠不宜植，于是蠲泽民之逋爰，复憬然曰：渤海之系诚大矣！凡海，职纳，而兹所职乎纳者尤要。夫东南之海，吸吞江河，风涛是防，治在塘堰；若西北诸水滹、滏、漳、易、卫、白，或奔泻千百里，而永定最横且驶，潴以七十二淀，瀹以三沽，酾澹委输，历直沽以入，《禹贡》所谓"同为逆河入海"者，此居其大半，而崇沙外亘如户，斯闽无拒而壅流乃轨注。曩者，京南州邑苦积潦，载泄载导，田庐用宁，迩复相示咨度，渠之垫者浚之，堤之缺者续之，施人力靡弗至，汩览五闸，春灌夏禁，启塞以时，匪潮弗盈，匪寒弗缩，嘘噏回斡，通乎自然，固非人事补苴之可作而致，而朕饥溺为念，时冈不在民，则因天之功，其又敢不事事？且海之为物既钜，受川迤波，有宿有统，与夫所以若雨阳迪节宣康，乂我民人而惠阜我田畴者咸依神庥。洪惟我祖宗怀柔报祀，胗蠁昭融，历有年所，朕勤恩下氓，计安恬者甚挚，亦惟神是凭；蕲自今只循仪轨，宣道和令，于以疏润辑澜，俾暑无盛涨，秋无霪霖，用贻我甸人无疆之乐利，嗣是百执事岁有事于庙下，醴芬牷脼，无不恪共，而神之彰灵效顺，以宏佑我邦家者，亦永永弗替。爰系其事于碑，以示来许。

乾隆三十二年岁在丁亥暮春月上浣之吉御笔

《御制诗碑》

南运河边望海寺，海其遥矣海河然。观音是佛观察智，普遍三千与大千。

李贺诗人具卓见，杯中海水泻犹然。堂中大士如如望，道里那更计百千。

题望海寺一韵二首　乾隆丁亥暮春上浣御笔

《育婴堂碑》

长芦盐政征瑞谨奏：国家设立育婴堂，收养民间遗弃婴儿最为善政。天津人居稠密，向无育婴堂，偶遇歉收之年，往往有婴孩弃置道途，无人收养者。臣与运司议商，于盐务中添设育婴堂一所，以广圣主保赤之仁，计岁需乳妇、工食、饭米、衣服、柴炭、医药、件物等费，以婴孩二、三百名核计，必筹常年经费。查芦商有奏明按引捐银二钱，为弥补参商无著帑课及津贴官造剥船饭食之用，请即于此项银内每年视收养之多寡酌拨银，自五千两至七千两为止，作为经费。本年收养尚少，即以此银兼办堂务，仍按年具报内务府查核。本系商捐之项，抵商人应办之公，商免重出，而公事有济矣。惟育婴堂既为盐务中所设，仅听商人经理难以兼顾。臣查有原任通判周自邠，天津人，老成端正，好善不苟，商民素所深知，令其专司其事，必能妥协。臣仍与运司随时查察，务使久而勿懈。谨并奏闻。

乾隆五十九年九月三十日奏，十月初三日奉朱批：好，知道了。钦此。

同治十一年八月重建，邑人邵瑞澄恭录。

《李氏新阡碑记》

嘉庆六年二月二十七日卯时，奉显考虞鸣府君、显妣王太孺人安葬新阡，向取癸丁，茔在郡西八里，地广十四亩；越日墓成，封植悉备。李氏为燕旧族，自始祖万良公，因避器自京移寓津门，遂家焉。嗣（芝、兰）芳公立万良公墓于郡之东北原，为津系始祖。逮后宗支派衍，族分殷繁，冢墓累累，茔无余地。是以显考、显妣逝世，不能依葬祖茔之侧，乃于郡西自置数弓，与祖墓相望，为本支卜世之需，俾春秋登墓，自东自西省祀甚便，其所以立新阡之意，正所以无忘祖墓之意也。故书以示子孙云。

嘉庆七年八月初二日男李汝舟楫敬祀

《韩氏茔田记》

人生百年，终期于尽。所不与俱尽者，先人之成规遗训，子孙恪守敬奉，世世弗敢忘，虽没犹存，千载如一日也。然而谨凛于始，而不能必其经久而不渝者何也？夫前言往行，古人善美所存，原知不能遽去于人心，而必铭之钟鼎、勒诸金石，后之人触目流连，慨然兴起，所谓观感有因，不即湮没，为可幸耳。然则人子之于亲，当更何如也？忆吾先世，原籍山西洪洞县，居小兴州。前明永乐二年从龙北迁，居于静海县当城村。迨我朝定鼎之初，复移于天津县杨柳青，于兹十有余世，代葬先茔于桑园村者，冢次排密矣。吾族支愈蕃而派愈衍，百岁之后殊恐墓门虽扩，穴地难充也。先考在时，与吾叔讳铎公，议另构佳城以息百代，因于此地卜云其吉，吾父捐馆后用改葬焉。夫推水源木本之义，仁人孝子所不怡然于顾复之恩者，非情矣。吾父始欲拔吾祖于先茔而迁葬于此，然式冯久而神魂自安，动不如静，此亦如生者之安土重迁，未必欲轻去也。傥所谓"妥侑先灵"者，道固应尔乎，又况表墓以显亲，赘名而奉祀，不宛然父子之朝夕晤对哉！考讳树，字桂梧，恩授卫守府之职。自卜吉此地，与吾叔铎公为百世宗支之义，画其规模，著其条理，葬则昭穆合宜，祭则春秋永享，修理整饬，保持防维，至详至尽。又有吾父己身置买四大分，内银股若干两，与合族作永远祭扫等费，可谓经营惨淡，殊费苦思矣。当吾世亦何敢废坠不修，所虑过此以往，代远年湮，漫不加察，反失先人垂贻之至意，罪将奚逭哉？故撮拾遗训，勒诸贞珉，俾后人触目而惊心，征文而考义，庶不至于违谬也夫。

大清嘉庆二十一年岁次丙子季夏　男锡龄、锡朋、锡爵奉祀

于孟邻书丹

《文昌帝君宫重修碑记》

帝君乃主持文教尊神，往古以来，历昭显迹。嘉庆六年崇列祀典，颁论天下，春秋设祭，体制严肃。津郡夙奉威灵，建宫城西，在乾隆丁未，迄今三十九年矣。岁久失葺，敝于风雨，墙垣倾圮，内外洞然，绅等同心矢愿，捐募重修，以彰崇祀尊神之义。禀明通城各宪，于道光丙戌七月十七日兴工，公举邑绅侯公肇安监理营治，神灵默佑，从善云集，扶僵饬敝，三月落成。除正殿补葺外，添造后殿一座，东西配殿六楹，字炉一座，照壁一座，宫门二座，角门、屏门各一座，门房二间，厨、茶房各一间，围墙五十余丈，铺地九十丈，冠袍靴带诸什物若干件，统计资费六千四百四十余千。规模式廓，丹垩一新，仰瞻檐楣，翼如焕如，莫不洞心豁目。於戏盛哉！夫兴废靡常，废者兴之基，兴者废之始也。忆前此之失葺，致今日之改观，惟愿同心历久，踊跃如初，庶几神宇常新，勿令荒芜如故，则有赖于后来者正不浅矣。津门文教之邦，登贤书而捷南宫者蔚然接迹而起，凡在士林尤宜崇奉，是此宫之兴废，士气之盛衰攸关，敬告来兹，有厚望焉。

嘉庆庚申恩科举人梅成栋撰

嘉庆戊辰恩科举人汪彭书

道光丙戌年十二月吉日立

《辅仁书院碑记》

道光七年岁在丁亥之春，余自保阳奉命观察天津，下车未久，值郡人士重修文昌宫落成，二月三日恭奉帝君诞辰，率属设祭，周视殿庑，规模焕若。时董其役者，为邑绅侯君肇安、王进士天锡、梅举人成栋，适来白曰："庙宇既成，拟将聚士林会文其中，以立月课。"余闻之，欣然善其意之有当也。为酌立朔、望两课，朔日斋课，郡人公捐办理。望日官课，分道、府、县三衙门轮流阅文，随意捐廉以为奖赏饭食之用，黎明齐集，日暮交卷。行之期年，人数络绎加增，其中二三翘楚学有进境，转岁列优等者七，游泮者九，未可谓无成效也。因思不有经费终难垂久，细为筹划，拨借库款大制钱捌千串发质库生息，每岁息钱半归库本，半充课用。时郡守陈公捐施地九百余亩，邑令沈公捐施地二百余亩，岁入其租，用助膏火，就庙旁海潮庵立为辅仁书院，甄定生童额数八十名，酌议条规八则，学规十六则，交执事人等遵照办理。议甫定，郡人士请记于余，以示将来。余曰顾名思义，贵实效而黜浮文，辅仁者，望其相辅以仁，而以去伪为急耳。夫国家之兴文教，即所以培元气，津俗华缛有余，诚笃不足，其可以作模楷而挽风气者惟士为先，诸生等禀经酌雅，稽古综今，当知气识为先，文艺为后，品行为本，才技为末。盖伦常者，士之根柢也；敬恕者，学之本源也；根本固则枝叶荣，然后出其所学，足为世用。诸生尔其行毋佻薄，言毋躁妄，植躬毋华而不实，励学毋锐而易退；即尔司事人等，亦书院兴废之所系也，宜廉慎、宜公平，勿谬执己见，勿误引匪人，勿勤始而怠终，勿喜功而好大，谨守余言，庶几宏造就而绵久远，于辅仁之义乃无负焉。

赐进士出身翰林院庶吉士钦命直隶分巡天津河间等处兵备道兼署长芦盐运使司　金洙撰

赐进士出身礼部主客司郎中直隶天津府知府　陈彬

候升同知直隶天津府天津县知县加十级　沈莲生

直隶天津府天津县县丞　张钦祖

道光八年岁次戊子　月　日全建

《重修菩萨庙大殿碑记》

从来庙宇之盛衰，视乎民风之薄厚与士习之美恶，由通都以至僻壤无二道也。我沽庄西菩萨庙,创自前明嘉靖间,至国朝康熙庚午重建,迄今历有年所,居民估客咸赖神力以安其生,故斯庙香火不少缺。特是日引月长,风摧雨蚀,庙貌无光,里闬亦因之减色,虽其间嘉庆丁丑署观察彭公重葺后殿,道光丙戌江南委员顾公改建山门,而大殿未尝筹及焉,岂需费繁多未易动作欤,抑倡议捐修者之无其人欤?近年来,英夷滋扰边陲,我沽近海且密迩京师,防御之策綦严,而是乡之民安堵如故,即往来商舶坦然无劫掠之虞,斯固我皇上声灵远播,亦何莫非神威赫奕,有以默相之也。会住持参澈无力募化,特延沽中首善十二人鸠工庀事。此十二人者,出己赀,襄盛举,霎时间输钱不下八百千,并具疏请于官,而天津镇宪陈、道宪陆及本营守府向亦捐廉无吝色,哀集桥北,众善量力布施,共得津钱一千五百余吊。由是直绳而缩版者木工也,筑登而削冯者土工也,去器尘而涂丹艧者设色之工也,监理凡三月,而庙已轮焉奂焉,翼翼其改观焉,睹斯庙者佥曰:"是乡好善之勇如是,亦知士习民风有相维于不敝者乎!"树家居读《礼》,见人之为善乐从其后,事既竣,邑人请为文勒诸石,余不揣简陋,爰叙其颠末以记之,尤望吾乡之乐善者翕然从风,久而弥笃,与斯庙同一不朽云。

　　道光二十二年岁次壬寅仲冬之月谷旦　董事人陈尚中　王升　寇德明　孙礼嘉　刘世清　傅开基　郭世荣　陈珍　王举　谢煜　罗秉钧　殷家屏监修

　　钦取觉罗官学教习、道光辛卯恩科举人、候选知县殷嘉树撰文　张崇兰篆盖　殷萃芳书丹

《重修观音阁碑记》

　　大沽口当天津府之东百余里,为由海入河之道,凡海舶自吴越闽广来者,皆由是以达于天津之关,唐人所谓"三会海口"也。旧有海神庙坐镇兹土,立阁建灯,光照远近,以便海舶夜行,诚巨构也。历年既久,毁而弗修。道光二十七年起,鹔承乏观察是邦,仰怀前功,有志未逮。适宫保制军讷公阅师海上,见而喟然以为神宇不新,荐享易懈,无以降神集祥,利赖民商,于是捐金为倡,僚吏毕应,梁桷赤白,奂焉光融,仍建阁灯以复旧贯。夫京师为万品所居,百产所汇,南货北通非海道莫便,风帆一发踔数千里,人力不可预定,而重洋安波,祥飙效灵,舶交海中如过枕

席，于以输写津门，上给经赋，下便民生，惟神实赖，宜肃礼报。且海道沙水深浅昏夜易迷，神灯照临，示以准的，俾得望景毕赴，不迷向方。此一举也，二美具焉，成民而致力于神，固宫保公所以广德心而升大猷者也。昔唐岭南节度使孔公，改作南海神庙，岁频大和，耋艾歌咏，扬厉盛事，著于韩碑。惟宫保公实有以踵趾前徽，揭虔妥灵而成其事者，天津太守钱君炘和、大令王君兰广及董其役之刘君煦，赞美勤事皆不可以不书，因次其终始，记其岁月，以著于碑，冀后来者嗣而葺之，以永我宫保公之惠利于无穷也。

天津观察使者张起鹍谨撰
督工前署天津县知县、武邑县知县刘煦敬书
道光二十九年五月谷旦

《双忠祠碑记》

双忠祠者，大兴史公荣椿、宛平龙公汝元专祠也。天津控制重洋，拱卫畿辅，为自古险要之地。咸丰八年秋，皇上命科尔沁亲王僧统重兵驻扎津沽，督办防务，二公随大帅夙夜赞襄，殚竭凡力，勤勤恳恳，盖年余如一日焉。本年五月十七日，英夷兵船抵大沽口外。先是，星使在上海与之约，兵船不得适鸡口滩内至海口，时复屡与照会，令其由北塘登陆，该夷恃其骄悍，拔我铁戗，毁我防具。二十五日，兵船十余只连樯而进，大帅以全局攸关，不欲自我启衅，命二公抚绥士卒，隐忍以待。讵该夷遽竖红旗，势汹汹直闯海口，史公在南岸中炮台驻守，龙公在北岸前炮台驻守，奋勇先登，亲然巨炮，击中夷船，英夷凶焰正炽，炮火横飞，二公酣战多时，有请回帐少息者辄大声叱之。是时也，天色惨淡，波涛汹涌，风雷激荡之中，二公遂先后中炮。龙公受祸尤烈，立即阵亡。史公略延片刻，自知不起，犹复指挥三军，大呼"杀贼"而死。合营悲愤之余，勇气百倍，击沉夷船多只，浮尸海面，大快人心，该夷皆鼠窜而去。此固皇上天威远震，大帅训练有方，亦深赖二公忠勇之志，有以褫夷人之魄，严门户之防也。后有船自口外来者，据闻夷人云，是夕见炮台两岸火光烛天，灵旗来往如百万，军声与海潮之声相应答，群夷胆落神栗不敢复犯，乃知二公之灵隐为呵护，精忠之气虽死犹生，古人云公侯腹心、公侯干城，二公何多让焉！奏报后，九重悼惜，命立专祠。天津道孙君实司其事，择地于家铺，鸠工庀材，逾月落成，颜以"双忠祠"，肖像于内，而以同时阵亡弁兵从祀左右，慰忠魂，从民望也。二公奋起行间，精韬略。咸丰三年，粤匪北窜连镇、高唐一带，流毒滋炽，大帅奉命出师，扫荡群丑，元凶授首，北路全境肃清，其时扫穴擒渠、追奔逐北得二公之力居多。史公前署徐州镇总兵，擢授直隶提督。龙公由京营参将，洊升大沽协副将，人见二公循循儒雅，临敌从容，方将以国家柱石期之，不意鞠躬尽瘁，志决身歼，不克尽其用如此，大帅每临河干，忆二公之勤劳忠荩，泪涔涔下，而三军之士亦莫不于悒唏嘘。予于本年三月奉命总制畿辅，接见二公，已心焉识之，乃天丧斯人，不得共事一方，收指臂之助，是予之不幸也，而又不独予之不幸也！夫二公之忠，炳若日星，昭于河岳，原无待予之表扬，特识梗概于此者，亦以据事直书，无取粉饰，俾后之览者知二公之忠、之实云尔。是为记。

　　诰授光禄大夫兵部尚书直隶总督　　恒福撰文
　　诰授中议大夫道衔翰林院编修南书房行走　　湘阴郭嵩焘书丹
　　咸丰九年岁次己未秋九月立石

《双忠祠碑记》

　　史军门讳荣椿，字荫堂，直隶宛平人也；龙协镇讳汝元，字春舫，直隶大兴人也。皆出自行伍，屡立战功，性贞介亦略相同。皇上知其才，俾以重任，而僧邸尤倚之如左右手。戊午夏，英、俄乞通商，未成而还僧邸期其复至也，奏建大沽海口炮台，营募水师以防之，凡相度形胜之地，创造攻守之具，选练士卒，教习战阵，无不尽美，其策画固出僧邸，而二公实专其责焉。己未夏，群夷果至，劝令赴北塘换约，悍不肯从。五月二十五日，驾火轮船驶入海口，冲我拦河木筏，向营开炮，我军迎击之。时史公在南岸，龙公在北岸，各登炮台指挥御敌，诸将感二公之义，无不以一当百，枪炮连环，声撼天地。自午至酉，击沉夷船十余艘，□□纷纷溺水死；夷目赫姓者，立刁斗上，中炮坠舟中，折其一股，别擒夷目三名，夺得器械无算，夷乃踉跄遁去。方二公之督战也，身当敌冲，锋镝从耳边过，奋不一顾。无何，两丸飞坠，一洞史公之腹，一嵌龙公之胸，断骨垂肠，惨无逾此。事上，皇帝深加悯恻，特赠史公太子少保衔，龙公总兵衔，各袭一子，建立专祠。呜呼壮哉！夫为将者，岂不知马革裹尸非其深幸，第念舍生取义，志切同仇，堪刃在前目不一瞬，古有雷万春，面中六矢屹立不动，以二公比之，殆有过之无不及也。兹择地于家铺，鸠工庀材落成，肖二公之像为军民瞻，以同日阵亡弁兵配之，岁时祭享，牲醴品币之费出自上下，武关派兵一名专司洒扫。二公生平，国史自应立传；今第揭其筹备之严、捐躯之壮，使强敌闻之丧魄，亦借以励吾壮士。是为记。

双忠祠每年四□，按正月、五月、八月祭祀，并五月二十五日大祭，应备猪羊鸡鱼五供席面各一桌，香烛纸锞各一分，并每日香烛、看祠兵一名每日饭钱一百文，祠内所用零物等项，祠内岁修工程，以上所用钱文□□，上下武关恐后无□，刻卧碑一块。

咸丰十年三月十五日立

《重修天津道署碑记》

己未孟春，余由潞河量移津门，见公廨历年久远，栋宇多有圮毁者，欲鼎新之，值海疆多事，迄不果。庚申秋，奉檄赴通办理糈台，比回郡而卫署毁败坍塌殆尽，遂捐廉借款，庀材鸠工，先库藏，次堂宇、次宾馆、次燕寝以及胥吏办公之所、舆台偃息之地，共修葺者二百有二间，工阅月而落成，若张弓而未改弦，如奕（弈）棋而循旧谱，期不失昔日之规模已耳。是役也，土木之费计三千余金。董事者为游击衔南运河营守备黑永贵、都司衔　沟汛千总郝国安、都司衔薛家窝汛把总常玉成、五品顶戴经制外委邵永安、五品顶戴候补把总穆长清、五品衔外委施斌、五品顶戴外委穆长春、六品顶戴外委曹利宾，例得备书。锦里孙治谨识

咸丰十一年十月谷旦

《金刚悫公专祠碑记》

寿州孙家怿撰

古者不朽有三，立功居一。凡兴利除弊、扶世翼教，均足以炳耀当时，流播奕祀，而况御侮折冲，捐躯报国者乎！皖北自咸丰癸丑，粤逆捻逆旋相滋扰，全省几无完区，而吾寿界江淮间，夙称富庶，尤为贼众所垂涎。丁巳二月，粤逆既陷凤、怀、蒙、庐、六诸郡县，遂围寿。寿虽有镇标兵，而承平日久，训练弗精，又饷糈缺乏，士无斗志，民间闻警仓皇失措。署庐凤颍道濂石金公者，系直隶天津人，乃升任庐州守而前摄寿牧者也。公牧寿三年，除莠安良，不畏疆御，既擢庐守去，邑人攀辕泣留，如

失长城之恃,然公身虽在庐,心未忘寿,寿为庐凤颍道辖境,公既握道篆,尤于寿之安危益加眷眷。方贼来扑寿时,正公率勇援蒙之日,中途闻寿急,因以援蒙之师援寿,公以寅刻入,贼以巳刻至,公授兵登陴,百姓闻之欢声雷动,既乃出奇制胜,阅七昼夜而城围解。贼退踞州西南之阳镇,公追蹑之而前,歼毙伪前军吴守刚、伪先锋张定邦、杨得应等。五月杪,钦差大臣胜保驰抵正阳。公奉谕渡河,进剿于沫河口,鏖战四时,贼锋已挫,不料大股援贼间道蜂拥而至,寡不敌众,公骸受矛伤,犹负创登舟大呼杀贼,乃河深溜急,舟覆身殂,虽大功未集,而公之心贯金石,忠炳日星,讵不足以垂不朽欤!初,公以战功赏戴花翎,加按察使衔并给铿色巴图鲁勇号,赴义后大吏闻于朝,得旨照布政使例议恤,赐谥刚愍,三代均给二品诰赠,并诏于服官之地及原籍建立专祠。呜呼!公之所以报国者出于至诚,而国之所以酬公者亦恩荣备至矣。忆公初去寿时,寿之人思公德,以丰备仓分建祠宇,为公设长生禄位,属予作文以记之,诚欲公膺厚禄、享大年而后快,乃公年甫四旬,未及食报,遽尔蒙难,邑人方且为公悼,余曰:无以为也。公之含笑于地下者,即在此取义成仁之日,然则俎豆千秋视膺厚禄奚若耶?馨香百世视享大年奚若耶?况昔之供禄位不过部民私情,今之建专祠乃为皇朝祀典,于是即以公之生祠为公之专祠,公不虽死犹生乎?其同时阵亡之勇目六品翎顶吕祥、邱常,六品军功章贵、黄悦、祁视、祁和、周洪、姚山等,并得附祀公祠,同享血食,彼虽名微位卑,而揆之执干戈卫社稷之义,诚足为临难苟免者愧。公解寿围时,余适在寿防局与参末议,及其追贼正阳,余弟家鼐襄其戎幕,邑人既成公祠,将勒石以垂永久,以余见闻较确,仍属余执笔,故踵前事而复为之记。

《新建津邑试馆碑记》

京师为首善之区,畿辅以津郡为近,而津邑为尤近,春秋两闱士子应试而至者,亦津邑为最盛,诚以仰沐教泽者倍深也。顾津郡所属六州邑有试馆,而津邑独无,乡先达尝谋而未遂,盖创始难也。夫合众邑以建一试馆易,以一邑而建一试馆难,至竭一人之心力创建一邑之试馆则更难,非具有特识锐然自任者,乌足以观厥成哉?吾邑芗樵华君长祥,少攻举业,嗣营盐筴,每往来京师,见乡会试举子之于于而来者,提簦蹩躃辄投逆旅，欲如他邑之栖迟试馆而不可得，乃慨然曰："是余之责也。"爰于正阳门外东珠市口购旧第一区，计数十楹，适华君光炜谒选在都，因属督工修葺，阅数月而轮奂一新，凡津邑之应试者咸乐萃处焉。吾幸此日之创成义举，华君长祥可谓能为人之所难为矣；惟愿后之人念创始之不易，历时整理，毋废旧规，居是馆者以学问文章相砥砺，科第勋名蔚然日起，上以副圣世作人之化，下以惬同乡雅集之心，斯创始者所厚望也。夫是役也，捐赀首倡始终区画者，华君长祥也；朝夕课工会计出纳者，华君光炜也；翕然解囊以应者，邑之众搢绅士庶也。捐赀姓氏，合勒诸石。是为记。

邑人沈兆沄撰

邑人吴惠元书

同治二年岁次癸亥四月谷旦

三品封典华君长祥，向办芦纲鹾务，引名华集成。试馆落成后，于三年十二月恳请运宪克详准制宪刘，在于长芦领告杂款项下，每年拨银贰百肆拾两作为岁修经费，立案以垂永久。

盐运使衔张汝霖捐银贰百伍拾两；户部郎中高学淇、候选员外郎杨俊元、四品封典王文翰，各捐银贰百两；浙江余姚县知县陶云升、四品封典生员华树、运同衔韩省钺、候选游击石宝珩、五品衔严家瑞，各捐银壹百两；山东督粮道沈维璡、德州知州赵新、邹县知县张体健、泰安县知县杨宝贤、郯城县知县周士溥、四品封典刘之醇、四品衔黄中吉、五品衔娄思敏、张凤墀、徐墀、运同衔王敬熙、都司衔王仰周、宋润田，各捐银伍拾两；山东候补知府殷嘉树、昌邑县知县花上林、都司衔李嘉绍、生员黄慎五、监生田槐荫、孙思廉，各捐银肆拾两；户部主事朱承祖、都司衔王觐羲、王炳文、刘文巘、守御所李恭祖，各捐银三拾两；户部郎中军机章京冯柏年、候选州同李树培、候选县丞周钧、开原县教谕华长卿、五品封典赵之铎、举人何文清、从九曹用宾、候选巡检李仲平、天津钞关三房，各捐银贰拾两；生员李春元、宋永裕、监生于棠、从九吴思恭，共捐银壹百两；举人张绅捐银拾五两；候选员外郎刘骏声、守御所千总刘毓树、贡生丁兆凤，各捐银拾贰两；刑部员外郎李春城、同知衔赵联元、五品衔李思谦、李士锦、吏部主事李世珍、贡生王诏卿、徐国珍、生员马如麟、董焌，各捐银拾两；津海新关捐银拾两；候选司务厅华恩锡捐银伍两；候选府经历陈瀛、训导朱式铭、廪生王庆有、生员王廷珍、李凤藻、从九陈世焯、杨文光，各捐银肆两；候选知县丁琛、举人孟毓淇、卞翊清、李明奎、赵世曾、林骏元、生员王鼎元、董之珍，各捐银贰两。

《重修郡邑学宫碑记》

粤稽津郡学宫，建自前明正统间，初为卫学。国朝雍正三年改为州学，旋又改为府学，至十二年，制府李公卫复于其西请立县学，规模宏敞，气象斋皇，所以崇先师而兴文教者由来旧矣。咸丰庚申，海氛不靖，郡城内外多被蹂躏，泮水芹香之地亦有不忍言者。壬戌冬，芦纲诸公创议复修，因计引出钞，庀材鸠工，自两庙之前殿、后殿、两庑、两祠以至大成门，凡龛座香案、门楣檐廊属在木工一齐并举，时逾四月，赀近五千，而神位于是各安。至于棂星门、泮池桥、文昌祠、魁星阁与夫礼门义路、堂陛坊垣，有基者少，创造者多，筹款无从，厥工孰继，天下事谋始难，图终尤不易也。然作而复辍，又不足以壮观瞻而昭敬肃，此势胡可已乎？邑绅张公锦文，轻财急公，前于癸丑、戊午、庚申之岁屡倡义举，维持津郡，曾以捐输之项请加县学文、武永额各四名，加广一次文、武学额八名，其助兴文教固素志也。是年，学中同人又以庙工告，公慨然任之。爰请各上宪咸捐廉以为官绅倡，而工复兴，凡前之未逮者创之因之，雕口之，丹艧之，计自癸亥夏之孟月，至甲子夏之仲月而工告成，所费盖巨万焉。且夫至圣之道与天地参，俎豆馨香典礼备极隆重，当此庙貌摧残之际，即有诸君子起而修复之，此其中关世运焉，厥后文教日兴，文才蔚起，擢巍科、登显仕胥于是在也。是为记。

赐进士出身前翰林院编修国史馆提调礼科给事中云南盐法道　吴惠元撰

乙卯科举人正蓝旗官学教习　魏文藻书丹

生员葛毓琦篆额

大清同治三年岁次甲子端阳月谷旦

《重修望海楼观音像记》

天津大沽海口敕建海神庙内有望海楼，上祀观音大士，灵异昭著。像因庚申兵劫化去，寺僧屡欲修复，以力绵未果。甲子夏，海潮泛溢，涌出楠木一枝，长七丈余，围数尺。大沽营赵守戎起以报崇厚，恍然警悟，斯像盖可以天成矣。当嘱连明府兴、吴千戎恩来监视修复，更得韩协戎起出资助之，于以知像之成有定数，而木之来亦非偶然也。是为记。时同治甲子重九日。

内阁学士都察院左副都御史兵部侍郎通商大臣　崇厚敬书

《重修天津试院记》

天津，古之雄镇也。城东旧有试院，为学使按临税驾之所，三载内两驻于兹，由来久矣。予庚午出守是邦，明年秋入院校士。时值霪雨为灾，院内水深数尺，屋宇倾圮，有殆哉岌岌乎之势。拟集七属官绅并力捐修，奈需费孔殷，势难久待。爰与首邑绅董朱承祖、吴士恭等商议，意颇忻然，力肩厥任，并劝谕城乡诸子合力捐输，共襄善举，阅五月而蒇事。予既乐朱、吴两公之愿为倡始，而尤喜诸君之相与有成，因举绅董暨各捐姓氏，谕令勒诸贞珉，用垂不朽，不特为当时幸，并可为后世劝也。是为记。

同治十二年岁次癸酉仲春月谷旦

钦加三品衔赏戴花翎特用道知天津府事　皖南马绳武撰并书

谨将捐修考棚在事各员衔名姓氏开列于后：

计开　督修　三品衔卓异候升道随带加五级知天津府事马绳武捐银肆百两。承修　三品衔候选知府高裕源、五品衔前户部主事朱承祖、五品衔候选州同吴士恭。监修　前任山东邹县知县王镛、三品衔贡生华承霖。捐修　长芦通纲公捐银壹千伍百两，穆小芳捐银壹百两，郑涌源捐银柒拾两，韩筱江捐银伍拾两，周之佐捐银伍拾两，石镇南捐银肆拾两，刘凤集捐银三拾两，杨天青捐银贰拾伍两，义兴号刘捐银贰拾伍两，姜桂舫捐银贰拾伍两，卞楚帆捐银贰拾两，李小楼捐银贰拾两，曹香士捐银贰拾两，胡立堂捐银贰拾两，陈玉书捐银贰拾两，钱绍文捐银拾伍两，陈云樵捐银拾两。总共捐银贰千肆百肆拾两。

《育婴堂碑》

从来一乡有善士，人皆啧啧称之，而所为之善或传或不传，或传之而不久，此岂有幸、有不幸哉，亦各视乎其人而已！夫居乡而创一善举，虽为前人所未有，实为后人所必不可无，而其中之曲折周详，固非一人一时所得深悉其利弊矣。觊继而为之者第奉行故事，漫不加察，微特日久弊生，将并创始之婆心而没之，其不至渐就废弛者几何哉？吾邑育婴堂，善举也，创自乡前辈周南樵先生。先生讳自邠，素称长者。乾隆间官粤东别驾，以爱民为治，有政声，致仕家居，益乐善不倦。适有弃婴孩于其门者，先生收养之。迨乾隆五十九年，津郡被水患，流离载道，婴孩之弃而弗养者愈多，先生见而恻然，为之起屋宇、觅乳妇，所费甚钜，而家本中资，力将不给，先生毅然任之无倦色。时长芦都转稽公旧与先生为寅好，知其事，乃具详院宪征公，奏请于邑之镇海门外建立育婴堂，即于运库岁拨经费自五千两至七千两为止，奉旨允准，即以先生司其事。斯举也，下以为一邑之倡，即上以广国家保赤之仁也。先生没后，皆以邑绅之公正廉明者为之，迄今百余年，其规画益周，体恤益至，似可无遗憾矣；虽然，有难焉者。尝见富厚之家每以襁褓子付诸乳妇，其父母虽甚关切，而其子号泣饥寒有不得而周知者，况以数百离隔父母之婴孩呱呱待哺，而为乳妇者又复百计弥缝，巧以欺当事者之耳目，此虽昕夕不遑，竭尽心力，敢自谓无遗憾乎？是以创始者之功德既大，而继其事者之责备愈难宽也。爰书之以自警，并为来者告焉。

杨光仪撰文，邵瑞澄书丹

《天津道丁寿昌德政碑》

诰授资政大夫赏戴花翎布政使衔遇缺题奏按察使分巡直隶天津河间兵备道西林巴图鲁皖庐丁公乐山观察寿昌政绩去思碑文

从来名哲挺生，一旦出而应世，为霖雨、为舟楫、为师保干城，必先老其才于危疑震撼之交，然后置此身于艰钜纷投之会，以实心行实政，恩周群命，功冠一时，宜其感召人心，神君共戴，此非常之运量固由山川灵秀之所钟，而要非厚德深仁积累久者必不能间出焉以显扬于日下。我津地濒海澨，为京师门户，九河天堑，三辅津梁，人杂五方，繁剧甲于天下。咸丰三年粤匪薄境，八、九等年叠罹寇氛。同治七年垫逆北犯，中外纷扰，虽未全遭蹂躏，而十年、十一、二等年，雨劫水灾互相加厉，民皆荡析，俗益浇漓，非有济世之才、回天之力，未易奏效而成功也。恭维我大公祖，籍隶皖庐合淝，学深养邃，时值粤匪扰据大江南北，不获已奉亲命弃读从军，十数年内屡著奇勋。同治九年，前直督曾公保荐观察天、河两郡，莅任伊始，咨询地理民情，以兴利除弊为急务。维时津人士练达老成均已凋谢，一二有志者避干进之嫌不便轻谒率渎，故一方利弊未易周知。我公智珠在握，心镜当头，半载余清勤自矢，亲历艰虞，更值督爵相李公驻节沽上，察看舆情相洽，以我公为能，随时参赞，竭力宣劳，地面人心立形整饬，恒以上慰宸廑、下孚民隐为念，其抱负为何如也！所最难忘者，十年夏秋间，霪雨浸淋，河水暴涨，城堤漫溢，村墟顿成泽国，公急分派舟楫，各处接济，为之区别栖止，不使一人失所，随请巨帑施振，生与衣食，死与棺木，病与扶持，纤细无弗周备。当洪波骇浪奔腾之际，万民哭号震天，我公匹马孤身屹立水次，不分阴晴昼夜，沾体涂足，亲督危工，寝食弗遑，往来梭织于堤上者数阅月，济民艰如己事，转浩劫为康衢，全活不下百余万众。尤恐堤工不固，接连补筑，绵亘三百余里，加高培厚，保障无虞，此御灾捍患、振饥荒、严河防之尤著者也。他如正风俗、劝农桑、阐贞烈、恤穷黎、慎刑讼、率僚属开水利、理海运、裕饷源、励清廉、戢强暴，五年间创立废兴、良安莠化、教深养厚、俗易岁登，无非为民造福，我津民故以性命依之矣。讵料我公以外艰御任，万民震悼，如失所依，卧辙攀辕，挽留无计。濒行，复筹款二千金为辅仁书院肄业生童添造文廨，八百金为会文书院肄业举人创立经费，其殷殷惠爱多士之心，更有见于临去后者，谨将在任五年诸政绩逐条胪列，以志去思。嗟乎！使天不生非常之人，谁则能任非常之事？以公之不惮劳、不玩事、不畏难，量大能容，智大不略，力大能任，功大不矜，诚如我皇上以"才大心细"宠锡纶音，足征义方。承训投笔从戎时，歼渠魁、抒妙策、决胜于烽烟惨淡中者，其伟绩丰功已不可及也；我两郡人民何福得遇我公，一旦去此，凡有血气者能不涕泣颂祷，以冀再莅斯疆，永依覆帱也乎！颂曰：

皖庐之间，天生哲人。奋志投笔，克奏殊勋。伊、傅之志，范、韩之伦。溺饥由己，舟楫瀛津。扶危捍患，造福无垠。戢强除暴，冤狱频伸。教养兼尽，恩泽弥纶。挽回地运，仰洽天心。夙夜匪懈，终始清勤。万民顶感，生佛神君。巍巍功德，永勒贞珉。

天津阖郡绅商士庶公颂　梅宝璐撰文　王恩湛书丹
大清同治十三年岁次甲戌冬月谷旦

《增修辅仁书院记》

古书院之设，所以佐学校之不逮，凡郡县皆有学，而书院则通都大邑惟其所建，于造士之法尤详。天津当河海之汇，灵秀所钟，人文之盛为畿辅最。郡故有书院三，曰问津，曰三取，隶于运司；而辅仁书院则创始于道光中叶，自山长讲肄之外，道府丞令按月而分试之者也。先是，兵巡道金公尝就城西北隅文昌宫西之海潮庵，课士其中，后遂因之为书院，顾其地址湫隘，规制阔略，诸生之来肄业者多就神宫两庑奏笔为文，简陋相仍，观瞻未肃。同治甲戌，前兵巡道丁公将加修葺，亲度地于文昌宫东得天安废寺一所，改而设之，移佛像于涌泉寺，而以其地界书院，又为出节省官缗得白金贰千两，首为之倡，乃议辟故址建为东西二舍，鸠工庀材经营方始，会丁公以忧去。余承乏是邦，踵而成之，权津海关道孙公复佽千金，事八阅月而蒇。凡增建大门三楹，讲堂三楹，学舍五楹，山长及执事者憩息之所为南北屋六楹，其他斋庖之属又十余楹，寺之原额则仍悬于院门之西，示不忘旧也。工既竣，分舍课试，生童就列，秩然森然，礼仪不愆，复为参考旧章，厘定新制，规模于是乎始备。余维国家陶铸人才，既立之学校，设师儒之官以教习之，而有司者又各因其力之所能及建为书院，不敢稍安于简陋者，岂非仰体圣朝作人之化，思所以诱掖而成就之也哉？虽然，诱掖成就者，有司之责也；其争自濯磨以副国家之选，而□负陶铸人才之至意者，则非有司之责而诸生之责也。游斯地者，尚其探本经术，束身名教，毋得半而止，毋见异而迁，共相砥励，以勉为国家有用之才，而不仅以区区文艺争长也，是在诸生之自勖焉耳矣！余既幸丁公之志有成，而人才将蒸蒸日上也，故乐得而为之记。是役也，综其成者知县事萧君之力为多，而郡人士实襄其劳，附泐续定条规，俾辅旧章以期经久云。

《重修天津府县学宫碑记》

雍正九年，津郡改州为府，十一年建府、县两学宫，代有修葺，盖百余年矣。同治纪元，复加补缀。迩年迭遭水患，墙壁倾圮，丹青剥落，同治庚午绳武来守是郡，每于谒庙见之辄慨然太息，思欲重修而未果也。甲戌春津邑绅商面禀绳武，议所以整顿之者，绳武即躬倡捐输，并申劝绅富暨芦商等共捐赀，得津钱八千四百余缗，芦纲岁修拨助津钱二千六百余缗。鸠工庀材，诹吉经营，缺者补之，仆者立之，阅二十一月而工竣，庙貌焕然一新，非复曩时之颓堕矣。落成之日，适绳武兼摄道篆，董其事者佥谓微绳武之力不及此，究之捐赀兴工皆有诸君子在，绳武何力之有焉？绳武承乏以来，凡兴利除弊之事，闻斯行之，幸津邑文风甲于通省，各属亦人文蔚起，科甲联翩，今秋特开恩榜，举于乡者二十人，属邑亦十有九人，好善之诚辄动天鉴，黉宫之内为之生色，然时有代谢，难保无朽败之虞，后之视今亦犹今之视昔，贤哲继起，苟能及时修葺，以仰副圣天子振兴文教之至意，是又绳武所厚望者夫！工始于甲戌之春二月，告成于乙亥之冬十月，其先后捐赀诸君子官职姓名具载碑阴。是为记。

钦加三品衔赏戴花翎兼署天津河间兵备道知天津府事　马绳武撰并书

光绪元年岁次乙亥小阳月中浣

《设立忠正义塾告示》

钦加三品衔候补府正堂委办通商事务兼理水利局署理直隶天津海防军民府加十级纪录二十次宋，为详设忠正义塾勒石以垂久远事。照得，古者"家有塾，党有庠，州有序"，其所以广教育之地，宏陶淑之方者，法至良也。三代而降，井田制废，贫富不均，往往有秀良子弟培养无资，因而废学，是在牧民者有以补助而扶掖之，斯寒素之子乃克玉成令器，罔有弃材。本防府莅任兹土，下车伊始即谋设义塾，俾贫家子弟得以藉资作养，惟所需经费筹划宜先。查大沽海口出入盐船公费，向章每船收津钱一千九百文，未免过多，殊失体恤商贾之道，本防府酌加裁减，议定每船收津钱六百文，以三百文为书役等纸张饭食之需，其余三百文即充作义塾资费。统计每年此项盐船约可收津钱六百二十千左右，除以一半发给书役，尚可储津钱三百十千文，于西沽关帝庙内设立忠正义塾，核订章程，每年计需津钱三百二十千，责成大沽绅董郑德邻、周履中、郭连震、刘允忻、郑大受、崔承濂等经理，均经详奉上宪批准立案，自光绪元年正月开塾。数年来塾师督课尚属认真，从学生徒亦能受教，忻慰殊甚，第恐日久废弛，合亟勒石用垂久远，除将宪批并刊外，为此示谕诸色人等一体知悉，务各恪遵，毋负本防府慎始图终之至意。特示。

前天津道宪丁批：据禀减收船费，半给书役饭食纸张。半存铺户以备设立义塾。培植贫家子弟，该丞分文不取，志洁心高，法良意美，殊属可嘉。如禀办理。缴。

前运先成批：海口酌定盐船费钱，半给书役，半为义塾之资，益见洁己奉公，力维大局。此缴。

道宪丁批：据详在西大沽先设忠正义塾一处，延师教贫家子弟读书，所议章程均妥。缴。

道宪详奉督宪批：如详立案，仍饬该丞随时实力查察，勿任日久废弛。缴。

光绪三年岁次丁丑仲春上浣谷旦

《重修天津府龙亭碑记》

天津为京师东镇，海禁既弛，中外辐辏错处尤众，然而内首京师莫不悚息詟栗于圣天子之威灵，罔敢有越志焉。盖必有所观感震动其耳目，晓然于中国之大，朝廷之尊，人臣之于君上义如是严，礼如是肃，使夫畏敬之心，有油油然生于不自已者也。天下行省分布散远，守土之吏不得时诣京师，而朝正祝嘏之典至重，于是皆有万寿宫之设，下至一郡一邑亦得率属择地将事焉，此天下之通义，所以生人畏敬之心者至大且远，匪直遵循典礼已也。天津万寿龙亭创于雍正八年，重修于嘉庆二十四年，自是以来盖五六十年，风雨陊剥，待修者久矣。臣如山奉命为长芦盐运使，窃惟前巡盐御史郑禅宝始有奏建龙亭之举，前巡按盐政臣延丰踵而修之，皆盐官也。爰得引为故事，请于大学士一等肃毅伯总督盐政臣李鸿章，复谋之于同官，佥谓非葺而新之不可，总督臣既捐俸为之倡，地方官吏从而继之，又以昔者创修皆有商捐之款，乃召商人而告之，皆曰"此吾祖与父所乐为输者，敢不惟命！"资既集，始鸠工于七月，至十月而告藏。殿陛、门阙、房廊之制，仪仗之属，悉仍旧规，而巍峻蜺翼气象复新。是月也，恭遇万寿圣节，至日总督臣率大小官吏冠裳齐俨，质明皆至，班列既叙，拜跽进退，肃肃穆穆，兢兢如也。于是民庶商旅之待瞻仰抃舞，颂歌交作，而远人殊俗亦且奔走骇汗，争相告语，咸曰"中国之大，朝廷之尊，人臣之于君上义之必严，礼之必肃，乃有如是！"其在诗曰"率土之滨，莫非王臣"，传曰"天威不违颜咫尺"，于此而畏敬之心有不油油然生者，岂情也哉？天津去京师视他省为迩，门户扦蔽亦视他海口为要，圣天子威灵之所被，吏民熙熙率职乐业，海外万国经数十译而至者往来相错，无有不辑不和，臣有以知观感之地、震动耳目之效之所至至远且大，仅以为典礼之遵循焉，抑其迹也。工成，谨书于石以告来者。捐修官、监修官例得备书于后。

大清光绪三年岁次丁丑孟冬月　二品顶戴长芦盐运使司盐运使臣如山恭撰并书

《天津北运河北岸大悲院前义地碑记》

津郡滨临大海，屏蔽京师，为古重镇。自三口通市以来，商贾辐辏，中外聚处，人稠地密，近城几无空隙，土著之人浮棺不葬者，盖艰于卜地也。同治辛未、壬申津郡连被水患，厝之棺及浅埋之椁随波漂荡，心焉悯之。军中士卒皆淮人，自同治庚午随合肥相国驻防津沽，或因不服水土，或因积劳成疾，殁于营次者更无从觅一席之地，正其首邱，此天津北运河北岸大悲院前义地之所由设也。初值辛未大水，洼下之地一片汪洋，无驻兵处。壬申春间，前统领吴军门云集，始就大悲院庙基筑垒驻护卫一营。天津练军先隶镇标，是年秋檄属吴军门统辖，余以武翼长而兼带中营炮队，文翼长则杨观察嘉善也。津军凡五营，先驻南关外，因水遂移驻河北，环大悲院高阜处，分筑五营，壁垒一新，部署定而虑是年水之复涨也，合肥相国命吴军门暨余督率护卫营淮军及津军兵勇，先挑浚金钟河二十余里疏通水道，继由北仓至塌河淀筑长堤四十余里捍卫民田，又命杨观察督造桥船十三只，于刷纸庙北设新浮桥一道以利行人。河堤桥工经营甫竣，果又大水，赖金钟河宣泄至塌河淀东趋入海，而新堤稳固，津东北村落地亩保全无算。浮桥既设，车马徒步之人皆不病涉，百姓乐利，感颂合肥相国之功德不啻口碑载道焉。新浮桥北岸大堤内有武姓民田六十六亩，吴军门商之余与杨观察，请拨护卫营欠饷价购得之，四面立石划清界址，以四十亩为义地，除营中间有病殁弁兵安葬外，其被水漂荡之棺，及本境极贫无力年久浮厝之棺，与夫游宦商旅道远难归者，胥听埋葬。另二十六亩为祭田，所入岁租供春秋祭扫暨逐年雇夫添土修冢之资。地之文约移县，税契应纳税银经前任天津县钱刺史敏详议，由县捐解移营有案。甲戌七月，吴军门以积劳卒于军，余接统练军，李协戎明鉴接管护卫营，议禀他日或有征调，将义地□田交吴楚公所经理收管，奉批准行。越二年丙子，李协戎又病殁，余奉檄兼带其营，追溯前功，详述前起并地之弓口四至，勒石记之，期垂久远。时光绪六年岁在庚辰清和月吉旦。

诰授振威将军统领天津练军护卫亲军等营提督衔记名简放总兵利勇巴图鲁　合肥黄金志丽川氏谨识

计开弓口四至：大段地（东长一百七十六弓，西长一百六十四弓，南宽六十六弓，北宽五十九弓，西南角宽五十五弓。东至穆姓地，西至直指庵庙地，东南角至冯姓地，西南角至河心，北至武姓坟地）；东边袖子地一段（东长六十四弓，西长六十六弓，南北宽均十一弓。东至穆姓地，西至武姓地，南至本义地，北至辛姓地）；西边袖子地一段（东长四十八弓，西长五十弓，南宽二十一弓，北宽十五弓。东至武姓地，西至直指庵庙地，南至本义地，北至武姓地）。

《开原县训导华君墓表》

德清俞樾撰，闽县王仁堪书

光绪五年十有一月，奉天府府丞兼学政王家璧上言：伏见告病开缺开原县训导华长卿，究心经史，兼有著述。在任二十六年，每逢宣讲圣谕及春秋丁祭，必诚必敬，循例月课外，时进诸生以经史相切磨，以文行相敦勉，勤学善教足为司铎者法。请赏给京衔致仕，以风厉学校之官。疏入，有诏赏加国子监学正衔，于是海内咸知华君为博闻敦行之君子人矣。越二年，君捐馆舍。又越十年，其次子宦江苏，以所撰行述示余而乞文焉。按行述，华氏本江苏无锡人，明中叶迁山阴。国朝康熙中迁天津，遂为天津人，至君八世矣。曾祖廷柱，候选布政司理问。祖兰，乾隆四十五年举人，安徽安庆府江防同知。父堂，太学生。君字枚宗，号梅庄，又号镏庵。生六岁，母沈孺人卒。孺人为沈文和公女兄，君幼时常居外家，文和公授之唐诗咸能背讽，未弱冠以诗赋知名，尝一日晨起成八韵诗三首，同学咸慑服焉。道光四年入县学，归安郑梦白中丞祖琛时以兵备道驻津门，课诸生以诗古文，君常列高等。十一年举于乡，俄丁父忧里居，与宝坻高君寄泉、任邱边君袖石订交，学益进，山阳丁俭卿先生称为"畿南三子"。沈文和公官江安粮储道，君往从之，自辛丑以后居金陵者十载，所交如全椒马鹤船、山阴杨莲卿、日照许印林、江宁端木子畴、曲阜孔绣山、怀宁方小东，皆海内名士。二十四年大挑二等，以教职铨选，三十年被省符署房山县教谕，君先已如金陵，未及赴。咸丰元年，溯大江游楚北，又由皖而汴。三年，自京师出居庸关至于太原，所至纵览其山川，交其贤豪长者，而发之诗歌以自见其志，同时士大夫闻风倾慕，争与之交，如李兰孙、翟端卿、王子梅诸君，皆一见如故，骚坛雅坫每以君一至为重。是年冬，选授奉天开原县训导。开原地处边隅，民习耕作，向学者寡，君进诸生课之诗文，武生则课以弓矢，优者咸有奖，其来见者励以立品，勉以勤学，一邑之士皆就请业，文风丕变，科名日盛。时倭文端公以盛京将军兼奉天府尹与府丞张公炳堂创修通志，以君为总纂，在局三年，成书三十六卷，局费告匮，未究其事，然所纂书详简有法，时论称焉。君又征求遗书，讨论故事。以明成化时有三万卫都指挥刘旺并其子答厮于古城堡御寇死难，虽名见志乘而享祀阙焉，言于台司，列入祀典。又以公都子名或，见孟子外书，请于学庑，木主补书其名。遇旱则用董子祈雨之法，遇疫则修周官招弭之法，遇寇警则讲商子搏力之法，遇灾岁则行左氏劝分振廪之法。加学额以劝士也，开河运以便民也，修祠宇以妥神也。大吏以君才可任民社，议登荐牍，辄辞不就。每届岁科两试以公事至府，与同官诸君文酒娱乐，一觞一咏，谈谐间作，不知为冷官薄宦也。光绪五年，以右耳重听乞休，诸生言于县令而留之，予休沐三月，既满又以请，乃从之。去官之日，诸生书"久道化成"四字颜其所居之堂，自同官僚友以及邑中士大夫，皆设供张祖道于郭门外，虽市井之驵、什伍之士徒步走送，相望于道，以一儒官而倾动一时如是，岂易得哉？是以府丞王公据以入告，从人望而采公论也。君自幼至老，每日所读之书，所见之友，所游之地，所作诗文，无不纪录于册，虽久不忘，及门有以史传琐事相质者，应之如响。所著有《古本周易集注》十二卷，《尚书补阙》一卷，《毛诗识小录》四卷，《春秋三传异同考》四卷，《说文形声表》六卷，《说雅》六卷，《正字原》六卷，《韵籁》四卷，《两晋十六国年表》二卷，《舆地韵编》五卷，《唐晋阳秋》六卷，《史骈笺注》八卷，查初白、张船山《年谱》二卷，《盛京通志稿》三十六卷，《东观堂文钞》八卷，《梅庄诗钞》三十二卷，《䲶香馆词钞》二卷，都凡一百十四卷，可谓富矣。六年十一月己卯夜感疾，左臂不仁，时瘥时剧，至七年二月辛卯启手足于正寝，年七十有七。娶同县曹氏，嘉庆九年举人讳泳公之女，先君卒。子三人：光鼐，县学生，早卒；鼎元，增贡生，前刑部司务，现官江苏候补同知，即来乞文者也；观澄，户部司务，出为其昆弟后。孙四，孙

女二,曾孙三。余既诺其请,而铭幽之文固无及矣,乃次第其事表于其阡,而系以铭。铭曰:

> 惟优于学,斯优于仕。仕学皆优,古之君子。
> 道德之华,何必金紫?著述之富,何必筐箧?
> 读古人书,友天下士。优哉游哉,以没其齿。
> 天之报之,子孙杞梓。刻石墓门,百世斯视!

《天津问津书院学海堂碑记》

津门杨光仪撰文,张体信书丹

士必通经乃可致用,而稽古者往往难之,则以教之无其术且非其时也。天津书院创自乾隆十六年,前都转卢公雅雨颜曰"问津",钱香树尚书复申其义,颜其堂曰"学海",与河上三取书院并课之。夫百川以海为宗,虽支分派别,不至泛滥无归,学古而不宗经,何异一池一沼取悦目前,试与之游长江大河,已色然骇矣,又乌知所谓"沐日浴月"为"百谷王"者以极其大观哉?惟肄业之士方专攻帖括,其力每有所不暇,自卢公雅雨后,如管公椒轩、伍公实生、叶公筠潭、杨公慰农,曾兼课以诗赋乐府,而经学则阙焉。我赫舍里公冠九之都转来津也,谓"士先器识后文艺,而欲观士之器识,必自书院甄别始"。爰为厘定章程,量材而激励裁抑之,而犹未遽责以所不习也。阅二载,肄业者皆知争自策励,公顾之欣然曰:"是不可不有以深造之。"因于制艺试帖外,增设学海堂经古课,并设书局,倍损其价,虽寒素者亦得坐拥群书,抗心希古,非徒以供涉猎、弋声华,惟器与识不囿凡庸,复谁能测其所至乎?百川学海,而至于海即古之以说经名家者,发而为大文章、大经济,且使性命之说得有所依据,显著于家国事物之间,亦将恃源而往,无多让矣。益以见公所厚期于士子与士子所勉以报公者,如薪传火,自足留贻于无穷也。今公陈臬西川,诸生谋勒之石以垂不朽。颂曰:

> 粤惟津邑,实萃人文。东连溟渤,上映析津。
> 户诵家弦,群游艺苑。教非其人,源流奚贯?

公莅兹土，运转是司。既养且教，如水决渠。
混混源泉，盈科后进。沾之溉之，无枯不润。
居以福地，博以群书。惟公之力，经训菑畲。
试席无哗，鱼鱼雅雅。惟公之力，万间广厦。
于哉多士，爰得津梁。津梁伊何？曰"学海堂"。

大清光绪十六年岁在上章摄提格秋九月谷旦　书院肄业举贡生童公建

《新开卫津河碑记》

徐士銮撰，华世奎正书

天津为众水交汇之区，群流入海之道，地当尾闾，《禹贡》九河"同为逆河入于海"，即今直沽地。每伏秋间，川谷涨溢，宣泄不及势必泛滥，四乡其受害最巨者南乡尤甚，续邑志已详言之，兹不具述。夫邑，犹身也；河，血脉也。血脉壅则身病，河壅则邑病，不壅不病也。按邑城东南地势注下，以故时雨暴涨，直漫平铺，伤稼极多，迄无乐岁，而光绪庚寅夏运河漫溢，奔注下流，兼之积潦霪霖，更有漂庐舍、鱼人民之患。制军合肥李伯相驻节津门，恻然轸念，洞悉本原，以为民所天惟食，民食所出惟是土田种莳水旱无虞，傥非因势利导亟开支河以达于海，虽频年浚防为目前补苴计，徒劳无益也。顾兴作自官，工匠率多冒滥而窳惰易滋；驱使以民，闾阎未睹乐成而劳怨辄起。伯相爰于辛卯仲春特下创开河渠之令，檄总统淮军盛营卫军门汝贵专董斯役。军门固甚乐为民去害而即利者也，不惮驰驱，躬往相视，督率幕寮度土功、慎财用，分派勇弁更番操作，以均其劳，于是畚运锹飞，莫不勇往从事。下于洋码头设三空大闸一座，上由八里台以达卫南、波水、柳殿、秋麦港等洼，开挖正河计五十余里，并于白塘口、双港、八里口、聚宝庄各等村共通支河八道，统计正河、支河一百三十余里，桥十一座，今岁五月而全功告竣，河成伯相锡命曰"卫津"。斯役也悉出公帑，兼资勇力不费民间半缗，俾蚩蚩者氓，不识不知，既得免漂没之害，且长享灌溉之利，伯相之赐岂有津涯乎？我伯相痌瘝在抱，大德涵濡，其为畿辅蒸民造福、惠溥无穷之善政，枚举莫罄，即此除津邑南乡百余年之水病，详审利害，不撼摇于浮议，独断独行，抑且知人善任，告厥成功，其仁智迥越寻常矣。静北津南两邑耆老，共戴伯相之德，相与刻石记之，以垂永久。

《重修天津保赤堂记》

中土无引种牛痘法，其法创于西洋，得入中国其端肇于广东，今则推行海内，不必门到户说咸以为利，我津则行之尤盛者也。咸丰初，邑先达华君义堂光炜，得南海邱浩川熺《引痘略》于都，读而善之，遂偕大兴俞子安恒治来津试种，佥曰善，于是议立局舍，垂久远。王莲品先生敬熙慨然捐宅一区，更得华氏锡三、俊三两君传俞君术，而牛痘之局以立。嗣天津镇湘乡陈云卿总戎济清复以为庳隘，倡捐兴建，经华幼琴景恂增购西偏民舍，乃举严仁波克宽、娄允孚举信两先生考阅捄度，门庑厅舍、庭榭廊厦于是乎备，而司事之居与妇婴栖息之所各有界画，颜曰"保赤"，洵哉！世之讲养生者，动以西医猛鸷，难恃调卫，顾此术盛行，沾溉遂溥，直脱婴儿无朕之厄，较吹苗危险殆具霄壤，固未可存胶柱见也。岁戊子，徐励臣士铠董其事，慨念前功经营匪易，岁月滋久圮落堪虞，拟倡重修，议而未果也。癸巳之秋年谷丰熟，百废具举，乃援前议集绅商而策之既洽，寻即鸠工庀材，今年春二月落成。计大门、门房各一间，账房二间，挂号屋三间，厨舍二间，重门一间，南引种室五间，东西屋六间，高厦三间，修廊九间，不侈不陋，规模大备，昔之所建亦修葺而补缀之，昭画一也。是役也，创议者徐君励臣，捐资者邑之绅商，督修者则徐兰江宝燦也。工竣属余为记，因缀辑颠末如右，绅商姓名、捐资数目例书于后。至好善之诚，趋事之敏，或创于前，或因于继，诸君高谊，自足千古，然则食报讵有既哉！

邑人陈垲撰文　邑人华世奎书丹

光绪二十年岁在甲午七月谷旦

捐资姓氏

张鸿翰捐银一千两，修省堂捐银三百两，黄昭章捐银二百两，黄寯赓捐银二百两，王守善捐银一百两，姚学源捐银一百两，李维梁捐银五拾两，杨俊元捐钱五百串，黄寯翼捐灰四万斤，瑞竺堂捐灰二千斤，镫牌公所捐石二方。

《王公叔开孝行传》

津门王氏，巨族也。簪笏联翩，云礽蕃衍，经文纬武，英济一门，良由积德之厚。继起之贤，翔洽熏陶，蔚为家瑞，而所以承先启后维持感化其间者，实一人之力焉。公讳文运，字叔开，号焕章。先籍浙江山阴，明初北徙天津，传至公祖信然公，有子五人，其季钰照公，生子亦如之，公其三也。继叔父金耀公为之后，事如本生。钰照公捐馆舍，公八龄哀痛如成人。道光辛卯，本生妣汪病，祷天断指和药进，寻瘳。及没，庐墓而宿，是公之孝于亲也。仲兄绍虞任城守千总，讷节相委造火器，公为出奇督造合用，擢旧州营守备。己酉卒任所，亲往扶柩以归，是公之笃于兄也。季弟化成好施戒杀，谓婚丧宜用素筵，公嘉其意，遂为家风不改，是公之友于弟也。辛丑勘新茔，建宗祠，置祭田三十余顷。粤匪事起，著《火马飞云火攻炮一切战守火具图说》。咸丰癸丑，匪扰畿南，钦命巡防大臣庆恭肃公督兵赴临洺关会剿，约公从，公以家世武职且毁于贼，举家从戎，同深敌忾。乙卯连镇克捷，兄弟子侄晋秩有差，是公之提挈遍家族。先是，道光癸巳郡饥，设四厂散米，多拥挤伤，公综西厂未伤一人。己亥郡守恒宜亭浚城濠、建鼓楼、修试院，公董其事且助钜资，庚子秋闱获售者倍于前；咸丰戊午各国议和天津，公为当道委重应接不暇，仍时戒亲故静守勿张皇，获全甚夥，是公之保爱及乡人。方从戎赴赵北口也，市空军乏食，公访旧游任保护，市民稍集。贼踞独流，我军由河间折回第三堡围之，攻守具备，贼不敢犯。甲寅贼窜阜城等处亦如之，到处恺劝饷赖以济。贼匪连镇不出，僧邸筑长堤七十里属公总工程，民不扰而贼大困。复献议射简明告，示杀贼缴械准投诚，并造喷筒火球等，十二月二十三日焚李家庄木城，于是乎有连镇之捷，是公之建设有功于君民。咸丰丙辰，子槐选河南夏邑县，地遭捻匪乱，授以方略，卒获安平。母忧服阕改山西代理万全县事，公以"操守好，公事勤"策励之，及槐奉委防芮城，又教以倡办乡团协守河干，发捻两次扑犯莫能渡，旋摄芮城篆，迎养至署，凡诸善政皆奉命严君，是公之教泽兼敷于他省。若夫秉性刚方，精通材艺；周恤排解惟力所及，不必其人知之；非礼相加夷然不校，其子侄或不能平，公谕之曰："人不可无量，量所以载福也"。又尝曰："门庭昌炽皆由积累。昌炽者天，积累者人，天不可为，而人可为，汝曹勉之"，则是训词敦厚，学养深沉，所以为干济之中枢，绵家庭之积庆者矣。乾隆乙卯九月十九日戌时生，同治乙丑四月初五日酉时卒，寿七十有一。光绪四年旌表孝行，建坊入祠。赞曰：

公之化，蔼然同堂；公之惠，溢乎梓乡。公之略，戢彼强梁；公之训，覃及远方。公之学养，邃无尽藏。公之禀植，夐轶凡常。综是德艺，孝为之纲。本立道贯，积厚流芳。輶轩入告，扬之庙廊。褒旌典贲，列祀建坊。蔚然邦家之光，宜乎余庆而永昌！

光绪癸卯仲春月吉日，梅振瀛敬撰，王维贤敬书

《天津文庙甲辰上丁礼乐记》

吾圣人之道，可变而不可常。常则玩，变则思。秦灰六籍，汉以马上定乱，礼乐之事则未遑。至孝武之世，思老氏之流为名法也，思九流之必统于一尊也，表章儒术而孔氏之道著矣。呼必赉席其先业，夷金灭宋，其行军残暴至刳妇人于孔子庙庭，继又思缁流黄冠终不可以为治也，乃礼聘名儒为国子师，至圣先师之号亦定于此，道又著矣。两晋以后祖尚元虚，四门博士、三教珠英至唐而未革，而科举之害吾道也为尤烈，要皆以常故也。反乎此，小变则小著，大变则大著，盖思之为用也大矣。天津庚子之乱，愚人以神道召侮，千万年梵宫道宇罔不残毁，独郡县文庙岿然其独存。壬寅秋郡复，明年癸卯二月则瑀适宰是邑，仲秋有事于上丁。观察吴县王公仁宝、郡伯番禺凌公福彭，见夫宫墙无恙而钟簴缺如，乃属则瑀与乡之贤士夫搜讨仪文，详稽掌故，于礼乐之器之缺者补之，敝者新之，声容之节先时而肄之，以歆以祀，隆我上仪与平时无异，都人士欢忻慨喟，以为不图今日复见我中国礼乐之盛也。则瑀于是抗手言于众曰："今日之声容盛矣，抑思吾圣人之道将止此乎？抑此外尚有于遗余者乎？速化之学有声利而无道德，诵孔氏之言茫不知所言何事，世变至此又安可不思乎？顾又异夫今日之所谓能用思者。《春秋》之尊王，《礼经》之拜下，或以为养成今日堂高廉远上下不通之弊，皆孔氏之为之，而不知吾道之不明正不自今日始乎，抑何其不思之甚乎！"孔子之论事君也，曰"敬事后食"，思之则孔光、胡广不至于谨身尸禄矣。曰"毋欺而犯"，思之则封德彝、许敬宗不至于希旨面谀矣。曰"忠焉能勿诲"，思之则李林甫之塞言路、仇士良之远儒臣、申时行之日进讲义，其技术当永绝于世矣，彼其人亦孰

非自命为孔子之徒也者，行事乃与孔子相反，其弊正坐于不思。不以此咎属之不思，而以咎我孔子，可乎？昔者完颜良佐守朱子《近思录》一编，王阳明悟《孟子》"良知"一语，得其枝流末节，皆足以植名义而济时艰，维其思也。思之思之，及此不思，将有继我而思之者。夫叔孙之仪文，京房之音律，彼所思者形象耳；以今日之声容，其去于形象亦复几何？惟当其即声容之盛，思其所以致此盛者，吾圣人之道得变而愈明，是则瑀之志也。是为记。

花翎三品衔同知用知天津县事　临桂唐则瑀撰

五品顶戴邑庠生　孟广慧书

大清光绪三十年岁次甲辰八月癸酉朔　附贡生林兆翰、廪膳生卞禹昌监造

《重建天津镇军府碑记》

镇将职边要治军之所，自堂皇至戟门例宿牙兵数百。康熙二十有二年，台湾大将刘国轩挟其主降，朝廷爵之通侯，俾镇天津，故所居益以闳侈，建旗鸣鼓二百余年，虽经咸丰庚申之变，而祸难旋平，崇巍如旧，列营环卫与节府对峙。乃以光绪庚子之乱，甲观崇台荡为平地，土降数尺，雨潦若池，偶一过之，驱马掩面不忍睇视，痏心之境盖无逾此者。慕时以甲辰之春假符于此，检会军储有前镇吴公所积租银六千四百余两，窃以为百堵有基，版承大府主持于上，遂奋蚊虻以营山岳，拮据哀集，截吴续凤，罗掘既穷，益以乞贷，陶瓦林木都料鸠工，万指并举，众力交会，孟夏以始，阅二百有五日而告成。乃卜仲冬之吉移旆新居，觞宾佐于厅事，举酒属之曰："吾此举有可已者三。乱后公私赤立，艰难捃拾以有此数，用之营建不如用之军实，是一可已；绿兵朽窳，镇所统惟行营，察今之势非征兵不可为军国，行营又将并窳，营此何为？是二可已；辛丑之约天津不得宿重兵，我国素以形式取讥于远，今无兵而有有兵之形式，彼谓我何？是三可已。可已而卒不能已，难言也。"客曰："不能已者吾知之。制府项城尚书之收天津也，他务未遑，先谋营缮，其节府既宏于畴昔，而有司出政之区、群吏治事之室，下及桥梁道路兼举并营，劳费无已，尚书岂不知财力之竭与时局之阽危哉？盖谓方今之世竞争酷烈，而以智竞、以力竞，尤当以心竞。我有不可动摇之心，当先示以不可动摇之势。元时万

户都元帅张柔守燕,金、宋之遗,山泽之桀以时攻摽,弗能定厥居。柔曰:'是谓我无固志也。'乃建军府于保阳,修墙垣,立廨舍,以至释老之寺观、游观之池沼,乃无一而不备,于是人知其有效死勿去之心,心定而其乱自定,燕疆遂固于金汤。今尚书之汲汲于营缮,犹此志也,特难为浅见者道耳!"余敬谢曰:"尚书之志岂区区者所敢拟,且慕时亦非有深识者,然如客言,则今此之举当不至为有识者所讥。"故并记其言于石。至于经款之数,间架之数,器用之数,则尺籍存焉,不具书,非缺也。

提督衔署天津镇总兵官简授江南福山镇总兵达春巴图鲁宿迁杨慕时撰;书并篆额标属中营中军游击副将衔江宁王金荣;督率花翎都司衔补用守备城守营存城千总孙寿山;督修五品顶戴千总稿科骆肇元、巡捕右营存城千总杨庆平、砖河营沧州汛千总丁文运、霸州营文安汛千总张得胜、右营存城把总姜应森、河协左营城守汛把总高文斌,例得备书。

大清龙飞光绪三十有一年岁在旃蒙大荒落春王正月谷旦

《新建直隶学务公所记》

古之时自王宫国都以至闾巷莫不有学,八岁入小学,十有五年入大学,其教育之次第节目散见于《礼经》,传记者綦详。古制浸湮,儒与吏异趋,政与教殊途,师保为虚位,于是各以其学号召徒众,而长民者不与闻。今之黉宫非古之学也,所谓校官者名谓教谕、训导,其实不过司博士弟子簿录,分廪饩以时进退而已。而学政也者,孤悬客寄于百执事之中,因文艺以别群士之优劣,按部一周还报天子,是犹太史輶轩采风之遗,其与古之乡大夫考德行道艺而兴贤能者相去远矣。物极者必反,气至者必动。朝廷鉴于海外诸国文明进化粲然美备,与吾古代以三物教万民之意若合符契,而吾犹狃于积习,徒集少数之人日敝精于无用之帖括,甚非所以育人才而强国本也。乃宣布明诏与民更始,停科举兴教育,自小学、中学以至高等大学,若者普通,若者专门,若者实业,阶级厘然,于是向之家自为师、人自为学者,至此乃整齐而画一之,且非如往者必号为士始有所为学也。然制定而无专责,其何以董百司而勤职事,则学部之设尤要已。既以学政之孤悬客寄无以重其权,而虞其或有所扞格也,乃以提学使位三司之中,于是教育确然为行政之要端,而一洗从前仅以文艺取士之陋矣。畿辅绾毂瀛海,首承风教,为二十一行省倡,项城宫保扩张学界不遗余力,永年胡廉访营缔于前,天津严侍郎恢拓于后,都人士之心思耳目跃然,焕然而学界为之丕变。靖承乏其间,学殖荒落,诚知无补于万一,猥承宠命,畀以重秩,夙夜兢惕,惧弗克胜,亦惟仰承圣训,恪守部章,修其所未备,以蕲至于日臻美善而后已。窃谓精神,斡乎内者也;形式,斡乎外者也。人必止乎高明之域,而后荡涤其襟宇,恢闳其智虑,湛然超乎万物之表,而幽微繁琐之情状一举目而悉呈于几席之上,则得乎地势者然也。方其俯首治文书,局促劬苦曾不得骋怀散虑、吐故纳新,徒为事物所梏,其能轩举而贞于久远者几希。且吾国官廨与私舍不分,姬媵仆婢杂沓嬲挠,在在皆足以扰乱其心志,以致文告稽延,弊窦丛混,政不肃而治不臧岂不由此?故形式者,精神之所寄也。直属州郡以百数十计,风气所趋,恒视上流以为转移,姝姝焉苟安简陋,人将谓形式如此,精神可知。曩时学务办公之处率僦民房,毗连廛市,庭宇散漫湫隘不适于用,谋始实难,斯其然已。爰请之宫保,卜于天津河北公园之东审曲面式鸠工庀材,筑宫于其上,诗曰"夙夜在公",语云"先之劳之",靖之所有事也。于是乎在其州郡搢绅之士以时研究教育与议长佐折衷考论者,则有宣讲会议之堂;其与僚属接见询问风俗政治者,则有迎宾之室;学科分为六,曰总务,曰普通,曰专门,曰实业,曰图书,曰会计,则有各科员司汇聚供职之所,而寄宿舍附焉;其巡视一省学务以别其良否者员凡六,则有省视学之所;退食之余欲其发达身体而陶淑性情也,于是有体操、音乐之所;比较参观,顽廉懦立,于是有学校成绩品陈列所;欲闳学识务博览,于是有图书馆;欲知世变达民情,于是有阅报所;其他门楹序廡、庖湢库厩之司,各以序为列,层楼周阿四达而无所蔽亏,虽谓公所为学校近今建筑之模范可也。经始于光绪三十二年三月,落成于十有一月,地四十亩,建筑费五万六千余金。形式具矣,其淬厉日新月异之精神,以斯复古而驾轶乎欧美之上者,则靖与诸君子之责也夫!

光绪三十三年春三月,署直隶提学使沔阳卢靖记

《皇清诰授奉政大夫国子监学正衔直隶高阳县教谕丁府君墓碑铭》

公讳琪,字朗斋,津门丁氏。生五岁而孤,弟幼殇,兼祧伯考启人公。父叙五公。母赵氏,岁贡生国祚公女,年二十六守志,事孀姑、抚孤子,皆取给于针黹。公稍长就傅,太夫人晨钟先起促读,夜则篝镫以伴,

寒暑无间者十余年。公受业于徐三屿先生，及门多知名士，遂以冠军游庠食廪饩。道光甲辰举于乡。公品端学粹，从游日众，口讲指画，循循善诱，生平曾无疾言遽色，诸生时有差谬，偶尔一哂，莫不幡然思奋，岁科两试获隽者多出其门，贡举亦历年无脱科者。由是诸生筮仕内而翰苑、部曹，外而监司、郡守、牧令、广文数十人，遭际不同，材具不同，而操守罔不同，大都洁己爱人，绝无失纪律而玷门墙者，以是见师严道尊，教泽之远如此也。公齿届六旬始任阜城教谕，顺亲志也。旋请终养归里，应陈敬之观察聘，设帐崇正总塾，朝夕不离亲侧，孺慕依依，盖处髫龄即悯母氏食贫，忍饥夤起，天性然也。太夫人八十七岁弃养，自新丧迄服除恒泫然流涕，及门林生骏元、张生兆奎暨荣，皆自成童请业，公不受束脩而犹子视之者，念公之过哀也，旅进请谒，每赐之食，环侍终日乃有愉色无倦容。暨任高阳教谕，主讲濡阳书院，薄俸自给，概却生赘，严立课程，士风丕变。公力学勤苦，夙有咯血疾，晚岁精神矍铄，殆所谓庄敬日强者耶！光绪十一年二月乙亥卒于学署，寿七十八。阖邑士绅吊哭失声，王生芸书、外孙杨生葆鋆送柩回籍，葬于邑西郭姜井东。在任以守城功钦加国子监学正衔，故启人公，讳光裕。叙五公，讳光伦，俱诰赠奉政大夫。伯妣氏李，诰赠宜人。母氏赵，诰封宜人，旌表入祠，立传郡志。配阎氏，诰封宜人，后一年卒。女三：长适林君骏元，举人，四川冕宁县知县；次适杨，次适阎，俱士族。堂侄大奎嗣，有两孙殇，奎亦卒，及门某君恤其家，且谋立后焉。侄大椿，贤而廉者也，姜井茔仅亩许，爰卜新阡，将迁葬而奉祀吉圹，近堂弟朗亭公墓左，某君闻而善之，商诸荣建碑于新茔，并属纪其略，谨追述而敬志之。铭曰：

节孝一堂，楷模百祀。积善克昌，施及孙子。

宣统三年岁次辛亥九月中浣建
受业刘向荣顿首拜撰，受业张兆奎顿首拜书。
《旌表节孝诰赠一品夫人徐母刘太夫人墓表》
赐进士出身诰授资政大夫典礼院学士　　胶州柯劭忞撰文
诰授荣禄大夫内阁阁丞　　天津华世奎书丹

诰授资政大夫学部国子丞　临清徐坊篆额

太夫人桐城刘氏,归赠光禄大夫、建威将军天津徐公讳嘉贤。刘故桐城望族,世以文学有声于时。太夫人考讳敦元,孟途先生诸父行也。性好游,恣意山水间,东南名胜无不到,所至大吏皆延为上客,最后游河南,巡抚桂良入觐,宣宗问能为官牍者,桂公奏有桐城刘敦元,文最工,遂缮其所为骈俪文以进,上称善,时论荣之。太夫人幼秉家训,濡染礼则,克俭以勤,年二十一来归赠公,曾祖姑尚在堂,孝事重闱,色养无间。时兵事方亟,赠公显考以通判奉檄司饷饟,赠公年十七从军,贼据河与官军抗,众莫敢进,赠公冒枪弹结筏渡兵,又单骑入侦贼垒,贼已宵遁,遂拔妇女数百人以归,繇是名著军中。其后通判公补官中河,赠公佐父治河防,昕夕无少间。以母丧哀毁得疾,卧蓐二年余,太夫人日夜侍汤药不懈,卒不瘳。咸丰辛酉赠公卒,子世昌甫七岁,世光五岁,太夫人既痛赠公积学不显,又以君舅在,二子幼,不敢以身殉,养亲抚孤,尽瘁在室。通判公性慷慨乐交游,不问生产,姻亲宾从杂沓麇集,门以内万端填委一取办太夫人。及通判公捐馆舍,鼎彝图书外无长物,太夫人揩持门户恒累日不举火,而处之宴然,寒窗雪夜辄道家世盛衰及古今忠孝大节以饬其子,曰:"汝父有大志,郁郁以终,汝曹束脩自爱,不忝先德,所以振家声光遗烈者,庸有既乎?贫故非吾忧也。"自子女幼小时即以礼法绳之,稍长督责益严,所与交游必廉察其行,贤则加礼,不贤立斥绝不与通。既通籍成名,犹日诲教不少贷,二子亦恂恂受命若孩稚。初,通判公殁,宗老有令鄢陵者,命太夫人移家往依焉,太夫人不可曰:"家门仕宦余荫,今不自立而寄托于人,惧吾子之终不振也。"鄢陵君罢官归,视太夫人之所为,叹曰:"巾帼丈夫也,家其不替矣!"其后子世昌、世光以光绪壬午同举于乡,人多称说太夫人,太夫人愈自谦抑,勖以积学上进。及丙戌世昌成进士入翰林,太夫人乃稍色喜曰:"是可慰先人于地下矣!"始赠公从通判公治军事又佐治河防,以未得科第自憾,虽以主簿待选不肯御命服,太夫人体赠公意亦不御,尝语世昌曰:"汝父蓄世志不售,汝能以科第进,吾乃敢易命服。"及是以五品告身祭告赠公墓,太夫人始御命服。赠公初聘大兴黎太夫人,未娶而卒,通判公有命曰:"他日归葬于我。"黎太夫人与其弟同时卒,同厝于一地,岁久则不能辨其墓,故赠公卒,黎太夫人未祔焉。世昌恭逢覃恩，应得诰命，太夫人命世昌请以黎太夫人列于前，而太夫人次之，故戚党尤贤其事云。太夫人生平积劳茹苦，体气以瘁，就养京邸，疾病间作。光绪丙申十一月二十三日卒，年六十四，后赠公卒三十有五年，旌表建坊入祠如例。子二，世昌、世光。女二，长适吴县颜士栋，刲臂疗姑，姑殁夫妇同殉，旌表孝行；次殇。孙四人，绪直三品荫生，分省补用同知；绪正一品荫生；绪通；绪任。孙女七人，曾孙一人。太夫人既卒十六年，世昌由编修三迁至内阁学士，擢侍郎，入为军机大臣，授民政部尚书，出为钦差大臣东三省总督兼管三省将军事务，经营边圉，备御殊域，旋入为邮传部尚书，再直军机处拜协办大学士，晋体仁阁大学士、内阁协理大臣、军谘大臣加太保，勋威阀阅崇绝一时，而世光亦积劳勚累擢头品顶戴、山东登莱青胶道，人以为累世名德所郁，至是乃克遂太夫人忧勤惕厉之衷，食报在是矣。而时事既益棘，太保盱衡国难，忠悃郁勃多遏抑不得申，居恒悒塞，深忧隐痛，蹙蹙然惧无以慰吾母也。乌乎！可谓无忝太夫人之教而善承其志者矣。劼恣与太保会试同年，同直史馆，辱太保知最，凤居尝比邻，拜太夫人于堂上，习其家世，太夫人盛德美行至多，皆不备载，其大端所以保持其世者，俾揭于墓道之阡以诏后焉。

大清宣统三年岁在辛亥冬十二月甲午朔十九日壬子建

《皇清中宪大夫原任都察院左佥都御史怡斋赵公暨元配刘恭人合葬墓志铭》

赐进士出身光禄大夫太子太傅礼部尚书保和殿大学士加三级年家眷友生宛平王熙顿首拜撰

赐进士第资政大夫刑部尚书年家眷弟潞河张士甄顿首拜篆

赐进士出身朝议大夫内阁学士兼礼部侍郎年眷弟清苑郭棻顿首拜书

中宪大夫武清赵公，以顺治十六年赐进士出身，改庶吉士，授户科给事中，迁兵科右给事中，转左给事中，历吏科掌印给事中，升鸿胪寺卿，擢都察院左佥都御史。公自始仕至罢官凡二十年，职居谏诤者一十有三年，以直声著天下。其言而允行者：谓江南藩司既分驻，宜以逋赋分责左右司。又谓缉旗人逃，当杜滥解之弊。又谓练饷未输者数无多，当免。又谓陕西、山东旱蝗，请酌行赈穷之法，缓征国赋。又谓明废藩遗产不宜刻期变价。又谓近畿小民多失业，田土圈拨未已，请还换给之地予民。又谓桃源、高邮、宝应既以被水蠲其漕米，兴化亦宜豁。又谓畿辅旱，当命大臣清刑狱。天子悉从之。其言而未得行者谓户部综理财赋，判牍孔繁，而八旗以田土相评者众，请别设官审理。又谓五岁一恤，刑部差宜复；又谓道臣整理驿传不可悬阙；又谓漕运剥船六百艘，每艘给地十顷，照地金船，行之既久，积弊甚众，夫以六千顷地，按额计之可征银一万五千金，莫若罢之，征其银贮库，遇运河水浅则雇船应剥，何必留此或用或不用之船，以重累民为？又谓予夺大权出自朝廷，迩者督抚诸臣去官，百姓诣阙保留，以数人之奔诉岂可信，揆之政体失宜，当禁止。闻者皆服公敢言。予尝序公奏议论古人封事，其可行而未必行，不可行而或行之，言者固难，求行其言亦未易。若公前后诸疏，洵言之可行，行之有裨，同陆宣公之剀切，无汲长孺之戆直，所云谏行言听，膏泽下于民者，非与？公之为庶吉士也，即分校礼闱，得士为盛；其官吏科，遇会试武举人，充同考官，掌计典者二，掌京察者一，门馆肃清，是非多所驳正，其有密疏则焚之。性孝友，交游重然诺，人有善亟为称许，遇下无疾言怒容，家居倡修学宫，姻党有急即垂橐必称贷应焉。公讳之符，字尔合，别号怡斋。生于天命十年二月戊子，卒于康熙二十五年六月癸亥，享年六十有二岁。曾祖经，祖士元，皆不仕。士元有子三人，长赠文林郎连璧，少赠征仕郎完璧，完璧生公，为连璧后，公之考也。妣王氏，赠孺人。公元配刘氏，生员世奇女，事姑孝，庄静善持家，严于教子，先公二十三年卒，赠孺人。继配张氏，山西参将国英女，封孺人。子男四人：璘，康熙十六年举人，娶郭氏；珣，康熙二十一年进士，候补中书科中书舍人，为伯父之篆后，娶杨氏卒，继娶徐氏；琮，岁贡生，娶刘氏；瓒，康熙二十年举人，娶曹氏。女四人：一嫁顺天府学廪生苏昂，刘孺人出；一嫁丰润庠生曹铃，二未字，张孺人出。孙男八人：方升，增广生，娶曹氏；方晋，聘武氏；方咸，璘出；方观、方颐，珣出；方赍，琮出；方震、方丰，瓒出。孙女九人：长许字宝坻庠生刘文灿；次许字宝坻芮子龙；余未字。曾孙一人，大成。今其子卜于康熙二十五年十月辛未葬公于北仓之北原，刘孺人祔焉，请铭于予。公初入翰林院，余忝教习，有一日之长，于其请不可辞。铭曰：

维潏之阴，古雍奴也。筍沟分合，下直沽也。有原畇畇，泽訏訏也。猗嗟赵公，世此居也。其惟吉士，道山游也。用拜夕郎，执词头也。入告之言，咸有孚也。升三独坐，副相俱也。哲人虽逝，谏草留也。生子而才，皆民誉也。卜云其吉，现藏斯邱也。土周于椁，妻祔夫也。九九者柏，荫泉台也。吾铭其幽，文不渝也。

《皇清中宪大夫广东惠州府知府加二级冰崖赵公墓志铭》

赐同进士出身通奉大夫工部右侍郎加一级年家眷弟　武遂刘谦顿首拜撰

赐进士出身通议大夫都察院左副都御史年家眷弟雄山王企埥顿首拜篆
赐进士出身中宪大夫太常寺少卿年家眷弟中山郝林顿首拜书

公讳璘，字雯玉，号冰崖。其先本江南会州卫人，始祖以军功隶燕，遂占籍武清之北仓。枝叶繁衍几数千丁，为雍阳望族。曾祖讳士元，生三子，长连璧，三完璧。完璧，公之本生祖；连璧，公嗣祖也。祖妣王氏，本生祖妣石氏。考讳之符，辛卯科举人，己亥科进士，选庶常，改吏科给事中，历升至都察院左佥都御史，挺□节为名谏臣，有疏草行于世。妣刘氏，生子四，公其长也；次珣，壬戌科进士，河南督学，复命需次里居，归为本生祖后；三琮，癸未科进士，先卒；四瓒，辛酉科举人，河南西平县知县，行取候补主政。当公之少也，适中丞公官京邸，所交游及□门士□□□□□昆季，内而禀承，外而劘切，涵濡衍肆，悉成伟器。丁巳科公乡闱获隽，读书家社，□□□□□家事委之，程度不失尺寸，中外亲串下及臧获，莫不推服亲爱，或事有当禀命者，中丞公□□□焉。岁丙寅中丞公既世，而妣刘恭人又先卒，两遭大故，兼值水旱，拮据丧礼，支持门户，丰啬咸中仪节，上事继母张恭人不啻所生，待诸弟雍雍穆穆，后先无间言。丙子春，铨授广信府同知。信为江右山郡，林箐多伏莽，公至示威信、悬赏格，期年而道梗除，间摄属邑事，以循良称，上台嘉奖，治行为一时最。己卯乡试同考，得士十一人，皆知名士。任八年升守惠州，报至人以为贺，公愀然不悦，语诸子曰："吾向虽闲曹，然可以奉差至都，与汝祖母、诸叔团聚，今官守土，桑梓愈远，邱陇遥隔，此衷悒悒，何言贺也？"度岭抵任，严绝馈遗，咨访民瘼，宽厚如官广信时，而精勤过之，凡讲上谕，兴学校，修关梁，禁刁讼，立保甲，课农桑诸大政，次第兴厘，民歌来暮。辛卯夏，奉盘查之命，道路奔走，感患暑湿，痰喘大作，竟捐馆舍。灵輀就道，同事伙助始克成行，号送者日数百人，逾境乃绝。嗟乎！此可验公居官之大较矣。公生于顺治戊子年十二月十一日亥时，卒于康熙辛卯年五月二十六日戌时，得年六十有四。官司马时，遇覃恩授奉政大夫，今例得改中宪大夫；配郭氏，处士拱垣公女，封宜人，例改恭人。子三，长方升，岁贡生，娶曹氏；次方咸，增广生，娶郑氏，继娶郭氏；次方节，太学生，娶程氏。女三人，长适贡生刘文灿，次适候选同知王国璠，次适太学生张文选。孙男四人，长晟，增广生，娶张氏，易聘朱氏，俱升出；次广孙，次惠孙，尚幼，咸出。孙女七人，长适宝坻王征，余未字。今以康熙五十一年九月二十五日祔葬于先中丞公之兆，公之孤以学宪君之书来请铭，余与学宪君乙卯同捷京兆，得登中丞公之堂，与诸昆季称雁行，故谂公之素行甚悉，重以兹请，是乌得辞。铭曰：

　　天水流派洪以长，唯大中丞启厥祥。继志述事公其良，西江东粤官绩香，同枝并萼咸芬芳。飘飘丹旐悲风凉，松楸郁郁雍水傍，坐金向木会阴阳，千秋万祀永其藏。

《皇清例授奉直大夫督理杭州北新关税务候补主事加一级松庐赵公墓志铭》

　　赐进士出身光禄大夫文渊阁大学士兼工部尚书年眷弟陈世倌顿首拜撰文

　　赐进士及第光禄大夫经筵讲官户部尚书年家眷侄陈悳华顿首拜书

　　赐进士及第奉直大夫翰林院编修应升加三级　年家眷侄田志勤顿首拜篆盖

　　君讳方观，字用宾，号松庐，姓赵氏。世为顺天之武清县人。王考之篆，有声胶庠，以弟左金都御史之符仲子珣为后，即君考也。康熙壬戌成进士，授中书科中书舍人，擢吏部，累官河南提学佥事。君生五岁丧其母杨宜人，哀恸若成人，长益颖异，读书目五行下，经史诸子百家无所不窥，十五为学官弟子，越岁饩其廪米。康熙壬午举于乡，游道日广，华问浼美，三就礼部不见收，一避嫌不得试，迄无愠容。已而督学公奉使河南，君侍行，闻《诗》对《易》，出其家法以佐提论，八郡一风，英淑蔚起。满岁，督学公侨寓黎阳，将老焉，而君亦不得志于进取，循例谒选入，会督学公疾大作，与弟赠监察御史方颐瘁力医药，不可请祷，不可请减己算，比弃养，毁几灭性。岁甲辰，大兴黄公叔琳以吏部左侍郎出抚吾浙，廉君贤，荐于朝，召见称旨，命以主事榷杭州北新关。关税向领于抚臣，檄一丞倅主之，官摄而权轻，豪胥舞智，囊橐为奸，牢不可破，故商困而额屡阙。君下车剔刮前弊，杖其魁，一切陋例悉报罢，吏畏若神，君不数月黄公以蜚语罢，后事者疑君有私，吹毛索瘢，密相侦察，君自信狷介，复澹于宦情，遂请解组亟归，而难君者卒不得一间，乃自知其中谗之深也。君有用世之才，一试不得志既归，不复求出，推落崖岸，浮湛闾里，和其天倪，如是者近十五载，以乾隆五年五月二十九日考终故里，年六十有六。君生平至性过人，笃于门内，事继王母张太恭人先意承志，备得欢心，及殁尽哀尽礼。事继母徐宜人如母。事两叔母如继母，一味之甘必献而后尝；友爱两弟，垂老弥笃，同居数十年无豪发间。抚弟子如己子，教诲饮食终始弗倦。持己恭，接下以礼，居常补衣缩食，躬自节俭，解推所及累什百不惜也。呜呼！如君孝友贞亮，睦姻任恤，其亦可以风厉人伦矣。孤子眘于乾隆五年九月二十七日卜葬君于北仓先茔之次，以配卜宜人祔，宜人固安名族，侍御峻超之女，博习书传，通识大体，先君二十年卒。君有六子、十一女，子惟眘存，邑庠生。女殇者五，嫁者四，长适大兴丙辰科进士、湖广武昌县知县黄咏；次适宣化例监生张宗武；次适大兴庠生温葆文；次适天津庠生周企；二未字。孙男二人。予与君为京兆同年友，四十年来凋丧略尽，留京师者惟予一人；观察晃，君弟赠侍御子也，诸生时予有一日之知，偕孤眘来请铭。是不可已，铭曰：

君才恢恢足敷布，小试中年少坦步，卷而怀焉仁义寓。北仓之原美幽宫，月夕卜夕懿壶从，我铭家有袁彭风。

《武定府知府徐君墓志铭》

君讳观孙，字用宾，号雪岩。徐姓初自越北迁京师，为宛平人，家于天津。考讳某，候选州同，赠朝议大夫，君其长子也。年十四妣王恭人卒，十八入府学，二十七举雍正乙卯科乡试，乾隆八年以知县拣发广东，借补电茂场盐课大使，充癸酉科乡试同考官，任满举最，丁父及继妣胡恭人忧。服除，二十五年补广西恭城县知县兼平乐府同知暨平乐县事，罣吏议，引见仍以知县用，拣发福建，署永福、惠安二县及汀州府同知事，补连城，调漳浦，三十三年三月县民卢茂谋作乱，君先期探知贼要害，督兵役往搗之，贼旅拒，用枪踣贼三十三人，擒其魁，鞫余党，爬梳涤硋，苏蘖刷黎，全活者无算，民有畏辜绝姻者，廉其情即与判合。是役也，君能锄恶于芽而无滋蔓，天子甦之，有旨送部引见，擢同知，未浃日授广东惠州府知府，异数也。后任山东武定府。四十九年，年七十有七致仕，明年与千叟宴，拜赐如例。五十三年六月二十七日寿终于家，年八十。娶陆恭人，继娶赵恭人。子三：如源，河南开封府同知；如灏，以州同借补扬州府经历；汝澜，乾隆庚子科进士。孙八：汇吉、柬理、集冈、荣符、荣翰、枋诏、棨范、枫蔚。女二，女孙四。君之为令于闽也，予为闽臬，知君能其官；及君平漳浦之乱，适予司臬湖北，治荆门州孙大有狱，与闽同日；予有姑之子许廷基在君幕中，为予道其事颇详，以是知君贤。君之子如灏使来告哀，且请为铭，不获辞。某年月葬君于某。铭曰：

蕹莽不兴尹之能，老手治郡去有闻，大年陪敦蕃子孙。

《保靖县知县曹君墓志铭》

先妣徐太夫人有从父妹适曹，生子库大使召南，天津学生景绂为予姨表弟，以书来曰："先考妣葬有日矣，请为铭。"不获辞。案状：曹氏由会稽迁顺天通州，入籍大兴，讳焜，公仕至河南遂平县知县。生子云升，字履平，年十五入府学，贫不能娶，赘于天津徐氏。逾年，请于夫曰："姑老矣，居通州谁为侍养？"府君曰："吾岂忍一日忘母耶？今寄食外家，可若何？"孺人曰："我质簪珥，业针黹以养，君勿忧。"乃迎养于津。乾隆丁巳，府君成进士，归班选湖南安化县，却兄弟争产之金而判令合，食民感化，俗以不偷。充乾隆丁卯乡试同考官，取士罗君典，为名解元。调保靖治苗有叙，修魁星阁，苗始发科。乙亥五月卒于官，孺人率幼孤涉洞庭，下荆襄，崎岖返里，教子而名立。子四：卫安、骥隆，皆国学生；召南，乾隆甲午科举人，拣发山西借补藩库大使；景绂，府学生。孙九，曾孙四。府君生于康熙壬午年正月十九日，卒于乾隆乙亥年五月十五日，年五十有四；孺人生于康熙辛卯年十月十五日，卒于乾隆乙巳年四月六日，年七十有五；嘉庆七年壬戌合葬天津城西大稍直口。铭曰：

从母之夫，保靖令贤。孺人画荻，厥子仔肩。城西直口，郁哉新阡。庶几孝友，后炽而绵，以光尔先。

《皇清敕赠文林郎德三沈府君墓志》
如皋戴联奎撰并书

天津沈君峻，与联奎为乡榜同年友，将葬其父母有日矣，以志墓请，义不敢辞。按状：府君讳世华，字德三，号影村。先世为余姚人。高祖应文，明官南京吏部尚书，谥庄敏；祖宏嗣，占籍天津，历传皆不显。府君少孤贫，自力于学，补府学生。初仕江西南丰县巡检，调广丰署弋阳县丞，虽屈参佐，磊落持大体，事上官不屑奔竞。江西俗多溺女，府君善为开导，其贫不能举者，令襁褓适人，迨长婚配，民咸遵教；每断讼，判杖不过二十；遇窃盗必穷治，详请上官刺配数人，盗风弭息；曾与僚友某谒方伯，其人戆直，触怒方伯，欲挂弹章，府君力求宽贷，并乞同罢职事，竟得已，其笃实刚正如此。平生寡言笑，无苟取，居官几三十载，不名一钱，年及六十即乞归，闭门却扫，萧然自得，享林下之乐者十年。配周孺人，勤内助，甘淡泊，教子严而有法，贫不能延师，恒就外傅，察其学业，以时劝惩，诸子皆奋发成立。府君生于康熙五十三年甲午十二月二十九日，卒于乾隆四十七年壬寅八月十四日，年六十有九；周孺人生于康熙五十四年乙未九月初五日，卒于乾隆五十六年辛亥六月二十日，年七十有七；兹卜于嘉庆十二年丁卯十月初十日，合葬于天津城西雷庄之原，首艮趾坤。子三：峄，乾隆丙午举人；峻，乾隆甲午副榜，广东吴川县知县；崑，监生。女一，适监生章灏。孙五：兆霈，廪生；兆溶、兆沄，廪生；兆瀛、兆淇。曾孙五：希喆、维钰、桂森、维锈、维璐。呜呼！府君可谓有德之士矣，薄禄韬养，积善以贻子孙，奚必富贵烜赫哉！爰述崖略，以泐贞珉；不作铭，戒谀也。

《皇清诰授通议大夫晋授资政大夫照布政使例议恤世袭骑都尉建立专祠赏戴花翎铿色巴图鲁署安徽庐凤颖道天津刚憨金公墓志铭》

粤贼所至，旁近数百里间，辄自乱自溃如蜩螗沸羹，而贼亦旋至，汔于不守，虽吴越驯弱之地皆然，矧江之北、淮之南，民风剽轻，平时所称盗薮哉！乃癸丑之变，剧寇蔓延匝于四境，群盗蜂起，独能以偏隅展转枝梧五年之久，广袤千余里中屹然不可摇者，谁之功与？曰故署庐凤颖道天津金公。公讳光筋，字念直，号濂石。系出汉中山王刘氏，世居浙江山阴县，五代时避钱镠嫌名，为今姓。七世祖讳士英，明季官北直蓟镇标守备，殉闯贼难。子讳世芳，八龄随母家天津，遂占籍焉；再传至曾祖讳承基，曾祖母徐。祖讳熨，祖母胡；父名镕，道光乙酉举人，知州衔江苏睢宁县知县，母田。三代皆赠封如公官。公屡困童试，家贫授徒自给。封公官江南，公奉胡太夫人就养廨斋，留心吏治，笺注律例成帙，为法家所服。寻以例得通判，发甘肃，署巴燕戎格通判。往时回番为民害，官率不问，公独往捕之，伤于臂，盖公爱民嫉恶为性，一生建树兆端于此。久之，改安徽知县，会大水，青阳民以督赋急将为变，抚部檄公往视之，公单骑至，呼父老晓以大义，陈说利害，民感畏，事遂解。署定远，县故多盗，公巡乡，甚寒暑若小疾无间，捕治辄满品，盗风稍戢，民安之。寻补建平，复调定远，□桥土匪陈小唤子暴乡里，公下车手刃之，民大快。移寿州，公见狱囚众，昼夜谳鞫，旬日结案九十余，狱一空。咸丰二年冬，旌德吕文节公荐公才，命赴军营，大吏以寇近州，剧留之。明年春，安庆陷，州闻警，奸民聚语将为乱，公自乡驰归，夜漏三下入城，始不敢发；狱囚有逾垣者，手戮数人，诘旦集绅士议团练，不数日战守之具皆完。定远匪陆霞林自安庆狱逸出，纠党数千，大掠于寿州、合肥、定远之边，抚部周文忠公亲剿之，檄公堵截，公率勇入贼巢，擒陆霞林父子五人、其党四十余人，送行辕迎谒，文忠突出抱公，褫其冠，易以花翎蓝顶冠，曰："好朋友！"公大惊，文忠曰："霞林巨憝，吾虑其南连粤匪为大患，故星夜督兵来，君乃探囊取之，吾何忧？"遂专疏荐举，奉旨赏戴花翎，以知府用。既而贼连陷临淮、凤阳、怀远，皆距州百余里，民一夕数惊；公令两河口以东植竹签置水营，八公山以北杂张旗帜，岭腰林杪皆遍为疑兵，山隘分列炮石；州匪谈家宝、凤台匪张茂皆啸聚数千人，公降之，后皆效死。是冬庐州陷，江忠愍公死之。四年春，六安继陷，州于是乎四面皆贼。距城六十里有正阳关，为自南而北之门户，贼大举犯关，公据关为营迎击，战酣，雨大至，火器不□，贼又一军自旁来，公曰："天也！"欲死之，左右曰："公死城必陷，今退入城，城陷死未晚。"公然之，多设疑阵，声东击西，且前且却，遂退；经一水，无舟不得渡，顷之居民拿小舟来曰："小人有母妻及子，买此舟以避难也，子号哭不行而止，天殆遣此舟以渡我贤父母乎？"遂全师而济，贼疑有伏亦退。贼先后凡五犯关，公辄截之，大军攻庐州无后顾忧者，公力也。于家围匪吉学盛集众数千，联络数十里，俨然巨寇，公先后七阅月，督兵再举始歼焉。时又有马四、马五、陈常四、汪履祥、吴云程、尹传贵等，在州境及定远、六安、霍邱、合肥境者不下数十股，皆剧贼，蓄党千百计，两年中公不分畛域，次第讨平之。次年，大军复庐州，大府选公为守，寿民请留，公宵分轻骑出，城厢灯火荧荧，见公去多泣者，公亦为之泪下。一日抵暮，庐城火起，公驰救，令曰："哗者斩！"一人哗，擒之，又指跣足妇四，令并擒之，皆贼谍。合肥匪顾四匿城中，公丙夜潜出署，至其处诛之，无知者，民咸以为神。六年，大旱蝗，赤地千里，公设局平粜，下其法于新复之无为、巢、庐诸处，全活以十万计。剿巨匪王亮彩、郑三虎，三虎尤悍，煽饥民为乱，公手刺之马上，既诛，威震远迩，奸民无复逞者。抚部福公济列治行以闻，奉旨以道员记名。冬，署庐凤颍道，至临淮，张捻等已破周镇王庄，犯三十铺，公渡河，贼遁。无何，贼数万、骑千余大至，纵横四十里，公背水为阵，令曰："进则生，退则死，死于敌不胜死于水耶？"众曰："然！"遂分三路迎战。公手燃大炮误击地，地陷，祭炮复发，血流二三里。贼佯走，公传令勿追。贼旋从左右兜围，公令中军截击之，贼后队踵至，又令左右军合击之，呼声动天地，无不一当百，贼大败，死者无算。是役也，俘云，起事来未经此大创，公兵才八百人，无一伤者，众以为有神助。顷之，无为、巢县复陷。其明年春，抚部檄守柘皋，柘皋，庐之屏障也。会疾作，檄回临淮。二月，龚捻、苏捻大掠正阳关左侧，公扶疾出师，剿半日，行七十里至霍邱，与贼战于郊，援贼大至，呼城中并力不应，乃退。未几，霍邱陷，桐城贼突围出，破六安，水陆并进直抵关。众议多寡不敌，守寿州恐不支，不如退保临淮，全庐州后路，公曰："是怯也，贼且轻我。必守寿州，贼必惧我，我蹑其后，若不支，有死而已！"遂入寿。公是时已统带陕甘、寿春、四川各营兵，而在部下则仅千人，民望见公旌纛，迎呼声满山谷，公曰："无恐，吾与此城存亡耳！"入城，贼围之数匝。城中知公至，皆攘臂登陴，输刍食、治守具，不令而集。令勇目李士甲等缒城出，贼方食，噪而乘之，败贼南门外。众以贼地雷为忧，公用地听法应之，果验；地听者，掘深堑置水瓮，浮铜钲其上，令瞽者伏听之，贼穴城外即铜钲作水漾声，始见《墨子》，盖古法云。一日药局火，公从容侦获数十贼谍，斩之。贼攻城多死，公令城上多列旗帜，而数易之，时募死士夜入贼营，取一二首级，贼辄夜惊有声，公曰："惧我矣！"围城之八夕，星暗云迷，衔枚出师，设伏八公山为应，分三道袭贼营，贼惊逸而八公山火起，贼自相践踏，转战终夕，贼垒悉平；迟明，见积尸满野，遗骸百车，叙功加按察使衔。公遂进攻正阳，自唐家店至枸杞园毁贼营三，擒逆首吴守刚、张定邦、杨得应等；进师三十铺，令知县刘锡龄、守备黄鸣铎、游击成桂、吉昌率水师会于黄天涧，毁贼营四十余，杀四千余人，淮水尽赤，水陆环攻五昼夜，三登三却，平旦复登，遂复正阳关，赏铿色巴图鲁勇号。无何，张捻等自三河尖东犯，公沿淮拒战，互有胜负。粤贼侦公在外，潜师复陷正阳，公闻驰还，至沫河口屠家窑，见贼营四，一鼓下之，直捣北关，屡战屡胜。会都统胜公保师抵八里垛，隔河而军，公晋谒，议造浮桥渡骑兵未成，贼突至，胜公檄公迎战。公在舟中，左持矛，右握纛，一跃登岸，兵凡千人，自辰至未战不利，左右夺公胄请走，公不许，转战渡河而殁，时咸丰七年闰五月四日也。

公生于嘉庆二十一年十月初十日，春秋四十有二。公尸屹立水中，颜色如生，弁兵获之归，寿民皆缟素哭失声。前一夕，营西北有大星陨，公曰"不日恐折一大将"，乃自应之，悲夫！州有童谣云："小将不如老将胜，西风吹断寿阳桥"，及是果应。事闻，上嘉悼，命视布政使阵亡例赐恤，世袭骑都尉，谥刚愍，祀昭忠，建专祠。公忠孝本于天性，尝谓弟心箴、耀庚曰："时事日棘，吾必死。双亲春秋高，侍养事汝二人任之矣！"言讫泪下。又谓幕宾汪君荣桂曰："吾自英夷兵起便以身许国，何待今日哉？"节俭廉洁，守正不阿，军兴厅事不设宴，妻子或弥月不相见。在军食藜藿，藉草蓐，与士卒同甘苦，蠲一切陋规，所至却供帐，曰："我取于彼，彼取于民，民方倒悬，不救之转累之乎？"大帅行营距不百里，不通一柬，以是失大帅心。在寿州，某观察巡河，从者求站费，公欲置诸法，乞哀乃释之。初至庐，庐新复大兵未去，或夺民财，公惩以法，卒结队入城，公亦率兵与巷战，卒不能胜，始服罪。翌日负荆大帅门，大帅笑谢之。举僚属极慎，曰："中人以下无不以得失为心，稍靳之使有所羡，斯可尽其力。"用兵善持重，多胜少败，贼畏公，比之"黑虎"，追贼正阳关外，所过隘口，贼皆粉书"畏服君威，幸勿穷追"字。公之入寿州，贼首陈玉成闻，跌足曰："事不济矣！"令其下裹粮而宿，夜闻风叶声辄起视云。其论兵有曰："上则操必胜之术，下则立不败之地，上虽高于次，次实要于上，兵法所谓先为不可胜，以待敌之可胜也"。上书大府论时弊，略言："大兵宜攻不宜守，地方官宜守四境不宜守孤城"，时皆以为名言。战胜归辄愀然不乐，曰："死者皆民也，甘心为贼者十之一二耳！"军暇赋诗见志，有古名将风，爱民如子，寿民感之，诞日万家香火以为常，丹旐出临淮，五河送祭者凡数千人，盖功德入于人心有如此。配郭夫人，津庠生象谦女。子厚增，候选直隶州知州，袭世职。女二，长字张郁昌，次未字。先是，封公侍胡太夫人寓苏州，道梗未北归，厚增奉公殡至苏，卜以某月某日葬于吴县某原，以祖命赍行状求乞铭墓。余子芳缉与厚增为僚婿，表章忠义又夙志也，不敢辞，乃撰次甫竟，厚增倏罹庚申之难，及苏州既平，公嗣子颐增将于同治九年三月十二日，迁葬公于吴县西五都八图木字圩兴福塘之凤凰山趾，而以郭夫人祔。铭曰：

雕捍之俗，崇遽之区。豺虎一纵，先之群狐。
沸腾煽炽，蔓不可图。硁硁金公，傲若有余。
指挥料量，苗薅发梳。博棋九子，转之覆盂。
握蛇骑虎，目蓼口荼。只手楷柱，五载崎岖。
在垣有寇，井里晏如。功在江淮，岂惟凤庐？
寿城十雉，箕秆空虚。焦炊户汲，梁楣松刍。
薰以穢火，侦以瓶壶。凡八昼夜，法墨穷输。
开关延敌，起瘝奋呼。峨峨正阳，雄绝当涂。

悬布一跃，拉朽摧枯。嫠嫠群凶，媒公剥肤。
蜂屯蚁聚，有亿其徒。鞍围锋林，雨矢星珠。
彼淮之阳，万队貔貙。霁云啮指，援阔力孤。
张胥慷慨，荡决先驱。在险弥亮，临危不渝。
佻身飞镞，誓命清渠。大星宵陨，阳曦昼糊。
街号巷哭，幼携老扶。公之矢志，与捧橄俱。
龙渊太阿，谓汝知予。双门并拟，乃白不朱。
长城既坏，至尊悼吁。饰终之典，常仪有逾。
北行道弟，营窀姑苏。九龙蜿蟺，环护幽墟。
忠魂义魄，聿安厥居。英风万古，重我三吴。

赐进士及第诰授中议大夫三品卿衔詹事府右春坊右中允　姻愚弟冯桂芬顿首拜撰

《皇清诰授奉政大夫河南南阳县知县候补同知直隶州徐君墓志铭》

南丰刘孚京撰

故河南南阳县知县、候补同知直隶州徐君，讳城，字印川，以道光二十有三年冬十有二月十日卒于官，年六十有七。长子廉锷前卒，适（嫡）孙寿彝为主后。明年十月某日，及次子蓉镜以丧归葬天津之葛沽东二十里口子后，封拜地君。娶山阴朱氏，故两淮临清场大使鉴之女也，是为朱宜人，以君卒后十有三年，卒于卫辉之汲县诸孙思穆官舍，实咸丰五年冬十一日四日。时群盗方盛，不可以丧行，蓉镜、寿彝乃及诸孙谋，即殡其郊。越十有四年，捻贼犯河北，曾孙嘉猷惧事之不虞，即葬焉。寇定，家比不复，又垂二十年，嘉猷、嘉禾、元孙世昌等乃克以其内外禄入，图归宜人柩。光绪十有四年夏五月，嘉猷乃至汲启恭人，攒命世昌归其柩天津。六月柩至天津，七月十日世昌乃合窆恭人于君之兆。惟君及恭人皆未有铭，以寿彝所为状示其友刘孚京，遂督之，孚京不可辞，乃序而铭焉。其序曰：徐氏之先曰钟麟者，明季始自浙江之鄞迁顺天大兴，钟麟生长山知县孙森，左都督、台湾副将学洙，其子也，故钟麟、孙森皆赠武功将军。孙森又生学渊，其孙有曰炘者，官山西巡抚兼提督，故孙森、学渊皆赠资政大夫振威将军。学渊迁天津，遂为天津人。生副榜贡生、奉直大夫

243

金楷，无子；弟磁州训导汝槐，以子辉后焉。辉，举人，大挑一等，官江西、山东知县，终于宁阳，有惠政，是实生君。君始以县丞官浙江，改官东河补荥泽丞，河决兰仪、马营，皆与其役。擢知县，署新安、武陟、汤阴、汲、荥泽，补光山，得邻盗，引见被旨擢知州，居光山任如故。寻调南阳，又得泌阳盗，擢同知直隶州。君少笃学，里居教授，多所成就。宁阳君为吏廉，尝坐事损其产，家益贫无以自给，君又困于有司之试，乃弃科目，游宦以自食，能效其职，既擢知县，所署五邑悉著名绩，大府知其良，故补光山、调南阳，皆钜邑，号难理者也。君莅之久而益治，盖居光山而农不敢侵官道，距官道尺皆让不耕，以筑为涂，涂之狭者斥百货以达，民以逾富。其在南阳，亦以浚沟洫、去涂潦、平轨道为行者所歌，政俗衰弊，长吏权不足自达，非决狱、讼捕、盗贼，他欲有所兴作，虽无大扰，民固骇动，况使委其产以为行者之地乎？自元、明以来，言西北水利者甚众，圣清之隆，尝发钜万之帑肇试诸畿辅之域，兴作之利昭然甚著，犹未遑推之及远，畿南累数十驿，岁岁告水，夏秋之交道不可知，人畜沾濡僵踣咫尺相望，田禾漫没尤甚，然终莫肯委尺寸之土以为行水之便，人吏咨嗟，行役怨叹，岂无良法？民之愚瞀，吏不仁不敏不足以开其心而诱之道也。故其患小者既若彼，大者遂使殊域异习之民有挟以奸，司空之故至欲决城邑、夷田墓为日月之便捷，以罔货利而荡民志，士大夫尤多向之，不惟好奇，抑亦惮行役之艰难也。呜呼！如君者岂惟行者之所歌也，君为政连以得盗见褒，其听狱讼甚精，尤垂意乎群士之兴替，所至择其贤者使与子弟学，皆得科第以去，数更大役民不知扰，皆良有司所能，庶几惟治道路为难，故详论焉。宜人有媲佐之美，其教子孙、遇媵妾有恩礼，年七十有八及见元孙世昌之生，当时以为盛。君有妾李氏；子、女、孙、曾孙、元孙、来孙，名秩皆别著。刘孚京曰：闻诸《礼》，大夫士有大事省于其君，干袷及其高祖，故曰德厚者流光，德薄者流卑，五世之泽，古之所难也。余论次徐君之世，衣冠文武上自高祖之父，下至元孙不替益光，以逮于来孙，而恭人之袝也，亦繁曾、元之勤。呜呼！远哉！乃铭曰：

明明徐君，兹惟其藏。显显恭人，肃袝在旁。曾孙是笃，元孙是将。至元暨来，匪德伊何？铭以著之，孔笃不颇。

第五章 碑刻文献

《皇清诰授光禄大夫经筵讲官上书房行走吏部右侍郎加二级云舫王公墓志铭》

赐进士出身光禄大夫经筵讲官上书房行走礼部右侍郎提督顺天学政诸城徐会沣撰文

赐进士出身奉政大夫上书房行走詹事府左春坊左赞善　宁河高赓恩制铭

赐进士及第朝议大夫云南永昌府知府前上书房行走詹事府左春坊左赞善提督湖南学政

潍曹鸿勋书丹

赐进士出身中宪夫上书房行走鸿胪寺卿　固始张仁黼篆盖

公姓王氏，讳文锦，字云舫。直隶天津府天津县人。曾祖盛言、祖福，皆有隐德。父炳荣，慷慨尚义气，以子读书故，由海滨迁津门；娶张氏，继娶李氏。公，李出也。三代以公贵，赠如其官，妣皆赠一品夫人。公少有大志，喜谈兵，通天文占验，然慎密不轻言。同治三年举于乡，出同考张公瀛房。洎张公守开封，时群盗如牛毛，乃贻书招公往，团防剿抚悉任之，出入诸帅营垒或自当前敌，常言"承平久，人不知兵，非身临行陈不能练胆与识"。事平例得奖，固辞不受。同治十年成进士，改庶吉士，十三年授编修。南皮张公之洞抚晋，日请于朝调公差遣，已得旨矣；公以词臣清切，义不当往，上书掌院学士乞代奏，诏如所请。光绪十年补右赞善入直上书房，授读之余，间以兵法、天文相问答。是时，皇太后方垂帘训政，皇上勤求治理，召对养心殿，垂询天文测验诸义，出内府仪器示之，命立御案前敷奏，公因天变详陈时政，每漏下数刻乃出，由是受朝廷特达之知。十八年，由祭酒擢内阁学士，不数月迁兵部左侍郎兼署工部右侍郎，皆异数也。公奋厉图报，早夜趋公，置家事不问，办理部务力持大体，不苟为异同。二十年，倭事起，朝廷以天津密迩京师，宜增募重兵拱卫，诏公回籍办理团练事宜。公单车到津，力惩军营积习，部伍粗定，旋以款议罢兵，前后节省亡虑数十万，余帑悉归之农部。比还朝，转补吏部右侍郎兼署刑部右侍郎，充经筵讲官管理三库事务，论者佥谓公眷倚方隆，精力强健，当有以大显于世，呜呼！孰意竟止于此哉！公至性纯笃，以二亲早没，终身俭约，自奉若儒生，直内廷十余年，岁时文绮、珍玩、食物恩赉便蕃，公对之辄戚然，悲亲之不逮养也。座主侍郎常恩殁，遗孤尚幼，公亲课之，并经纪其家二十余年不少懈。试京兆日，同舍生病疫，公调护备至，既殁以其丧归，竟不问试事。里有孝廉某，濒死以妻子托之，曰："非公莫属也。"某家贫且非素契，徒以一言故，一切身任之，俟其子成立而后已，其仗义扶危皆此类。生平戒盛满，曰："吾欲求阙以惜福耳！"卒之日，无敛藏具，妻子几无以自存，天下识与不识莫不哀之。

公卒于光绪二十二年五月二十五日辰时，距生于道光十五年六月初十日丑时，春秋六十有二。配孙夫人，处士荣女，道光十四年十一月二十九日寅时生，光绪十年五月初十日酉时卒；继娶张夫人，候选训导尔位女；侧室于。子四：长克达，监生，娶工部员外郎冯僧年女，早卒；次金适，监生，娶二品封典黄世熙女，俱孙夫人出。次金达，聘五品衔卢祉生女；次金遶；俱于出。女七：长适翰林院编修辛家彦子九品衔元㷸；次适候补道福建泉州府知府李耀奎子乙酉科副贡钟瓒；三适工部员外郎田作砺子恩第；四适河南候补道焦骏枫子观澄；俱孙夫人出。余未字，俱于出。孙二：长保琪，二品荫生，克达出；次保璐，孙女一，俱金适出。将于□月□日窆公于城西之南阡，元配孙夫人祔焉。其孤以声幽之文请，余与公同直久，知公最悉，不敢辞，而属高君赓恩为之铭。铭曰：

  沽潮澎湃渎所潆，郁起风云翼皇穹。周览三垣鞭赤虹，飞弧枉矢森长空。腾骧帝衢声隆隆，於戏灵魄幽泉宫。

《诰授荣禄大夫加赠太子少保衔原任福建布政使张公墓志铭》

公讳梦元，字子善，号蓉轩。天津张氏。曾祖文博，祖士然，父祖垣，皆以公贵，累赠荣禄大夫，母李一品夫人。公少龀于学，长老目为大器。咸丰元年恩科举于乡。粤寇事亟，以拣选知县投湖北军营，叙劳选授福建邵武县知县，因守城功赏戴蓝翎。嗣是擢补汀州府同知，调邵武府同知，晋福宁府知府，调台湾府知府，升补台湾兵备道兼学政赏按察使衔，福建按察使，寻开缺以三品卿衔督理船政，旋简授广西布政使，调补福建布政使，以疾告归。历署建安、闽县知县，永春直隶州知州，邵武、兴化、福州等府知府，三署福州府同知，筹办甘饷赏换花翎，扬历仕途三十年，惟开藩于桂林者一，其他皆闽境耳。筹粤、越军事功，赏头品顶戴。

公为政以廉为本，而综核精密，尤能济之以勤，所至案牍无滞，库藏常赢，豪贵莫敢干以私，吏胥无敢挠其法，事几所迫，人或敛手蹙额而沮于难，公则徐察条理所在，声色不惊而措之于至当，往往贰者咸孚，纷者毕理，以故大吏嘉其勚，异族亦感其诚。近世才俊喜言兵，公恒自谢未能，然公之出实佐戎幕。始为令即以保甲联甲著成效，引疾后复偕王侍郎文锦等同奉命办理团练，是公之生平实以戎事为终始，虽谦让未遑其见器于当时，见褒于身后，盖有由也。公由牧令至监司，自奉简约，无异寒素，其执事一主于敬，不以簿书钱谷为烦，暇则手一编，终日无倦容，著有《原始汇钞》若干卷。光绪二十二年八月以疾薨于里第，春秋七十有二。疆吏以闻，天子轸悼，诏以头品顶戴给恤，加赠太子少保衔，异数也。配李，继配王，俱封一品夫人；以弟庆元子毅为嗣，现为河南试用同知。女二，适萧山汪秉端、天津石绍曾。光绪二十二年十月，葬公于静海县胡羊庄之原。铭曰：

渤澥左陆，亘带坤维。百川潆汇，实毓瑰奇。
巍巍张公，析津之彦。绩学孔纯，为国桢干。
智以学浑，才以学储。即学即仕，岂曰绪余？
始宰岩邑，惟闽邵武。兵燹迭罹，主客龃龉。
诉告麇集，公曰无猜。比闾相保，隐杜奸回。
以严巡徼，以别良莠。外侮不乘，黠寇授首。
有群不逞，亦絷其渠。罪人斯得，胁从奚锄？
听讼于乡，讼无弗理。民知有官，殆惟公始。
大吏激赏，用勗百僚。谓张令者，足式尔曹。
檄权建安，神君交拜。观听一倾，堂皇为隘。
比濒受代，剖决若流。讯有弗逮，牵衣泣留。
吏胥贪饕，罚无或宥。民有鸡豚，愿为公寿。
继摄闽令，值民教乖。诪我以威，铁舰突来。
民懦雠民，民怒雠吏。平情执法，驯其狠鸷。
巨室通谒，是非弗彰。阳纳阴拒，鬼蜮潜藏。
乃贰福州，晋权邵郡。公来何暮，顽梗效顺。

斋匪隳突，奋起枪檄。飞书乞援，一鼓聚歼。
闻望日隆，俾赞商务。首要暂权，爰始东渡。
峨峨台峤，亘起天南。形势必争，万目眈眈。
赋敛烦苛，作俑于郑。公与蠲除，民苏其命。
乃核租入，以裕饷源。刍糗具备，整我篱藩。
寮名半天，亡命所窟。陆围薙狝，缚之于狩。
泉厦通电，执事参商。继则购田，民拒于乡。
倭尤恣睢，我事强与。苟失机宜，进退鲜据。
惟公翊赞，运机于微。秉信守正，中外弗违。
跻之卿班，督修列舰。众艺呈能，群材受范。
寻移桂岭，屏翰攸资。几务丛集，艰危力撑。
取与必严，见几宜审。境有廉泉，庶几式饮。
死囚狡脱，铤险而嚚。永安平南，蚌起民猺。
惟公坐镇，功昭安内。负隅有诛，畏威可贷。
继还旧治，仍绾藩符。五载于兹，爰赋遂初。
综核之才，当路所与。委任无惭，百工攸叙。
海氛焱起，畿甸震惊。简在帝心，俾治乡兵。
积劳告殂，闻者陨涕。贤才不作，时艰孰济？
吁嗟我公，祀世名垂！我铭匪夸，用谂来兹。

赐进士出身诰授奉直大夫候选知州陈泽霖顿首拜撰

《徐君墓志铭》

武强贺涛撰

君讳嘉贤，字少珊，天津徐氏。曾祖讳城，河南南阳县知县。祖讳廉锷，湖南即用知县。父讳思穆，河南中河通判。南阳君卒于官，寄居卫辉未及归，而通判君复官河南，遂家焉。君少英果严毅有特操，不苟言笑，虽至亲无私语，人咸以大器目之。咸丰三年，粤贼窜河北，督师讷尔经额公檄通判君治军怀庆，君随往结筏渡兵，贼对岸施枪炮，众怯欲退，君奋然率之以进，遂渡。贼结栅与官军相持，已而无声，众莫测虚实，君单骑夜往侦之，贼已遁矣，拔难女数百人以归。时君年十七耳。讷公壮君胆略，特疏荐于朝，疏为贼劫不得达，而讷公去事遂寝，人以是益奇之又重惜之，而君绝口不言往事。益肆力于文学，究行水之法，通判君治河有声，君之助也。咸丰十一年，以疾卒，春秋二十有五，以子官赠奉直大夫。配刘氏，旌表节孝，封宜人。宜人桐城人，父讳敦元，廪贡生，以评论称于时，其骈体文见奇于宣宗，著述多散佚，宜人独搜藏数种，今尚存也。宜人初入门即佐姑治家，姑殁一以自任，自曾王姑以下，家数十人，有事于宜人谋之，所需于宜人索之，宾祭婚嫁所以执敬而达情者、疾病死丧所以济急而饰衣者，惟宜人是赖，有遗孤子女惟宜人是依，惫心瘁神，恒辍餐寝，久而弗怠。通判君既卒，家无余财，君之从祖有官鄢陵知县者，招之往，宜人不肯，既不欲以家累人，又恐幼子之习于安逸而不知自厉也，遂不往，而贫困乃不可支。宜人善教子，君没时子世昌甫七岁，世光五岁，即教以礼让，违辄谴呵，至是督学益严，稍长出就外傅，弱冠假馆四方，益教以择交处世之道，二子亦兢兢于母教不敢背。光绪壬午，二子同举于乡。丙戌世昌成进士，入翰林，遂迎养京师。宜人始归即服勤习苦，通判君既没，家中落，勤苦益甚，及来京师犹秉初志，而其教子亦未尝少宽于昔时也，光绪二十二年十一月二十三日卒，年六十有四。君初聘黎氏，未娶而卒，君父母欲葬黎氏于徐氏之墓，不果。及君卒，每致祭，宜人必设黎氏位，令其子母之，岁时拜其墓。子贵，赠宜人。世昌，翰林院编修。世光，山东同知，保升知府。女适吴县赠光禄寺卿河南候补道谥诚毅颜公子士栋，姑殁夫妇同殉，并旌孝行。孙一、孙女一，皆幼。涛与世昌同举于礼部，以文学相切劚，将以某年月日奉宜人之柩与君合葬于汲之唐冈，以状来请为铭墓之文。君以异才伟抱，少年夭逝未克一施，而宜人主持门户数十年，上事三世，下教二子，二子皆有贤行再兴其家，厥功甚大，故志君之墓而于宜人事尤详也。铭曰：

  既韫厥美，欲为时起。将翼以飞，忽劫而止。
  遂郁所抱，未施而终。畴弭我憾，子犹童蒙。
  子有贤母，作而振之。勿谓我母，而父而师。
  卒使二子，才任世用。人称母贤，母心弥痛。
  痛且苦矣，所成巨矣。先我逝者，其我与矣！

第六章 天津报刊文献

天津的报刊业肇始于晚清时期。东西通商后，中国始有报纸。光绪二十八年，天津《大公报》出版，宣统元年《时闻报》继出。到了民国时期，中国社会政治上由君主而进为民主，文化受到新思潮的洗礼，报刊事业随之发达。天津此时期所出之报纸，前后有：晨报、晚报、新报、旭日报、益世报、午报、国强报、启明报、评报、大中华商报、震报、时报、新天津报、庸报、北洋画报、现世报、快报、华北晚报等。而在1928年之后，天津的报刊业有了更加突飞猛进的发展。截止到20世纪30年代初，先后出现了商报、建设日报、正报、平津快报、消闲新报、大中时报、新天津晚报、民国日报、晶报、新春秋报、民报、亚东日报、好报、小时报、东方日报、中外日报、民声报、天风报、合众日报、民声日报、德华日报等。据不完全统计，仅1927年至1937年的十年间，天津注册的大小报馆就达五十余家，其中《大公报》、《益世报》、《庸报》、《商报》等知名大报的相继面世和与日俱增的发行量，使天津的报业呈现欣欣向荣的景象。一直到1949年，天津总约出现过中文报刊1325种，其中报纸275种、期刊1050种。

天津的报刊大多涉及文学与艺术，有些甚至本身就是文艺期刊或报纸的纯文艺副刊。因此它们也构成了天津文学文献的重要来源。文艺期刊不仅是作家发表作品、开展批评的主要园地，同时作为某一思潮或社团、流派的旗帜，也一度成为承载、塑造地域文化的阵地。天津在二十世纪中国政治、经济、文化史上均产生过重要影响，其文学期刊众多，且相当数量的刊物具有全国性的影响力。文学期刊鲜明地体现出天津文学的基本风貌和发展格局，成为其地域特征的重要载体。本章主要对天津的期刊文献与报纸文献加以简单考论并胪列于下。

第一节　文艺副刊

报纸的副刊，在中国有一百年以上的历史。它是由报纸的编辑们，在新闻的后面，刊载少量的旧体诗词和散文、随笔、小说等文学作品，逐步发展起来的。报纸副刊与文学有着紧密的相关性。报纸副刊自创办之日起，就承担着重要的文化功能，举其大端：一曰娱乐身心；二曰启蒙思想；三曰繁荣文学。但就文学方面而论，中国现代文学史上几乎所有的作家，都曾在报纸文艺副刊上发表文章。故若讨论中国现代文学，必然绕不开报纸副刊这一重要载体。因此，报纸的文艺副刊毋宁说是一个巨大的文学文献宝库。

《大公报·文艺副刊》

《大公报》于 1902 年 6 月 17 日在天津创刊。创办人为总理英华（敛之），主笔方守六。初办时，政治上主张君主立宪、变法维新，对外倾向亲法。1925 年 11 月 27 日停刊。1926 年吴鼎昌、胡政之、张季鸾三人合作，以新记公司名义接办该报，于同年 9 月 1 日复刊，订社训为"不党、不卖、不私、不育"。提倡民主，主张发展民族工商业。1936 年后曾先后出版上海版、汉口版、香港版、桂林版、重庆版。1949 年 6 月 17 日王芸生等宣布报纸归人民所有。1956 年 10 月 1 日迁址北京出版，1966 年 9 月 10 日停刊。《大公报》在中国内地，总计出版 64 年零 2 个月。香港《大公报》继续出版。

《大公报·文艺副刊》于 1933 年 9 月 23 日创刊，每星期三、六出版，至 1935 年 8 月 25 日止，共出 166 期。1935 年 9 月 1 日，《文艺副刊》更名《文艺》，每星期一、三、五、日出刊，至 1938 年 3 月 6 日停刊，共出 394 期。杨振声、沈从文、萧乾先后主编。

沈从文借助《文艺》，联络了北平文学趣味相同和相投的学者和作家，其中包括北京大学、清华大学的学院派作家周作人、朱自清、闻一多、俞平伯、梁思成、林徽因、叶公超、杨振声、朱光潜，以及废名、凌叔华、余上沅、陈梦家、戴望舒、冯至、萧乾、林庚、张天翼、艾芜等，组成了一支阵容豪华的撰稿人队伍。1936年4月，《文艺》改由萧乾单独编辑发稿。萧乾主编的《文艺》最明显的变化是刊载上海左翼作家的作品明显增加，如张天翼、艾芜、萧红、萧军、蒋牧良、罗烽、胡风、杨刚、叶紫的作品等。鲁迅也曾在《文艺》上发表《奇闻八则·前记》和译作《波斯勋章》等。

《益世报·文学副刊》

天主教教会在中国办的中文日报。罗马教廷指派的天津教区副主教雷鸣远（比利时人，后入中国籍）于1915年10月10日在天津创办，自任董事长，刘浚卿、刘豁轩兄弟先后任社长。创刊初期，支持袁世凯的帝制活动。1919年五四运动前后，一度同情学生运动，曾连载周恩来在法国勤工俭学期间写的《旅欧通讯》。1931年日本帝国主义发动侵略中国的"九一八"事变后，聘罗隆基、钱端升任社论主撰，主张抗日，反对国民党政府的不抵抗政策。1937年"七七"事变后继续发表抗日言论，同年9月5日被迫停刊。1938年12月8日罗马教廷指派的南京教区总主教于斌在昆明将《益世报》复刊，1940年3月24日迁重庆出版。同年6月雷鸣远去世，于斌继任该报董事长。抗日战争胜利后，《益世报》于1945年12月1日在天津复刊，刘豁轩任社长，王研石任总编辑，发表过不少支持南京国民政府和反对中国革命的言论。1949年1月天津解放时停刊。

该报文学副刊为周刊。于1935年3月6月创刊，同年10月30日出至第35期后终刊。李长之主编。副刊强调文学的学术性和独立性，以发表理论文章为主。编者曾在《发刊词》中提出五点办刊宗旨：一是，提倡批判精神，不做任何思想的奴隶。二是，维持学术立场，反对以学术以外的立场来处理文学上的任何课题。三是，作者必须独立，不能受支配于读者、编辑、舆论和商人。四是，一个民族最能创造的时代，同时就正是她最能吸收的时代，因此热切地赞助翻译介绍。五是，推行文艺教育，帮助大家正确地认识文学的价值。据此宗旨，发表了大量探讨文学性质等问题的理论文章以及文艺评论，其中主要有：梁实秋《诗的四个时代》、李士魁《文学的主观性和客观性》、陈铨《文学创作与庸夫愚妇》、张露薇《略论中国文坛》等；李长之连载发表了《鲁迅批判》一书中的主要内容和大量文艺论文。该刊还发表了不少论述外国文学的文章和外国作品的翻译，如：梁实秋《〈傲慢与偏执〉序》、李辰冬《比利时的法拉蒙文学运动》、张露薇《〈高尔基戏曲〉中译文题记》和法国巴比塞《血矿》（郑克伦译）、德国莱辛《聪明人纳珊》（张露薇译）、匈牙利莫纳《艺术神圣》（徐霞村译），以及"宏保耳特逝世百年纪念专刊"等特辑。主要撰稿人还有周作人、老舍、朱光潜、王了一、闻一多、李广田、林庚、郭绍虞、顾绶昌等。

《庸报·文艺副刊》

《庸报》创刊于 1926 年 6 月。创始人为曾任北洋国务总理熊希龄英文秘书后为顺直水利委员会秘书的董显光。他于 1926 年初辞去官职，在得到直系军阀吴佩孚两万元资金赞助后，与水利委员会原同事王镂冰开始共同筹办报纸。当年 6 月报馆在法租界三十二路（今赤峰道）美商大来洋行后院开张时，董任社长，王任经理，并聘任邰光典为总编辑。因投资人吴佩孚尊崇孔孟学说，故而报纸依照儒学中庸之道取名为《庸报》。

当时北方报纸版面呆板划一。一版多为广告和社论；二、三版为要闻和简讯；四版为副刊或小说连载。但《庸报》不随时俗，在华北报界首创要闻上一版。此举受到人们追捧，发行量一度升高。但就在此时，经理王镂冰与社长董显光发生矛盾，旋即王便辞职《庸报》而自办《商报》去了。董显光无奈之下，求助于上海《申报》老板史量才。史顺势便将《庸报》划为《申报》天津分馆，并派《申报》经理张竹平的亲信蒋光堂赴津接任经理。

蒋光堂到任后，立即对报社进行整顿。他首先去北平，约聘《晨报》副总编辑张琴南和副刊编辑许君远来津。辞退吸鸦片的邰光典，任张琴南为总编辑。1928 年，报纸增聘南开中学语文教师姜公伟、北平艺专张鸣琦及报社员工桂步光三人主持副刊工作，把原来的副刊版头"天籁"改名为"另外一页"，向平津文艺界广为征稿，遂使《庸报》的知名度提升、号召力进一步增强。

1935 年春蒋光堂通过北宁铁路局局长陈觉生介绍，以五万元成交额，将《庸报》全盘售予日本关东军特务机关长土肥原贤二。为掩人耳目，土肥原贤二指派在天津日本特务机关活动的台湾人李志堂出面替他签字成交。1937年卢沟桥事变后，日本军部决定，由《庸报》承担"北支派遣军机关报"任务，为此特派日本资深报人大矢信彦来到沦陷的天津就任《庸报》社长。至此，《庸报》已彻底沦为日本关东军的侵略喉舌。1944年，日军为集中力量撑持战局，将华北地区各大城市报纸统一管理，于北平成立了《华北新报》总社，汉奸文人管翼贤兼任总社社长。华北各城市成立《华北新报》地方分社。当年4月，《庸报》被改组为《天津华北新报》，社长由管翼贤亲信王以之（伪情报局第二课长）担任，由此形成了由汉奸出面代替日军掌管宣传工具的局面。虽然这期间该报还有各类通俗小说连载，如戴愚庵《杂霸列传》、郑证因《嵩岭双侠》、白羽《子午鸳鸯钺》等，但此时日军已在各个战场节节败退，至1945年8月，随着日军的无条件投降，《天津华北新报》（即《庸报》）也旋即停刊。

有别于其他报纸副刊注重娱乐性与可读性，《庸报》副刊对文学理论与批评方面的文章也多有刊载。这些文章虽不成体系，但是涉及面颇广。在日本军方的文化统制下，《庸报》文艺副刊所刊载的文学批评，有对五四以来新文化运动的传承，不少作者仍在继续阐扬新文学理论，同时也发生了巨大的异变，一些文学观念明显受到日本文艺思想影响。

论其传承，主要体现在对新文学诸体写作的讨论以及对塑造文学批评新风气的评论两大方面。今朔《小说的描写技巧》（《庸报》1938年3月10日）与蒙钰《小说的心理描写》（《庸报》1938年4月4日）等，主要探讨新体小说的写作。其中，《小说中的人物个性》（《庸报》1938年4月21日）就认为作家应该有较强的心理性格分析能力，只有这样才能塑造完整丰满的人物形象，从而写出一篇优秀的小说。而《谈散文》（《庸报》1938年9月25日）与《幽默讽刺性的散文》（《庸报》1938年6月18日）等，则是讨论散文的创作方式，以及从语言角度阐述散文的语言应该具有讽刺和幽默的特点。此外，还有文章专门讨论小品文，如《小品文的解释和定义》（1939年1月15日）将小品文界定为介于诗歌与散文之间的一种文体，其以生活题材为主，体裁上应该更为自由。而蒙钰《关于小品文》（《庸报》1938年1月27日）则针对人们轻看小品文的倾向，提出小品文不易的观点，认为小品文在谋篇布局方面要短小，从某一点出发，围绕中心而论，语言精练，能使读者读后有一种清新自如的快感。《谈诗》(《庸报》1938年1月12日)、《新诗的创作》(《庸报》1938年1月12日)、《新春谈诗》(《庸报》1938年2月18日)、黄道明《诗的神秘和同情》(《庸报》1938年3月12日)、金人《新诗的体例》(《庸报》1939年12月26日)与刘爱云《诗是含蓄的艺术》(《庸报》1939年7月23日)等,则是专门就新文化运动的重要产物之一——新诗展开讨论。其中《新春谈诗》就认为,诗歌是抒发性灵的文艺,要表现人生最为真切的情感。故不论是新诗还是旧诗,都应该占有文艺的最高地位。而《诗是含蓄的艺术》一文则指出诗的含蓄美也是具有较高艺术价值的关键,但是,如果过于含蓄而令人百思不得其解,则会失去含蓄之美。

现代意义上的文学批评是现代人文学观念的直接反映,尤其是伴随着新文学运动的深入发展,文学批评越来越受到人们的关注,成为有别于古代文学批评的专门之学。在沦陷区特殊的文学生态中,《庸报》副刊刊载了大量有关文学批评的文章。云中《怎样批评文学》(《庸报》1938年4月16日)一文认为,文学批评不应注重多方面而应关注一点,并以西欧的文学批评的榜样,标举文学批评应以客观作为标准,要抛弃主观的文学批评,摒弃批评者自己的观点。管适与顾微《我们需要批评家》(《庸报》1939年7月9日)则是感于当时文坛缺少批评家,尤其是缺少我们需要的批评家,而提出批评家应该没有偏见、不含功利目的,要适应当前的现实生活。雷雨《关于"干打雷不下雨"》(《庸报》1940年3月31日)依然在阐述批评需要客观公正的思想,认为当前文坛的文学批评,在批评时都"夹枪带棍",这样"雨里带冰雹"还不如"干打雷不下雨"。《关于"批评"》(《庸报》1940年4月2日)则分析道,华北地区之所以没有文学批评就是因为现有的批评都不专业,也都不够严正。这些对批评者进行评论的文章大量出现,既是新文学不断向前发展的结果,也会对新文学的未来走向起到必要的匡正作用。

其异变,主要表现在文学理论的基本问题上,多秉持日人厨川白村的学说。《庸报》文艺副刊登载了大量的探讨这类问题的文章。这从一定程度上也反映出当时中国新文学的理论建构尚在完善之中。许多文章认为文学起源于苦闷,更有不少作者都是在不断地阐释厨川白村的理论学说,其至言必称厨川，以之为圭臬。蒙钰《苦闷的文艺》（《庸报》1938年1月15日）即以杜甫与司马迁为例，论证只有苦闷才能产生文学，只有经受了苦闷的压制，才会成就伟大的文学作品，做文章往往是"穷而后工"。黄沙《文人与苦闷》（《庸报》1938年6月19日）也认为，文人是不能离开苦闷而生活的，不管其境遇如何，要想写出上乘的作品必然要具有苦闷的情绪，只有创作才能倾吐出文人心中的苦闷，可以说文人的笔就是写悲歌的。而石舟《文学与苦闷的关系》（《庸报》1939年2月14日）更是提出，文艺创作可以解脱苦闷，苦闷是文艺的因，文艺是苦闷的果，还明确指出，人的生命受到社会各种客观事物的压抑，而生命力就是个性，因为个性受到压抑是苦闷产生的重要原因。其他如冯江《忧郁与文学》（《庸报》1939年1月28日）、暗波《文艺写作的动因》（《庸报》1939年7月27日）等，也都属于此类探讨。

《庸报》文艺副刊上的文学创作，受沦陷时期特殊的文化生态影响，与当时的解放区及国统区的文学面貌都不尽相同，突出表现为在文化钳制下，作家心态与诗文风格发生转变。

社评类文章在政治上的倾向最为明显，主要体现在以下几个方面：其一，为日本的侵华战争粉饰与争辩。署名"益"的文章《和他们没有相干》（《庸报》1937年11月29日）就颠倒黑白、混淆事实地写道："自从党政府受了共匪的愚，不惜冒天下之大不韪送万民于水火之中，对友邦轻启战祸，才发生卢沟桥事变，四月以来，丧师失地，断送了四五十万的将士，放弃了晋察冀绥鲁苏浙七省的土地，至今还没有一些儿悔悟的表示，一味抵抗，指日首都将沦丧了。"将战争的全部罪责推到中国方面，意图将日军侵华合法化。其二，批评辱骂共产党，揭露国民党统治下党政军的黑暗。《就更幸运了》（《庸报》1937年12月3日）与《早知今日何必当初》（《庸报》1937年12月10日）诸文可为代表。前者写道："自国民党专权以来，尤其糟透了，行政院的主持的，不是大舅就是连襟……大多是庸碌之辈……大家一起营私舞弊是真个，民众，他们早已经不要了。"故意诋毁国民党当局。后者则写道："蒋介石……轻信谣言，对友邦挑衅……现已没有面目再见江东父老，预备下野以谢国人了。"旨在宣传蒋介石的不堪，以引起民众的不满与反抗情绪。这类文章很多，正是利用中国当时的社会矛盾和黑暗之处，对民众进行宣传，加速其对国民党政府的离心倾向，以及推动民众对共产党保持疏离态势。其三，宣传中日亲善，炫耀日军实力等。在揭露、抨击、丑化中国政府的同时，又对日本及日伪当局进行无耻的美化。《就更幸运了》（《庸报》1937年12月3日）就鼓吹沦陷区的美好，认为华北民众比全国其他民众幸运，就是因为"靠着友军的力量，我们不会再受到党政军的虐政了"。

人生感悟类文章，直接反映出沦陷区作家扭曲的人生态度与价值观念。《谈名》（《庸报》1937年12月6日）就一反传统的实重于名的观点，认为名比实更重要，名在一定的时候能增加其"实"的价值，名为外表而外表的优劣决定了实质的优劣。《论钱》（《庸报》1937年11月2日）强调钱的重要性，一反中国士人所秉承的"富贵不能淫"传统，认为人的欲望可以借金钱来满足，并赞美称："钱的神通真是广大！"云影的《穷的要命》（《庸报》1937年8月21日）与《论钱》渴望金钱与财富的心态不同，主要是对贫穷的发难与牢骚，持一种恨穷仇富的心态。文中写到战事不断，百姓困苦，而戏院与歌厅依然歌舞升平。这样的文章具有生活真实性，更容易引起读者的共鸣。《人生的幻灭》（《庸报》1940年5月2日）基本写出了当时沦陷区中的一种普遍心理。文章称越了解人生越觉得悲哀，故而宣扬难得糊涂。宣仁《话奴隶》（《庸报》1937年11月4日）指出，每个人都是奴隶，只是被不同的事物所奴役而已。人生在世被现实奴役，为生活所奴役。这样的论调，在当时的语境中，具有甘于奴役而为沦陷开脱的意味。至于《忍为高》与《大家忍著过》简直就是在宣传沦陷区的生活哲学了。

诗歌与散文多呈现一种"遗世独立"、"超然世外"的姿态，与当时全国宣扬抗日的高涨情绪形成鲜明对比。品茗、饮酒、赏月、听雨等题材充斥其间。黄沙《谈隐逸者清淡的生活》（《庸报》1938年9月9日）写道，隐逸者脱离朝市的喧嚣并不能摆脱心灵上的烦恼，内心的野心、贪婪、踌躇和淫逸不会随着物理空间的变化而迁移，唯有从当下生活中寻找乐趣，心灵上的安顿才是真正的隐居。若离开当时沦陷的背景来评论此文的话，此文的见识颇高。但是，在日人步步入侵的境遇中提倡这样的人生态度，无疑具有明显的奴隶受虐心态。乱世隐逸是中国古代士人的一般选择，息影山林包含着对当局不合作的意味。而黄沙此文感于乱世而思隐逸是正常反应，但是，提出隐居沦陷的都市，这其实是为自己的殖民心态寻找借口。而这种论调，在当时应该是不少人甘于沉沦的由头。既然不反感在沦陷的都市隐居，那么致力寻找灾难中的闲情逸致与淡泊趣味便成为当时文人的一种倾向。他们或写月色、月景，渲染其诗情画意，而对失地思亲却不敢提及半分。外界的压力难以改变，转而寻求内心的超越，是当时沦陷文人不得已的选择。他们既不能谈论政治，也不得直面现实，于是肆力于所谓"艺术性"的挖掘，优美的语言、精致的行文、隐晦的情感与虚幻的意境，构成了其整体风格。

天津沦陷时期，通俗文学一时风行，成为一种极引人注目的文学存在。《庸报》副刊娱乐版与文艺版共连载了13部小说，分别为芳草《小桃红》、抱隐《凤双飞》、慎言《情海断魂》、明月楼主《柳城情焰》、守静《风雪桃花》、范云笙《流云》、呈熙《漂流末路》、宫白羽《十二金钱镖》、刘云若《酒眼灯唇录》、陈慎言《坦途》、董荫狐《虎窟鸳盟》、双琥簃主人《胜国英雄传》、刘云若《燕子人家》等。这13部小说，产生于沦陷区特殊的文化生态中，从某种意义来说，它们是严酷政治环境中作家逃避现实、远离生活的一种结果，同时，这些小说，无论是言情还是武侠，从形式到内容，多为中国自古以来的传统延续，故颇受读者欢迎，而读者的阅读鼓励反过来又刺激了这类小说的创作。不自觉中，作家与读者的情感在某种虚幻中同时实现升华。《庸报》副刊中，尤其以刘云若与宫白羽的通俗小说最具代表性。

刘云若，名兆熊，字渭贤，天津人。最初在《天风报》发表长篇小说《春风回梦记》，引起轰动。他的《酒眼灯唇录》创作于二十世纪三十年代末。自1939年11月至1940年7月，连载于《庸报》。小说主要讲述京城名伶黄柳莺来天津演出时发生的感情纠葛：一方面是富豪前夫的武力纠缠、政要的虚假应酬、姐妹的感情牵绊，另一方面是与美少年孟奇君的爱情游戏和与舞女争风吃醋的夺夫大战。《酒眼灯唇录》故事情节离合曲折、引人入胜，并且塑造了大量的各具性格的人物形象。书中所描写的人物或为清代遗老遗少，或为民国政要，或为文艺家名伶，或为走卒贩夫的底层百姓，均刻画细致、细腻贴切。尤其是，小说大量使用天津方言，将三教九流的人物性格表现得淋漓尽致。刘云若在《酒眼灯唇录·序》中曾言,其创作小说,先是当作文字游戏,继而视为资生之计,现在则升华出颉颃时贤、追比曹(雪芹)施(耐庵)与狄(更斯)欧(文)的远大理想。

宫白羽,原名宫朱心,天津人,自1928年进天津《商报》任编辑始,致力于通俗小说创作。他曾自叙,是为生计所迫而卖文以活,故不免"引以为辱又引以为痛"。《十二金钱镖》是宫白羽的成名作,连载于《庸报》。在华北沦陷区有"家家读金钱,户户讲剑平"之誉。剑平即小说主人公俞剑平,其武艺高超,蜚声武林。故事围绕他与飞豹子的矛盾冲突展开。后者谋娶师妹不成与三师弟俞剑平结下仇恨。二十年后,飞豹子劫镖报复,镖师俞剑平出山寻镖,双方率众各显神通:俞剑平设下六路排搜计,飞豹子则布下了诱捕镖客的罗网,最后,经过惊心动魄的斗智斗勇,正义终于战胜邪恶。沦陷时期,尤其在平津一带,宫白羽几乎最负有盛名。

白羽的小说有其独特之处,他以现实主义的态度和手法描写武林的恩怨与纠纷,但不是简单地把他们写成超凡脱俗的神,而是写成有血有肉的人,具有较强的艺术感染力和真实可信性,同时也注意在环境中塑造人物,生活场景贴近现实,有的作品还揭露了种种丑恶的社会现象,具有一定的现实意义和认识价值。并且,在以逼真笔墨描写大侠高超技击的同时,还歌颂了武林中那种勤学苦练、惩恶扬善的正气。又由于作者有较为深厚的新文学修养,故他在武侠小说这种传统形式中运用了现代叙事手法,使作品的谋篇构局、人物形象具有新文学的特点,行文中也不乏调侃、幽默、尖刻、冷隽的段落。

《东亚晨报·文艺副刊》

《东亚晨报》前身是1935年春在天津创刊的《东亚晚报》,创办人为北洋军阀"安福系"政客郑万瞻。1937年8月,日军接管天津后,《东亚晚报》得到扩充机会。先是在晚报四开一小张基础上,增出《东亚晨报》对开一大张;随后又将社址迁到东门外天后宫大街娘娘宫内(当时报上所印地址为天津宫北大街十六号)。此时《东亚晨报》除在沦陷区天津发行外,尚销往全国其他城市及海外。据当时报纸记载,日本及欧美各国均有订户。伪"满洲国"成立后,其与新疆、香港邮费均按"邮局章程另加邮资"。

天津沦陷之初，日伪特务机关对天津报纸进行了两轮重新审查登记，先是将战前的数十家大小报纸压缩成26家，旋即又缩减为十余家。作为战前日本人扶持的喉舌，《东亚晨报》与已沦为日军"北支派遣军机关报"的《庸报》，不但顺利通过审查，而且还成了当时天津仅有的两种对开大报。1938年天津伪记者协会成立，郑万瞻担任顾问。不久，其病故，其子郑亚余在继任《东亚晨报》社长的同时，还兼任伪记者协会理事长。这一时期的《东亚晨报》已忠实地听从日本特务机关和天津市新闻管理所的指挥，完全变成了日军侵华的喉舌。

1943年，伴随着日军的接连败退，《东亚晨报》宣布停刊。

是报设有"太平洋"、"经济新闻"、"体教"、"新闻事业"等专栏。如"太平洋"栏目曾在1939年宣传日本提出的所谓"东亚新秩序建设运动周"，并刊发伪河北省长高凌霨与伪天津市长潘毓桂的《建设东亚新秩序感言》。而"体教"栏目以报道体育比赛为主。天津人穆成宽曾在1939年天津举行的万国游泳比赛上获440米自由泳冠军，当时《东亚晨报》以"穆成宽压倒西人，为华人吐气"为题，于头版刊登消息。《东亚晨报》副刊主要有"艺林"、"游艺"、"文苑"等栏目，刊载戏曲、笔记、掌故、小说、人物等文章。尤其在戏剧方面，比较有特色。日本《从内部指导中国政权的大纲》曾称，在文化、宗教及教育方面，要"尊重汉民族固有的文化，特别尊重日华共通的文化，恢复东方精神文明"。虽然日本此举意在"彻底禁止抗日言论"、最终实现其占领中华的险恶目标，但是，在这种政策的影响下，中国的传统戏剧因属于汉族固有的文化，在这一时期幸免于被禁止以至沦亡，甚至还获得了一定程度发展。当时的《东亚晨报》副刊在一定程度上保存乃至活跃了天津沦陷时期的中国传统戏剧。这主要体现在三个方面：一是持续关注并报道当时的戏剧活动；二是对当时的戏剧演出活动以及演员进行评论；三是挖掘并保存了一些行将失传的传统戏剧。

二十世纪初受话剧等影响，中国传统戏剧受到了巨大挑战，尤其是全面抗战以后，与南方上海等地相比，华北地区的传统戏剧活动大为减少，但是天津在当时是一个例外。《东亚晨报》比较热衷于报道、宣传传统戏剧的演出活动。1942年9月1日《东亚晨报》曾讯《女鼓王小彩舞四日在庆云登台》，刊登骆玉笙（艺名小彩舞）将于月初出演庆云戏院的消息，并预告了头三天的节目。它写道："京韵女鼓王小彩舞久未在华界露演，前经庆云戏院约聘，准于四日登台。"5日时又讯《小彩舞号召惊人　庆云赶排〈阴阳河〉》。11日还对骆玉笙一班人出演庆云后对该戏院营业的影响进行评述。16日续讯《小彩舞临别歌唱〈大西厢〉、〈击鼓骂曹〉》，依然报道庆云戏院的演出活动，并登载演出广告。一直到11月7日《东亚晨报》还在刊出《小彩舞明早晚首次露演〈红楼梦〉佳曲》等讯息。今从《骆玉笙年谱：1914~2002》可以看出二十世纪四十年代初，《东亚晨报》一直在对天津地区的戏剧演出活动进行追踪报道。媒体的鼓吹，对当时传统戏剧的发展无疑具有不容忽略的推动作用。

在报道传统戏剧演出活动的同时，副刊也对当时的演员进行评论，具有重要的史料价值。前后持续对萧亮、胡十，以及狼山丑戏班等做过专论。萧亮（1895~1947），山西中路梆子演员，工净，以饰演《苟家滩》中的王彦章一角最为知名。其扮王彦章时，前额画一绿色金丝蛤蟆，表演时抖动面部肌肉，能使蛙嘴时张时合，四爪跳动，令人称绝，故人送艺名"彦章黑"。除脸谱绝妙、擅长特技外，萧亮还声如洪钟，夜间演唱，能声传数里而道白清晰入耳。《苟家滩》、《李陵碑》、《打龙袍》、《沙陀国》、《明公断》、《赤桑镇》、《鸡架山》与《高平关》等，均为其拿手好戏。二十世纪三四十年代曾随班在天津等地演出，尤其受到山西客商与广大梆子戏迷的欢迎和热捧。当时《东亚晨报·艺林》（1940年5月13日）就发表《记彦章黑打龙袍》一文加以评论，对他的生动表演、独特化妆及唱念等技艺大加赞赏与推扬，认为他是山西梆子花脸中的杰出人才。自此以后，萧亮的盛名更著。京韵大鼓早期的著名人物胡十，与宋五、霍明亮等形成了京韵大鼓初期的三大流派，有力地促进了这一曲种在木板大鼓基础上的迅速发展。胡十，名金堂，行腔稳当，无高下徐急之别，一气呵成，外号"一线天"。他所传一派被称为津派，派中优秀者有大姑娘、王红宝、赵宝翠、京翠卿、宋二荣等。胡十初演于河北一带，后长期在天津演出。擅唱《蓝桥会》、《王二姐思夫》等段子。《东亚晨报》（1943年1月5日）副刊曾专门介绍道，胡十经常"串花街柳巷"演唱，因而"专工青楼诸曲"。戴少甫则是传统相声名家，其与张杰尧、高德明、绪德贵、汤金城等人被人们称为"笑林五杰"。他以说见长，擅贯口，多用文雅幽默的笑料，对许多传统曲目的语言做了加工整理，因艺术风格文雅清新，被称为"风雅派"、"维新派"或"时代艺人"。曾编演《戒嫖赌》、《戒鸦片》、《醒世新词》、《青年鉴》等针砭时弊的新相声。1938年开始，戴少甫与于俊波合作，与"鼓王"刘保全同台，声名日增。1939年11月，戴少甫与于俊波来津，曾连演四个月，声名大振，同时又在天津特殊电台演播。戴氏能演曲目颇多，仅1942年2月至8月间，在天津特殊电台演播的就有《数来宝》、《八扇屏》、《开粥场》，以及单口相声《宋金刚》、《满汉斗》等百余段。其中《数来宝》最受欢迎。当时有人评论他："一段数来宝红遍沽上，蘑菇（即常宝堃）也常退避三舍。"《东亚晨报》曾评论戴少甫与于俊波的表演，称："戴少甫生就的一副可笑的脸，再加上口似悬河，佐以于俊波呆头呆脑，故意装痴，确令人解颐捧腹。"经此推扬，戴少甫在天津的声望更是青云直上。另外，副刊对梁小鸾的评论文章也颇有识见。署名津章的《梁小鸾品学艺三者兼优——近代坤伶中孟小冬外之第一人》堪为在中国近代戏剧史上的一篇精彩之作。文章对女艺人梁小鸾在当时戏剧界的地位和影响进行了评论，尤其指出梁氏人品与演艺俱佳的可贵之处，颇透露出当时观众的观剧好尚与审美取向。梁小鸾曾回忆当年的报道："每到一地演出，报界都要进行一番报道，记得《天津晨报》（即指天津《东亚晨报》）就曾以'梁小鸾品学艺三者兼优'为题，把我的生活状况及时地、详细地介绍给观众。日久天长，观众对我都有些好感。"可见这篇报道对她演艺事业的影响。

《东亚晨报》副刊在大力报道当时的流行曲艺时，还对一些失传的剧作也多有关注。这体现在两大方面：一是评论失传的秦腔旧剧；二是介绍逐渐湮没的演出团体。《东亚晨报·艺林》曾刊载田舍叟的系列文章，介绍评论当时濒临失传的秦腔旧戏，如《秦腔失传之〈义侠记〉》（1941年1月8日）、《秦腔失传之〈黑逼宫〉》（1941年4月3～4日）、《行将失传之秦腔旧剧〈乾坤带〉》（1940年5月24日）、《行将失传之秦腔旧剧〈胭脂血〉》（1941年6月4日）、《行将失传之秦腔旧戏之〈截江夺斗〉》（1941年6月30日）、《漫谈秦腔旧剧〈鸡架山〉》（1941年7月15日）、《行将失传之秦腔旧戏〈斩黄袍〉》（1941年7月30日）等，为今天的戏剧研究提供了宝贵的文献资料，具有非常重要的史料价值。在清代戏曲发展史上梆子戏中曾出现一个闻名一时的狼山班，其对陕西秦腔既有继承又有发展。但是，发展到 1900 年，狼山班基本星散、逐渐无闻。《东亚晨报》副刊则多次介绍该班情状，使后人能借此窥见一斑。

此外，《东亚晨报》还刊载一些有关古代文学研究方面的短札、片论。当代学者来新夏十九岁时曾在 1941 年 7 月至 10 月间的副刊上发表《邃谷楼读书笔记》，前后四十余则。札记出入经史，泛论古近中外，语涉儒释道诸家，范围颇广，或介绍古人笔记，或评鉴诗文，或感悟佛道，或论治学方法。《东亚晨报》副刊也对绘画音乐等活动或明人进行报道与评骘。当代著名画家刘止庸（1910～1996），原名礼章，号止庸，字云溪，别字云来。1940 年 10 月，刘止庸在天津举办了个人画展，当时《东亚晨报》即对此展开评论，称其"画法得力于蜀中山水，笔墨酷肖张大千"，又指出其"作风取法于自然，并富于创造性"。既经《东亚晨报》等媒体的推扬，刘止庸的山水写生一时风闻京津画坛。

第二节　报刊文献

《时报》

天津近代最早的中文报纸。1886 年 5 月创刊。由英人德璀琳与洋行买办集股创办。李提摩太曾任主笔。日刊，大 16 开 4 张 8 页，全国多处设有销售点。栏目有上谕、论说、京津新闻、京报、外省新闻、外洋新闻等。其内容丰富，涉及洋务活动、西学教育、社会要闻等多方面。撰稿人不仅有洋人编辑，还有中国学生及社会文人。在传播近代思想文化、科学知识方面发挥了启迪作用，反映了百年前天津社会历史风貌。1891 年该报曾停刊，10 月下旬复刊。天津图书馆藏 1886 年 7 月 31 日第 67 号报至 1892 年 5 月 13 日第 1716 号报。

《直报》

创刊于清光绪二十一年正月初一日（1895 年 1 月 26 日）。系德国人汉纳根主办的日报，主笔总理为贾福录，社址在天津印字馆内，后迁至英租界海大道（今大沽路）。

是报宗旨为"扶翼政教，整齐风俗"，"取名《直报》是津固直属，在直言直"。曾多次刊发维新派著名人物严复的论文，大力抨击了两千多年的封建君主专制。光绪三十年二月（1904年3月），直隶总督兼北洋大臣袁世凯借口《直报》散布"谣言"、"扰乱人心"，下令"禁阅"、"禁邮"、"禁运"，该报被迫停刊。是年五月，改名为《商务日报》；六月又进一步改名为《中外实报》，每日发行量只有四五百份。《中外实报》已脱离洋人的资助，由中国人自办、自筹资本。该报以沟通中外商务信息为主要内容。

《国闻报》

晚清戊戌变法运动期间，维新派在天津创办的报纸。清光绪二十三年十月初一日（1897年10月26日），由水师学堂总办严复、北洋西学堂头等学堂总办王修植、天津育才馆总办夏曾佑创办。社址在德租界海大道（今大沽路）。严复任主编。该报系日报，8开纸一张，4号字排版，日印2000份。该报以"通上下之情"，"通中外之故"为宗旨。内容有上谕、译文、论说、本地和京城及各省新闻。是年十一月初六日（11月29日），另出《国闻汇编》旬刊，汇编《国闻报》"足备留存考订"的重要文章，约3万字。该旬刊仅出6期即停止。严复关于维新变法的重要文章，如《拟上皇帝书》、《有如三保》、《论中国分党》等均在《国闻报》上发表。他所翻译赫胥黎名著《天演论》，即首先在《国闻报》上连载。该报成为与梁启超在上海创办的《时务报》齐名的维新派的主要舆论工具。光绪二十四年三月初（1898年3月底）由日本人西村博接办。戊戌变法运动失败后，曾被清政府查办。光绪二十七年（1901）改名为《天津日日新闻》，由方若任主编，成为日本文化侵略的工具。

《天津两日画报》

创刊于1909年1月29日。总发行所为醒华报馆，每册6图，首页载《上谕录要》或《朝政录闻》。内容有社会新闻、滑稽画、动物画等。

《图解日报》

创刊于1915年6月。经理人为孙自乾，编辑兼绘图为周筱山，发行人为丁亚侨等。内容有国民教育、言情小说、生活琐闻等。

《民兴报》

1909年3月7日创刊。社址在日租界旭街北首路东（今和平路）。日刊，16开，书本式7页16版。主编顾宗越。设有邸抄、谕旨、论说、短音、要闻、北京新闻、本埠新闻、各省新闻、各国新闻、奏议、要件、演说、专件、质疑、时评、诙谭、报余、小说、新旧杂货店等众多栏目。对武昌起义、辛亥革命等情况，以及时局动态、新旧思想的冲突均有评说和连续报道。1913年停刊。天津图书馆收藏。

《天津商报》

清光绪三十一年十二月初一日（1905年12月26日）创刊。为天津商务总会的机关报，创办人王贤宾（字竹林）。最初定名为《天津报》，后改为现名。因在光绪三十年（1904）天津曾有过《北洋商报》，故将"北洋"改为"天津"二字。主持人为刘孟扬。该报除代表商界说话外，还鼓吹君主立宪、宣传实业，有时也刊登批评文字。不久即停刊。

《汉文京津泰晤士报》

1917年10月创刊于天津（一种说法为1916年英文《京津泰晤士报》的增版）。本报原名《汉文泰晤士报》。1927年10月25日第3384号，报名改为《泰晤士报》。1928年11月10日第3931号版头改为《汉文平津泰晤士报》。社址在天津荣业大街。办报人熊少豪，经理胡稼秋，编辑孟震候、黄能文、涂培源等。1921年10月10日中华民国成立十周年特增刊大张以示纪念。1928年1月1日增至16张，刊登《中华民国大事记》，记述民国以来驰骋于军政界的要人及多方面的情况。还设有"戏剧名伶特刊"，记载了十六年来的戏剧界大事记，介绍梨园中的著名人物、京剧前辈的剧照及代表剧等，具有一定的参考价值。天津图书馆收藏（残缺）。

《河北实业公报》

1931年5月在天津创刊，河北省实业厅秘书处编辑。以公布法令、宣传党义及记载实业行政事务为宗旨，主要内容有实业部、河北省政府、省实业厅的有关命令、法规、文件、调查报告、统计资料、工农业生产技术的文章专载等。对实业厅机关政治生活方面也有少量反映。1934年9月出至41期后停刊。

《河北博物院画报》

创刊于 1931 年，停刊于 1936 年 9 月 10 日，共出 120 期。由河北博物院主办。办刊宗旨：盖在普及文化教育，并以此引起一般人对于博物馆之注意。内容主要分自然科学和历史学术两大类。如动植物标本、文物及古代名人学者介绍、甲骨、金文、书法研究等。

《商报》

创刊于 1928 年 5 月 10 日（一说是 1927 年）。社址在法租界 24 号路（今长春道）。经理王镂冰。日刊，对开型报。除登载国内外时事新闻外，并注重商业界活动，介绍商业知识原理等内容。其副刊以刊登小说、捧赏名伶艺人为著。王芸生曾担任总编，负责要闻版及每日社评。

商报该报虽名之曰商，实际上并未侧重于此，自出版以来，日见进步，刻意为最有希望的报纸。社评多浅近通俗，然极为正大。中外政治消息不少，社会新闻尚属可靠。经济商情之消息，报道亦较为迅速翔实。该报副刊曰游艺场，专载伶人照片，及与其有关的一切文字。此外在他版里尚载有富于趣味之通俗文字。该报亦出三大张，格式仿同外报，与普通大报不同。编辑之技术、字色亦然。

其副刊则聚集了当时津市有名的编辑人才，如宫白羽、吴秋尘、王小隐、沙游天、刘云若等。开办了著名的"杂货店"、"鲜花店"副刊。1930 年又出版了画刊，分别有三日画刊、每日画刊、图画周刊（半周刊）。不久，王芸生、吴秋尘等先后离开商报社，该报乃趋于没落，七七事变后即停刊。天津图书馆收藏有部分。

《天津商报图画周刊》

是报创刊于 1930 年 7 月 6 日。它原是《商报》的副页，《商报》是 1928 年 5 月，由叶庸方投资创办。后改单独发行，1933 年 11 月改半周刊。该刊物宗旨是："规规矩矩办出一张画报贡献读者，并不想用这张报来给某人宣传，替那一方面张目。更不敢对某一件事捧个不休，骂个不了，教人们看了肉麻。"该刊设时事新闻、社会新闻、戏剧、电影、文物介绍、风景名胜，以及通俗小说连载等栏目。1937 年停刊。

《民报》

地址在日租界须磨街。性质为私人独办。负责人主要有：总编辑兼营业部经理鲁嗣香，编辑主任沈信民。成立于1929年2月。

是报每日有社评一篇，立言尚属公正，惟文笔稍欠精彩，中外政治消息及本市新闻，亦称丰富。

《新民意报》

1920年9月15日创刊。地址在南市东兴大街。由进步人士马千里、时子周、刘铁庵等创办，马千里任总编辑。日刊，4版或8版，发行由初时的760份，增至1000份。13个副刊构成了该报的重要特色，其中著名的有"星火"、"明日"、"觉邮"、"女星"等，是五四文化运动时期传播新文化和进行思想斗争的典型代表，在青年中具有广泛影响。周恩来撰写的《警厅拘留记》、《检厅日记》均在该报上连载。1925年1月，该报被奉系军阀查封。

《华北新闻》

地址在法租界四号路。性质为合股经营。负责人主要有：社长周拂尘，编辑主任涂培源，总务主任魏子香。创办于1921年8月。

是报论著极少。国内消息，无甚谬误。社会新闻，稍觉迟缓。时载有通俗的新文艺。

《评论周报》

1932年5月创刊，天津评论周报社编辑发行。主要刊登国内外政治、军事、外交等时事性的评论文章，以及对重大事件的综合论述，如《日本暴行的必然性》、《沪案始末记》等。其"绿窗随笔"专栏很有特色，文章短小，语言犀利，内容广泛。也刊载少量诗作和小说。1932年9月出至1卷第18期。后未见著录。

《大中时报》

地址在南市广兴大街。纯系营业股份公司。负责人主要有：社长徐余生，主编王晴霓。创办于1928年11月。

《天津体育周报》

创刊于1932年2月6日，每星期六出版。社址在法租界26号路基泰大楼19号。内容有体育史话、体育评论、论述、译文、全国各地的体育动态、世界各地的体育运动情况介绍、全运会和世运会项目的设置和成绩、体育规程、运动与生理卫生、世界著名运动员介绍及体育名人传略等，还有体育小说、杂文、漫画、连环画等。内容丰富，形式多样。最初发行 2000 份，后来增至 15000 份。至 1933 年 9 月，由于印刷等方面的问题而停刊。共出版 381 期。

《巴德斯德华日报》

地址在特别一区无锡路二号。性质为完全私人经营。负责人主要有：社长巴德斯，德意志人；主笔克赖外纳，德意志人。成立于 1930 年 10 月。

《民国日报》

地址在特别三区三经路。性质为党报。负责人主要有：社长鲁荡平，总编辑王一凡。创刊于 1929 年 12 月 1 日。

是报为党报，自成立之后，日见发展，社评精当，于国民党党义之发扬，时事之批判，均极警策动人。新闻消息正确，本市及各省的新闻，亦颇翔实。副刊多载政治经济著作，文艺作品亦间有佳者。

抗战胜利后，接收了敌伪《华北新报》，于 1945 年 9 月 6 日复刊。社址改在法租界 21 号路（今和平路 83 号）。发行人卜青茂。日刊，对开 2 张 8 版。除新闻报道、社评之外，综合副刊、专刊十分丰富，如"民园"、"史地"、"游艺"、"青年"、"自然科学"、"儿童周刊"、"心理教育"、"图书"、"国际问题"等，发表过不少名人撰文、译文及文学创作。此外，该报有画刊两种：《星期画刊》（后改为《图画周刊》）和《天津民国日报画刊》。1948 年 3 月 29 日又出版了《天津民国晚报》。1948 年 12 月 31 日停刊。天津图书馆藏 1945 年 10 月至 1948 年 12 月间报。

《社会局公报》

1936 年 3 月创刊，半月刊，为天津社会局机关刊物。主要内容有该局的训令、指令和天津市政府实业部、教育部等政府部门发布的训令、指令及有关的法规、公牍、文告等。1936 年 8 月出至第 11 期，以后未见著录。现藏天津图书馆等处。

《民国晚报》

属于天津《民国日报》之晚报。1948 年 3 月 29 日创刊。社址在罗斯福路 373 号（今和平路）。发行人卜青茂。日刊，4 开 4 版。注重报道国内外重大新闻、社会实事等。副刊有"晚会"、"春雷"等，刊登有关文艺、戏曲、音乐、杂文、论文等方面的内容，因以趣味为中心，活泼新颖，文字轻松幽默，故得到读者欢迎。1947年1月8日，曾发表《图书馆史话》一文，概述了世界图书馆的发展渊源。此外，著名小说家刘云若《沧海惊鸿》、张恨水《发寒三友》等，均在该刊上连载。1949年1月停刊。天津图书馆收藏（缺）。

《东方日报》

地址在意大利租界。性质为私人经营。负责人主要有：社长刘不同，经理程平原，总编辑张越尘。

是报虽为小报，但政治消息尚属翔实。本市新闻亦无有淫盗的事情。对于国民党党义之发扬、新文化之提倡，均不遗余力。

《劳报》

天津第一份宣传马克思主义和报道十月革命后俄国人民情况的报纸。1921年1月4日创刊。由共产党人张太雷建立的天津第一个社会主义青年团小组出版。日刊，4开型报，发行至唐山、长辛店、南口等地，专供工人阅读。

是报发行不到半月即被查封，迁移到法租界，改名《来报》继续出版，印刷达1000份，当时主办人谌小岑。不久又被法租界工部局查禁，谌小岑被拘留。于是该报迁出法租界，在马千里的帮助下改名《津报》继续出版，两周后停刊。

《妇女日报》

中共领导下的第一张由妇女主办的妇女报纸。1924年1月1日创刊。总经理刘清扬，总编辑李峙山，编辑有邓颖超、周毅。日刊，4开型报。主要讨论妇女解放问题，对动员广大妇女冲破封建礼教、投入自身的解放斗争起了促进作用。曾得到向警予、郭隆真等的赞誉。同年7月3日，刘、邓、周因事务繁忙，辞去该报职务，由李峙山、谌小岑接办。其发行量由初时2000份，到8月底增至3000份，在南京、上海分设经理处。后来，因受到当局的压制，仅出刊9个月，即于1924年10月1日停刊。

《新天津报》

地址在法租界。性质为合股经营。负责人主要有：社长刘髯公，总编辑薛月楼，协理段桐坡。创办于民国十三年九月。

是报时有短小之评论，为小报中之少有者，偏重津市社会新闻，而政治消息不多。所有文艺作品，亦旧而俚俗，多半供给中下等社会人士阅览。

创办人为刘髯公。1924年，他在津创办《新天津报》，特聘当时报界名人薛月楼为主笔、上海《申报》驻津记者朱晓芙为编辑主任、段桐坡为经理，社址选在法租界二十四号路马家楼（今长春道与山东路交口处）。由于他在法租界长年混事，故对法国报业熟稔，知晓法国新闻纸常以篇幅小、版面多而取胜。因此，《新天津报》一创刊，他便决定出版四开四版小报四小张，计16版。

随后，刘髯公又于1928年在《新天津报》基础上，再办《新天津晚报》。当时的北方各报，通俗小说连载已成时尚，但人们多将目光投向张恨水、陈慎言、赵焕亭等诸名家。刘髯公却不随时俗，另辟他径。他依据日本留学生意见，仿照日本通俗报纸重视民间口头文学的办法，决定刊发评书连载。他首先选中的便是在书场演出中业务火爆且情节跌宕、悬念丛生的《三侠剑》与《雍正剑侠图》。在征得演述者同意后，他便指定报社记者崔笑我去书场记录。崔氏很快便与艺人谈妥，每月以百元之酬付给演说者。在民国武侠小说中名声颇响之《三侠剑》、《雍正剑侠图》等评书体剑侠小说于是在20世纪20年代末于《新天津晚报》与《新天津报》上连载。此举使当时两报受益甚大，发行份数扶摇直上，成为上至达官显贵，下至贩夫走卒孜孜乐读的两张畅销报。

继《三侠剑》、《雍正剑侠图》后，《新天津报》还曾连载《江湖故事纪》、《明英烈传》、《大宋八义》等。其连载方式与成书经过均与《三侠剑》同出一辙。其中顾桐峻所演述之《大宋八义》颇值一记。20世纪30年代《新天津报》连载由顾氏口述、金占英记录的评书《大宋八义》，使《新天津报》达到自创刊以来的最高发行份数。

随着抗战爆发，天津于1937年7月30日陷入日寇之手。沦陷之初，日伪多次威胁利诱刘髯公出任伪职，但他出于朴素的爱国热情，不仅坚决不与日方合作，而且不肯发表日方供稿。为此，他整日在报馆深居简出，拒绝同日方接触。刘髯公慷慨好义，天津沦陷后，大批难民逃到意租界，当他看到难民夜宿街头时，立刻与仪品房产公司协商筹房，并向天津富商常铸久、雍剑秋等募捐。一日，他在为解救难民而奔走时，于万国桥（今解放桥）被日方捕获。日本人欲说服他附逆，并许以维持会负责人之职。刘氏非但不合作，反而破口大骂。日寇盛怒之下，打断其腿，投入死牢。刘氏家眷四处奔走，最后以报纸附逆为条件，讨刘生还。刘归后仍大骂日本人不绝于口，并要迁报社于法租界，不久便气病而亡。

刘髯公死后，报社曾一度由其弟刘谦儒、刘渤海主持。这期间，虽然报上仍在刊出由评书艺人周坪镇讲述（刘子清校正）的《五女七贞》、顾桐峻讲述（是时顾已病故，由其师兄岳桐春代为供稿，刘子清校正）的《于公案》等剑侠小说及洛蒂所作《春潮飞沫》等社会小说，但由于报纸已接受日军报道部的管辖，为日伪政权做宣传，经常出现"反共救国大会隆重典礼盛况"、"首都耆宿名流发出反共救国通电"、"东洋文化协会中国总支社津本支局扩大范围"、"日语讲习班免费教授男女兼收"等文字，故而引发读者反感与抵制，发行量急速下降，加之报社内部经营不善，报社业务每况愈下。

1945年抗战胜利后，曾在天津沦陷初期参与创编秘密油印抗战小报《高仲明纪事报》的《大公报》外勤记者林墨农，鼓动国民党九十四军军长牟廷芳将《新天津报》接管，改组为军界所办的《新时报》继续出版。《新天津报》这份历经了天津沦陷前后全过程并出刊长达21年之久的"著名小报"，至此停刊。

《新天津晚报》

地址在法租界。性质为合股经营。负责人与《新天津报》同。创办于1928年6月。

是报为刊登通俗武侠小说及趣闻、游艺为主的娱乐性晚报。常杰淼著、蒋轸庭修、刘子清校正的《雍正剑侠图》，张杰鑫作、董枢权修、刘子清校正的《三侠剑》，赵焕亭著的警世小说《流亡图》等，均在该报上连载。其副刊"夜园"，主要刊登一些散文、随笔、掌故轶闻、游艺消息、短篇言论等内容。天津沦陷时期，该报发行人为刘渤海，编辑及印刷人张翕如。天津图书馆收藏（残缺）。

《快报》

地址在特别一区墙子河路。性质为私人合股经营。负责人主要有：经理赵仲轩，总编辑于今生。创办于1927年。

快报的小快车栏，多为风花雪月之文字。

《中南报》

地址在南市荣业大街。性质为合资经营。负责人主要有：社长张隐公，经理王笨夫。成立于民国1930年12月。

1929至1930年前后创刊。参见该报1934年4月3日报头注"出版第五年"，又见1946年4月26日有"1930年1月1日创刊"字样。社址在南市广兴街（今荣业大街）。发行人张幼丹，编辑李醒我。日刊，4开4版。一版为新闻通讯，二版为社会服务，三版为娱乐圈，四版为津市新闻及经济动态。副刊曾刊登郑证因的《五英双艳》、刘云若的《降雪蓝云》、宫白羽的《燕南飞》等小说。1947~1948年寒暑假期间，该报特开辟了由张鸿智主编的"学生文艺"专栏，旨在为学生提供精神食粮，培养学生编辑创作和读书的兴趣。1948年底停刊。天津图书馆收藏（缺）。

是报副刊设有刘钟望所编"家常便饭"、张鹤琴所编"歌场舞榭"等副刊专版，颇受市民读者欢迎。而李燃犀（大梁酒徒）写的"诗的新闻"，戴愚庵（娱园老人）写的"什锦火锅"、"杏仁豆腐"，刘钟望写的"大碗热诗草"，潘鉴尘写的"西洋景歌词"等小品文专栏，则是既接地气又通俗易懂。尤其是张幼丹主持连载的，高新民以当时社会新闻为素材创作的通俗小说《南皮双烈女》、《杨三姐告状》、《笑而观》、《眼前报》、《银针计》、《春华茂》等，更是牢牢地吸引了人们的眼球，使得其晨、午、晚报在很短的时间内，便名噪津沽，受到时人瞩目。

天津沦陷前夕，张幼丹离开报社，与李燃犀同办另一张名为《晓报》的小报，报馆遂由李醒我接替主持。日军占领天津后，《中南报》在日伪的层层审查中，曾一度停刊，其编辑与经营人员大部分去了创刊不久、与之毗邻的《天声报》馆。后在更换报社主人为台湾人李枕流后，《中南日报》经日伪当局批准得以复刊，其内容除了增加部分日军"占领"消息及有关日本风土人情的宣传外，报纸规格面貌均一仍其旧。据当年报人杨春霖追忆："李是日本特务机关的'嘱托'，自称是日本华北派遣军山家少佐的朋友。在此前已自办一家《大北报》，为所谓'中日提携'、'大东亚圣战'作反动宣传，并以报纸为掩护，进行特务活动。《中南报》由他主持，也成为汉奸报纸。"这一时期，由于日伪特务机关对天津报纸审查极严，大量报刊惨遭取缔，故而可供天津沦陷区作家发表作品的报刊极少。《中南报》依靠战前积攒的人脉与名气，很快便将当年天津文坛大腕刘云若、何海鸣、戴愚庵、李山野、吴秋尘、李燃犀等人的通俗小说拉到报上连载，成为此时期该报还能吸引读者的一大亮点。

1945年8月日本投降后，张幼丹重回报社主持社务。他审时度势，很快便攀上国民党天津区接受专员、中统特务王连珂的关系，使得《中南报》非但没被作为敌伪产业予以取缔，反而摇身一变成了国民党中统组织暗中支撑的一张"街头小报"，而且张幼丹还成为当时天津报业最高组织——报业公会的理事。

1949年1月中国人民解放军解放天津不久，《中南报》自动停刊。

《民风报》

地址在南市广兴大街。性质为独资经营。负责人主要有：社长裴健吾，经理张士栋。

创办于民国1920年12月。

《民风报》的风声栏，也多为风花雪月之文字。

《现世报》

地址在南市慎益大街。性质为独资创办。负责人主要有：经理史鹤雏，编辑史靖宇。创办于1927年7月。

多载社会上的奸荡淫盗之事件，此外在报的背页，几尽载风月消遣之文字。

《天风报》

地址在日租界福岛街。性质为合股经营。负责人主要有：经理沙大风，编辑何维湘。创办于1930年2月。

是报刊登国内政治消息尚称简明。惟本市琐闻，则侧重于淫盗之事件。黑旋风栏，几尽载迎合社会病态心理之风花雪月类文字，虽为一部分人所欢迎，但同时亦为一般人所诟骂。

沙大风为二十世纪二三十年代南北报界与戏曲界的风云人物。他大约生于1898年，原籍浙江镇海，字游天，号晚谭余室、沙氏乐府。20世纪20年代初移居天津后，便迷上了京剧，曾历任几家小报主笔。1929年底，他得到天津中原公司（今百货大楼）经理黄文谦及京剧名旦荀慧生之资助，于 1930 年 2 月 20 日创办起《天风报》。

1930 年 4 月，刘云若长篇社会言情小说《春风回梦记》登载在《天风报》上，在平津一带掀起了一股刘云若热。对此，沙大风十年后曾有如下回忆："天风因春风而风行，春风因天风而益彰。"1931 年 5 月，刘云若辞去《天风报》之职，归家专以小说写作为职业。后《天风报》凭借《蜀山剑侠传》得以营销南北，其高额发行量一直维持到天津沦陷时。

天津沦陷后的 1937 年 8 月，日伪特务机关对天津报纸进行了两轮重新审查登记。在这两次审查登记中，《天风报》因新闻无特色又没有社论与言论，只是以小说连载和戏曲、曲艺的花边新闻取悦读者，故而均能涉险过关，得以继续出版。这一时期，支撑其版面的，主要是刘云若《情海归帆》、还珠楼主《蜀山剑侠传》等长篇通俗小说连载。当年 10 月，在日伪特务机关不断逼迫报纸刊登"圣战"新闻的压力下，报馆主人沙大风无奈只得将《天风报》易名为《新天津画报》，以大量刊载图片去搪塞日伪的骚扰。

至此，因连载刘云若与还珠楼主的通俗小说，而名噪大江南北达七年之久的《天风报》，便销声匿迹了。取而代之的，则是《新天津画报》。

《新报》

地址在南市广兴大街。负责人主要有：社长刘仲赓，经理白幼卿，主笔董秋圃。创办于 1928 年 6 月。

是报国内要闻很少，偏重本市政闻琐闻，此外则刊载一些浅近而有趣味之文字。

《民声报》

地址在南市平安大街。负责人主要有：社长王墨林，经理齐文轩。创办于民国 1930 年 12 月。

是报时有短小之评论，为小报中之少有者，偏重津市社会新闻，而政治消息不多。所有文艺作品，亦旧而俚俗，多半供给中下等社会人士阅览。

《亚东日报》

地址在南市。性质为私人独办。负责人主要有：社长尹鸿方，编辑主任尹正谦。创办于 1929 年 6 月。

多载社会上的奸荡淫盗之事件，此外在报的背页，几尽载风月消遣之文字。

《敬业学报》

是刊由南开学校敬业乐群会主办。创办于 1914 年 10 月。半年刊，大 32 开。共出版 6 期。该刊设有：论说、演说、学说、文苑、史乘、游记、学笺、笔记、通讯、杂俎、小说、纪事等栏目。该刊发表了大量的周恩来撰写的文章和诗作，如《我之人格观》、《春日偶成》（诗二首）、《飞飞漫墨》等，为研究周恩来早期思想和实践提供了宝贵资料。

《华北晚报》

地址在法租界。性质为合股经营。负责人主要有：社长周拂尘，编辑主任朱晓芙。创办于 1927 年 6 月。

是报关于国内政治消息，在津市小报中，可谓最多者，另有本市新闻、党政消息与民间琐事，此外则刊载通俗有趣味的小说或其他作品。

《白话晚报》

地址在南市广兴大街。负责人主要有：社长刘仲赓，经理白幼卿。创办于 1911 年 4 月。

是报国内要闻很少，偏重本市政闻琐闻，此外则刊载一些浅近而有趣味之文字。

《天津午报》

地址在南市广兴大街。性质为营业主义。负责人主要有：社长刘仲赓，经理白幼卿。创办于 1916 年 9 月。

是报主要登载杂文、散文、戏曲、名人轶事、小说等。早期以连载高新民的小说而影响广泛。高新民多采用天津社会新闻编成小说，如《杨三姐告状》、《南皮双烈女》等，陆续发表报端，吸引了众多的读者。其副刊还经常刊登批评社会现象的稿件，迎合了天津社会平民的口味，故发展较快，先后出版过《晨报》、《晚报》等。天津图书馆收藏部分。

《救国日报》

1925 年 6 月 10 日创刊。是天津各界联合会的机关报。社长郭静华。7 月 28 日，奉系军阀直隶督军李景林，以"干犯言论"、"轨外行动"为罪名，封闭了天津各界联合会，拘捕各界代表，其中即有该报社长。同年 8 月 16 日，该报被查封而停刊。

《常识画报》

创刊于 1928 年 10 月 8 日。周刊。主编赵光宸。该刊宗旨：宣扬艺术，供给常识。设有：绘画、雕刻、工艺美术、科学、电影、戏剧、时事、美术、摄影等栏目。

《银幕舞台画报》

电影与戏剧刊物。1929 年 2 月创刊，社址在天津特二区青阳里 1 号。刘先礼编辑。刊有：外国电影明星照片，电影消息，电影文论，人物传记，舞台噪声，戏剧介绍等内容。初为旬刊，1929 年 4 月第 7 期起改为周刊。每逢星期六出版 1 次。停刊年月不详。1929 年 6 月出至第 16 期。现藏天津图书馆。

《白话晨报》

地址在南市广兴大街。性质为营业主义。负责人主要有：社长刘仲赓，经理白幼卿。创办于 1911 年 10 月。

是报多载社会上的奸荡淫盗之事件，此外在报的背页，几尽载风月消遣之文字，不过其评论以"晨钟"命名，对社会不良现象有所鞭挞，注意内容格调，常有地方新闻、掌故文章发表。

《天津晶报》

地址在本市昆纬路。性质为私人独办。负责人主要有：社长陈伯仁，营业主任陈叔道。创办于 1929 年 10 月。

是报专载风花雪月的消遣文字，无新闻，为上海式之小报。

《合众日报》

地址在特别二区兴隆街。性质为集资创办。负责人主要有：经理蒋逵，总编辑唐际清。创办于 1930 年 12 月。

虽属小报，但政治消息尚属多而翔实；本市新闻亦无有淫盗的事情。对于党义之发扬，新文化之提倡，均不遗余力。

《小时报》

地址在南市广兴大街。性质为纯系营业。负责人主要有：社长刘曜厂，编辑李容权。创办于 1930 年 11 月。

多载社会上的奸荡淫盗之事件，此外在报的背页，几尽载风月消遣之文字。

《天顺报》

地址在义租界。性质为合股。负责人主要有：社长侯子华。创办于1931年6月。

《民间日报》

地址在南市。负责人主要有：社长王再为。创办于1931年5月。

《新时代报》

地址在南市。负责人主要有：社长刘福清。创办于1931年6月。

《指南日报》

地址在南市。负责人主要有：社长赵阜。创办于1931年6月。

《北洋画报》

创刊于1926年7月7日。创办人冯武越。

是报以提倡艺术为主旨，初为周刊，继改三日刊，再改二日刊，每星期二四六刊行，每周发戏剧专刊。有特别艺术团体委托，及有某种美术足资宣扬者，临时刊行专页，每期销数五千。一度号称华北最老最美之画刊。相片由各摄影家投寄，执笔者亦皆一时知名之士，不登猥亵文字，不登不正当之相片，尤为该报特点。编辑为吴秋尘，社址在法租界五号路二十一号。

《东方画报》

是报系《东方日报》的附刊，每月出版两次，每次五千份，除随《东方日报》附送外，并委托各处零售。主编人为高龙生。是报内容多风景照片，与中外名人肖像及世界之杰作，并间载富有三民主义精神的小品文字，较一般画报，别具风格。

《德华画报》

是报系德华日报的附刊，内容多外国图片。

《社会教育星期报》

1915年8月创刊，天津社会教育办事处编辑。办刊宗旨是培养旧有道德，增进普通知识，筹划国民生计，矫正不良风俗，凡社会教育范围以外之事概不登录。文体以浅显文言为主，有讲演、正俗、来件、选录等栏目，天头地角登有广告，对当时社会政治、教育、文化诸方面都有所涉及。第 689 期（1929 年 1 月）起改名为《广智星期报》。

《广智星期报》

是报为广智馆刊物之一种。前身为《社会教育星期报》，其第 689 期（1929 年 1 月）改名《广智馆星期报》，刊期同时标为"广字第 1 号"；广字第 2 号更名为《天津广智馆星期报》。原刊号 1929 年 12 月出至 739 期，即广字 51 号后取消。1930 年 1 月出广字 52 号，刊名改用本名。开办十余年，以发扬文化、增进常识、培养道德、改良风俗为宗旨。营销海内外，不下数千份。内容分科学、言论、撰述、卫生、常识、调查、见闻、随笔、本馆消息、琐言、杂俎、补白语等门。董理其事者为林墨青，秉笔政者为涿鹿韩补庵，他如陈筱庄、严慈约、邓澄波、李琴湘、刘竺生、高彤皆、赵幼梅、孙子文、陆辛农、张劭园、王猩酉、王斗瞻等人，均系知名之士，均为该报义务编辑，故每一出版，皆急先快睹，斯诚津邑文学之渊薮。

较其前身《社会教育星期报》，是报文体更近白话，内容更加广泛，评述观点新颖，是了解当时社会、政治、教育、文化、科技状况的重要史料。

《醒俗画报》

创刊于 1907 年 3 月 23 日。开天津石印画报之先。创办人吴芷洲，天津画家陆辛农受聘为主笔。该报内容丰富，对时事新闻、社会新闻均有报道，并利用漫画的笔法，针砭颓风陋俗。1908 年 5 月 4 日，从 72 期起，更名为《醒华画报》，仍由该报馆发行。

《人镜画报》

漫画与时事新闻图画周刊。创刊于 1907 年 6 月 13 日，天津日租界出版。石印，图文各半。每周 1 期，每期 1 册共 20 页。

创刊号上标明该刊宗旨："本报以改良社会、沟通风气为宗旨，凡有关人心风俗，足资劝惩者，或绘入图画，或编列新闻，惟必用浅近文义，以期妇孺都解，咬文嚼字无当也。"该刊每期封面均为以"镜"为表现手法的主题漫画一幅，镜子外面画事物之表面现象，镜子里面画事物之本质真相。如第 3 期题为《冷血动物》，画镜外两人高举写有"热心"、"义务"的旗帜，而镜中反映的却是一只螃蟹和一只玳瑁；第4期题为《酒食征逐》，画镜外衣冠之士围坐欢宴，而镜中反映的却是鼠辈狐群爬在桌上大吃。该刊的"讽画"和"滑稽画"主题都在于同情革命党、反对立宪、批评政治腐败、讽刺社会风气败坏等。如第1期的《受保护者鉴》，画一外国人高举鞭子对付老实驯服的猪、羊、鸡、鸭，却让虎、狼、狐、蛇自由活动。第5期的《政务研究会之陈列品》，画着"大帽子"（注明"他物缺点无妨，惟此品决不可少"）、"八行书"（注明"此种物品效果不同，惟视最后之一行何如耳"）、"钻子"（注明"未到任未到差以前用的"）、"铁齿耙"（注明"到任或到差时用的"）、"面具（笑脸）"（注明"禀见时用的"）、"面具（凶脸）"（注明"临民时用的"）。第10期有一幅无题讽刺画，画的是立宪问题，有人牵拉着写有"立宪"二字的压路巨轮，有人用棍棒阻拦其前进，有人则作壁上观。该刊漫画运用多种表现手法，如夸张、变形、比喻、象征以及文字结构变化等。如《小磨香油》以象征手法表现清廷压迫人民流往外国，图中画两个清廷官吏推磨，另一官吏在磨上倒芝麻（注著"人民"）入磨中，磨下接一桶（注著"外国"）。另有一幅表现用人问题的讽刺画，画中城墙上高悬"保荐人才"的旗帜，城墙上开有"情面"、"贿赂"两个小门，各有一人往里爬，一人身系八行书，一人腰缠大元宝，门上写着"从我游者请由此"，可谓极尽讽刺之能事。该刊时事新闻图画，均有标题和说明文字，在说明文字最后仿国画题跋有一印章，而印章所篆文字的内容正好是对这一事件画龙点睛的批评，如《衣冠禽兽》（篆文"皆曰可杀"）、《委员闹娼被押》（篆文"将门之子"），增强了画面的讽刺性和趣味性。

《醒报》

现存最早的是1911年12月20日出版的第581号报。社址在天津南市天顺里。总经理王建侯，经理马秋圃，总编辑郭养田（究竟），主笔有董荫狐。日刊，16开4张。版式采用近代早期的报纸版面。栏目有宫门抄、谕旨、社评、要闻、时评、各省新闻、本埠新闻、古今中外、社会观察、小说等。发表的社说（论）、时评，常针砭时弊，宣传民主共和思想，反对封建专制政治。1911年12月24日，该报采用白话文，成为新文化运动的早期代表。天津图书馆收藏1911年12月至1912年1月间报。

《醒华日报》

天津奥界总发行。编者有麋瘦、恭甫。日刊，16开2张，双面8页。栏目有杂俎、车站纪事、时事采新、说部杂碎等，并附《醒华画报》，基本为一事一文一画，形象生动。内容上反对封建迷信，提倡科学，反对专制，提倡民主。该报曾刊登署名"醉郭"的白话文唱板《捉郭放郭》，深刻揭露了清王朝的腐败及社会弊端。特别是在武昌起义时期，曾连续报道"鄂变片片"消息。该报对于宣传民主政体思想起了相应的作用，具有一定的社会影响。该报曾在北京、山海关、锦州等地设代派处，并销售国外。天津图书馆收藏（缺）。

《庸言》

近代综合性杂志。初为半月刊，第2卷改为月刊。1912年12月1日创刊于天津。梁启超主编，吴贯因、黄远庸前后编辑。庸言报馆发行。停刊时间不详，现存前30号（第1卷24号全部及第2卷6号），其第30号（第2卷第6号）出版于1914年6月5日。内容分为建言、译述、金载、艺林、杂录诸门。其中艺林门又分为艺谈、文录、诗录、说部诸栏，为该刊的主要内容。艺谈专载诗话之类的文论杂著，数量既多，且不乏著名之作。如陈衍《石遗室诗话》、罗惇曧《宾退随笔》、吴贯因《瞬余斋随笔》、周季侠《学诗枝谈》、姚华《曲海一勺》、周效璘《慧观室谜话》、郑沅《吉金余录》、姚大荣《惜道味斋说诗》、易顺鼎《诗钟说梦》和《琴志楼摘句诗话》、姚华《菉猗室曲话》和《书适》、马瀛《古乐考略》、杨宗稷《三雷琴斋琴话》等。所刊创作小说有冷泉亭长（许伏民）《劫灰余烬》、指严《库伦夜谈》；翻译小说有英国哈葛得著、林纾译《古鬼遗金记》，法国嚣俄（雨果）著、廖旭人译《英雄鉴》，英国狄更斯著、魏易译《二城故事》等。所刊诗文作品数量较多，且作者多为名家，如樊增祥、沈曾植、陈三立、易顺鼎、郑孝胥、陈宝琛、陈衍、章炳麟、张謇、康有为、梁启超、冯煦、朱祖谋、林纾、罗惇曧、王闿运、黄节、麦孟华、王式通、杨度、梁鼎芬、赵熙、夏敬观、胡思敬、丁传靖、姚永概、严复、诸宗元等。当时的诗文大家，特别是旧派，几乎网罗殆尽，因此颇有影响。梁启超1912年12月18日《与娴儿书》云："《庸言》报第一号印一万份，顷已罄，而续定者尚数千。"至1913年4月18日《与娴儿书》又称："报却可作乐观，已销万五千份矣。"

《天津学生联合会报》

五四运动时期报刊。1919 年 7 月 21 日创办于天津。主编为周恩来。编辑有潘世纶、赵光宸、胡维宪、薛撼岳等。该报以宣传新思想、评论国内外时事、报道全国学生运动情况、指导青年参加反帝反军阀斗争为内容。分设：主张、要闻、时评、新思潮、来件、文艺、演说、外论、翻译、函电、国民常识等栏目。其创刊号登载有周恩来所撰写的《革新，革心》社论，提出改造社会与改造思想相结合的主张。1919 年 8 月 30 日，北京政府下令查禁。9 月 21 日出至第 62 号，被天津警察厅长杨以德强制停刊。10 月 7 日复刊。初为日刊，复刊后改为三日刊。共出版一百几十期，每日营销多达两万份以上。于 1920 年初终刊。

《三津报》

刘髯公创办《新天津晚报》，因连载剑侠评书《三侠剑》、《雍正剑侠图》而销路激增，大获其利。这两部书的实际讲述者蒋轸庭受到启发。1935 年，他在友人的建议下，仿照《新天津晚报》连载剑侠评书的模式，于天津南市荣业大街与其弟自办了一份名为《三津报》的报纸，专门刊载评书体剑侠小说，借以吸引读者以谋其利。在聘任赵子扬为经理后，自任社长的蒋轸庭亲自编创剑侠评书《胜英出世》、《金刀会七义》等，以补叙《三侠剑》中"明清八义"故事。这些书于《三津报》连载不久后，便于 1937 年初由天津文义印刷局出版单行本，当时署名为思瑛馆主口述、戴蓬仙校阅，并于 1938 与 1939 年两次再版。此外，蒋轸庭另著有武侠小说《龙图大侠》，亦于《三津报》连载。

《三津报》虽以专门刊载评书体小说得以畅销，但这一时期刘云若与还珠楼主等受五四新文化影响的新一代通俗小说作家已于津沽崛起，正如日中天，读者对评书体小说渐感陈旧，时间不长，《三津报》的销路便日渐式微，报馆遂处于勉强维持阶段。

1937 年 7 月 30 日天津沦陷后，日本特务机关责令天津各报重新登记，并派日本特务竹内以顾问名义，督促伪市公署的新闻管理所对各报进行审查，以不登国民政府消息和抗日言论为条件，批准尚能出版的报纸共有 26 家，此时《三津报》尚在名目。但仅一月后，日军决定将《庸报》

作为"北支派遣军机关报",承担"圣战"宣传任务时,再次对天津报纸加强"统治",《三津报》在审查登记中被取缔。

《新天津画报》

《新天津画报》的前身,为《天风报》,主办人沙大风,创刊于1930年。1937年8月,天津陷入日军之手后,日伪特务机关为加强新闻"统治",对战前天津报刊和新闻通讯社进行了两次审查登记,《天风报》频遭伪市公署新闻管理所的"谈话",屡次被逼迫刊登"挽救中国免于赤化"的"圣战"内容。沙大风于是求助北平一四七画报社经理朱复初,由朱出面向驻津日军报道部部长山家少佐疏通斡旋,最终以报纸刊登日方图片并易名为《新天津画报》为条件,获得照常配给印报用纸,得以继续出版。说是画报,其实只是在一版增添了几张照片而已,报纸其他版面均与原《天风报》无异。二版仍是副刊"黑旋风",而且连版头图案也仍袭其旧;三版也还是戏曲、曲艺的花边新闻;变化稍大的是四版,在原来《天风报》只连载两三部通俗小说的基础上,增添为五部之多。

继《旧巷斜阳》之后,《新天津画报》此时期还连载了天津通俗小说名家戴遇庵的社会小说《爱情箭弓》、赵焕亭的武侠小说《白莲剑影记》、月明楼主的言情小说《硬性男儿》等。在沦陷的天津,《新天津画报》因连载了众多通俗小说而取悦了大批读者。这其中,虽然作品思想意识与艺术成就参差不齐,但它在扶持和积聚民国天津通俗小说作家与作品方面,却是"功不可没",尤其有助于我们今天回眸去审阅天津沦陷时期的文学创作。

1945年初,日伪再次对天津报刊进行消减整合,《新天津画报》被迫停刊。

《国强报》

1918年,《国强报》创刊于天津南市荣吉街,其发行人为杨绍林。沈哀鹃曾主持文艺副刊。《国强报》副刊内容,举凡小说、诗歌、电影、戏曲、话剧、杂文、小品、掌故、游记、随笔等,无所不包,不但样式齐全,而且文章清丽。其中尤以电影、话剧这两门当时新兴的艺术形式深受市民读者喜爱,报纸所传递出的有关这两种新艺术形式的新闻、介绍、赏析、花絮等，一时间成了津城人们茶余饭后津津乐道的话题。

1937年7月30日天津沦陷后，《国强报》还是以副刊内容为主打，然而支撑版面的文章却实实在在地沦为了街头小报的文字，大多为《侯门一入深如海》、《艺女箴规》、《北里名花湘云二娘》、《蒙面飞盗》等内容。小说连载版面，每日排日而登评书艺人蒋轸庭编著的侠义小说《大明湖海英雄传》、郑证因技击小说《双凤歼仇》等。在日伪高压政策下，报纸的颓势已然形成，几部好看的通俗小说连载亦无法挽回报纸之末路。

1938年年底，在日伪的又一轮登记审查中，《国强报》被迫停办。

《天津捷报》

1936年2月创刊。社址在北门内大宜门口，社长顾岐山，编辑傅寄红、薛幼青。日刊，4开4版。是一种供茶余饭后消遣的娱乐性小报。副刊有"红绿"，以介绍名伶、闺秀、舞女名妓等花边内容为多。曾以连载小说，如刘鹤年的社会小说《风流绮梦》及武侠小说而颇有销路。1936年6月4日，出版了该报"百号专页"以示纪念。天津图书馆藏最早是1936年5月1日第66号报至同年7月31日第156号报。

《评报》

《评报》于1923年在天津创刊，其创办人为开办药厂的回民刘霁岚。

报纸取名《评报》，意为"评论"时事、"公平"舆论。徐雅松、李吟梅、辛曲厂等主持的副刊"平政院"，专以小型政论文字为主，风趣辛辣，有的放矢，常能发出他人难言之语，也深受市民读者欢迎。此外，当年几家小报副刊的名编辑兼知名掌故小说作家李燃犀（笔名大梁酒徒）也常来报馆"客串"并写稿，更增加了报纸副刊的知名度和号召力。凭靠这"人才济济"的副刊部，一时间，报纸吸引了沽上众多读者的眼球，报纸发行份数一下子达到两三万份。

1931年"九一八"事变后，报纸因连续刊登评论蒋介石不抵抗政策，引起高层关注，国民党当局责令天津市党部追究查处。刘霁岚将《评报》的"评"字言字旁去掉，改报名《评报》为《平报》。1937年7月30日，天津一夜之间沦入日军魔掌，刘霁岚坚决不肯让报纸成为日本人侵华的喉舌，在日伪多次威逼利诱下，毅然关掉报馆，宣布报纸自动停刊。

《高仲明纪事报》

创刊于 1937 年 9 月。由原《大公报》、《益世报》记者顾建平、林墨农、孔效儒、程寒华创办。社址在法租界狄总领事路（今哈尔滨道）天德里 14 号，后迁至英租界益世滨道（今柳州路）与敦桥道（今西安道）交叉处益世里 11 号和法租界狄总领事路（今哈尔滨道）效康里 31 号。该报为油印日报，初期为 16 开 12 张，后增至 8 开 4 张 16 个版面。

是报及时地报道了抗日战争局势的发展，宣传坚持抗战，反对妥协投降，以鼓舞人心。该报先后报道了平型关大捷、太原保卫战、上海保卫战、南京保卫战、台儿庄大捷、徐州保卫战、武汉保卫战、广州保卫战等，让天津人民及时了解战争动态。该报不仅有战争新闻，还有特写报道、本市新闻、社论、短评等，深受天津人民的欢迎，印数也从最初的 30 份增至近 1000 份。由于该报坚持抗战立场，遭到日本侵略军的仇恨，1939 年 9 月 28 日，日军闯入法租界搜查，该报被迫停刊。

《天声报》

《天声报》创刊于 1938 年初，为 4 开 4 版日报。创办人为日本籍台湾人谢天惠（又名谢龙阁）。《天声报》一、四版为要闻及本埠新闻，要闻主要来自"中华社"和"北京特讯"，本埠新闻则以记者直接采访沦陷后的天津社会各角落为特色，内容满是粉饰日伪占领下的"歌舞升平"；二版名为"家庭版"，内容多为服饰、求职、饮食、教育类的小短文；三版为副刊"乐园"，直接模仿天津老牌小报《天风报》副刊"黑旋风"，以各类戏曲、曲艺讯息为主。此外，长篇通俗小说连载是其强项，除大牌名家刘云若、郑证因的长篇外，尚有李山野的社会小说《红豆相思记》、王曰叟的武侠小说《粉牡丹》、徐剑胆的社会小说《风流大夫》、陈怡侠的武侠小说《雍正歼侠记》等连载。1945 年三四月间停刊。

《游艺画刊》

《游艺画刊》创刊于 1940 年 4 月 15 日，以评介戏曲曲艺为主要内容。创办人为潘侠风。《游艺画刊》副刊设有"戏剧论坛"，登载何怪石《戏剧杂谈》、张聊公《歌场杂记》、姚灵犀《观剧忆旧》等；而"戏剧问答"登载戏曲曲艺知识；"梨园隽闻"除连载了戏曲小说《梨园恨史续集——可怜的芸娘》外，更多的是梨园掌故；"旧剧词谱"是带五线谱的京剧名段词曲谱；"春明菊圃"登的是北平艺人的各色新闻，最新奇的是每期都有一个艺人的演出收入；"沽上歌坛"报道的均为天津演艺界的近况；"银坛报道"为当时时髦艺术电影的综合新闻；"什锦杂耍"是各类曲艺信息及评介。

1943年秋，天津的日伪特务机关再次对天津报刊进行登记整合，《游艺画刊》休刊。

《立言画刊》

《立言画刊》创办于1938年10月，系由北平《立言报》改组而来，系综合性的文化杂志，抗日战争胜利后，该杂志即行停刊。该杂志为周刊，每星期六出版，共出356期。

自1939年4月第24期《立言画刊》起辟有"天津专页"，专门刊载天津籍作家的作品，包括青年作者的文艺作品，也包括有关天津的历史、风物及风俗掌故。天津沦陷后，天津籍作家们几乎完全失去了自己赖以生存了文化阵地。北平的《立言画报》则为天津籍作家开辟了"天津专页"，这不啻为天津作家另外一方舞台。

《博陵报》

《博陵报》初创时称《博陵日报》。创刊于1934年，创办人为刘震中。"七七"事变后，为回避"日"字，更名为《博陵报》，并把社址由最初的河北月纬路五马路交口，迁往黄纬路四马路交口处。抗战胜利后，《博陵报》于11月在南马路旧县署街复刊。天津解放后一度停刊，1949年2月，经军管会批准复刊，但第二年因故停刊。

《博陵报》为四开小报。二版为副刊，取名《饮冰室》，由刘墨村主编，后改为董晰香。三版为游艺版，取名《娱乐园》，内容包括戏剧、电影及伶人动态和剧评。四版为外地新闻和小说连载。新闻主要是由山东、河北两省所设30余个分社提供。连载的小说有杨春霖的《雨后花残》、刘墨村的《侠隐记》。"七七"事变后，每天只出16开版的"号外"。因刊发抗日言论，总编辑杨春霖曾两度被日本宪兵队传讯。1938年底，该报被迫停刊。1945年11月，再次复刊。总编辑仍为杨春霖。复刊后的报纸刊有刘震中的《平寇录》，以抗日战争为背景，反映抗日战争的辉煌战果。事后还出版单行本四集。

《大北报》

《大北报》创刊于 1936 年 5 月，地址设在南市大舞台东路（今南市旅馆街北侧），是四开小报，发行人李枕流（福建人）是活跃在京津两地的报人，曾任《华北映画》《闽新日报》编辑。每天出刊两份。自 1938 年 12 月 1 日起，增出晚刊一份。

《大北报》副刊版广泛介绍京津两地各大影院、戏院及演艺界的消息，内容丰富、及时，形式活泼。如在 963 号刊有《〈思亲焚稿〉与〈小拜年〉》的文章，介绍了京韵大鼓名家小彩舞（即骆玉笙）和河南坠子名家乔清秀在天津小梨园（劝业场对面泰康市场楼上）演出名曲《思亲焚稿》和《小拜年》时的盛况，为我们研究骆玉笙和乔清秀两位名家演艺史提供了第一手资料。其他如张寿臣的相声、赵小福的时调等内容亦非常珍贵。《大北报》的文艺版亦是非常有趣的。除每期有 4 部小说连载外，还经常刊载一些小品文、随笔之类的短文及散文诗。如《留恋残秋》，这篇仅 300 字的小品文，以轻松之笔，描绘了"秋之神"与户外小溪交相呼应的景象，表现了作者希望挣脱动荡不定的社会环境以及对世外桃源的憧憬。1944 年，《大北报》被迫停刊。

《妇女新都会画报》

《妇女新都会画报》出版于 20 世纪 30 年代中期，创办人尹伯梅。1943 年 7 月起改名为《妇女日报》，并自称为"新光杂志姊妹刊物"，标榜"代表妇女界的新闻纸，响应战时体制下的大革新"。其中第三版开设文艺作品专栏，刊载作者的新诗。此外还不断介绍名伶轶事、舞星新闻、电影讯息及登载戏剧评论等。从创刊号开始，就连载了刘云若长篇小说《画梁换燕记》。

《天津华北画报》

创刊于 1928 年。8 开本，周刊，每期 4 版，50 期合订一册。编辑及发行部均在旧英租界华北电影公司。封面为外国影星大幅照，专门介绍外国电影及影星，第 4 版有长篇小说《银汉双星》（恨水）连载及广告。

《银线画报》

《银线画报》，由张圭颖和《益世报》副刊编辑刘一行于 1935 年创办。

《银线画报》创立之初，为6开型周报，由益世报社代为印刷（彩墨）。内容包括影片介绍、影星生活、影坛轶事等，还包括话剧、京剧、评剧等艺界演出消息、动态等。稿源主要由各大影院、剧团提供。另，漫画家冯朋弟、黄冠廉，摄影家郑桐等经常提供漫画和摄影作品在该报刊登。尽管内容丰富、印刷精美、图文并茂，但由于报业间竞争十分激烈，其销路并不看好，故创办不久即停刊。

1937年9月，张圭颖与大陆广告公司经理华延九合作，在金汤大马路菜市胡同，把已停刊的《银线画报》改为4开型小报复刊出版，由正文印刷局代印。这一时期的《银线画报》设有电影版、戏剧版、文艺版等不同版面。编辑有吴云心、金梁、王伯龙、冯朋弟、张聊公、刘炎臣等津门报界、文化界名人。刊有刘云若、宫白羽、吴云心等名家的小说连载，以及冯朋弟的《老白薯》漫画。每当刘宝泉、金万昌、荣剑尘、林红玉等曲艺名家来津演出时，该报还要增出特刊，随票奉送。但好景不长，《银线画报》复刊后不到一年，因日伪整顿报刊时被列为废刊而被迫停刊。

1940年，张圭颖买到了《大北三日刊》（即原《大北报》）的出版许可证，将《银线画报》以《华北银线三日刊》名义出版。报纸改为三日刊，四裁型。图文并重，内容包括文艺、电影、戏剧、跳舞、学校等，作者有王伯龙、江寄萍、冯贯一、许颖、萧钟纳、王朱、招司。翻译的有李木、王敏、宋昆、张汝翼。游艺有刘炎臣、徐溶孙、郑梦塘、王协欧。1945年，该报与北京《沙漠画报》合作出版，将报社迁至天津西开三经路义德里，并在北京东安市场及济南设有分社，以《银线画报》名义出版。这时因纸价飞涨，故是报只出两版。内容除电影、戏曲外，还设有小说连载栏目，如还珠楼主的《蜀山剑侠传》等。抗日战争胜利后，《银线画报》停刊。

《中华画报》

1931年3月创刊，中华画报社编辑发行。社址在天津法租界33号路仁和里10号。办刊宗旨是表现时代精神，介绍艺术结晶，暴露社会内幕，暗示人生片段。主要内容为时事记述与评论，名媛闺秀近影，时事写真，美术摄影，古今名人书画，讽刺漫画，历史镜头，学校生活写真，名伶造像，小说连载，戏剧与电影等。初为周刊。从 1931 年 5 月第 1 卷第 9 期起，改为半周刊。1931 年 7 月第 1 卷第 26 期至 1933 年 9 月第 4 卷第 346 期，又改为 2 日刊。停刊年月不详。现藏天津图书馆。

《风月画报》

创刊于 1933 年 1 月。停刊于 1937 年。由宁波帮巨商叶庸方主办，后又将此刊转让给姚惜云。姚系盐商之子，常年游山玩水，不事业务，由魏病侠主持。内容全是娼优照片及低级趣味文字。

《正化画报》

创刊于 1909 年 1 月。每逢二、三、五、日出版。其宗旨为纠正风化。内容有反对赌博、择友要慎重，以及反对女孩浓妆艳抹、良女妓女不分等小杂评。另有社会新闻、生活琐闻等图。

《北洋官报》

1902 年 12 月 1 日创刊。社址在河北狮子林。由当时任直隶总督兼北洋大臣袁世凯倡办，是清政府出版的第一家官报。初为隔日刊，1904 年改为日刊，每期 10 页左右，发行 400 份，在一些省市设代销处。它具有官方公报、新闻报纸、学术刊物三重性质。有宫门抄、上谕、交旨、奏议以及政府公牍、文告之类的官方文书。辟有"新政纪闻"、"畿辅近事"、"各省近事"等专栏，还选译外国通讯社电稿、报道国际消息。其《学报》栏目分"文学"、"质学"、"科学丛录"，介绍中西学术文章及西方典章。1906 年《学报》独立，改为《北洋学报》专刊，每 5 日出版一期。此外，该报还兼营出版发行业务。1912 年 5 月改为《北洋公报》。

《北洋浅说画报》

是报创刊于 1911 年 4 月。设有：上谕浅评、国事要闻、市井琐录、各省志要、黑籍调查、小说、新闻画、滑稽画等栏目。

《北洋周刊》

由北洋大学学生会主办。创刊于 1927 年 6 月 7 日。1937 年 7 月暂停。抗日战争期间中断 8 年。1947 年 5 月复刊，1948 年 4 月终刊，共出版 241 期。该刊设有言论（主要是对国内外时局的评论）、工程调查、学术论著、学校新闻、同学会及校友消息、书报介绍、批评、诗歌、杂文等栏目。

《中国公论》

1939年2月1日在北平创刊,系华北傀儡政权的大型综合月刊。栏目有国际论著,文化论文、南北要人时论等,以"和平、反共、建国,兴亡"为宣传基调,声称负有"国家建设之促进"、"国际问题之研讨"、"东方文化之发扬"、"中心思想之树立"、"反共运动之加强"五大使命,鼓吹卖国投降主义。喻熙杰任社长。1945年初停刊。

《天津华北新报》

日伪报纸。由天津《庸报》、《新天津报》、《北京实报》、《民众报》、《新民报》合并出版本报,1944年5月1日创刊。社址在北平石附马大街。天津设支社,地址在须磨街33号(今陕西路)。社长管翼贤,副社长大川幸之助。编辑及发行人张道本,天津为王仲驰。日刊,4版。版头题名"华北新报"。一、二版是社论(评)、战时新闻、要闻及经济信息;三版为天津新闻、社会报道;四版以刊登自然科学知识、生活常识、文艺、杂文掌故、戏剧等闲暇作品为主。1945年10月停刊。由《民国日报》接收。天津图书馆收藏。

《天津导报》

创刊于1945年9月30日。为中共冀中区天津市工作委员会机关报,负责人为娄凝先、董东、杨循。编辑部设在河北省霸县胜芳镇,通过地下交通在天津市内发行。该报为石印,4开4版,后改为4开2版。两个多月共出版25期。是年12月,因形势变化而停刊。

《民生导报》

1946年8月10日曾试行发刊,8月15日正式出版发行。社址在第一区兴安路218号。发行人秦丰川,社长刘子威。日刊,对开4版。主要内容报道或评论国内外要闻、天津新闻、教育文化等。副刊"宁园",以刊登小说、散文、诗歌、游记等文学作品为主。其"三言二语"栏目,代表了一般百姓的心理,以言简意赅之词对时弊予以揭露或抨击。1946年12月1日,增刊"每周文艺"栏目,由李广田主编,发表了不少左翼作品。该报在山西、辽宁、察哈尔、唐山等地设有分销处。1947年因经费困难,停刊数月,后又复刊。天津图书馆收藏(缺)。

《大中华商报》

由商股集资合办。1920年8月28日创刊。间有停刊，1946年复刊，社址在南市广兴大街。发行人萧润波。日刊，两版，版头题"天津大中华商报"。销售方式是由专人递送预订者手中，以免遗失。副刊有"民声"、"银星歌舞"等，反映当时政治、经济及社会生活等情况。介绍黎园趣事，发表津市名作家的小说，如金必亢先生的武侠小说《疾风劲草传》、高一粟先生的社会小说《春溢门楣》等。还开辟了关于学术问题的"批判、研究、学习"专栏。在当时具有一定意义。1946年5月1日，在抗战胜利后的第一个工人劳动节，特开设"纪念五一劳动节专号"。

《广播日报》

1935年9月1日创刊。社址在天津河北中山公园内。社长袁无为。日刊，4开4版。是全国第一家广播日报。除报道国内外要闻及本市新闻外，主要刊登广播无线电节目预告、各电台情况、无线电技术知识。并设戏剧、话剧、解答读者来函等栏目。曾连载津市名家小说，如周士鹏武侠评书《铁寇图》、杨骖《前尘》、大梁酒徒《换巢鸾凤》、李山野《落花缤飞》等。主要读者为收音机拥有者和无线电爱好者。该报对于无线电广播事业的发展起了一定的舆论监督和促进作用。天津图书馆收藏。

《每月科学画报》

创刊于1941年4月。由天津每月科学社发行，主编兼发行人孔赐安，分销各地大书局。栏目有：特载、通俗科学、趣味科学、电影技巧、青年科学园、世界珍闻、科学新闻、科学之友、科学问答等10多项，不固定内容。

《天津卫报》

1946年12月8日创刊。社址在迪化道31号（今鞍山道）。发行人戴玉璞，编辑王热冰。该报原名《天津卫》，1947年3月改为本报名，版头题"天津卫日报"，属闲暇小报。日刊，两版。1947年4月4日至30日，每天附《小天津卫》两版。副刊有"文艺"、"歌场舞榭"园地，以刊登戏曲评说、梨园消息、影讯为主。曾连载刘云若的长篇小说《小扬州志》、黛丝的《恋之火》等，引起读者广泛兴趣。天津图书馆收藏（残缺）。

《天津青年日报》

三民主义青年团天津团支部报纸。1945年8月17日创刊。社址在英租界海大道（今大沽路），后迁至第二区博爱道23号。发行人兼社长李东序。日刊，两版或四版。在沧县、昌黎、石家庄、绥中、兴城、锦县设有分销处。一、二版以刊登国内外重要新闻、通讯为主；三版为副刊性质，其中有关于青年问题的"青年生活"、"青年知识"，关于儿童方面的"少年生活"、"小天地"，以及"星期综合"、"民众呼声"等栏目；四版为本市新闻、经济信息内容。在当时天津除了《民国日报》发刊外，其他各报尚未复刊或创刊，故该报具有一定的影响。1946年5月10日停刊，8月15日复刊，9月27日再度停刊。天津图书馆收藏。

《天津新生晚报》

1946年8月创刊。社址在罗斯福路240号（今和平路）。发行人李清贤。日刊，4开4版。版头题"新生晚报"。销售办法采用本市清贫学生上门专送。

是报除新闻外，专刊、副刊栏目较多。如每周发行的"专页"，针对国内外重大问题发表评说和议论。"天方夜谭"以刊登生活小常识、影讯、随笔、散文及小说连载为主。此外，又有"文艺天地"、"人物"、"报与报人"、"读书"、"妇婴"、"宗教论坛"等副刊栏目。天津图书馆收藏（缺）。

《建国日报》

1945年11月创刊。社址在天津宫北大街14号（今鞍山道）。日刊，两版。一版为国内外重大新闻、简讯；二版报道天津本市新闻、经济市况、社会生活问题。副刊有"新天地"，刊登杂感、常识等文章。并以连载小说出名。如宫白羽的《丰林豹变记》（《金钱镖》续作），还有李轸庭的《雍正剑侠图》（后部）等。天津图书馆藏1945年12月2日第3号至1946年1月31日第63号报。

《中华日报》

天津中华日报股份有限公司所有。1945年10月至11月间创刊。社址在日租界福岛街41号（今多伦道）。发行人齐协民。编辑有赫梦候、涂培元、李西成、李逊梅。日刊，两版，后期改为四版。

是报一版主要报道国内外重大新闻，二版以刊登本市（平津）新闻和副刊内容为主。主要副刊栏目有"文艺"、"华苑"、"生活"、"宇宙"、"学生园地"、"妇女与生活"等，刊发散文、译文、文学创作、小说、科学与生活常识等方面内容。天津图书馆藏1946年报。

《华北汉英报》

是报系英、汉文合刊。社址在陕西路83号。发行人宗基友。日刊，4版，1948年1月改为双日刊。内容有简要新闻、散文、译文、自然科学知识、一般生活常识等，是英语爱好者的读物。在北京有分社，分销济南、南京、河南等地。天津图书馆收藏自1947年9月至1948年10月间报刊。

《新时报》

1946年5月5日创刊。地址在第一区林森路21号，后迁入第二区建国道11号。发行人先后有王闺秋、陈祖诰、蔡中正。日刊，4开2版。一版主要是新闻及经济消息，二版主要报道津市社会生活内容及副刊。副刊有"新园地"、"新声"等，以刊登小说、戏剧、戏评、随笔、杂文较多。天津图书馆收藏（缺）。

《自由晚报》

1946年6月创刊。社址在第一区兴安路167号。发行人钟石奇，主编白苹、任凤等。日刊，4开型小报。除刊登国内外具有影响的新闻通讯及平津新闻外，还常设"多言"、"小民的话"等小专栏，以短文、议论或来稿的形式，讽喻时弊，一定程度上代表了一般百姓的心声。副刊有"春花秋月"、"社会服务"、"晚风"等。1947年11月6日，该报曾连载任斗南先生以本市发生的重大案件为题材所写的时事小说《箱尸案》，从而引起众多读者的兴趣。天津图书馆收藏（缺）。

《时事日报》

1947年创刊。社址在迪化道88号（今鞍山道）。发行人任卓如。日刊，4版或2版，版头题名"天津时事日报"。副刊除了反映电影戏剧、学院生活内容外，刊登的现实性杂文、随感等颇具生活趣味，文体既庄重又诙谐。蔡冰白主编的"影剧"栏目，曾发表郑振铎的《平剧改良我的意见》一文。1948年10月24日"时风"栏目，有专门介绍南开话剧团的文章。此外，还连载了任凤的社会小说《合家欢》、王玞璟的武侠小说《北岭大侠》。该报的"时事体育"专栏，也是颇有参考价值的体育史料。天津图书馆藏最早有1947年11月1日出版的第54号报。

《商联周报》

1947年3月创刊，天津商联周报社编辑。发行人张逊之。办刊目的是增进商业知识，提高商业道德，借以联络声气，互相磨砺。主要登载商业知识信息、社会新闻、生活常识及小说连载等内容。1947年9月出至第30期后终刊。现藏天津图书馆等处。

《新星报》

1947年6月1日创刊。社址在第二区博爱道23号。常董徐端甫，发行人张师贤，总编辑张隆栋。日刊，对开1张半6版。该报在发刊第一日的社评中曾以"真理·自由·服务"为题，阐发本报谨本"'因真理得自由以服务'的信念，伴着受难的人民前进"。其新闻，经常报道内战动态，反映战争给广大人民所带来的灾难。副刊有"星海"、"众乐园"、"读者园地"、"家庭"、"社会服务"等栏目。内容涉及文化、娱乐、生活常识、科学知识等多方面，是内战时期在天津出版发行的较有影响的大报之一。1949年1月5日，该报在呼吁"和平"的舆论声中，伴随着天津的解放而停刊。天津图书馆收藏。

第七章 天津文学研究论著

天津文学创作历来兴盛，与之相伴随的评论与研究也经久不衰，经过数代学人的不懈努力，截止到2016年，天津文学研究已取得四大标志性成果，并且在研究趋势上实现了三个重要的学术转向。但是客观而言，天津文学研究同时也有一些不足。与繁盛的文学创作实际相比，相关研究仍有提升与开拓的空间。

第一节 天津文学研究综论

天津文学研究伴随天津文学创作而产生。早期的研究主要散见于序跋、诗话、史传、方志及目录学著述中，如朱彝尊《忆雪楼诗集序》评天津诗人王瑛，查礼《铜鼓书堂词话》论津人词作，纪昀《滦阳消夏录》记津人孟文熺诗作，《大清畿辅先哲传》载王又朴生平，四库馆臣肯定查为仁笺证《绝妙好词》之功等。其中梅成栋《津门诗钞》采录诗作、传记诗人、附录诗话，最为典型。进入20世纪，天津文学研究被纳入现代学术研究视野。文献整理、诗人评论、作品研究等都渐次展开，并取得了骄人成绩，如滕云《小说审美谈》（百花文艺出版社1986年版）以较大篇幅论评天津作家作品，夏康达发表《蒋子龙创作论》（《文学评论》1982年第2期）、《天津四作家新论》（《天津社会科学》1983年第4期）、《蒋子龙小说艺术》（《花城》1986年第5期）等系列文章着力评论津门作家，再如黄泽新、楚大江主编《天津小说十八家论》（天津社会科学院出版社1989年版）更是推动天津文学研究形成全国性影响，而鲍昌、樊星及冯骥才等人对津味文学的讨论，更是具有里程碑意义。进入21世纪以来，诸学者接续辉煌，勤奋耕耘于天津文学研究园地。截止到2016年，天津文学研究取得了突破性进展，已形成四大标志性成果。

一是，"津味儿"的发现与确定。

20世纪上半期，京派与海派文学相互斗艳，相关研究因之而产生。从文化与地域视角对文学进行观照成为新的研究潮流。受近现代京、海两派创作与研究启发，一些学者开始自觉呼吁重视所谓的"津味儿"文学创作。早在80年代初，冯骥才《再多一点天津味》（《新港》1983年第4期）、《发扬津味小说》（《天津文学》1988年第4期）及马林与张仲《关于津味文学的通信》（《天津文学》1990年第11期）同林希《津味小说浅见》（《小说月报》1992年第9期）等文章从办刊与创作的角度就呼吁重视与发扬津味小说。而在张仲《龙嘴大茶壶》、冯氏《神鞭》以及林希《蛐蛐四爷》等作品发表后，杨键《漫话"津味"》（《文学自由谈》1987年第1期）、鲍昌《一篇够味的"津味小说"》（《文学自由谈》1988年第3期）、樊星《"津味小说"的曙光》（《当代作家评论》1991年第4期）、周海波《津味，一种民俗的文化阐释》（《当代作家评论》1999年第4期）等论文，结合具体作家与文本对津味文学特征及要素提出了不同看法。津味文学自此不仅在文坛站稳脚跟，而且引起了全面关注。随后，有意识地创作津味文学成为一种新的潮流。王之望曾总结道："新时期天津文学的一个重要收获是'津味'写作。"

进入21世纪后，研究者对津味文学的研究更加理论化与系统化，"津味文学"也由被发现发展到被确立。王之望《"津味"：地域文学新家族》一文回顾了20世纪末期的津味文学创作实践，明确了津味文学的三要素：别具一格的天津市井风情、津门文化特色人物群像的刻塑以及富有特色的语言运用。同时，文章还第一次对津味文学创作队伍进行梳理，称"津味"的酿造以冯骥才、林希为代表，此外还有冯育楠、肖克凡等。津味文学确立并得到广泛认可之后，津味几乎成为天津文学最重要的标识。结合天津文化解读天津小说成为新趋势，津味文学研究也由此趋向全面深化。如董秀婷《刘云若小说与天津地域文化》（天津师范大学2010年硕士学位论文）、孙玉芳《刘云若小说中的城市记忆与想象》（天津大学

2010年硕士学位论文)、张树铎《传统的召唤——冯骥才津味小说解读》(西北师范大学2009年硕士学位论文)等几乎都采用宏观的地域文化视角去阐释津味文学,而佟雪《冯骥才市井人生小说的传奇叙事》(东北师范大学2009年硕士学位论文)、孟玉红《论冯骥才津味小说的方言特色》(《中州学刊》2011年第3期)与《冯骥才津味小说中超常组合的同素连用》(《河南师范大学学报》2011年第4期)等则侧重从语言及叙事技巧等微观方面去进行文本解读。闫立飞《双城记:津、沪小说中的城市记忆和想象——以林希、王安忆为例》(《天津社会科学》2003年第5期)与王云芳《论津味儿小说对天津城市形象的建构》(《理论与现代化》2011年第5期),或以双城为视角去比较津味与海派文学异同,或通过文学与城市的互动来发掘津味文学特征。同时,时至今日,津味文学已延续数代,形成了脉络清晰的承传谱系,而各代之间津味创作不尽相同。张春生《林希"津味小说"初探》(《天津大学学报》2002年第4期)即着力阐述林希津味小说的独特性,而苏君礼与郝雨《肖克凡的"超记忆回忆"与新津味小说》(《小说评论》2005年第1期)则强调了肖克凡新津味小说不同以往的新特征。

  二是,天津近现代作家、作品的资料整理。

  天津文学研究的顺利推进需要大量翔实的文献资料作基础。20个世纪天津文学研究更侧重于现当代作家作品,在某种程度上使得古代与近代作家研究有意无意地被忽略或被遮蔽。21世纪以来,文学观念更趋开放,研究视角愈加多元化,同时随着近代文学研究热的兴起,天津近代文人及其作品开始得到研究者前所未有的重视,有关重要作家生平考证、佚文增补、年谱修订、别集点校、总集汇编、作品重版等的论著开始出现。

  以李叔同研究为例,有郭长海与金菊贞《李叔同事迹系年》(《长春师范学院学报》2000年第4期)、陈星《弘一大师考论二题》(《绍兴文理学院学报》2002年第2期)、孙继南《李叔同——弘一大师音乐行止暨研究史料编年(1884~2010)》(《天津音乐学院学报》2011年第1期)、张慧琴《李叔同〈断食日志〉手稿初考》(《东方博物》2011年第3期)、陈星与刘晨《李叔同佚文〈唱歌法大意〉刍议》(《美育学刊》2012年第1期)、欧七斤《李叔同两次参加乡试史实新考》(《历史档案》2012年第 2 期）等论著达数十篇。此外，伴随着"刘云若热"，其生平传记引起了人们注意。张元卿等人一直致力于斯，其《刘云若传略》（《新文学史料》2008 年第 4 期）对刘云若生平做出新考证，此外其《民国北派通俗小说论丛》（山西古籍出版社 2001 年版）一书还对包括刘云若在内的戴愚庵、李薰风、潘侠公、王小隐等北派小说家做了相对深入的探索。而刘云若的文集及其他编著作品也得以再版，如有《旧巷斜阳》（团结出版社 2007 年版）、《刘云若文集》（线装书局 2009 年版）、《酒眼灯唇录》（百花文艺出版社 2010 年版）、《白河月》（花山文艺出版社 2012 年版）等。有关吕碧城的有李保民笺注《吕碧城词笺注》（上海古籍出版社 2007 年版）、《吕碧城诗文笺注》（上海古籍出版社 2001 年版）及王忠和著《吕碧城传》（百花文艺出版社 2010 年版）等。其他如有关严修、孙犁、梁斌传记、作品的整理研究也较多，不再一一赘述。

三是，天津文学编年的修撰及《天津文学史》的出版。

进入 21 世纪，天津文学研究已经具有相当的基础，这主要表现在两个方面：一是重要作家作品基本上都被纳入了研究者视野。如古代之梅成栋、查礼、于文豹等，近代之李叔同、刘云若、戴愚庵、李燃犀、宫白羽等，现当代之曹禺、孙犁、梁斌、鲁藜、蒋子龙、冯骥才、林希、肖克凡、赵玫、伊蕾等都成为学者重点关注的对象。二是天津断代文学史及分体文学史研究也有所展开。如郭武群《天津现代文学史稿》（天津社会科学院出版社 2000 年版）、张元卿《民国北派通俗小说论丛》、张宜雷《图说 20 世纪天津文学》（延边大学出版社 2003 年版）、房良钧与王之望主编《回眸与前瞻——天津文学面面观》（天津社会科学院 2001 年）等，对不同时期不同文体都进行了深入细致的研究。在此基础上，以一种更为宏观的视野去整体把握天津文学成为一项迫切的任务。

其中尤其值得一提的是孙玉蓉所著《天津文学的历史足迹》（大众文艺出版社 2007 年版）。全书共析为五章五个时期，即清代、民国、新中国成立到七十年代、改革开放至世纪末、21 世纪初期，囊括了自清代至 21 世纪初期数百年来有关天津文学的重要事件，不仅注重对著名作家、作品和事件的记载，而且注重对业余作者和群众文学社团活动的记载。作为记录天津文学三百余年发展演变的编年纪事专著，对天津文学研究而言意义重大，它不仅为研究者提供了相对完整的历史发展脉络与线索，更是集中提供了大量翔实可靠的文学史料。此外，《天津文学史》的出版，集天津文学研究之大成，并将其推向一个新的高潮。作为第一部天津文学通史，其学术意义重大：一是打破以往的零散作家作品与分段分体研究局面，天津文学第一次以一种恢弘的面目出现在读者面前；二是上溯与梳理出了天津古代文学发展的轮廓，补充与完善了天津文学本来的历史面目。正如陈洪序中所评："《天津文学史》以开阔的视野、翔实的史料，恢复和丰富了天津文学的古代时期，使人们对天津文学和天津文化有了一个全面而完整的认识，对于中国文学史也起到一种拾遗补阙的特殊作用。"三是全书除述评天津作家作品外，还将报刊出版、文学翻译、理论批评、文学社团、影视曲艺等纳入其中，天津文学历史发展之全貌由之历历呈现。

四是，"天津文学"学科的筹建。

尽管早在20世纪四五十年代就存有天津文联下设的"创作研究会"以及本市第一个专门的文学研究机构语文学会下属的文学研究所，但是，天津文学研究的大规模展开是在改革开放以后。尤其是自20世纪90年代后期以后，天津文学研究事业出现了难得的发展机遇。天津社会科学院以及南开大学、天津师范大学等都先后将"天津文学"作为自己重要的研究方向之一，并逐渐建立起独立的"天津文学"学科。以天津社会科学院文学研究所为例，它以天津文学为主要研究方向，并形成较为强大的研究团队。21世纪以来出版相关专著数十部，发表论文近千篇，影响颇大。

可以说到目前为止，天津文学作为一个独立学科或重要研究方向，已得到广泛认可，并形成了一支由科研院所、大专院校、文联、作协、艺术研究所等单位组成的具备较高专业科研能力和水平的科研队伍，推出了一大批具有较高学术价值的优秀科研成果。这无疑会促使天津文学研究进一步走上规范化、科学化的发展道路，极大地扩展天津文学和天津文学研究的社会影响。

接续20世纪研究的辉煌，进入21世纪以来，受新的社会经济发展与人文思潮变迁的影响，在众多研究者的努力下，天津文学研究基本完成了三大学术转向。这三大转向体现了天津文学研究的自觉与成熟。

一是，由传统零散点评转向现代、系统化研究。

受传统学术思维与方法的影响，20世纪及之前的天津文学研究往往或是感悟式的零散评点，或是简单的社会政治学解读。直到近十余年来，其研究格局发生巨大改观。在众多研究者的推动下，天津文学研究已转向现代化与系统化。有学者从地域或历史角度进行纵向梳理，如黄桂元《背景·流变·地利——新时期天津作家动态考察》（《小说评论》2008年第4期）、林霆《天津小说三十年的文学史观察》（《小说评论》2008年第4期）等可为代表。以专著形式阐述文学新群体、新现象、新理论、新思潮的研究成为重要趋势，房良钧、王之望主编《回眸与前瞻天津文学面面观》（天津社会科学院出版社2001版）着重论述了天津文坛的探索型文学、由解放区作家延续的"延安文脉"、工业题材文学、"津味"文学、诗歌创作、女性写作、知青文学、儿童文学以及文学理论与批评等十几个议题。王之望主编的《天津作家论》（天津社会科学院出版社2002年版）则集中评介了24位作家。这些作家创作道路各异，题材体裁多样，从一个侧面展示了天津一个多世纪以来的文学创作成就。此外，孙玉蓉与王之望合撰《天津文学新论》（大众文艺出版社2007年版）主要就天津文坛的名家新论、新作论评、热点专题进行研究。为集中展现天津文学风貌，研究者更多选择了依据时代、文体或作家等不同标准汇编出版作品集，如郭长海、金菊贞编的《李叔同集》（天津人民出版社2005年版）按文章、诗词、歌词、书信、译著五部分编排，收录了李叔同1918年出家之前的作品，其中多为未见之作，很有出版价值。此外，针对文学大家展开深入全面观照成为一大热点。陈净野《李叔同学堂乐歌研究》（中华书局2007年版）以新史料的发现来填补和修正了过去李叔同学堂乐歌专题研究中的若干空白和失误，是目前较为全面系统研究李叔同学堂乐歌的专著。

二是，由简单的政治解读转向多元的文化观照。

1949年之后受左倾思潮的影响，简单的政治解读代替真正的文学研究成为全国潮流，天津文学研究自不能免，甚至这种单一倾向一直延续到20世纪末期。直到近年来，在社会经济的发展文化研究逐渐成熟之后，以多元化的文化视角对天津文学进行研究才成为重要压倒性倾向。除地域文化视角外，女性主义与传播学视角这时成为新研究亮点。前者如李进超

《蒋子龙笔下的女性意识》(《文学自由谈》2009年第3期)、王芳与吴岳添《论赵玫对波伏瓦形象的书写》(《湘潭大学学报》2011年第4期)、卢桢《论赵玫历史叙事中的性别意识》(《当代文坛》2007年第5期)、胡德岭《女性个体的生命凸现与历史突围——赵玫新历史小说〈上官婉儿〉的女性主义解读》(《河南师范大学学报》2006年第4期)等。后者则有陈冠兰《天津"孤岛"时期的报刊》(《聊城大学学报》2008年第1期)、陈艳《〈北洋画报〉时期的刘云若研究》(《中国现代文学研究丛刊》2011年第4期)、鲍国华编《二十世纪天津文学期刊史论》(山东画报出版社2012年版)、张宜雷《报馆、学堂与天津近代文学》(《天津大学学报》2011年第5期)等。此外,以文化审美与作家个性为切入点的研究也为数不少,如闫立飞《"他者"镜像中的现代性散文书写——试论冯骥才早期散文》(《天津大学学报》2005年第6期)、鲁雪莉《论李叔同文化性格中的人文意蕴》(《南昌大学学报》2010年第1期)、冶晓梅《一代儒僧的精神求索与文化贡献》(中央民族大学2005年硕士学位论文)、滕芳《狷介:魏晋气质与晚年孙犁创作》(西南大学2012年硕士学位论文)等。其中谭桂林《论吕碧城的佛学贡献及其佛教文学创作》(《人文杂志》2012年第1期)则是于"吕碧城研究热"中独辟蹊径从宗教视角去探讨吕碧城的佛学贡献及相关创作。

三是,由附和"国家文学"转向强调"区域文学"。

所谓"国家文学"对当代中国文学面貌的一种描述,有其特定内涵,主要是指"由国家权力全面支配的文学"。国家文学的产生,是国家意识形态的一种自上而下的制度化设计和安排。国家意识形态提出整体构想,国家文学则成为这套构想的实践场地。在实际履行国家意识形态的过程中,国家文学形成当代中国文学的整体景观,同时在实践层面又将国家意识形态播散开来。天津文学本有其区域渊源,清代水西庄文人创作以及民国时期北派通俗小说都是典型且有着全国性影响的本土创作。但是1949年后大批解放区文艺工作者进入城市,天津文学面貌发生翻天覆地的变化,以"延安文脉"为代表的国家文学成为全面支配性的文学形态。孙犁《风云初记》、梁斌《红旗谱》、袁静《新儿女英雄传》、杨润身《探亲记》等革命历史题材与农村题材创作最受人关注。而相关的评论者与研究者也多按国家文学的要求将文学与国家意志联系在一起，多去刻意发掘文学表象之后的民族主义、国家主义、理想主义、集体主义等。在这种研究导向中，文学活动中的个性、个体、个人等私人性因素被冷落与被排斥。作家个人兴趣爱好的创作，也因无法抗拒国家意识形态的强势而被压抑和被遗忘。将文学视作社会工具的观念直到"文革"结束才有所扭转。但是，仅就天津文学研究而言，即使在改革之后大多数学者评论作家作品时依然以强调国家文学为主。以洪子诚著《中国当代文学史》（北京大学出版社1999年版）、陈思和主编《中国当代文学史教程》（复旦大学出版社1999年版）等较有代表性的"当代文学史"为例，涉及的天津作家仅有冯骥才和蒋子龙，并且两人是分别在"伤痕小说"和"改革小说"部分被专节叙述，并没有论及他们的区域身份。在文学史"国家文学"的话语中"天津文学"被规训与遮蔽了。但是，天津文学的区域文化传统与性格是始终未绝的。

21世纪以来，众学者开始自觉发掘天津文学的区域性。王之望《"津味"：地域文学新家族》可谓总结性之作。其他则有郭武群《工业题材：天津文学的龙骨工程》（《理论与现代化》2005年第4期）结合天津发达的工业文化探讨了一直处于全国领先地位的工业题材文学创作。张宜雷《天津近代文学与公共文化空间》（《天津社会科学》2006年第6期）则自天津公共文化空间入手揭示了天津近代文学的盛衰与公共文化空间伸缩的关系。而结合城市文化研究天津文化更是成为一个焦点。闫立飞等人《文学的城市文化视野——天津文学与城市文化笔谈》（《理论与现代化》2012年第5期）掀起了天津城市文化与文学研究的热潮。其他则有张元卿《历史社会学视野下的文学研究与城市文化建设——以天津文学研究为例》（《理论与现代化》2010年第4期）、王云芳《文化启蒙与文学审美的双重变奏——论新世纪以来冯骥才的散文创作》（《社科纵横》2010年第7期）、胡诗雯《长芦盐商与天津右文风尚的兴起》（《盐业史研究》2012年第2期）、孙爱霞《城市发展与文学关系概论——古代天津与文学》（《沈阳师范大学学报》2012年第2期）等。

天津文学研究尽管取得了不菲的成绩，但是依然存在一定的有待扩展与提升的空间。这主要表现在以下四个方面。

一是，文学文献整理与汇编方面存在"短板"。尤其是天津古近代文学文献整理工作几乎没有展开。据笔者粗略统计，截止到1949年有过著录的天津文人达两千余人，著作近三千部，其中留存下来的至少有一千种，遗憾的是别集真正被点校整理出来的不过李叔同、吕碧城、严修数人而已。文献的匮乏必然直接影响相关研究的开展。

二是，相对于现当代文学研究的繁盛，天津古代、近代文学研究十分薄弱。实际上，天津古代、近代文学、文学遗产均相当丰富。从秦汉时曹操北征而作《步出夏门行》组诗到唐代从军文人的边塞吟，辽金元时期鲜于枢父子的本土诗作，清代文人的频繁雅集酬唱，再到近代具有全国影响的北派小说以及民国间城南诗社的诗歌结集等，均称得上是值得探索与继承的宝贵财产。但是到目前为止，较为集中的研究只有《天津文学史》第一编专论"古代文学"部分，其他相关论文与专著屈指可数。近代文学研究也仅限于李叔同、吕碧城、刘云若等少数人，这种研究格局与天津近代文学事实远不相称。

三是，成也"津"困也"津"。"津味"的发现与确立，是天津文学研究里程碑式的贡献。但是，在强调"津味"的同时不应忘记一个事实，即"津味"文学只是天津文学一个组成部分而非全部。此外，随着城市发展的同质化，"津味文学"写作赖以产生的20世纪80年代特定的文化思潮、文学氛围与地域文化认同已逐渐不复存在。所以针对当下的津味文学的现状，有学者指出："'津味文学'在当年的出现，才是一个奇迹，如果不自欺也不自我安慰的话，就不得不承认，它在今天和以后的日子里大面积复现的可能性都极其渺茫了。"闫立飞就曾概括津味文学困境的两大表现：一方面是创新意识的缺乏和文化积淀的不足，导致了题材的扎堆重复与叙事的模式化，从而影响到津味文学的艺术品质与思想深度。另一方面是为追求津味或地域文化色彩的展示，一些作家刻意寻找和塑造地方知名人物，挖掘地方重大历史事件，致力于地方文化符号的罗列和展示，却忽略了其背后的地域文化精髓和作家的艺术创造，这也在一定程度上阻碍了群落整体水平的提升。这种困境必须引起创作者与研究者的注意，并能理性应对之。

四是，就整体而言，天津文学研究在学科体系与研究队伍建设方面依然有待完善。天津文学研究应是全方位、多侧面的，既包括天津文学史的研究，天津历代作家、作品的研究，天津历代社团、流派的研究，天津通俗文学、民间文学、翻译文学以及文学现象的研究，也包括天津文化研究，如对天津现代报纸文艺副刊的研究，对天津曲艺文学的研究以及城市文学的比较研究等。还包括文学思潮与文艺理论的研究，即中国历代文艺理论与西方文论的研究。但是这些方面都没有完全展开，尤其是天津古代文学、儿童文学、文学文献整理等研究还很薄弱。此外，在文学批评与评论方面，腾云、夏康达、马威、金梅、黄泽新等老一辈学者之后，青年学者队伍锐减，可谓后继乏人。尤其是"70、80后"评论者为数寥寥，这无疑会直接关乎未来天津文学创作与研究的发展。

立足当下对天津文学研究进行"回眸与展望"会发现，与北京、上海、岭南与江浙等地的文学研究相比，在学科体系的完善、研究的深度、观照对象的广度、队伍建设、经费的投入以及文化、文学的结合等方面，天津文学研究还有一定的差距。结合当下文学研究的大趋势，要在当前研究基础上实现提升与跃进，我们还需要在以下几个方面进行努力：一是超越"津味文学"视界，将研究努力更多地转移到打造天津作家群上。实现由发现"津味小说"到界定"津味文学"向建构"津派"或"天津作家群体"的跨越。二是继续强化多元化视角研究。前已论及，天津文学研究已不再以思想、政治作为唯一标准，而是注重突出对文学本体的关注。许多学者又从社会、政治、经济等方面综合探讨了天津文学的生成、发展过程，并估衡其地位及意义，呈现多元化的繁荣态势。但是，天津文学研究还需要由纯文学研究进一步扩大到文化、心态、审美、性别等多个领域，还应通过多元化视角对天津文学的丰富内容进行重新认识，以此拓展和加深对天津文学的学术观照。三是对天津古代、近代文学文献展开深入、系统的整理。在爬梳搜访基础上首先对天津古代、近代文学文献目录进行汇编与考辨，然后点校出版重要作家别集，最终推出天津文学文献总集。最后，还要继续增强天津文学研究的自觉意识，通过团队协作，文献整理与理论提升相结合，宏观研究与专题研究并行，最终实现基础研究、应用研究和理论研究全面发展。

第二节　水西庄文学群体研究

水西庄始建于雍正元年（1723），后又于乾隆四年（1739）、十二年（1747）、二十二年（1757）扩建三次，达至鼎盛状态，至乾隆中后期逐渐式微。水西庄继遂闲堂而起，是雍正、乾隆中前期南北文人、津门乡贤又一理想的雅集庄园。集于水西庄的文人创造了灿烂的水西庄文学，无论是文学创作，还是文学研究，都取得了前所未有的成果，标志着天津古代文学鼎盛时期的到来。

水西查氏一族中，自身长于创作者，不在少数。成就尤为显著者，当属查为仁、查礼兄弟，他二人均工诗擅词，其作品也都保存完好。另外，查氏一族中还出现了一位女性作家，即查为仁妻——金至元。金至元的出现，丰富了水西庄文学的创作主体，也是天津古代文学鼎盛期的一个表现。

在天津查氏家族水西庄内的一大批文人名士，构成了一个皇城脚下平和安逸的文化桃源。他们殆无虚日的推襟送抱、飞斝擘笺成为灰暗文坛中一抹格外鲜亮的色彩。文学家族的参与，奠定了水西庄雅集活动深厚的文化底蕴。文人间濡沫相依的雅集往来，形成了水西庄文人群体和谐的文化生态。他们真契相谐的诗歌创作，再现了盛世文人真实的文化心态。

水西庄在当时影响很大，在民国期间也颇受重视。但是，现代学术意义上的水西庄研究却是始于20世纪90年代。在天津水西庄学会的推动下，相关研究逐步展开。尽管在天津的胜迹名园中，查氏水西庄可谓名气最大，清代袁枚将它与扬州马秋玉的玲珑山馆、杭州赵公干的小山堂相提并论，自其衰败以来，文人学士常有追慕向往之情，撰文咏诗者不乏其人，可惜的是，至今没有人做系统、全面的研究、介绍。20世纪90年代，周汝昌在这方面所撰文章最多，并在他的倡议下，成立"水西庄学会"。

张绍祖《天津历史文化的坐标——水西庄》（《城市》1993年第1期）就在天津水西庄学会成立之初指出：水西庄是天津历史文化的坐标。它的兴衰涉及政治、经济、文化、教育、园林、美学等诸多方面，代表了天津历史文化发达的水平和特点，代表了天津文化的一个层面。韩吉辰

《水西庄学会开展红学研究》（《红楼梦学刊》1993年第3期）则专门介绍了水西庄学会研究的主要方向，即考察水西庄与红楼梦大观园之间的诸多关系。21世纪初，感于红学与南京、北京乃至辽阳、丰润的联系，研究者们已做过不少探索，成绩斐然，而关于曹雪芹及《红楼梦》与天津的联系，研究者们却问鼎尚鲜，孙建中《津沽芹红史迹述考》（《天津师大学报》2000年第4期）钩沉、梳理了有关津沽的芹红史料，如"大观园"的原型、水西庄文化现象以及与脂钞程刻本有联系的人物线索等，并做了初步探考。

21世纪以来的16年间，水西庄研究主要从文献考证、诗词文解读等方面依次展开。

在文献考证方面，较为突出的有田晓春《凭仗君扶大雅轮——从樊榭集外书札一通之考证论厉鹗在雍、乾诗坛的地位》（《西北师大学报》2004年第2期），其从厉鹗集外一通书札作年之考证入手，以雍正一朝十三年风波迭起的政治局势及相关案狱为背景，勾勒出天津水西庄查氏与扬州小玲珑山馆马氏在"盛世"的雷霆风雨中聚合江浙才杰之士的人文态势及生成之内因，进而透过对野逸诗人群体性与动态性的把握，凸显厉鹗在雍、乾之际文坛的地位，为廓清樊榭在文学史中的面目做准备。张文琴《天津查氏水西庄文献考述》（《图书馆工作与研究》2009年第9期）与《天津查氏水西庄善本古籍叙录》（《图书馆学刊》2009年第10期）分别介绍了天津"查氏水西庄"宾客的著述及二百年来有关水西庄内容的作品，强调了这些文献的史料价值，以及查氏家族主要人物的著作及其版本流传情况，从而使读者对水西庄有一个完整的认识，加深人们对水西庄的了解，也加快水西庄的研究和复建步伐。

文学方面，由厉鹗、陆培、查为仁等十人唱和而成，查为仁辑刻而成《拟乐府补题》一卷。《拟乐府补题》唱和时间为乾隆十三年（1748）夏秋之际，唱和地点为天津水西庄。《拟乐府补题》有存词人词作、校勘、词史等方面的文献价值。而且，还有为深入了解咏物词、中期浙西词派、天津水西庄等方面词学的价值。李桂芹《〈拟乐府补题〉的词学文献价值》（《南阳师范学院学报》2011年第7期）特为之介绍。而杨传庆《查礼及其〈榕巢词话〉》（《古典文学知识》2012年第3期）则专门就查礼的词话加以介绍。闫倩晔《浅谈〈莲坡诗话〉的论诗特点》(《绥化学院学报》2016年第11期)则指出,以随笔的形式选录诗作,记述诗歌本事及诗人逸事,以包容的态度看待各家创作,并表现出了个性化的审美特点——谈性灵,强调真挚的情感表达;喜清雅,着眼于纯粹的雅趣抒写;重平淡,注重淡逸的诗境营造。王之望与闫立飞曾主编《天津文学史》,将水西庄文学列为其中一个重要的章节。后二人又撰《天津文学论略》(《天津师范大学学报》2012年第4期)认为,天津文学作为区域文学,既是中国文学地图的有机组成部分,也有着特有的发展脉络与历史架构。总体来说,其渊源虽然可以追溯到建城之前的文学创作与活动,而原点则应以清代初期张氏兄弟遂闲堂、帆斋的创建为标志;其后,天津文学经历了以水西庄为代表的古典文学繁盛期、开埠以后至20世纪初的近代期、20世纪前半叶的现代期和新中国成立以后的繁荣发展期四个亮点时段。项姝珍《论查为仁孤高愁苦的诗心》(《怀化学院学报》2012年第10期)主要细考查为仁一生心迹,发现其风流闲适表象之下有着孤高愁苦的灵魂。究其原因,主要是家族及师友的诗文化熏沐以及早年科场失意的经历养成了其执着孤介的性格,并形成孤高愁苦的诗心,从而表现出与盛世社会相疏离的诗歌形态。正是这种文化人格与诗歌心态使查为仁得到当时一大批下层文人的认同,并以此主持沽上诗坛,形成了濡沫相依的水西庄文人群体。天津查氏水西庄诗人群以布衣寒士为主体。在雍乾之际政治牢笼文学、文网钳制思想的特定时空中,他们以荒寒阒寂的内心情状和独立自持的个性精神彼此认同,构成相互交好的"心理场",形成和谐融洽的雅集氛围。在雅集酬唱中,诗人们一方面以诗酒自娱、淡泊自守的方式调适心灵;另一方面在互诉心声中宣泄情感,展现出雅集圈内自足自乐、与世疏离的文化心态。这种情感氛围与文化心态凸显了水西庄文人间真契相谐、濡沫相依的精神气场,而这也正是文网高张时代雅集文化内涵的体现。感于此,陈玉兰与项姝珍《天津查氏水西庄诗人群的文化心态及雅集内涵》(《浙江师范大学学报》2013年第1期)以此为对象,做了专门考察。

此外,还有数篇文章值得一提。一是,张兵与王小恒《天津查氏水西庄与清代雍、乾之际文坛走向》(《西北师范大学学报》2014年第6

期）。文章认为，天津查氏水西庄与"扬州二马"小玲珑山馆、杭州赵氏小山堂在一代文宗王士禛和诸诗坛大家故去、文坛领袖出现空缺、新的文学走向初现端倪之时，鼎足而立，三位一体，强力推动了清代雍正、乾隆之际文坛新格局的形成和文学的发展。其中，查氏水西庄作为沟通南北文坛的重要桥梁，发挥了极为独特的作用。水西庄查氏通过大量吸纳资助下层在野士人、亲自参与《拟乐府补题》唱和活动和笺注《绝妙好词》等在雍、乾时期具有标志性意义的文化活动，推进了文坛重心向野逸文学创作集群的下移和文坛"朝"、"野"离立之势的形成。二是，李瑞豪《水西庄雅集与雍、乾之际的畿辅诗坛》（《河北师范大学学报》2015年第1期）认为，处于畿辅重地的水西庄，其雅集唱和有独特的不同于江南的文学态势及意义。辛卯科场案是查为仁一生的转折点，水西庄雅集与查为仁的人生境遇、人生追求联系在一起。查为仁以"幽人"自处，努力在诗歌中寻求人生的意义与情趣，纤弱婉转是其诗风之特征，也是水西庄雅集的风格。闲情、隐居、自然的风光、人生的失意是主宾诗歌表达的主要内容，诗酒唱和成为释放精神能量的有效途径。考察水西庄雅集的活动及诗风，可以把握雍、乾之际诗坛的发展趋向，了解文人的生命状态、畿辅诗坛的人文生态、文化精神以及有清一代诗歌的总体状况。三是，王小恒《论查礼在浙派诗文化活动中的东道主地位及其贡献——兼论浙派宗主厉鹗的水西缘》（《图书与情报》2016年第4期）从交游的角度展开研究，认为，查礼是浙派水西庄活动平台重要的东道主。水西庄活动平台不但藏书丰富，而且家刻本流传众多。在这一平台，查礼的文化地位仅次于查为仁，而发挥的作用更为独特。一方面，他亲身参与浙派诗文化活动，具有重要的诗歌创作实绩；另一方面，查礼与众多浙派诗群成员交谊深厚，频相唱和。就这一活动平台而论，浙派宗主厉鹗在此著成《绝妙好辞笺》，且得与查为仁、查礼兄弟相唱和，也是浓墨重彩的一笔。

其中还有一篇硕士学位论文以水西庄文学为专门的研究对象，即项姝珍《天津查氏水西庄雅集研究》（浙江师范大学2013年）论文以天津查氏家族水西庄文学活动最为繁盛的雍正一朝及乾隆前期的时段为研究对象，以文学生态学为研究方法，力求在具体时空中尽可能地还原文学活动的本来面目，以期探求水西庄雅集活动的文化内涵及历史意义。全文共分五章:第一章从家族文化入手探讨水西庄雅集活动兴盛的内在原因。天津查氏为文学家族,家族内部的文脉传承及文化氛围为水西庄雅集活动的展开奠定了良好的文学基础。其与海宁查氏同宗同脉,两者频密的交流往还推动了水西庄雅集活动的发展。同时,水西庄为天津查氏别业,以之为据点的雅集活动的兴衰与天津查氏家族的变迁相始终。第二章从主体构成、性质格调和活动成果三方面考述水西庄雅集活动,探讨水西庄雅集的基本特点和文化内涵。水西庄文人以浙江文人为主,各地文人零星分布,其中中下层文人占多数,且各阶层皆有囊括,并形成了以姻亲师友纽带为主,各类关系交错的网络结构。这一网络的形成以雅集文人的人格认同为心理基础,以"真"与"契"为情感特色,构成了水西庄雅集活动真契相谐、濡沫相依的文化特点。在此基础上的雅集活动围绕怡情适性的目的表现出格调清雅、不求功利、内容丰富的特征。在这些活动中,文人创作了大量酬唱作品,成为雅集活动的重要成果,再现了雅集活动的原貌。第三章从酬唱主题和创作艺术两方面探讨水西庄雅集创作的特征。雅集是一种交际性的文学活动,诗歌互动交际的功能在活动中得到强化,酬唱主题也围绕文人交流互动的活动与心态展开,主要表现为闲雅之趣、才命之叹、离合之情三个方面。诗歌创作呈现清幽疏淡的艺术风貌,是水西庄雅集文人互动过程中的共同选择,自然白描的手法、亲切直率的语言,增强了诗歌的交际功能。第四章选择水西庄雅集中的代表性诗人进行个案研究。查为仁、查礼为水西庄主人,他们高尚的人文情怀、深厚的艺术修养、突出的文学成就在水西庄雅集中有着极强的凝聚力,推动着水西庄雅集活动的繁盛;汪沆为布衣寒士诗人的代表,其人格心态和诗文主张在水西庄雅集中极具代表性,并对雅集活动起着倡率作用;英廉作为仕宦文人中参与雅集最多者,其寻求心灵慰藉的雅集心理及与水西庄文人真情至性的雅集往来代表了仕宦文人参与雅集的心态及活动特征。第五章结合雍正、乾隆年间诗坛风貌探讨水西庄在当时诗坛的地位与影响,主要突出其在特定时空朝野力量消长变化中对野逸诗人群体的收容养护,以及其沟通朝野双方的中介作用。另外,水西庄雅集的繁盛也推动了天津地域文化的繁荣。

从心态以及文化视角展开的研究则有:王小恒《论津门查氏的遭际、心态及其水西庄的营建:以查为仁为中心》(《图书与情报》2013 年第 5

期）从家门罹难、"花影"痛史、息心水西三个方面，对查氏尤其是查为仁的家族渊源、怆苦经历和心态嬗变略做考证，以探求查为仁的苦难心路及其水西庄的文化贡献。陈玉兰与项姝珍《天津查氏水西庄雅集的江南文化特质》（《苏州大学学报》2014年第4期）认为，天津水西庄雅集盛极一时，为北方文学繁荣的重要标志。然而，水西庄虽地处北方，却充满了江南文化氛围。这一方面是因为天津作为北方的水乡泽国，素有"小江南"之称，水西庄更是一个水韵荡漾的所在；另一方面，非唯水西庄庄主天津查氏源出江南，与江南文化有着天然之缘，其雅集宾客也以江南文人为主，都有着难以释怀的江南情结。加上雍乾之际特定的时代氛围和人文心态，故水西庄雅集颇多江南文化特质，表现为诗性审美的雅集旨趣、隐逸疏离的宾主心态以及缘情尚真的文学风貌、北方地缘和南地风情的交融。席丽莎《天津查氏水西庄园林蕴含的儒、释、道思想探析》（《城市》2016年第5期）经过考察，提出天津水西庄由查氏盐商营建，其整体氛围处处折射出文人园林清新雅致的气息。水西庄同时蕴含道家"无为"与禅宗"虚空"的思想，并且，水西庄这座避世之所中依旧体现出儒家思想。儒、释、道思想在园林营造中相互借鉴、相互融合，又通过诗词、书画、建筑等多种艺术形式得到升华，使水西庄成为北方私家园林的杰出代表。文章通过对历史资料的考证，从景观营造的角度探析园林所蕴含的儒家、禅宗、道家的思想精髓，力求从另一个侧面反映水西庄的历史原貌。

除学术探讨之外，在实际中，水西庄复建也纳入了政府的规划之中。20世纪90年代后，水西庄的研究进入了新的历史时期，尤其是政府部门已决定在北运河畔批地筹措复建水西庄。在此之前，1935年水西庄遗址保管委员会绘制《天津芥园水西庄故址图》载于《河北第一博物馆画刊天津芥园水西庄专号》第1期。是图恢复了以水西庄主体为中心包括屋南小筑、芥园和小水西的结构概貌，为后人研究水西庄园林结构奠定了基础。进入90年代，周汝昌在《水西庄片史》中将天津水西庄与《红楼梦》大观园相联系，并提出水西庄即大观园原型，掀起了一阵水西庄园林研究的热潮。韩吉辰《水西庄与大观园探源》，对水西庄内各处馆轩建筑及其匾额题词进行了细致的研究，认为大观园即天津水西庄。这个结论难免附会之嫌，但其中对水西庄园林的考证，为恢复水西庄原貌做出了一定贡献。如刘尚恒《水西庄介园芥园》，对水西庄与芥园的关系和介园与芥园的演变进行考证，理清了水西庄各部分建筑之间混淆不清的概念，推进了水西庄园林研究的深入。21世纪以来，研究者的目光集中到了水西庄园林艺术之上。主要成果有周云宗等《近村近郭水西庄，曲院掩映通修廊——记天津市历史名园水西庄》，对水西庄园林的内部构造、建筑艺术进行了细致深入的研究，较之前的水西庄园林研究有了一定的突破。郭喜东《天津城市园林风格特色探究》，将水西庄作为古代天津园林的代表，探讨其艺术风格并肯定其在天津园林风格特征形成过程中的价值。王兆祥《天津盐商与天津园林建筑》更是从文化的角度考察园林的历史地位，较以往的研究更为深入。尽管水西庄仅是其中一个例子，但它已涉及士商文化互动和水西庄雅集活动，为水西庄研究提供了新的思路。最近席丽莎《"众流归海下津门，揽胜名区萃一园"——天津查氏水西庄园林复建研究》（《城市发展研究》2016年第9期）就依据对《莲坡诗笺》、《秋庄夜雨读书图》等水西庄文学及书画作品的梳理、归纳与考证，探究水西庄的文化内涵及园林特点，通过园林总体布局、景观分区、空间关系、动植物配置等方面的分析，系统地探讨了水西庄园林的特点，为其复建提供了更为笃实的理论基础。

有关水西庄文学研究的专著则有：

郭凤岐著《志苑杂纂》，天津：南开大学出版社，1998年版。其中收录《天津文人文化的辉煌代表——试论水西庄的文化现象》。

张仲著《天津卫掌故》，天津：天津人民出版社，1999年版。其中论及"水西庄与盐商文化"、"新发现的水西庄诗友唱和稿"等。

刘尚恒著《二余斋丛稿》，香港：天马图书有限公司，2002年版。是书收录文章四十篇，是作者近二十年来发表的文章中遴选出来的。其内容涉及古籍文献学、版本目录学、藏书文化、方志学、文史杂考诸方面，均来自书海采珍，具有较高的学术性、资料性，曾在学术界、文化界产生过一定影响。其中收有《水西庄研究中史实辩证十则》一文。

沙其敏、钱正民编《中国族谱地方志研究》，上海：上海科学技术文献出版社，2003年版。是书为1999年在美国犹他州盐湖城召开的中国家谱与地方志学术研讨会的论文集，内容涉及家谱与地方志的研究及其作为史料在各学科中的应用等问题的探讨。其中收有郭凤歧《从新发现的查氏家谱看辉煌的水西庄文化》一文。

南炳文著《明史新探》，北京：中华书局，2007年版。是书包括明代的贡献及其应对西欧殖民者的得与失，略论三百年明史的经验教训、浅论明代文化特色等。并专门论"水西庄与天津文化的包容性"。

李世瑜著《社会历史学文集》，天津：天津古籍出版社，2007年版。是书收集了作者百余篇论文，主要介绍了作者的治学道路、社会历史学之理论与实践讲稿等。其中收有相关论文，如"读《癸酉展重阳水西庄酬唱集》及其他"等。

刘尚恒著《天津查氏水西庄研究文录》，天津：天津社会科学院出版社，2008年版。是书是水西庄研究的专门论著。内容包括《水西庄兴废考》、《水西庄活动事迹考》、《查为仁的交游与水西庄主要宾客考录》《雍乾间文人笔下的水西庄》、《水西庄·介园·芥园》、《水西庄研究应当从资料工作做起》、《沽上梅花诗社——水西庄余韵之一》、《城南诗社——水西庄余韵之二》、《关于〈水西庄记〉的来龙去脉》、《水西庄文物掇英》、《袁枚〈随园诗话〉关于水西庄的论述》等。

陈克著《水西馀韵》，天津：天津古籍出版社，2008年版。是书整理的是天津博物馆现存的部分水西庄资料，包括与水西庄有关的书画作品原件、水西庄遗址保管委员会当年拍摄的水西庄书画照片玻璃底片、1936年城南诗社水西庄雅集手迹及其他文献和照片。

后　记

　　这本小册子是我之前所申请的天津社会科学院重点项目"天津文学文献的整理与研究"的结项成果。自着手到出版，已是近五年。这个时间，基本上也是我就职天津社会科学院的时间，它超过了我之前求学生涯中攻读学士、硕士与博士的任何一个阶段。人的一生能有几个五年，而以五年之久去做这样一个基础性的学术工作，到底值不值？值抑或不值，自觉很难做出评判和回答。不过，总的看来，它基本上符合我五年前的研究初衷。

　　当年着手之时，多是出于热血和激情，对天津文学文献进行整理和研究，我的初衷主要有二：一是建构天津文学文献学，进一步丰富和提升"天津文学"与"天津学"学科的研究内容。二是推动天津乡邦文献整理工程，更好地实现中华优秀传统文化传承和发展。现在审视手中的这本小书，就第一点而言，尽管已经勾勒出天津文学文献学的轮廓，并且基本涉及该学科的所有研究内容，但是，仍旧是宏观的论述多，许多文献考证往往点到为止，不及深入。就第二点来说，与各省市如"浙江文化研究工程"、"荆楚文库"工程等陆续实施相比，天津市规模化的地方文献整理工作仍未展开，现在《天津文学文献整理与研究》，对天津乡邦文献做了一定程度的摸底清查，这就为以后天津优秀传统文化传承和发展工程的实施提供了重要的线索，但是，这仅属于前期的初步性工作，进一步开展才是重中之重。

　　天津文学文献本身浩繁，前期研究又较为薄弱，这也是本书久拖不能完稿的最大原因。无论是查阅版本、撰写提要，还是抄录碑刻、考证讹误等，都需要花费很多的时间和精力。其中辛苦，非亲历难以理解。不过，幸运的是，较之前辈，现在相关文献信息的获取要便捷了许多。这期间，又得到了许多前辈的不吝提携和鼎力援手。早在课题立项之初，蒙时任天津社会科学院图书馆馆长的周俊旗研究员等前辈抬爱推荐，得以申报。之后，张健院长、张利民研究员、任云兰研究员、闫立飞研究员、程永明研究员等又对课题提出了诸多具体的意见和建议。结项时门岿研究员、孙玉蓉研究员等，则对书稿进行了鉴定，肯定之余，也指出了其中的不足之处。尤其是，课题在结项之后，获得了天津社会科学院学术著作出版基金的资助，使得这本小册子，可以正式出版，而不至蒙尘一隅。其中感激，难以言表！唯以此浅陋之作，能有益于学界和社会，以报其万一。

日前，中共中央办公厅、国务院办公厅印发了《关于实施中华优秀传统文化传承发展工程的意见》，而对传统文献资源进行普查、整理、评估、保护、开发和利用，则可以作为中华优秀传统文化传承的重要抓手和发展路径。也因此，希望天津乡邦文献的整理与研究，能引起更多人的关注和支持，政府、智库机构和民间力量共同努力，将天津优秀的文化更好地传承下去，使其内涵更好更多地融入生产生活各方面，以更有效地完成文化强市和文化强国的重大战略任务。

罗海燕
2017年5月于天津

专家鉴定意见一

天津的文学历史与天津的历史应该是相伴随的，但是，在后世建构的天津文学历史，尤其是新中国成立以来的相关文史著述中，天津文学的真实历史在一定程度上，没有被客观、全面地呈现出来。其中最大的问题就是研究者普遍重当代文学而轻或者说是忽略了古代文学与近代文学。这个问题需要引起重视，并加以解决。而由罗海燕博士负责的这一课题，以天津的地方文学文献整理和研究为主题，可谓从实际问题出发、有的放矢。该课题的结项成果《天津文学文献整理与研究》共六章，约30万字，对天津的古代诗文别集、总集，笔记杂著，方志，碑刻，以及期刊报纸等做了较为系统的考论，文献扎实，论点精辟，是一部厚重、富有学术底蕴的著作，其创新点以及学术价值体现在以下两方面。

一方面，天津文学文献的整理与研究是目前天津文学研究中的一个较为薄弱的环节，也因此天津文学中的若干问题均未有得到应有的关注和解决，既有的相关研究因缺乏对天津文学文献的深入考索，多止于书目著录，而往往陈陈相因，流于现象的描述，缺乏深度。《天津文学文献整理与研究》则一改这种研究现状，着重于从文献的视角去重新认识天津文学的历史，着重于对文献问题的考论，将天津文学的研究建构在扎实的文献考据之上，既挖掘整理了天津重要的文献文献，又厘清了学界对天津文学沿袭已久的错误认识。这对于学界进一步探讨天津文学具有重要的意义。

另一方面，学界以往的相关研究，一般多为文献书目著录，且限于诗文文献，《天津文学文献整理与研究》则极大地拓展了天津文学文献的疆域，如新旧方志中的文献、报纸期刊中的文献、碑刻中的文献等，并将这些文献加以多方面的考镜，这使得天津文学的研究更具有整体性和系统性。

可以说，该课题的结项成果，文献考据与理论批评并重，是学界目前关于天津文学文献研究较为系统、厚重且创获最丰的学术成果，这项研究成果不仅对天津文学史，而且对中国古代文学史以及中国近代文学史的研究，均具有重要的文献价值与理论价值。

此外，由于课题任务繁重，《天津文学文献整理与研究》一书也存在着白璧微瑕，因此希望能做出相应的修改：一是建议加强全书"绪论"，对课题研究的主要内容、整体结构、学术意义做概括描述，以增强全书的整体感；二是建议增加"参考文献"或"征引书目"。

刘崇德

2016 年 11 月 6 日

专家鉴定意见二

罗海燕所撰《天津文学文献整理与研究》一书，是天津社会科学院2014年度院级重点项目的结项成果。本成果按照原申请书的规划，较好地完成了科研任务。全书字数，符合原课题设计规模。在章节方面，虽然较之原申请书有所调整，但是，有所删也有所增，在主要方面没有改动。此外，在著录、考论、辑录、综述等方面，也都符合原计划要求。

从文献的角度，本成果对天津文学进行了重新梳理和认识，并将传统诗文别集与总集以及与文学有关的笔记杂录、碑刻、报刊等汇集成一大册，可谓全面、扎实。相对于之前的研究，如缪志明、张守谦等人主要做津人著述书目著录，本成果则增加了提要，甚至将著作放在整个文学史上去加以论述，难能可贵。而这也正是该成果的一大创新之处。

本成果学风、文风符合学术规范。其中的提要与论述，多是发前人所未曾发。若能进一步求精，且完成后续研究，则出版后将是一部具有较高使用价值，而兼具学术性、资料性与工具性的著作。

不过，由于研究对象的芜杂纷乱和文献获取的艰难，该成果因此也存有一些不足之处。如体例上不够一致等。建议将其统一起来，形成一个一致的模式，可以先行书目著录，然后再做文献提要，再次进行作品研究，最后再梳理研究史。

查洪德
2016 年 11 月 20 日

图书在版编目(CIP)数据

天津文学文献整理与研究/罗海燕著.--北京：
社会科学文献出版社，2017.9
（天津社会科学院学者文库）
ISBN 978-7-5201-1382-3

Ⅰ.①天… Ⅱ.①罗… Ⅲ.①地方文学史-文献-研究-天津　Ⅳ.①I209.921

中国版本图书馆 CIP 数据核字（2017）第 221008 号

·天津社会科学院学者文库·

天津文学文献整理与研究

著　　者 / 罗海燕

出 版 人 / 谢寿光
项目统筹 / 邓泳红　桂　芳
责任编辑 / 桂　芳　伍勤灿

出　　版 / 社会科学文献出版社·皮书出版分社（010）59367127
　　　　　　地址：北京市北三环中路甲29号院华龙大厦　邮编：100029
　　　　　　网址：www.ssap.com.cn
发　　行 / 市场营销中心（010）59367081　59367018
印　　装 / 三河市东方印刷有限公司

规　　格 / 开　本：787mm×1092mm　1/16
　　　　　　印　张：20　字　数：318千字
版　　次 / 2017年9月第1版　2017年9月第1次印刷
书　　号 / ISBN 978-7-5201-1382-3
定　　价 / 89.00元

本书如有印装质量问题，请与读者服务中心（010-59367028）联系

▲ 版权所有 翻印必究